Carl Reclam

Des Weibes Gesundheit und Schönheit

SALZWASSER
VERLAG

Carl Reclam

Des Weibes Gesundheit und Schönheit

Unveränderter Nachdruck der Originalausgabe von 1864.

1. Auflage 2022 | ISBN: 978-3-75259-697-7

Verlag: Salzwasser Verlag GmbH, Zeilweg 44, 60439 Frankfurt, Deutschland
Vertretungsberechtigt: E. Roepke, Zeilweg 44, 60439 Frankfurt, Deutschland
Druck: Books on Demand GmbH, In de Tarpen 42, 22848 Norderstedt, Deutschland

Frau Moscheles

verehrungsvoll gewidmet

vom Verfasser.

Des Weibes Gesundheit und Schönheit.

Aerztliche Rathschläge

für Frauen und Mädchen.

Von

Carl Reclam,

Professor der Medicin und Polizeiarzt zu Leipzig.

„Schön" sein, heißt „gesund" sein.
Es giebt keine körperliche Schönheit ohne geistige.

Mit in den Text gedruckten Holzschnitten.

Leipzig & Heidelberg.

1864.

Die Vereinigung derjenigen Anforderungen, welche die Natur an den Menschen stellt, — mit denen, welche Gesellschaft und Civilisation unserer Kulturepoche erheben, — ist die Aufgabe der heutigen Diätetik.

Indem Verfasser auf den vorliegenden Blättern zur Lösung dieser Aufgabe für das weibliche Geschlecht einen Beitrag darzulegen erstrebte, hat er im Sinne seiner Leserinnen zu handeln geglaubt, wenn er vorzugsweise an der praktischen Ausführung die allgemeinen Gesetze erläuterte, aus den einzelnen Thatsachen das allgemein Gültige hervorleuchten ließ. Er hat es dabei nicht verschmäht, auch neue eigene Beobachtungen einzuflechten und hier (obwohl in einem sogenannten „populairen" Buche) zuerst zu veröffentlichen, wie z. B. die „Gehbewegungen des Oberkörpers."

Durch Erläuterung dieser letzteren, sowie durch die „Bedeutung der Muskelpflege" dürfte der Beweis des für das weibliche Geschlecht vorhandenen Bedürfnisses nach gymnastischen Körper-Uebungen in genauerer und bestimmterer Weise geführt worden sein, als man dies in Schriften dieser Art zu thun pflegt. Wir sind aber der Ueberzeugung, daß es auch der Frauenwelt nur erwünscht ist, wenn auf die für sie vorzugsweise wichtigen Gegenstände der Besprechung nicht in oberflächlicher Weise, sondern tiefer und gründlicher eingegangen wird, — sobald die Art der Darstellung nicht trocken und langweilig ist.

Die Wissenschaft an sich kann niemals uninteressant sein; erst künstlich wird sie es für Laien durch wortklauberische Pedanterie. Dieser aber entgegenzuwirken hielten wir ebenso für unsere Pflicht, als wir uns bemühten, maaßvolle Sitte und edle Weiblichkeit zu fördern und zu erhöhen, indem wir die geistige Diätetik mit der leiblichen überall Hand in Hand gehen ließen.

Besondere Aufmerksamkeit wendeten wir einem der schwierigsten Probleme der Gegenwart: der Frauenarbeit, zu. Denn auch vom Weibe gilt, was wir als Grundlage der Gesundheitslehre im „Buch der vernünftigen Lebensweise“ für den Mann aufstellten: Jeder Vernünftige ist ein Arbeiter! —

Möge die Frauenwelt es als eine ihrer Arbeitsaufgaben erkennen: bei der Verbreitung und Anwendung vernünftiger Gesundheitspflege in Familie und Staat ihren, nicht zu unterschätzenden, Einfluß zur Geltung zu bringen.

Leipzig im August 1864.

Der Verfasser.

Inhalt.

Weiber — Damen — Frauen.

Weiber — Damen — Frauen.

[Die Gegensätze — auf materiellem, — auf geistigem Gebiete — und ihre Ausgleichung. — Die Arbeitstheilung. — Beispiele aus der Kunst — und aus dem Völkerleben. — Individuelle Eigenthümlichkeit.]

„Der Schöpfung Meisterstück: das Weib."
(Schiller.)

„Frauen sind von Freude benannt.
Ihre Freude freut das ganze Land.
Wie gut der Freude kannte,
Der zuerst sie Frauen nannte."

Diesen Ausdruck zarter Huldigung schrieb auf einem Kreuzzuge der Dichter Freidank vor mehr als sechshundert Jahren. Die Rohheit des damaligen Lagerlebens und des Kriegerhandwerkes rief in ihm die Sehnsucht nach feinerer Sitte, wie gleichzeitig nach den Trägerinnen derselben wach, und so traurig, so öde dünkte ihm sein Leben mitten unter den rauhen Kämpen für das Kreuz, daß ihm „Frauen" und „Freude" fast gleichbedeutend wurden.

Was der Einzelne fern von Haus und Heimath in Versen aussprach, das schien damals die gesammte

Nation zu empfinden; sie verkörperte diese Empfindung als „Minnedienst", dessen schwärmerische Frauen-Verehrung der zweiten Hälfte des Mittelalters eigenthümliche Färbung verlieh. Allein das, was man zu jener Zeit „Minne" nannte, war weder neu erfunden, noch endete es mit dem Zeitalter ritterlicher Rohheit*).

Es ist das beiderseitige Bedürfniß nach Ausgleichung der Gegensätze, welches dem Manne die weibliche Anmuth gesellt, — welches nach dem schönen Vergleiche des Weltweisen Plato zwei Liebende zu zwei Hälften einer Kugel macht, die getrennt einander sehnsüchtig suchen und nur vereint ein Ganzes sind, — ein Bedürfniß nach Vermittelung der Gegensätze, welches für alle Zukunft das Dichterwort in Kraft erhält, daß nur da die innere Harmonie zu finden: „Wo das Strenge mit dem Zarten, wo Starkes sich und Mildes paarten." —

Ein willenskräftiges Streben und Ringen im täglich erneuten Kampfe hemmt beim Manne die Empfänglichkeit für Gefühlseindrücke und übertäubt jene sanfteren Regungen des Gemüthes, welche bei den Frauen in der Stille der Häuslichkeit sich ungehindert entwickeln können. In der täglichen Arbeit des Berufes erhärtet der Mann und muß erhärten, weil er sonst den nachtheiligen Einflüssen nicht genug Widerstand entgegensetzen könnte, um

*) Am seltsamsten veränderte sich der mittelalterliche Frauen- und Minne-Dienst, der doch eines gewissen Schwunges nicht entbehrte, unter Einfluß der Pedanterie der nächsten Jahrhunderte, wo Cornelius Agrippa de Nettersheim sein Buch „Von der Fürtrefflichkeit des Frauenzimmers" (Frankfurt a/M. 1642) und Wilhelm Ignaz Schütze den „Ehrenpreis des hochlöblichen Frauenzimmers" (Frankfurt a/M. 1663 u. 1673) veröffentlichten.

sich bei gedeihlicher Gesundheit und Frische zu erhalten; die Frau dagegen kann sich die innere Jugend mit ihrer Weichheit und größeren Empfindungswärme bewahren. Deßhalb ergänzt die Frau das Wesen des Mannes, wie er das ihre ergänzt: erst zusammen sind Beide im Vollbesitze der naturgemäßen Eigenthümlichkeit. Die Frau führt den in der Einseitigkeit der Berufsarbeit Verkommenden wieder in's Leben zurück — und der Mann trägt in das Chaos verschwommener weiblicher Empfindungen die Klarheit der Gedankentiefe und des selbstbewußten Ueberblickes; — der Mann bringt die „traumselige Maid" zu sich, — und diese „macht die männliche Geschäftsmaschine zum Menschen". Dies ist im Allgemeinen (in grellster Weise und auf die Spitze getrieben) der gegenseitige Einfluß Beider auf einander, welcher im einzelnen Falle um so minder grell wahrnehmbar wird, je mehr Beide durch wahre Geistesbildung und Selbsterziehung sich geläutert und so durch Minderung der Gegensätze einander genähert haben. Aber wenn auch gemildert und bis zum Unbedeutenden verringert, — der Gegensatz besteht dennoch.

Des Mannes Aufgaben liegen im Weltverkehre, die der Frau zunächst im Hause. Für seine härtere Lebensarbeit wird der Mann von Natur aus gerüstet: schon die neugeborenen Knaben sind in der Mehrzahl größer und schwerer, als die neugeborenen Mädchen; dieser Unterschied bleibt auch zwischen Beiden bis ungefähr um das 12. Lebensjahr, wo Knaben und Mädchen ebenso in Körpermasse und Länge, als in geistiger Beziehung die geringsten Unterschiede haben; von da an wird wiederum das Wachsthum Beider und zugleich die Art der Entwickelung verschieden, so daß bei Erwachsenen das Weib nicht nur kleiner und zarter, als der Mann ist, sondern auch in seinem ganzen Körper reicher an flüssigen Bestandtheilen und von runderen Formen; — die Brust der Männer ist breiter; kräftigere Athemorgane gewähren ihnen die Möglichkeit des tieferen und erfolgreicheren Athemholens und der reichlicheren Zufuhr des Sauerstoffes in das Blut; daraus folgt beim Manne ein schnellerer Umsatz der Nährstoffe, größeres Bedürfniß nach Speisen und geringere Widerstandskraft gegen Hunger. Wie das Weib besser körperlichen Schmerz und Ungemach jeder Art auszuhalten vermag, als der Mann*), so erliegt es auch (aus Gründen, welche der dritte Abschnitt lehrt) langsamer dem Hunger und pflegt unter günstigen äußeren Verhältnissen nach Krankheiten schneller zu genesen. Dafür ist aber die Verdauung minder kräftig bei den Frauen und in Folge dessen sind ihre Muskeln nicht so reichlich ernährt, als die des Mannes, mithin auch zu anstrengenden Arbeiten minder befähigt. Durch die gleichen Muskelanstrengungen ermüden die Frauen schneller und magern bei wiederholter Anstrengung in höherem Grade ab, als die Männer. Endlich haben die Knochen Beider so große Verschiedenheiten, daß man mit vollster Sicherheit nach kurzer Prüfung das weibliche Skelet von einem männlichen unterscheiden kann; alle Knochen sind leichter und dünner beim Weibe, von den Einwirkungen der Muskeln nicht sehr in ihrer Form verändert; der Brustkasten ist

---

*) Man hat dies vielfach bezweifeln wollen. Indessen jeder Arzt und besonders jeder Dirigent eines chirurgischen Krankenhauses wird die Wahrheit des Ausspruches bestätigen.

enger, während längere Lendenwirbel und breiteres Becken die Bauchhöhle vergrößern; die Gesichtsknochen sind kleiner und kürzer, wodurch die Schädelhöhle verhältnißmäßig größer erscheint.

Merkwürdiger Weise werden diese anatomischen Unterschiede allmählich wiederum geringer und wenn die Jahre der Vollkraft vorüber sind, wenn das Greisenalter beginnt, so findet im Aeußeren und Inneren eine gewisse Annäherung der beiden Geschlechter aneinander statt. Die kräftigen und gesunden Greise erhalten rundere Formen und weichere Haut, die kräftigen Greisinnen dagegen zeigen eckigere Körperform und derbere, dunklere Haut, als in jüngeren Jahren. Den Männern wird im hohen Greisenalter der Bart dünn, den Frauen brechen Haare im Gesicht und an anderen Körperstellen hervor; der kräftige Baß der männlichen Stimme wird von höherem, milderem Klange, während die weibliche Stimme auffallend tief und rauh klingt, der Blick des Mannes wird ungewiß und verliert an Strenge, der Blick der Frau wird härter und erhält oft etwas Stechendes; die Gleichmüthigkeit des Greises giebt ihm den Anschein größerer Gemüthlichkeit, während das gleiche Verhalten der Greisin (wegen der früheren wärmeren Theilnahme) den Eindruck abnehmender Weichheit des weiblichen Gemüthes macht. So nähern sich Beide einander körperlich wie geistig. Es ist eine längst bekannte Thatsache, daß Ehegatten allmählich in Gesichtsausdruck und Gesichtsbildung, sowie in Lebensauffassung und Charakter, einander ähnlich werden; diese Aehnlichkeit steigert sich, bis endlich im äußersten Alter „Phylemon und Baucis“ in einander ihr Spiegelbild erblicken.

Nur eine einzige Verschiedenheit bleibt vom 12. Lebensjahre an durch die ganze Pilgerzeit bei Mann und Frau: der Unterschied in Kopfbildung und Schädelform. Damit hängt zusammen der Unterschied beider in der Gehirnmenge.

Wenn gelegentlich von irgend einem fahrenden Phrenologen in öffentlichen Vorträgen dieser Unterschied erwähnt wird, und er dadurch zur Kenntniß der Laienwelt gelangt, so pflegen sich jedes Mal, mit nie versagender Regelmäßigkeit, die Weiblein zu entrüsten, daß sie einige Loth weniger Gehirn als die Männlein haben sollen; von letzteren findet sich gewöhnlich ein Exemplar willig, durch ein „Eingesandt" in öffentlichen Blättern oder auch durch einen Gegenvortrag das schöne Geschlecht zu vertheidigen. Indessen ist diese längst erwiesene Thatsache durch Beobachtung so sicher gestellt, daß sie trotz aller Galanterie für wahr anerkannt werden muß. Schon vor Christi Geburt lehrte Aristoteles (der Freund Philipp's von Macedonien und Lehrer Alexander's des Großen) auf Grund seiner Wägungen, daß das Weib ein leichteres Gehirn besitze, als der Mann. Alle späteren Untersuchungen der berühmten Naturforscher bis auf Tiedemann und Huschke (1854) haben die vor 1900 Jahren gemachte Beobachtung nur bestätigen können und der Engländer Hamilton fand sogar, daß bei den Schotten das männliche Gehirn um 8 Loth (also ein Drittheil Pfund) schwerer sei, als das der Schottinnen.

Die Thatsache ist unzweifelhaft; aber sie wirft ebenso wenig einen Makel auf die Frauen, als die andere Thatsache, daß sie leichtere Muskeln haben. Ist denn das Hirn etwa mit „Geist" gefüllt, wie eine Apfelsine mit Saft, so daß man an Umfang und Gewicht die Bedeutung des Inhaltes ermessen kann? — Wer diese Frage bejaht, der würde zugleich behaupten, daß die größten Garde-Soldaten mit dem schwersten Hirn auch an Geist wie an Körperlänge über andere Menschen hervorragten — was sich nicht erweisen ließe.

Im Gegentheile stellt sich die Hirn-Wägung für die Frauen günstig heraus. Denn die hohe Stufe der Intelligenz des Menschen vor dem Thiere pflegt dadurch anatomisch bewahrheitet zu werden, daß das Gehirn des Menschen im Verhältnisse zum Gewichte des ganzen Körpers viel schwerer und ausgebildeter ist, als das Gehirn irgend eines Thieres im Verhältnisse zu dem thierischen Körper. Da das Hirn unzweifelhaft dasjenige Organ ist, welches bei der Geistesarbeit in Thätigkeit tritt, so ist die weit überwiegende Ausbildung und Größe dieses Organes beim Menschen im Verhältniß zu allen anderen Organen wohl als ein Zeichen der bedeutenderen Befähigung des Menschen zu geistigen Arbeiten anzunehmen. Allein, wollte man von dieser Annahme weiterfolgern, so würde sich ergeben, daß die Frau höhere geistige Befähigung besitzt, als der Mann; denn während das Gewicht des Frauengehirnes an und für sich (absolut) geringer ist, als das Männerhirn, — ist es dagegen im Verhältnisse zum ganzen Körper (relativ) schwerer, als das letztere*). — Die Frauen triumphiren. Die Männer

*) Nach Tiedemann ist das Gewichts-Verhältniß des Hirns zum ganzen Körper beim Weibe = 1 : 40—44, — beim Manne = 1 : 41—42 (Huschke, Schädel, Hirn und Seele. Seite 60.). — Die neuesten Wägungen von Dieberg zu Kasan ergaben bei Russen = 1 : 43½, — bei Russinnen = 1 : 42 (Casper, Vierteljschr. f. gerichtl. Medicin 1864, 1.).

aber helfen sich zur Behauptung ihres Uebergewichtes dadurch, daß sie nachweisen, das Hirn der Frauen sei besonders in der mittleren (Scheitel-) Gegend des Kopfes entwickelt, das der Männer dagegen in der Stirngegend, also in der eigentlichen Intelligenz-Sphäre des Hauptes.

Mögen Andere diesen Streit entscheiden, der uns ziemlich müßig dünkt. Soviel ist indessen doch nicht abzuleugnen, daß dem Manne nicht nur durch seinen kräftigeren Körperbau die Lebensarbeit im Weltverkehre zugewiesen ist, sondern daß er auch Weltverstand in dieser Arbeit entfaltet.

Die großen Vordenker und Vorkämpfer der Menschheit waren Männer. Auf keinem Gebiete ist uns ein Genie bekannt, das in Frauenkleidern einer Wissenschaft oder einer Kunst neue Bahnen angewiesen hätte; ja Frauen hüllen sich sogar in Männertracht, wenn sie sich von den Beschränkungen ihres Geschlechtes „emancipiren", als ob sie selber andeuten wollten, daß höhere Geistesarbeit eigentlich nur den Besitzern der Beinkleider zukomme. Wie auf realem Gebiete die Frau nicht selber zeugend Neues schafft, so muß auch auf idealem Gebiete ihr Gedankengang durch Einwirkung von außen Befruchtung empfangen und das ihr Ueberlieferte bildet sie dann aus mit liebender Pflege. Daher sind Frauen vortreffliche Schriftstellerinnen, so lange sie Gesehenes beschreiben, Empfundenes mittheilen, Gehörtes wiedererzählen; aber sie erheben sich nicht über die Mittelmäßigkeit, sobald sie Eigenes erfinden, selber Geschaffenes gestalten wollen.

Deßhalb, weil die treibende Macht des Gedankens bei Frauen minder mächtig ist, deßhalb giebt es keine weiblichen „Reformatoren", die den eigenen Schöpfungen Bahn brechend mit der Macht ihres Beispieles und ihrer Ueberzeugung Zeitgenossen und Nachkommen nöthigen, die neu geschaffenen Wege zu betreten und fürder zu wandeln.

Aber wenn auch das reformatorische Talent im Großen dem Weibe abgeht, desto mehr vermag es im Kleinen zu reformiren. Für die Heeresschlacht taugen nur Männer; aber im kleinen Kriege des Hauses und der Liebe wird der Mann von seiner schönen Gegnerin überwunden. Dort setzen Frauen die ihnen gut dünkenden Reformen geräuschlos und sicher in's Werk. Es wird ihnen leicht, durch Einfluß der eigenen Person mit Bitte, Beispiel und lobendem Beifall das Gute und Zweckmäßige da durchzusetzen, wo der Mann lähmenden Widerstand gegen sein Anstürmen gefunden hätte. Zu einem solchen Feldzuge vorher den Plan auszuklügeln, ist nicht der Frauen Art; sie lassen sich vom Augenblicke leiten, vertrauen ihrem Glücke — und gewöhnlich ist ihnen der Augenblick günstig.

Dank dieser Eigenthümlichkeit besitzt das weibliche Geschlecht an Stelle des für den Weltverkehr nothwendigen, weittragenden Blickes, — welcher für den weiblichen Lebensberuf eher hinderlich als fördernd sein würde, — die Begabung: kleine Verhältnisse des täglichen Lebens mit Geistesschärfe zu durchschauen, mit Blitzesschnelle zu erfassen und ohne langes Ueberlegen, als ob es sich von selbst verstünde, Wort und Handlung danach zu richten. Der Mann entbehrt dieser Fähigkeit in solchem Grade, daß die deutsche Sprache sie sogar ausschließlich den Frauen zuschreibt: „Mutterwitz". — Deßhalb pflegen auch im geselligen Verkehre die Männer nur selten große Gewandtheit zu entfalten; deßhalb sind weibliche Diplomaten in den Schachzügen des ränkevollen Intriguenspieles beim mündlichen Verkehr Meister; deßhalb sagt Goethe im Tasso:

„Wollt ihr genau erfahren, was sich schickt,
So fraget nur bei edlen Frauen an,
Denn ihnen ist am meisten dran gelegen,
Daß Alles wohl sich zieme in der Welt."

Diese Eigenthümlichkeit kennzeichnet das weibliche Geschlecht wie es scheint in allen Theilen der Erde. Daß wenigstens in Asien die Frauen nicht anders geartet sind, als bei uns, geht aus den reizenden Sinnsprüchen hervor, welche französische Missionäre bei den Chinesen gesammelt haben*): „Die Tugenden der Frauen sind immer unbewußter, dem Herzen nahe, und liebenswürdiger." — „Die ersten Entschlüsse der Frauen sind die weisesten, die letzten ihnen gefährlich."

Legen diese Worte ein günstiges Zeugniß von der feinen Beobachtungsgabe der männlichen Chinesen ab, so erweisen sie doch auch nicht minder, wie übereinstimmend die Frauenwelt Asiens mit der europäischen ist. — Wir werden später (bei der „Arbeitslehre") auf diesen Charakterzug zurückkommen, seine Entstehung nachweisen, und zugleich erörtern — weßhalb er vorzugsweise der Jugend, minder dem Alter eigenthümlich ist. Nach der gewöhnlichen Anschauung scheint er den Mädchen und

---

*) Missionaires de Pe-kin, Mémoires concernant les Chinois X. 147.

Frauen so zu gehören, daß der Eindruck, welchen sie machen, ein minder günstiger ist, wenn sie dieser Eigenthümlichkeit sich zu entäußern versuchen. Nur im Geltendmachen der vollen Eigenthümlichkeit aber beruht jedes einzelnen Menschen Bedeutung und Größe!

Will man sich der Unterschiede zwischen Mann und Frau bewußt werden, so braucht man sie nur in den Kunstwerken aufzusuchen. Es giebt Dichtungen von männlichem und weiblichem Charakter, wie es männliche und weibliche Musik giebt. Lenau, von äußeren Eindrücken geleitet und beherrscht, näherte sich im Charakter dem Weibe und seine Dichtungen sind weiblicher Art; Uhland dagegen, der in sich gefestete Mann von eherner Unbeugsamkeit, übertrug seine Denkweise auch in seine Schöpfungen, welche durchweg ein männliches Gepräge tragen. Indessen umhüllen die von beiden Dichtern gewählten Formen ihre Eigenheiten mit so gefälligem Kleide, daß es uns nicht überrascht, Lenau's Gedichte von einem Mann, Uhland's Balladen von Frauenmund vortragen zu hören; dagegen wäre es lächerlich, die dem „Nathan" oder dem „Wilhelm Tell" von ihren Verherrlichern zuertheilten Worte aus weiblichem Munde zu hören; denn ihr Inhalt ist männlich, bei dem einen durch objektive Ruhe der weittragenden Ueberlegung, bei dem anderen durch die Energie des Entschlusses und der Thatkraft. — Der gewaltige Rubens zeigt sich in allen Werken seines Pinsel's als Mann, der fein beobachtende Claude-Lorrain tritt uns mit weiblicher Gewandtheit im Festhalten der augenblicklichen Stimmung entgegen, und Van Dyk löst die schwere Aufgabe, männliche Kraft, Würde und Schärfe der Charakterisirung mit weiblicher

Formenschöne, Anmuth und liebenswürdigem Farbenschmelz zu vereinen. Entsprechende Unterschiede ergeben sich auf musikalischem Gebiete. Es ist verkehrt und undankbar, wenn eine Frau oder gar ein Mädchen das Es dur-Konzert von Beethoven oder ein Konzert von Chopin spielt. Nur männlicher Geist vermag im ersten Falle den spröden Klang der Tasten so zu zwingen, daß er Widerpart hält den Tonmassen des Orchesters; nur männlicher Geist vermag im anderen Beispiele die schwächliche und bizarre Launenhaftigkeit eines kranken Tonsetzers durch den Ausdruck innerer Kraft und durch geschickte Vertheilung der Farben dem Zuhörer erträglich zu machen. Die Mehrzahl der heutigen Musikdirektoren und Konzertbesucher ist freilich durch den verweichlichenden Einfluß der Musik schon so denkträge geworden, daß sie nichts gegen solches Gebahren einwendet. Die Frauen und Mädchen sollten aber selber Scharfsinn genug besitzen, nur solche Werke (von Mozart, Weber, Mendelssohn u. A.) zum öffentlichen Vortrage zu wählen, die ihrer Eigenthümlichkeit entsprechen. Bringen sie diese zur Geltung, so haben sie überall ihr Spiel gewonnen. —

Indem die Frauen mit absichtsloser Unmittelbarkeit den Einflüssen ihrer Umgebung, wie der augenblicklichen Stimmung Rechnung tragen, sind sie theils leichter der leidenschaftlichen Erregung unterworfen, theils geben sie in ihrem eigenen Selbst den Gesammtausdruck für die von außen kommenden Einwirkungen. „Zwiefach ist die Speise der Frauen, vierfach ihr Verstand und achtfach ihre Leidenschaft“ — lautet ein Sprüchwort der Hindu, das schon aus alter Zeit die ersterwähnte Eigenheit bezeugt, — während der Umstand, daß Frauen körperlich, wie geistig, die Eigenthümlichkeiten des Stammes und der Rasse mehr als Männer in sich vereinen, die zweite bewahrheitet. Die sinnlich schnell erregte, harmlos fröhliche Negerin, — die kalte, kalkulirende, gemüthlose Amerikanerin, — die apathische, schwerfällige, träumerische Türkin, — die schnell erfassende, unermüdliche, das gegebene Wort unverbrüchlich haltende Deutsche Jüdin, — die prunksüchtige, unsaubere, nach jeder Richtung leidenschaftliche Polin, — die leicht bewegliche, gracieuse, geistvolle und selbstbewußte Französin, — die schwerfällige, eckige, langsam erwägende und ihres Vortheils wartende Engländerin, — die zum Schwärmen geneigte, der Rührigkeit abholde, in Arbeit, Hingebung, Lob oder Mißstimmung gleicherweise ausdauernde Deutsche, — — prägen sie nicht Alle in ihrem Wesen die Eigenthümlichkeit ihres Stammes, ihrer Rasse schärfer aus, als diejenigen, welche sich gern ihre „Herren" nennen lassen, und doch nur danach trachten, ihre treuen Ergebenen zu werden? — Im Weibe gipfelt sich die Rasseneigenheit. Und vom naturwissenschaftlichen Standpunkte ist sogar das Weib ein treuerer Ausdruck der Merkmale, welche den Menschen vom Thiere scheiden, als — trotz höheren Hirngewichtes und trotz „Weltverstandes" — der Mann.

Gerade durch seine größere Subjectivität erlangt das Weib, unbeschadet seiner Abhängigkeit von äußeren Einflüssen, größere Selbstständigkeit in seiner Entwickelung und damit größere Vielseitigkeit.

Nur das Weib giebt seine individuelle Eigenthümlichkeit in solcher Weise kund, daß die Sprache genöthigt wurde, mit den verschiedenen Benennungen „Weiber" — „Damen" — „Frauen" auch unter sich ganz abweichende Vorstellungen zu verbinden. Die „Weiber" sind es, welche der Dichter des Wallenstein „zu Hyänen" werden läßt und welche „beständig zurück nur kommen auf ihr erstes Wort, wenn man Vernunft gesprochen stundenlang"; — die in Leidenschaft, Sinnlichkeit und Gedanken-Unordnung verkommenen „Weiber" kennzeichnen ihres Geschlechtes Schattenseiten und sind uns das Beispiel der widernatürlichen Unweiblichkeit. — Die „Damen" verleugnen das Vaterland mit der vom fremden Stamme entlehnten Benennung und so eng verbindet sich mit ihnen die Erinnerung an ihre Leibeigenschaft unter dem Scepter der Mode und des äußeren Flitters, daß wir sie uns nur als Zierrath des Prunkgemaches oder der öffentlichen Versammlung vorstellen können, wenn „rings auf hohem Balkone die Damen im schönsten Kranz" den Festraum im Wetteifer mit aufgeputzten Trabanten und flatternden Fahnen zieren; — je mehr die „Damen" lady-like werden, um so mehr verfallen sie in Ueberweiblichkeit und Unnatur. — Die „Frauen" endlich sind es, welche der alte Dichter von der „Freude" benannt wissen wollte, — welche Schiller zu „ehren" fordert, denn „sie flechten und weben himmlische Rosen in's irdische Leben"; — bei „edlen Frauen" kann man „genau erfahren, was sich schickt", — „Frauen" sind die Vertreter ächter Weiblichkeit, welche letztere mit Schicklichkeit und dem Naturgemäßen in gewisser Beziehung gleichbedeutend ist.

Nur beim Weibe finden wir in so verschiedenen Gliederungen die individuelle Entwickelung getrennt, beim Manne nicht. Die entsprechenden Benennungen der Sprache: „Kerle — Herren — Männer" sind weit davon entfernt jene vielseitigen Unterschiede zu bezeichnen, welche sich bei den Worten „Weiber — Damen — Frauen" ungesucht darbieten. Namentlich aber liegt das Unterscheidungszeichen mehr in Erziehung und äußerer Zuthat, und nicht im Begriffe der „Männlichkeit", wie in der ungenügenden, — vollständig vorhandenen, — oder übertriebenen — „Weiblichkeit" bei den drei Benennungen der Frauenwelt. —

Gröbere Form und rüder Sinn kennzeichnet die „Kerle", vornehmes Wesen die „Herren"; doch sind beide dem Grade nach ebenso „Männer", wie es auch die Jüngeren, noch Unverheiratheten sind.

Anders verhält es sich bei den Frauen. Wohl gewährt ihnen das schöne Ebenmaß der Frauentugenden: Herzensreinheit, Milde, Bescheidenheit und Fleiß, welches gemeinsam mit anmuthiger äußerer Erscheinung gewöhnlich unter „Weiblichkeit" verstanden wird, gleichsam eine Werthbestimmung des weiblichen Charakters; dennoch gilt „Weiblichkeit" nicht als etwas Selbstständiges, sondern wird zum eigenthümlichen Schmucke des „anderen" Geschlechtes erst durch den Gegensatz der Männlichkeit.

Die edelste der drei Bezeichnungen (Weiber — Damen — Frauen) nennt uns in wörtlicher Bedeutung nicht ein Mädchen, eine Unverheirathete, eine Einzelne; — sie ist vielmehr gleichbedeutend mit „Ehefrau", das heißt: die einem Manne Angetraute und Anvertraute. So versteht man auch unter „Frauenwelt" im Allgemeinen das ganze weibliche Geschlecht, — aber unter „Mädchenwelt" nur einen bestimmten Theil der „Frauenwelt".

Durch Gemeinsamkeit mit dem Lebensgefährten und im Gegensatze zu ihm entfaltet sich als Ausdruck der vollen Eigenthümlichkeit der Frauenwelt: „das Weib“.

Das Höchste und Schönste, was das Weib ist und sein kann, wird es: wenn es die wahre Weiblichkeit in sich pflegt, erhöht, veredelt. Dadurch wird es zum vollen Ausdrucke seiner Art, — wird es: „das Weib“, — wird es:

„Der Schöpfung Meisterstück — das Weib!“

Schönheitslehre.

(Mit 15 Holzschnitten).

Schönheitslehre.

[Sündenregister. — Individuelles und Allgemeines. — Hautpflege. — Waschmaschiene. — Gesicht und Hände. — Sommersprossen. — Haarpflege. — Zahnpflege. — Fußpflege. — Muskelpflege. — Gehbewegungen des Oberkörpers. — Kleidermoden.]

„Wenn man gerne wissen möchte, was andere Leute über eine gewisse Sache denken, die Einen selbst angeht, so frage man sich nur, was man unter gleichen Umständen von ihnen denken würde. Man halte Niemanden für moralisch besser in diesem Stücke, als man selber ist, und Niemanden für einfältiger. Die Leute merken öfter, als man glaubt, solche Dinge, die wir vor ihnen mit Kunst versteckt zu haben meinen.“ (Lichtenberg.)

Wann ist eine weibliche Gestalt „schön“? Wann ist eine Frau „schön“? — Männer würden diese Fragen dahin beantworten: daß Schönheit der Frauen gleichbedeutend sei mit Tugend und Geistesadel, — daß diejenige Körperschönheit ihnen am reizvollsten dünke, welche am nächsten käme dem von griechischem Meisel hinterlassenen Ideale. — Das weibliche Geschlecht selber urtheilt jedoch anders, — wenigstens was die äußere Erscheinung anbelangt. Nicht Geschmack der Einzelnen, noch Grundsätze der Aesthetik, sondern allgemeine Anerkennung je nach Zeit und Ort, also die „Mode“, bestimmen für die Frauenwelt den Begriff der Schönheit.

Die Damen der Hindu beizen ihre Zähne glänzend schwarz und vergleichen voll Abscheu die weißen Perlenreihen der Europäerinnen mit dem Gebisse der Hunde und Affen, — die berühmten Bajaderen von Delhi erscheinen bei ihren verführerischen Tänzen an Stirn, Nase, Ohren und Fingern mit Gold geschmückt, die Nägel der Hände und Füße durch „Henna"*) rothgelb gefärbt, — die Frauen von Damaskus malen sich kohlschwarze Augenbrauen in großen Bogen, färben die Wangen grellroth und geben dem unteren Augenliede einen schwarzen Strich bis zu den Schläfen, — die Töchter der Südseeinsulaner tätowiren sich auf Schenkel, Hand, Schulter und Zungenspitze, — und die unbemittelten Negermädchen, deren gesammter Anzug in einer Schürze von der Größe eines Taschentuches nebst einer Halskette aus Glasperlen besteht, verfehlen doch nicht, zur Erhöhung ihrer Reize die Nasenscheidewand oder auch die Lippen zu durchbohren, um Zierrath darein zu tragen, und das Gesicht weiß, roth und blau zu bemalen, wobei eine mit Wasser gefüllte Kokosnuß den Spiegel ersetzt. Und das Alles geschieht, um — — „schön" zu sein.

Nun gar die äußere Gestalt! Die erwähnten Tänzerinnen von Delhi besetzen den Saum ihrer weiten Gewänder mit kleinen Gewichten, damit sie gerade herab-

*) Der Henna-Strauch, Alkanna, Lawsonia alba, wächst durch ganz Südasien wild und ist daselbst nicht nur seiner wohlriechenden weißen Blüthen wegen beliebt, sondern auch um des in Wurzeln und Blättern befindlichen Farbstoffes willen, welchen Inder, Perser und Aegypter zum Färben der Nägel, oft auch der Pferde und Kameele, sowie der Leinwand benutzen. Neben diesem ächten Alkanna ist bei uns noch die falsche Alkannawurzel im Handel, von der in Südeuropa und Afrika heimischen Färber-Ochsenzunge, Anchusa tinctoria, deren rothes Harz zum Färben der Oele, Pomaden, Firnisse dient.

sinken und nur beim Tanze fliegen, — die wohlhabenden Negerinnen von Fetu dagegen verhüllen sich von der Hüfte bis zum Knie mit den kostbarsten Stoffen, die sie erlangen können, während der Oberkörper unbedeckt bleibt, und unter dem kurzen Kleidchen tragen sie (wie der zuverlässige Berichterstatter W. Joh. Müller erzählt) „hinten auf den Hüften einen von alten Lumpen zusammengenähten Pult, einem Kameelshöcker nicht ungleich; selbigen halten sie für eine große Zierde." — Jene Kissen also, welche im Jahre 1530 die französischen Hofdamen an eben jener Stelle unter dem Namen „Bouffantes" trugen und welche noch jetzt nicht ganz verschwunden sind, haben ihr Vaterland in Afrika. Die Spanierinnen erfanden dazu (um 1555) die „Vertugada" oder „Vertugalla"*), ein mit grober Leinwand überzogenes Drahtgestell, welches die vornehme Damenwelt auf den Hüften trug, so daß die über dasselbe herabfallenden Kleider weit zur Seite ragten. Die Französinnen machten daraus unter Louis XIV. und XV.

*) Die Benennung ist vermuthlich vom italienischen vertucchio, „dem Anscheine nach tugendhaft" abgeleitet. — Bouffante, die Bauschige, gleichbedeutend mit dem heutigen „cul de crin, cul de Paris". — Auch an anderen Körperstellen wurde Uebertreibung der natürlichen Form Modesache. So trug man von 1786 bis 1800 auf Brust und Schultern sogenannte „Merrythougts, Lyers, — Protuberances, Menteurs", d. h. Drahtgestelle, welche mit reich gestickten Halstüchern überdeckt, den Anschein einer widerlichen, fast bis zum Kinn reichenden Busenfülle gaben; von 1800 bis 1811 trugen die eleganten Damen auf der Brust nur die eigene Haut als Bedeckung — und erst von 1813 traten Anstand und Sitte wieder in ihre Rechte. — Ein gedrucktes „Preis-Verzeichniß von Cautchouc-Fabrikaten" der Gebrüder Sachs in Berlin (66, Unter den Linden), welches 1863 veröffentlicht wurde, bietet mit Illustrationen den hülfsbedürftigen Damen „Brüste aus Gummi zur Taillenverschönerung... in einem, auch in zwei Exemplären" an. Die Gegenwart hat also keine Ursache, über die Vergangenheit spöttisch die Nase zu rümpfen, denn — das illustrirte Preisverzeichniß würde die Waare nicht aufführen, wenn nicht Nachfrage nach ihr wäre.

den „Reifrock“, welcher zuletzt vorn und hinten zusammengedrückt, aus eiförmigen Reifen aufgebaut, einen Umfang von 7—8 Ellen hatte. Als der Reifrock von der Revolution in die Acht erklärt war, begnügten sich die Französinnen mit um so geringerem Umfange, da sie fast Nichts als die „chemise greque“ trugen, — die Töchter Albions dagegen suchten und fanden (1793) Ersatz in den Pads: „Kissen“, welche die Damen unter dem Kleide am Gürtel trugen, um der vorderen Seite des Leibes die Gestalt eines riesigen Pudding zu verleihen, während die Rückseite ungerechter Weise leer ausging. Darauf wurde zu Anfang dieses Jahrhunderts die Gestalt der Damen wieder schlank im „jöhrich geschnittenen“ Röckchen, um dann zu Ehren eines kaiserlichen Prinzen im vorigen Jahrzehnt von neuem zur Form eines „Kückenkorbes“ zurückzukehren. Und das Alles geschah und geschieht, um — — „schön“ zu sein.

Die vornehmen Venetianerinnen der Dogenzeit gingen mühsam auf hohen Stelz-Galoschen, — die Französinnen und die ihnen treulich Alles nachahmenden deutschen Modedamen der Rokokozeit schwankten auf Schuhen mit 4—5 Zoll hohen Absätzen einher, — die Damen von Damaskus humpeln und klappern auf „Kabbaks“: kleinen Schemeln von Holz, mit Perlmutter zierlich ausgelegt und mittelst eines Riemens am Fuße befestigt, — und die vornehmen Chinesinnen verkrüppeln absichtlich ihren Töchtern in zarter Jugend Zehen und Füße zum künstlichen Klumpfuß. — Und auch dies geschieht, um — — „schön“ zu sein! —

Wir wollen das Sündenregister weiblicher Modethorheiten nicht weiter fortführen, obgleich wir weit davon entfernt sind, den Vorrath erschöpft zu haben. Nicht jene durch zufällige Launen nach Zeit und Ort wechselnde Schönheit wollen wir lehren, sondern wir wollen die Mittel angeben, durch welche das schöne Geschlecht sich seines Namens würdig macht. Und diese Mittel sind einfach.

Allerdings ist keine Frau und kein Mädchen wirklich „schön", wenn man den Begriff nach den höchsten und strengsten Anforderungen der Maler, Bildhauer und Anatomen auffaßt und mithin nur auf völliges Ebenmaaß der Körperbildung bezieht. Nicht einmal ein in allen Theilen den Gesetzen idealer Form völlig entsprechendes Antlitz läßt sich auffinden unter den Lebenden, geschweige denn ein in seinem ganzen Bau dem Ideale entsprechender Körper. Immer wird irgendwo eine Regelwidrigkeit die reine Harmonie beeinträchtigen. Und was wäre auch gewonnen, wenn ein solcher Fund gelänge? Im günstigsten Falle eine belebte Statue, welche das Bedauern erweckte, daß man dieselbe nicht versteinern könnte, sondern daß auch sie der Vergänglichkeit unterworfen sei. — Kann es ein Wunsch vernunftbegabter Wesen sein, mit den archäologischen Sammlungen zu rivalisiren? Stehen Menschenwürde und Frauenwerth nicht höher im Preise, als ein behauener Marmorblock? Ist denn des Körpers schöne Form für Menschen das höchste Ziel, der höchste Werth? Tragen wir nicht in uns ein Höheres: den Geist? Wollen wir uns durch Verleugnen des Höheren freiwillig erniedrigen? Ist nicht das Veredeln unser selbst nach beiden Richtungen, nach der körperlichen, wie der geistigen, unsere eigentlichste Aufgabe hienieden? Vermögen wir irgendwie und irgendwann Geist und Körper von einander willkührlich zu trennen oder besteht nicht vielmehr unser „Ich“ aus der Gesammtheit Beider?*)

Es giebt keine „Schönheit“ für Menschen, an welcher nicht Geist wie Körper gleichzeitig betheiligt wären.

Jede Frau, jedes Mädchen kann „schön“ werden, wenn sie es will und mit den rechten Mitteln danach strebt: ihre volle Eigenthümlichkeit zu wahren und zu entwickeln, — wenn ihr Verhalten und ihre äußere Erscheinung allseitig naturgemäß sind. — Wir haben die beiden wirksamsten „Schönheitsmittel“ genannt. Betrachten wir ihre Verwirklichung.

Volle Eigenthümlichkeit sich zu wahren ist keine leichte Aufgabe für beide Geschlechter. Der Gelehrte muß so viel lesen und lernen, daß nur zu leicht über der Menge des Aufgenommenen ihm der eigenen Anschauung Frische, des Urtheiles Kühnheit verloren geht. Die Frau will und soll nicht zu sehr aus dem Kreise der Gefährtinnen heraustreten und leicht verfällt sie dann in sklavische Nachahmung, statt dem persönlichen Bedürfnisse zu genügen. Sie strebe daher, beides zu vereinen: die Stellung zu bewahren, welche ihr im Leben gebührt, und doch dabei ihres eigenen Wesens Art nicht zu unterdrücken. So würde eine zarte Dame, durch moderne Erziehung überfeinert, einen ebenso komischen Eindruck im Gewande und in dem Arbeitskreise einer Stallmagd machen, wie eine Bauerndirne im modischen Putz und im eleganten

*) Nicht ohne Absicht gebrauchen wir den Ausdruck „Geist“, statt des herkömmlichen Wortes „Seele“. Die Philosophen trennen beide; die Naturwissenschaft vermag das nicht, wofür die Erklärung in des Verfassers Werke: „Geist und Körper“ (Leipzig 1859, Winter) für Jedermann verständlich dargelegt wurde.

Salon, — so ist es gleicherweise kindisch, wenn kaum erblühte Mädchen den Greisinnen nachahmen, oder wenn „eine Hekuba an Jahren“ noch einmal die Rollen der Gurlit oder Mignon im Leben spielen möchte, — und so beeinträchtigt es sogar das Wohlthuende der Erscheinung, wenn schwarzes Haar in Locken gezwungen wird, die nur dem blonden wohl stehen.

Allseitig naturgemäß aber zu sein, — das ist für Jeden, der es will, ein Leichtes. Naturgemäß heißt: geistig wohl und körperlich gesund. Man braucht nur in Allem ohne Berechnung und Absicht dem eigenen Instinkte zu folgen, um geleitet von Bedürfniß und Neigung, gezügelt durch Sitte und Anstand, das Rechte zu treffen, — während geistige Bildung ebenso die Ziele erhöht und veredelt, nach denen die Neigung hindrängt, als sie durch Stärkung des Charakters das nöthige Selbstgefühl mit jener Unabhängigkeit des Geistes vereinigt, welche nöthig sind, um auch innerhalb der von Gesellschaft oder Lebensstellung gezogenen Schranken naturgemäß zu bleiben und die eigene Eigenthümlichkeit nicht zu verlieren.

Diejenige Frau, welche diese beiden Forderungen erkennt und erfüllt, — welche sie mit Herzensgüte, Tugend, Bescheidenheit und anmuthiger Einfachheit vereinigt, — wird uns als ein Beispiel ächter Weiblichkeit erscheinen und ein solches ist immer „schön“.

Die Macht des Geistes ist größer, als die des Körpers. Das schönste Weib erscheint uns bald häßlich, wenn ihre Schönheit nur auf die Schale sich beschränkt; und die Reizloseste wird der Mann vergöttern, wenn er den Kern ächter Weiblichkeit in ihr gefunden. Aber

Schminke, Krinolin und Bänder sind nicht die rechten Mittel, um schön zu erscheinen, — wenn nicht das Urtheil der Narren entscheiden soll. — „Kluge Leute glauben zu machen, man sei, was man nicht ist, das ist in den meisten Fällen schwerer, als wirklich zu werden, was man scheinen will"*). Möge denn die Frauenwelt den leichteren Weg vorziehen und lieber „schön" sein, statt es nur scheinen zu wollen. —

Wir werden später die Lösung dieser Aufgabe auf geistigem Gebiete zu verfolgen haben**); für jetzt betrachten wir die Schönheitslehre des Körpers vom ärztlichen Standpunkte und beginnen mit der Pflege der Haut.

Der alte römische Dichter Ovid gab in seiner „Kunst zu lieben" den römischen Damen den Rath, die fehlenden Farben ihrer Wangen künstlich zu ergänzen; um aber die Gesichtshaut vom nachtheiligen Einflusse der während der Tageszeit mit Speichel eingeriebenen Mineralfarben wiederum zu befreien und sie weich zu machen, lehrte er, das Gesicht während der Nachtzeit mit Teig und einer ledernen Maske zu bedecken. Die eleganten Römerinnen hielten sich besondere Sklavinnen, welche am Morgen die über Nacht eingetrocknete Kruste geschickt zu entfernen verstanden. Diese Sitte — oder richtiger Unsitte — der Nachtmasken scheint in Italien lange Zeit heimisch geblieben zu sein; doch wurden die Masken später aus feiner Leinwand gemacht, mit einer Salbe (aus Wachs, Wallrath, Schweinfett und Kampfer) ausgestrichen und besonders von älteren Damen benutzt, um die zu trockene Gesichtshaut weich und

---

*) Lichtenberg.

**) Im 6. und 7. Abschnitte.

zart zu machen. Mehr Sinn würde in dem Gebrauche der bei Tage zum Schutze gegen die Sonnenstrahlen getragenen Sammetmasken gelegen haben, wenn sie nicht von schwarzer Farbe gewesen und in Italien, wie am Hofe Ludwigs XIV. vorzugsweise dazu benutzt worden wären, bei besonderen Gelegenheiten „incognito“ zu bleiben. Dunkle, dichte Schleier ersetzen dies heutzutage.

Alle diese Mittel sind unpassend, da sie höchstens vorübergehend täuschen oder durch Verzärtelung der Haut für die nachtheiligen Einflüsse der „Erkältung“ empfänglich machen, mithin die Entstehung der Gesichtsrose, des Zahnreißens, der Augenentzündung und anderer Krankheiten begünstigen. Ninon de Lenclos wußte ein besseres Mittel. Als sie 1706 im Alter von 90 Jahren starb, hatte sie noch immer eine zarte, schwellende, jugendliche Haut. Sie zeigte, als sie einst von einem Verehrer dringend um Mittheilung des Geheimmittels gebeten wurde, das ihren Teint so wunderbar frisch erhalten, — — — einen Krug mit kaltem Wasser und ein Stück Flanell. Das waren ihre „Geheimmittel“, — welche übrigens, so einfach sie sind, für richtige Anwendung nicht nur Unterweisung, sondern auch eine gewisse Selbstüberwindung erheischen.

Die äußere Haut des Körpers, welche vermöge ihrer Elasticität sich überall an die Körperformen glatt anschmiegt, bildet ein ununterbrochenes Ganzes vom Scheitel bis zur Fußzehe; selbst wo eine Oeffnung zu sein scheint, (wie bei Mund, Nase, Augen) endet sie nicht, sondern setzt sich ununterbrochen in das Innere des Körpers fort, — wenn sie auch an diesen Stellen dünner und durchsichtiger wird, so daß die unter ihr liegenden feinen Blutgefäße mit rother Farbe deutlich durchschimmern.

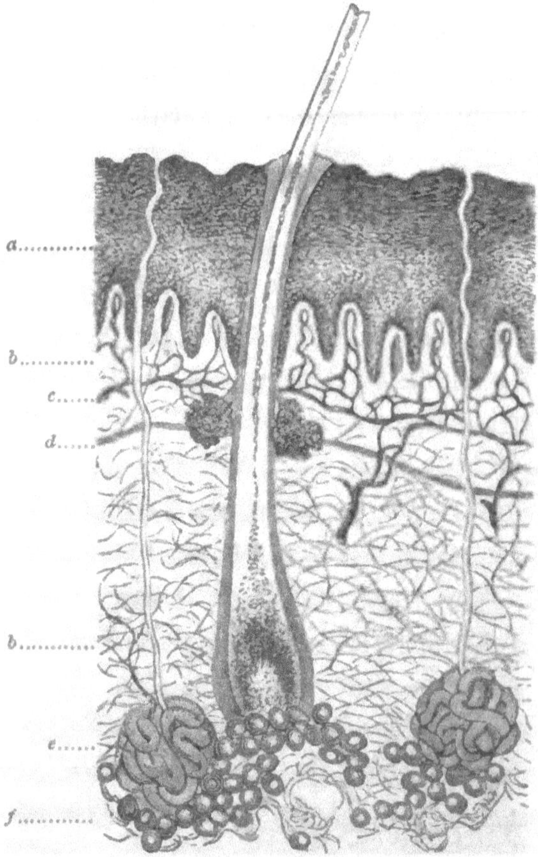

Durchschnitt der menschlichen Haut unter dem Mikroskop.

a Oberhaut. — b b Lederhaut. — c Blutgefäße. — d Nerven. — e Schweißdrüsen. — f Unterhautzellgewebe. — In der Mitte ein Haar im Haarbalge mit Talgdrüsen.

Die Haut ist ziemlich dick und selbst an den zartesten, wohlgepflegtesten Damenhänden erheblich dicker, als die Glacéhandschuhe, welche zu ihrem Schutze getragen werden. Sie besteht aus drei Schichten, — deren äußerste, a „Oberhaut“, Epidermis, aus vielfach übereinander-liegenden, an der Luft austrocknenden und daher auf der äußeren Fläche hornig werdenden Zellen zusammengesetzt ist. Die zweite Schicht nach innen, b b die „Lederhaut“, Corium oder Derma, sehr dehnbar und zähe, wird aus vielfach mit einander verfilzten feinen und gröberen Fasern gebildet, welche gerade und geschlängelt nach allen möglichen Richtungen in ihr verlaufen; dieser feste, zähe Filz dient sowohl den in der Lederhaut befindlichen Blutgefäßen c und Nerven d als Schutz gegen Verletzungen, als er zugleich der Haut ihre eigenthümliche Festigkeit erlaubt. Nach Entfernung der „Oberhaut“ und der noch erwähnten dritten Schicht kann die „Lederhaut“ gegerbt werden; auch aus der „Lederhaut“ der Menschen (ja sogar der Damen) kann „Leder“ bereitet werden, welches an Stärke und Dauerhaftigkeit dem der Ziegen, Schafe und Kälber gleichkommt. In die Lederhaut sind die Haare und Talgdrüsen eingebettet. Die äußere dicht unter der Oberhaut liegende Oberfläche der Lederhaut ist wie ein feiner Sammet mit kleinen zungenförmigen Hervorragungen — den Hautpapillen oder Tastwärzchen — besetzt, in deren Mehrzahl je eine geschlängelt verlaufende Schleife eines feinen Blutgefäßes eingeschlossen ist, — während einige das Ende einer Nervenfaser enthalten, deren „Tastkörperchen“ die Tastempfindung vermittelt; — endlich verlaufen zwischen den Papillen die korkzieherartig gewundenen Ausführungsgänge der „Schweißdrüsen“ e, welche in den sogenannten „Poren“ nach außen münden. In die dritte Schicht f, das „Unterhautbindegewebe“, geht die Lederhaut allmählich über; wie diese besteht auch jenes aus Bindegewebsfasern, welche jedoch lockerer in ihr liegen (ungefähr wie die Pflanzenfasern in der Watte) und in ihren Zwischenräumen die Fettzellen halten; man nennt deßhalb die dritte Hautschicht wohl auch die „Fettschicht“.

So ist also unsere Haut kein einfaches, sondern ein vielfach zusammengesetztes Gebilde: aus mehreren Schichten, mit Blutgefäßen, Nerven, Drüsen, Haaren. Wie sollte ein solches Gebilde ohne Pflege gedeihen? —

Die Lebensthätigkeit der Haut besteht nicht nur in dem mechanischen Schutze gegen Verletzungen, nicht nur ist sie Empfängerin der Gefühle des Tastens, des Juckens, der Kälte oder Wärme, — sondern sie ist auch Organ der „Absonderung“ für unseren Organismus und dient so den chemischen Vorgängen der Ernährung. Die wichtigste Hautabsonderung ist die des Wassers: theils in Form des „Schweißes“ (bei körperlichen Anstrengungen, geistiger Aufregung, großer Hitze), theils durch die für unsere Sinne „unbemerkbare Hautausdünstung“; letztere besteht in der Verdunstung der Feuchtigkeit, mit welcher die Blutgefäße der „Lederhaut“ und ihrer Papillen die äußere „Oberhaut“ durchtränkt haben; ein Erwachsener verliert auf diese Weise täglich etwa 2¼ Pfund (also mehr als zwei Biergläser) Wasser aus seinem Blute, welches durch Getränk wieder ersetzt werden muß. Minder wichtig sind die Absonderungen des Hauttalges, welcher die Haare von der Wurzel aus einölt, und der Hornzellen, aus welchen die Oberhaut besteht, obwohl bei deren Bildung aus dem Blute Stoffe entfernt werden, die nicht mehr brauchbar für die Ernährungsvorgänge sind; — so daß also unbrauchbare „Blutschlacke“

im lebenden thierischen und menschlichen Organismus mit wunderbarer Sparsamkeit zu höchst werthvollen und brauchbaren Bestandtheilen Verwendung finden. Ein Vorbild für die Oekonomie des Hauswesens und des Staates! — Endlich ist die Haut ein Athmungsorgan, welches Kohlensäure und Stickstoffgas unausgesetzt aushaucht, dagegen andere Gase, besonders Sauerstoff, aus der uns umgebenden Luft einsaugt und in das Blut überführt. (Bei Kindern ist das Hautathmen am kräftigsten, bei Erwachsenen weniger.) Die Nothwendigkeit einer vernünftigen Hautpflege und deren, sowie des regelmäßigen Wechsels der Unterkleider, Bedeutung für die Gesundheit beruht nicht zum geringsten Theile hierauf.

Der Zweck einer guten Hautpflege muß dahin gehen: die „Oberhaut" zu verdünnen, ihr (beständig, Tag für Tag stattfindendes) Abschuppen zu begünstigen und zugleich hierdurch die „Lederhaut" dicker, blutreicher zu machen, sie zur Ernährung der Oberhaut anzuregen. Darin beruht das Geheimniß, weßhalb richtige Hautpflege jung erhält; bei Greisen ist die „Lederhaut" dünn, die „Oberhaut" schlecht genährt und dick, während das Verhältniß beider in der Jugend umgekehrt ist. Indem man aber die Haut jung und frisch erhält, bleibt auch der ganze Organismus jugendlich frisch und — gesund!

Von den vier Hülfsmitteln der Hautpflege ist 1. das Einreiben des Körpers mit Oel oder Milch für unser Klima das mindest nützliche. Für Arabien, Aegypten, Australien, Südasien und Südamerika mag es wohl nützlich sein, weil es die übermäßige Hautausdünstung in heißer, trockner Luft hindert; wenn es in unserem Klima jemals nützte, so war das **Reiben** nützlich, nicht der fettige Stoff. Nur für Hände und Haare verdient er Empfehlung. (Schauspielerinnen ist der Gebrauch des Oeles oder halbflüssiger Pomade zum Abschminken mehr zu rathen, als Abwaschen mit Wasser, weil bei diesem die Haut des Gesichtes zu sehr gerieben wird; — Bestreuen mit Puder — d. i. Stärkemehl — kühlt dann die Haut des Antlitzes und entfernt überflüssiges Fett.)

2. Die beste Hautpflege gewährt fleißiges **Baden des ganzen Körpers** im Wasser: im Sommer täglich oder doch mehrere Male wöchentlich im Flusse, wobei für Magere und Junge die Nachmittagsstunde, für Dicke und Aeltere die frühe Morgenstunde zu wählen und die Vorsicht zu gebrauchen ist, daß man sich erst dann entkleidet, wenn man sich vollständig abgekühlt hat, — im Winter wöchentlich in der **Wanne**, deren Wasser von $+25^0$ R. sei und in welcher man 15 Minuten verweile; nach dem Warmwasserbade übergieße man sich mit kaltem Wasser, um der Erkältung in Folge von Hauterschlaffung vorzubeugen. (Ausführlich findet man die Baderegeln im „Buch der vernünftigen Lebensweise", Kap. III.) Nach jedem Bade muß man sich mit einem **groben** Handtuche, oder einem Tuche mit sogenanntem Gerstenkorn-Muster, oder einem Frottirtuche mit Knötchen, tüchtig am ganzen Körper abreiben, um die von der Oberhaut ablösbar gewordenen Zellen zu entfernen. **Alle Handtücher müssen grob und dick sein!** Bei der ersten Wirthschaftseinrichtung oder bei späteren Nachschaffungen ist darauf zu achten. —

In alter Zeit war für das Bedürfniß des Bades reichlicher gesorgt, als in der Gegenwart. In Rom befanden sich im 4. Jahrhunderte 950 Badestuben; im Mittelalter gab es keine Stadt in Deutschland und Frankreich, die nicht durch zahlreiche private und öffentliche Bäder für die Befriedigung des Bedürfnisses gesorgt hätte. Aber wir wollen deßhalb unsere Zeit nicht herabsetzen, denn in Rom badeten beide Geschlechter gemeinsam und erst das Koncil von Laodicea wagte dies ohne Einschränkung zu verbieten*); — im Mittelalter aber entkleidete man sich zu Hause bis aufs Hemd, sobald der Bademeister durch Ausrufen oder Ausklingeln, oder durch Blasen auf einem Horne angezeigt hatte, daß das Bad bereitet war, und ging nun so im Badehemde durch die Straßen. So geschah es in Deutschland noch 1610 und so war es in Baden in der Schweiz noch in diesem Jahrhunderte Gebrauch. „Es ist dort so Sitte und nicht ärgerlich", versicherte 1815 der Augenzeuge Zwierlein, der sich jedoch darüber mit Abscheu aussprach, daß in den beiden Bassins auf öffentlichem Platze „Männer und Weiber, Kinder und Greise bunt durcheinander" badeten. — Die Gegenwart, von Unwissenden als materiell und sittenlos verschrieen, hält doch mehr auf Anstand und Sitte, als „die gute alte Zeit" der kirchlichen Strenge und des ritterlichen Minnedienstes. — Als das Bedürfniß nach Bädern minder groß wurde, weil man anfing, die Seife zu benutzen, Hemden und Unterkleider zu tragen und überhaupt mehr auf Reinlichkeit zu achten, wurden die Badestuben seltener. Auch trugen die ansteckenden Hautkrankheiten des späteren Mittelalters zu ihrer Entfernung bei.

---

*) Lersch, Geschichte der Balneologie, 1. Aufl. S. 110.

3. Das nützlichste und wichtigste Mittel der Hautpflege ist: tägliche Abwaschung des Körpers mit kaltem Wasser. Zu einer gut eingerichteten Wirthschaft gehört außer groben Handtüchern auch ein „Bidet-Bad" und eine „Brause-Wanne". Letztere läßt man sich aus Zinkblech machen: rund, 8 Fuß im Durchmesser, mit senkrechter Wandung von 1 Fuß Höhe, — also die Gestalt eines runden Schachteldeckels im Großen. Den Tag über stellt man die Wanne an die Wand oder unter das Bett; zum Gebrauche rollt man sie an den Waschtisch, entkleidet sich völlig und wäscht sich mitten in der Wanne stehend mit einem weitlöcherigen Badeschwamm von wenigstens 1 Fuß Durchmesser am ganzen Körper, besonders am Rücken, von Kopf bis Fuß. Man muß immer mindestens das Wasser eines großen, gefüllten Waschbeckens verbrauchen. — Im Sommer verbindet man zur größeren Abkühlung die Waschung mit dem Brausen, indem man sich einer Hand-Brause aus Blech bedient; dieselbe besteht in einem Cylinder von 1 Fuß Durchmesser, dessen Grundfläche ein feines Sieb ist, während er an der entgegengesetzten Seite einen hohlen Stiel hat, dessen Oeffnung mit dem Daumen luftdicht verschlossen werden kann. Diese Brause taucht man in einen Eimer voll Wasser, hebt sie dann gefüllt mit geschlossenem Stiele über sich und läßt nun nach Willkühr durch Oeffnen oder Schließen der Stielöffnung das Wasser reichlicher oder sparsamer ausfließen.

Wer behindert ist, die Waschung so anzustellen (z. B. auf Reisen), der begnüge sich mit einer nassen Abreibung, wozu man einen Fausthandschuh aus recht grobem Flanell oder Fries, besser noch einen gestrickten Waschhandschuh (das Strickrecept ist im „Buch der vernünftigen Lebensweise“ mitgetheilt), oder die von England aus jetzt in den Handel gekommenen leinenen Waschhandschuhe mit Knötchen und unaufgeschnittenen Fransen benutzen kann. — Im Winter reibt man sich trocken mit Bürst-Handschuhen (flesh-gloves) oder in Ermangelung deren mit einer harten Kleiderbürste am ganzen Körper ab.

Nach jeder Waschung muß man sich energisch mit dem groben Handtuche abtrocknen und abreiben. Magere und nerveuse Personen, Bleichsüchtige und Blutarme waschen sich am besten des Abends, ehe sie zu Bette gehen, kräftigere früh unmittelbar nach dem Aufstehen, nur im Winter im geheizten Zimmer. Für eine Abwaschung nebst nachfolgendem Abreiben soll nicht mehr als 10 Minuten Zeit verbraucht werden. — Der Erfolg dieser (im Winter nicht ohne Selbstüberwindung durchführbaren) Maaßregel ist außerordentlich. Es giebt kein zweites Mittel, das so jung und frisch erhielte. Aber man muß es machen wie Ninon de Lenclos und sich täglich und am ganzen Körper waschen. Dann thuen „Flanell und Wasser“ wirklich Wunder.

In Deutschland ist es sehr lästig, daß die zum Abtrocknen benutzten groben Handtücher vom Morgen bis zum Abend, oder vom Abend bis zum Morgen, nicht trocknen. In England geschieht dies, obgleich dort die Luft feuchter ist, als bei uns. Dafür haben aber englische Dienstmädchen nicht die Luft-Scheu der deutschen und schließen die Fenster der Schlafzimmer nicht ängstlich, sobald man den Rücken gewendet hat, — und dafür sind englische Schlafstuben mit einem „Towel-horse“ ausgestattet, d. i. ein kleines Gerüst aus Stäben, über welches man die Handtücher zum Trocknen hängt. Trotz aller Empfehlungen ist es mir nicht gelungen, diesen kleinen praktischen Hausrath in Familien einzuführen; die Wohnungen sind in Deutschland selbst bei den Wohlhabenden zu klein und die Schlafstuben gewöhnlich am kleinsten. So hängt denn das Handtuch an seinem Nagel dicht an der Wand, und keine Luft kann hinter ihm wegstreichen. Wenn nicht das „Towel-horse" Eingang finden kann, so möge man sich wenigstens des „Handtuch-Halters" bedienen, der durch seine Stickerei Gelegenheit zu kleinen Geschenken und freundlicher Erinnerung bietet. Man wähle dann solche Formen, die möglichst weit von der Wand abstehen und somit das Tuch nicht dicht an der Wand hängen lassen.

Handtuch-Halter.

4. Endlich gehört zur Hautpflege häufiger Wechsel der Leibwäsche, welcher ebenso durch Sauberkeit nützt, als durch das dabei unwillkührlich genommene „Luftbad" das Hautathmen begünstigt wird. Die täglich zwei Mal erfolgende Erneuerung der Leibwäsche ist durch Einführung der Tages- und Nacht-Hemden ziemlich allgemein geworden; wir rathen durch Gebrauch der „Negligé-Hemden" den viermaligen Wechsel einzuführen, von welchem wir günstige Erfolge sahen. Erhöhung der Gesundheit und jugendlichen Frische wird durch einen etwas längeren „Waschzettel" nicht zu theuer erkauft.

Die Thätigkeit der Maschienen in wirklich nutzbarer Weise für die Wäsche in größeren Haushaltungen zur Anwendung zu bringen, scheint erst in jüngerer Zeit dem Maschienenbauer Ferd. Petersen in Hamburg gelungen zu sein, welcher die Erfindungen der Amerikaner zum Waschen, Ausringen (wring) und Mangeln (Rollen) in einem und demselben Apparate vereinigte.

„Wasch-, Wring- und Mangel-Maschiene."

Die zu reinigende Wäsche wird Tages vorher eingeweicht, wobei man die schmutzigsten Stellen gehörig mit Seife einreibt; dann füllt man am nächsten Tage die aus Holzstäben gebildete Trommel zur Hälfte mit Wäsche und den Kasten der Maschiene zur Hälfte mit heißem (oder mit kochendem) Seifen-Wasser. Hierauf wird die Maschiene in Bewegung gesetzt, was selbst für ungeschickte Hände ohne Gefahr ist, da die Räder in

Gehäusen eingeschlossen sind. Die Bewegung der Trommel, welche die Wäsche enthält, ist eine doppelte: theils dreht sie sich, theils wird sie durch eine Seitenbewegung hin und her geschoben; durch diesen Umstand wird das Wasser in schnell wiederholten Wellenstößen gegen die Wäsche bewegt, und nur diese Stöße des Wassers sind es, welche die Arbeit des Reibens an der Wäsche verrichten, — welche also auch die Wäsche weit weniger abnutzen, als bei gewaltsamem Reiben mit der Hand, wie es die Wäscherin ausführt. Nachdem etwa 10 Minuten lang die Wäsche in der Maschiene vom heißen Wasser bearbeitet worden, wird sie herausgenommen und in reinem, lauem Wasser nachgespült, wobei man noch einzelne, besonders schmutzige Stellen, Flecke und dergleichen der Handwäsche unterzieht. — Zum Ausringen der nassen Wäsche entfernt man den zwischen die beiden Walzen eingeschobenen Leinwandrahmen, umwickelt die Walzen mit Flanell und läßt dann die nasse Wäsche zwischen den Walzen hindurchgehen, wobei das Wasser ausgepreßt wird (und in den Wäsch-Kasten fließt). Hierbei leidet die Wäsche ebenfalls weit weniger, als bei dem für die Wäscherinnen so anstrengenden Ringen mit der Hand. — Um nun endlich nach dem Trocknen die Wäsche durch Mangeln zu glätten, läßt man sie, nach Entfernung des Flanells und Einsetzung des Leinwandrahmens, wieder zwischen den sich bewegenden Walzen durchgehen und kann somit in seiner Haushaltung in einem und demselben Raume und mit einer einzigen Maschiene unter großer Ersparniß an Zeit und Kraft die Wäsche reinigen und glätten. Leider kostet zur Zeit die kleinste dieser Maschienen 50 Thaler, sodaß nur größere Haushaltungen dieses Vortheiles theilhaft werden.

Zu Pflege des Gesichts und der Hände hat man eine Unzahl verschiedener Mittel angegeben, welche jedoch meistens eher schädlich, als nützlich sind. Wasser ist auch hier das Beste, und zwar kaltes Wasser, nicht warmes; letzteres macht die Haut vor der Zeit runzelig. Wer am Tage harte Arbeit hatte oder seine Hände häufig naß machen mußte, kann des Nachts wildlederne Handschuhe tragen. Wer bald nach dem Waschen in die freie Luft gehen muß, oder schon an aufgesprungener Haut leidet, schütze sich Lippen, Gesicht, Hände durch Fett oder Oel. Am einfachsten und zweckmäßigsten ist ein Tropfen fettes Oel, den man dünn verreibt. Wer eine „Salbe" haben will, dem empfehlen wir folgende vom Verfasser dieser Blätter zusammen gestellte, die besonders für Lippen und Hände angenehm:

2 Loth Schweinefett werden mit ½ Loth Benzoetinktur in einer Reibschale kalt zusammen gerieben und allmählich 1 Quentchen fettes Mandelöl und 6 Tropfen ätherisches Bittermandelöl zugemischt.

Außer sehr angenehmem Geruch hat diese Salbe den Vorzug großer Haltbarkeit, da sie über ein Jahr unverändert bleibt. — Für den bei den Damen vielfach beliebten „Cold-cream" giebt es mehrere Bereitungsarten:

a. Ohne Wasser. In einer tiefen Schüssel bringt man auf dem Ofen 1 Quentchen weißes Wachs (auch Jungfern-Wachs genannt) und 1 Quentchen Wallrath (Spermaceti) zum Schmelzen und fügt unter beständigem Umrühren allmählich 3 Loth fettes Mandelöl und 9 Tropfen Rosenöl zu.

b. Mit Wasser. In einer Schüssel werden 1 Quentchen weißes Wachs und 2 Loth Wallrath geschmolzen, 3 Quentchen Mandelöl und 3 Quentchen erwärmtes Rosenwasser werden unter beständigem Umrühren zugemischt; dann nimmt man das Gefäß vom Ofen und rührt in der Kälte die Mischung so lange, bis sie zu einem weißen, weichen Brei erstarrt ist.

c. Mit Glycerin. 1½ Loth Wallrath mit ¾ Loth weißem Wachs geschmolzen und 6 Loth fettes Mandelöl, 5 Loth Rosenwasser und 4 Loth Glycerin nebst 24 Tropfen Rosenöl (oder ätherisches Mandelöl) beigemischt. (Besonders für den Sommer, bei trockner Luft nützlich.)

d. Mit Kampfer, sogenanntes „Kampferreis". 1 Loth Wachs mit 1 Loth Wallrath, ½ Pfund fettem Mandelöl und 2 Loth Kampfer zusammengeschmolzen, ½ Pfund Rosenwasser zugemischt und mit ½ Quentchen Rosmarin-Oel parfümirt. (Mit Vortheil gegen leichten Rheumatismus verwendet; wenn man das Rosenwasser wegläßt, so ist dieses Cold-cream gegen Frostballen und erfrorene Hände, welche nicht aufgesprungen sind, recht nützlich und muß dann täglich drei Mal die Stelle damit eingerieben werden.)

e. Als Geheimmittel wird die „göttliche Hautpomade" (pomade divine) verkauft, welcher man große Heilkräfte zuschreibt, die aber aus Nichts weiter besteht als aus: ¼ Pfund Wallrath, ½ Pfund Schweinefett, ¾ Pfund Mandelöl, ¼ Pfund Benzoeharz und 3 Loth Vanilleschoten, welche Stoffe zusammen 6 Stunden lang in einer Schale digerirt und dann in Büchsen abgegossen werden.

Eines der vorzüglichsten Mittel der Handpflege: der Handschuh stammt nicht etwa als Schutzmitte lgegen Kälte aus der kalten Zone, sondern war in Griechenland (wie schon Homer in der Odyssee erwähnt) zum Schutze gegen Dornen in Gebrauch. Im Mittelalter gehörte er ebenso zur Ausrüstung der Ritter, als zum vollständigen Ordensanzug der Geistlichen, während man als Mittel der Läuterung den Nonnen die Entsagung der Handschuhe auferlegte, wie heute — den gemeinen Soldaten. In Italien trugen junge, vornehme Leute beider Geschlechter schon vor 1500 „graue Handschuhe, die einen Theil des Vorderarmes bedeckten", und um 1570 war bereits in allen Orten Europa's bei Wohlhabenden der kurze Lederhandschuh allgemein in Gebrauch, dessen Schmücken mit Perlen und Goldstickerei durch die „Leipziger Kleiderordnung von 1625" den ehrsamen Einwohnern vom hochweisen Magistrate in überflüssiger und nutzloser Fürsorge verboten wurde. Um 1690 trugen bereits Frauen bei der Hausarbeit Handschuhe ohne Finger und 100 Jahre später waren in Berlin lange Handschuhe mit „Watton's“ und falschen Ellenbogen in Gebrauch, um volle Arme zu heucheln. Im Gegensatze zu diesen wattirten Fechthandschuhen fertigte man in Italien zu Anfange dieses Jahrhunderts Handschuhe aus Hühnerleder, welche dünn genug waren, daß ein Paar in einer welschen Nuß Platz finden konnte. Die besten Handschuhe werden jetzt aus dem Leder der Ziegen, Gemsen, Hunde und australischen Ratten gearbeitet.

Gegen Sommersprossen und sogenannte Leberflecken werden eine Menge Geheimmittel mit schön klingenden Namen empfohlen, von denen die meisten der Haut schädlich sind, da sie Harze aufgelöst enthalten, die nach Verdunstung der Flüssigkeit auf der Haut zurückbleiben, die Poren und die Ausführungsgänge der Talgdrüsen verstopfen und hierdurch kleine Hautentzündungen, Finnen und sogenannte Mitesser hervorrufen. Alle diese Schönheitsmittel sind wenigstens für den angepriesenen Zweck ohne Nutzen und haben für Niemand Vortheil als für den Verkäufer. Unsere Leserinnen werden das sofort erkennen, wenn sie erfahren, daß die Sommerflecke durch Absonderungen aus dem Blute der Lederhaut entstehen und durch die dicke Schicht der Hornhaut hindurchschimmern. Da nun keines der Waschmittel die Hornhaut durchdringt, mithin auch nicht bis zu den Sommersprossen gelangen kann, so hat auch keines Einfluß auf dieselben, sondern die gerühmte Wirkung beruht entweder auf Selbsttäuschung oder häufiger noch auf Betrug.

Den weitesten Tummelplatz hat die Charlatanerie in den Geheimmitteln gegen Ausfallen der Haare gefunden. Kahlköpfigkeit und Leichtgläubigkeit scheinen gleichmäßig verbreitet zu sein. Wie gegen jede betrügerische Gewinnsucht Aufklärung das sicherste Hilfs-

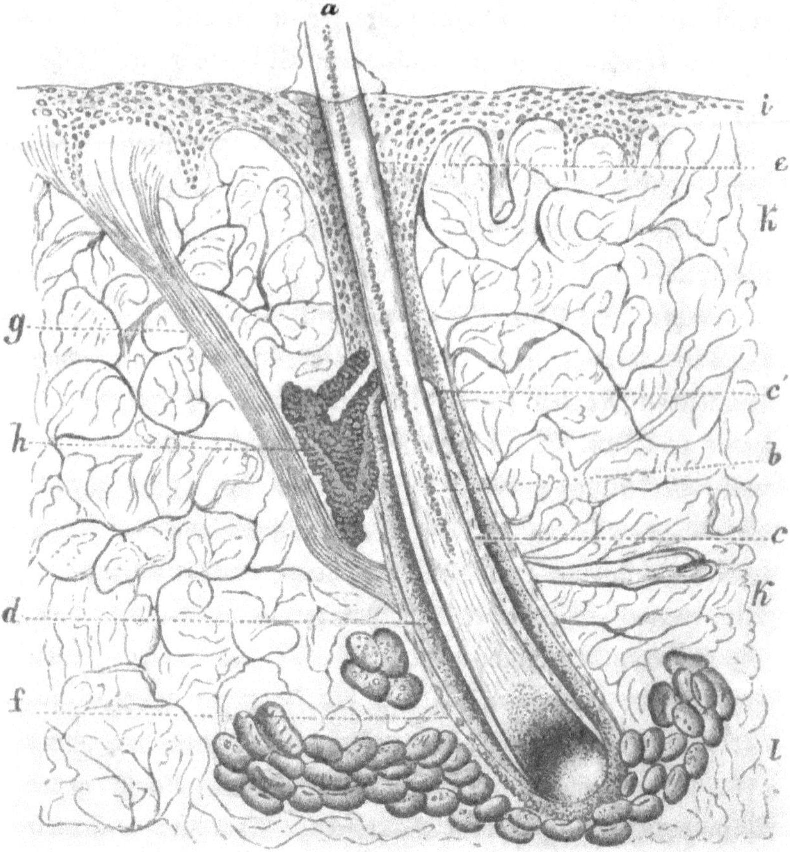

Menschliches Haar im Haarbalge bei natürl. Lage der Theile.

a. Haar. — b. Haarwurzel. c. Haarscheide oder innerste Haut des Haarbalges, welche bei c. endet. — d. Mittlere Haut des Haarbalges, welche oben bei e. in die Epidermis (Oberhaut) übergeht, am untersten Theile der Haarwurzel jedoch endet und mit f der äußern Haut des Haarbalges (dem eigentlichen „Follikel") Platz macht. — g. Schauder-Muskel, welcher bei einer Zusammenziehung nicht nur den Hautbalg in die Höhe zieht und so die „Gänsehaut" bei der Empfindung des Schauderns bilden hilft, sondern der auch auf h. die Hauttalg-Drüse drückt und das in ihr enthaltene Fett auf das Haar auspreßt. — i. äußere „Oberhaut". — k. „Lederhaut". — l. Fettzellen. — (Annales des sciences naturelles, XIII. 6. 1860.)

mittel ist, so auch hier. Man braucht nur Bau und Zusammensetzung sowie die Art des Wachsthumes beim Haare zu kennen, um einzusehen, daß das Tränken der Haare mit einem Geheimmittel, oder das Bestreichen derselben mit einer Salbe ihr Wachsthum oder gar ihre Neubildung nicht zu bewirken vermöge; glücklicherweise besitzt die Wissenschaft gegen das Ausfallen der Haare wirksamere Mittel als die Charlatanerie.

Das menschliche Haar wird dadurch in der Haut festgehalten, daß es an seiner Wurzel etwas dicker ist als an seinem oberen frei aus der Haut hervorragenden Ende; der Haarbalg ist dem entsprechend am oberen Theile weiter, am unteren enger. Das Haar ist mithin in dem Haarbalge gleichsam „eingeknöpft“. Fließt nun

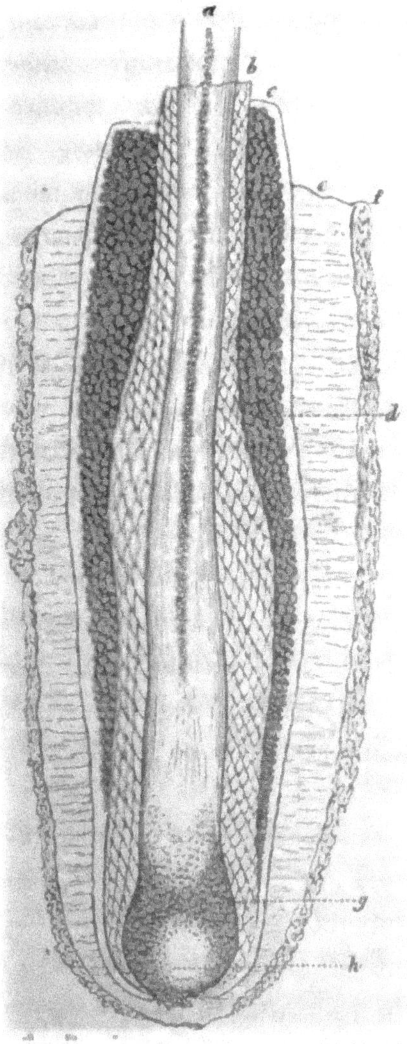

Haar im Haarbalge, vereinzelt und stärker vergrößert.

a. Haar, dasselbe ist umschlossen von den fünf Hautschichten des Haarbalges: b. der innersten Hautschicht oder Haarscheide (vorige Figur c.), — c. der äußeren Haarscheide oder mittleren Schicht (vorige Fig. d.), — d. der glashellen gefensterten Haut (auf voriger Fig. nicht sichtbar), e. der äußeren Hautschicht (vor. Fig. f.) und endlich f. der äußersten Hautschicht. — g. Haarzwiebel, in welcher man h. die ernährende Papille (den Haarkeim) hervorschimmern sieht.

weniger Blut in den feinen Haargefäßen der Lederhaut, oder wird aus irgend einem andern Grunde die conische, aus Zellen bestehende „Papille“ weniger ernährt, welche auf ihrer Oberfläche die Haarsubstanz absondert, so wird das unterste Ende des Haares, die Haarwurzel, wie jeder schlecht ernährte Körpertheil, magerer und dünner; gleichzeitig wird aber die ganze Haut in Folge verringerter Ernährung schlaffer und umschließt mithin das Haar nicht mehr so fest. Dann geschieht dasselbe, was bei einem Knopfe geschieht, der in ein zu weites Knopfloch eingeknöpft ist: der Knopf knöpft sich aus, — das Haar ebenfalls, d. h. es fällt aus.

Haar im Haarbalge, von der Papille abgerissen.
a. Stück der Haar=Zwiebel. —
b. anhängendes Stück der innersten Schicht. —
c. mittlere Schicht. —
d. äußere Schicht. —
e. freie „Papille“ (Haarkeim, deren Form man deutlich wahrnimmt.)

Das Ausfallen der Haare erfolgt nicht augenblicklich nach Eintritt einer Ernährungsstörung, sondern erst nach einiger Zeit, wie vom Ausfallen der Haare nach Wochenbetten, nach dem Nervenfieber u. s. w. bekannt sein wird. Häufig ist dann das nachwachsende neue Haar gelockt, während das ausfallende schlicht war. Dies rührt daher, daß in Folge der Störung der Ernährungsvorgänge die Haarbälge und mithin auch das in ihnen wachsende Haar bei nachfolgender besserer Ernährung etwas von der Seite zusammengedrückt, also im Quer=

durchschnitt oval werden. Alles gelockte Haar hat ovalen Querdurchmesser, das stark gekräuselte Barthaar meist dreieckigen, nur das schlichte Haupthaar runden.

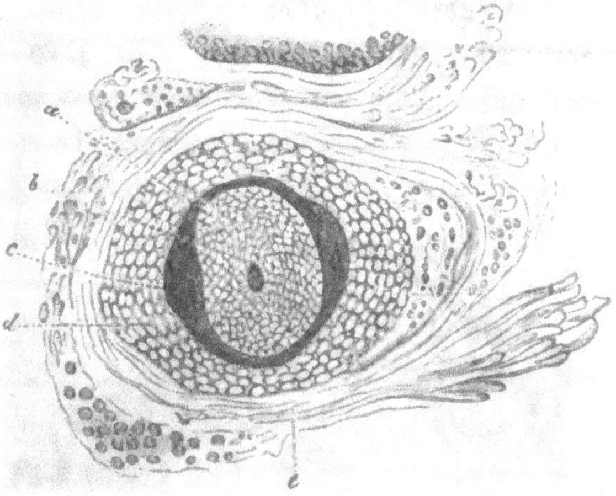

Querdurchschnitt durch Haar und Haarbalg, dicht unter der „Epidermis", etwa in der Höhe von e. der ersten Fig. 1 ausgeführt. a. Haar. — b. Mark des Haares. — c. geronnenes Fett zwischen dem Haare und der äußeren Haarscheide (d. h. der mittleren Schicht des Haarbalges), von der Ausscheidung der Talgdrüse herrührend. — d. die eben erwähnte mittlere Schicht des Haarbalges (in erster Fig. e). — dessen äußerste Schicht, d. h. das verkittende Bindegewebe (in zweiter Figur f).

Will man also das Ausfallen der Haare hindern oder ihm vorbeugen, so hilft nur ein einziges Mittel: man macht die Haarwurzel möglichst dick, so daß sie sich nicht mehr aus dem Haarbalge „ausknöpfen" kann. Die Haarwurzel wird aber dick nach guter, dünn nach schlechter Ernährung; man muß also für reichliche Ernährung des Haares und des Haarkeimes sorgen. Unmittelbar (indem man etwa eine Lösung bestimmter Stoffe auf die Kopfhaut brächte) kann man die Haare nicht füttern, sondern nur mittelbar vermag man ihre

Ernährung zu steigern, indem man die Blutmenge vermehrt, welche in den feinsten Blutgefäßen der Lederhaut fließt und welche an die Haut, wie an den Haarkeim die Nährstoffe abgiebt; jedes Organ unseres Körpers, nach welchem im gesunden Zustande reichlich Blut zufließt, wird in gesteigerter Weise ernährt, weil eben in dem Blute einzig und allein die Nährstoffe vorhanden sind, aus denen sich unser Organismus aufbaut.

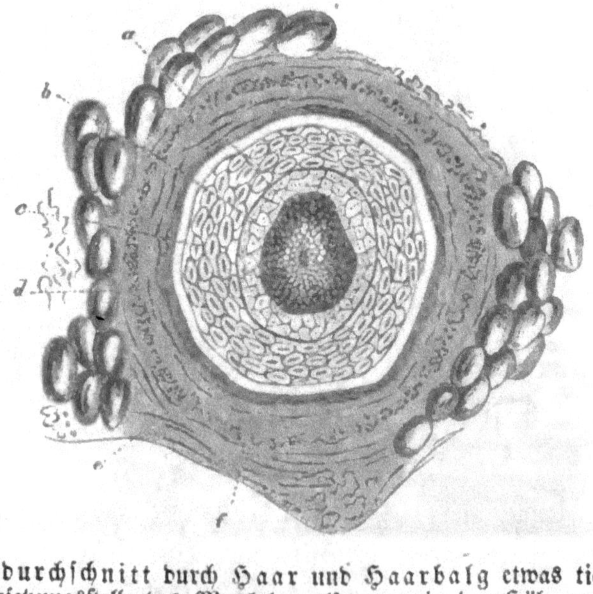

Querdurchschnitt durch Haar und Haarbalg etwas tiefer, bei der Ansetzungsstelle des Muskels; also etwa in der Höhe von c. (in der ersten Figur) ausgeführt.

a. Haar mit dem Haarmark; — b. innere Haarscheide (Fig. 1, c. und Fig. 2, b.) oder innerste Balgschicht; — c. äußere Haarscheide oder mittlere Balgschicht (Fig. 1, e); — d. glashelle, gefensterte Schicht; — e. äußere und f. äußerste Schicht des Haarbalges.

Will man also die Haare erhalten in voller Schönheit, das Ausfallen derselben unterbrechen, die neu hervorbrechenden zu kräftigem Wachsthume nöthigen, — so muß man: regelmäßig täglich mehrere Male

Blutzudrang nach der betreffenden Hautstelle veranlassen.

Können das die „Haarbalsame“, „Löwenpomaden“, „Macassaröle“, „Bärenfette“, „Aepfelpomaden“, „Pappelpomaden“ und ähnliche angeblich „den Haarwuchs befördernde Mittel“, mit welchen schnöde Gewinnsucht ihr Schäflein (das sind in diesem Falle die Käufer) zu scheeren pflegt? Ist sich Jemand über die Wirkung dieser Mittel klar geworden? Etwa der Verkäufer? Oder gar

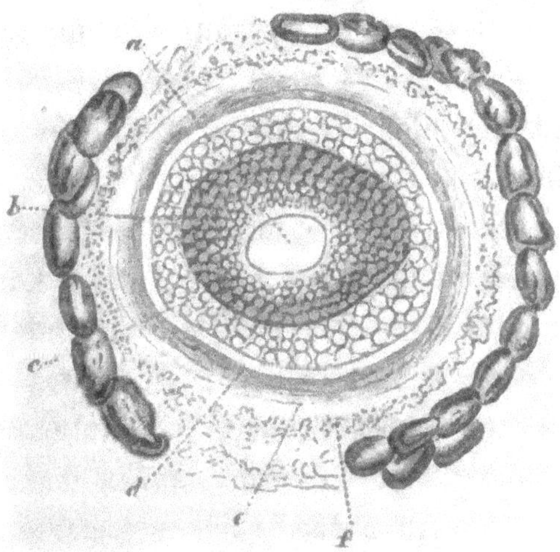

Querdurchschnitt durch Haar, Haarbalg und Papille, untere an der Wurzel, etwa in der Höhe von l. (der ersten Figur) ausgeführt.

a. Raum der Papille, d. h. des Haarkeimes. — b. Haar-Zwiebel. — c. innerste Balgschicht; — d. glashelle Schicht; — e. äußere und f. äußerste Schicht des Haarbalges.

der Konsument? Gedankenlosigkeit und Unwissenheit auf beiden Seiten. „Es hilft“ sagt der Eine und „es hilft“ lallt der Andere gläubig nach.

In den verschiedenen Haar-Mitteln sind besonders vier verschiedene Stoffe. Zuerst China-Extract, von welchem schon unsere Großväter glaubten, weil er den Körper „stärke", müsse er auch das Haar „stärken", der aber völlig nutzlos und nebenbei theuer ist. Zweitens Kanthariden-Tinctur, welche zwar die Haut „reizt" und zuweilen Blutzufluß erregt, die aber sehr nachtheilig und sogar (durch Entstehung einer Nieren-Krankheit) lebensgefährlich ist, daher nur unter ärztlicher Aufsicht gebraucht werden darf. Ferner Ricinus-Oel, welches zwar übel riecht und klebrig ist, aber gerade durch letzteren Umstand oft hilft. Endlich heimische scharfe Kräuter- und Wurzel-Auszüge, die an und für sich völlig wirkungslos sind und nur durch Zufall gelegentlich etwas nützen; wenn nehmlich bei ihrem Gebrauche das Haar stark gekämmt wird.

Das beste Mittel, den Haarwuchs zu fördern, ist — der Kamm. Wenn man mit einem engen Kamme und mit gehörigem Drucke auf die Kopfhaut sich täglich mehrere Male auskämmt, so wird dadurch die Haut kräftig gerieben; dies bewirkt aber Blutzufluß und reichlichere Ernährung. Auch die Haare müssen tägliche Arbeit haben, um gesund zu bleiben, wie der ganze Mensch; ihre Arbeit ist das Aushalten eines mäßigen Zuges. Deßhalb nützt das klebrige Ricinus-Oel, welches die Arbeit der Haare verstärkt. Deßhalb fallen sie aber auch aus und sterben ab, wenn durch zu festes Binden ihnen zuviel und zulang dauernde Arbeit zugemuthet wird.

Man kann methodisch in folgender Weise seine Haare am zweckmäßigsten behandeln: Jeden Abend vor Schlafengehen wäscht man sich die Kopfhaut mittelst eines Schwammes mit einer Flüssigkeit aus 5 Theilen Wasser und 1 Theil Spiritus (oder Rum, oder Arak, oder Cognac) oder nimmt statt dieser Mischung einfachen Kornbranntwein; dann werden Haut und Haar mit einem Handtuche gerieben, bis sie fast trocken sind und hierauf erst mit einem weiten und dann mit einem engen Kamme tüchtig gekämmt. Am Morgen, bald nach dem Aufstehen reibt man die Kopfhaut mit einer etwas parfümirten Mischung von 5 Theilen fettem Oel (Olivenöl, Mandelöl, aber nicht Mohnöl) und 1 Theil Ricinus-Oel mäßig ein und kämmt dann das Haar abermals mit engem Kamme. Jeden Mittag kämmt man wieder die Haare kräftig mit engem Kamme durch, der die Kopfhaut zugleich energisch bearbeiten muß. Diese Mittel müssen wenigstens ein Vierteljahr lang täglich angewendet werden (denn mit Hülfe der Ernährung kann man nur allmählich einwirken) und dabei muß man für die Gesundheit des ganzen Körpers durch tägliche Körperbewegung in freier Luft (um den allgemeinen Blutumlauf anzuregen) und für genügende Zufuhr an Getränk, besonders Wasser, sorgen; letzteres ist deßhalb nöthig, weil Abnahme der Feuchtigkeitsmenge im Körper auch die Haare austrocknet, dünner macht und so zum Ausfallen bringt. Greise verlieren die Haare, weil sie die täglich durch allgemeine Ausdünstung verloren gehende Wassermenge nicht genügend ersetzen und deßhalb Haut und Haar austrocknet; vollsaftige, gutgenährte Greise behalten meistens ihren Haarwuchs.

Auch Abschieferung der Kopfhaut (sogenannte „Haarschuppen") entsteht durch Austrocknung derselben und läßt sich theils auf gleichem Wege, theils durch Einreiben von Glycerin beseitigen. Auch der oben erwähnte „Cold-cream mit Glycerin" leistet gute Dienste. Man bereitet jetzt mit Glycerin verschiedene Toiletten-Mittel gegen Trockenheit der Haare, der Hände und der Gesichtshaut.

Glycerin-Haarwasser ist eine Mischung aus 1 Quart Rosmarinwasser, 4 Loth Spiritus und 2 Loth Glycerin. Man setzt demselben zuweilen auch noch ½ bis 1 Loth Kantharidentinctur zu. (Bei trockenem Haare und bei Kopfschuppen oft recht nützlich.) — Glycerin oder „Oelsüß" bildet sich aus den Fetten; wenn aus diesen die Fettsäuren: „Stearin, Olein, Margarin" — abgetrennt werden, indem sie sich mit Natron oder Kali zu „Seife" verbinden, bleibt der bis dahin mit den Säuren verbundene Körper, die Fett-Basis, übrig; dies ist das „Lipyloxyd", welches im Augenblicke seines Freiwerdens Wasser aufnimmt und dadurch in eine neutrale, süßschmeckende Substanz sich verwandelt: „Oelsüß, Oelzucker, Scheel'sches Süß, Glycerin" genannt. Dasselbe hat die Form eines farblosen Syrup und zieht aus der Luft Wasser an. Wegen letzterer Eigenschaft findet es in der Hautpflege vielfache Verwendung.

Das Glycerin-Haarwasser (jedoch ohne Zusatz der Tinctur) ist für trockne Haare vortheilhafter, als die gewöhnlichen Haarwässer; z. B. „Athen-Wasser", auch „Rosmarin-Haarwasser" genannt, aus: 1 Quart Rosmarinwasser, ⅛ Quart Weingeist und ½ Loth Potasche, — ferner „Seifen-Haarwasser" aus: 1 Quart Rosenwasser, ⅛ Weingeist, worin 1 Quentchen Transparentseife gelöst werden und zu dieser Lösung fügt man 4 Loth Rondoletia-Essenz nebst ein wenig Saffranlösung; die Mischung ist gegen das Licht gehalten fast durchsichtig, schillert aber bei auffallendem Lichte perlmutterartig beim Schütteln der Flasche.

Struve's Glycerin-Seife wird bereitet, indem man 40 Pfd. Nierentalg, 40 Pfd. Schweinefett und 20 Pfd. Kokosöl mit 45 Pfd. Natronlauge und 5 Pfd. Kalilauge auf kaltem Wege verseift und dazu 6 Pfd. Glycerin, 1¼ Pfd. Portugalöl, 1⅓ Pfd. Bergamotöl, 10 Loth Bittermandelöl und 6 Loth Vetiveröl zufügt.

Glycerin-Seife für den Hausbedarf kann man sich selbst bereiten, indem man 2 Pfd. gute Kerntalgseife in Stücken geschnitten mit ¼ Pfd. Glycerin schmilzt, dann einen beliebigen Wohlgeruch (z. B. Rosmarinöl, Lavendelöl und Citronenöl, von jedem ¼ Quentchen) zumischt und die zähe Masse in Formen gießt. (Gegen Finnen in neuester Zeit oft mit Vortheil verwendet.)

Glycerin-Balsam: 2 Loth weißes Wachs, 2 Loth Wallrath, ½ Pfd. fettes Mandelöl und 4 Loth Glycerin werden bis zum Schmelzen der festen Stoffe erwärmt, dann im Kalten bis zum Erstarren der letzteren gerührt und dabei ¼ Drachme Rosenöl (oder Geraniumöl, oder ein anderes wohlriechendes Oel) zugemischt. (Dieser Cold-cream wird als vorzügliche „Lippenpomade" und gegen angefrorene Hände empfohlen. Im letzteren Falle ist jedoch besser:

Wetzler's Kampferseife: 1 Pfd. kleingeschnittene Kernseife wird mit ¼ Nösel Wasser und ¼ Pfd. Olivenöl unter fleißigem

Umrühren geschmolzen, dann 2 Loth Kampfer in 2 Loth Olivenöl gelöst zugemischt und die Masse in Formen gegeben. (Wir empfehlen diese Seife nach mehr als zwanzigjähriger Erfahrung als ein vortreffliches Mittel gegen schmerzende Frostballen an Hand und Fuß, sowie in allen Fällen, wo es gilt, erhöhte Empfindlichkeit der Haut zu heben und das Hautleben zu kräftigen; die früh und Abends mit dieser Seife zu machenden lauwarmen Waschungen müssen mit stufenweiser Minderung des Wärmegrades vorgenommen werden. Auch beim Ausfallen der Haare mit erheblicher Reizbarkeit der Kopfhaut haben abendliche Waschungen mit dieser Seife sehr günstig gewirkt.)

Zur Regelung des Haarwuchses ist es nothwendig, daß jeden Monat die Spitzen der Haare abgeschnitten werden. Durch das Unterlassen dieser regelmäßigen Kürzung scheint übermäßiges Austrocknen der Haare begünstigt zu werden.

Um das 40. Lebensjahr beginnen die Haare, zuerst an den Schläfen, ihre Farbe zu verlieren und weiß zu werden. Bei schwarzem Haar erfolgt dies zuweilen viel früher; auch kommt es vor, daß von Jugend auf einzelne Stellen der Kopfhaut nur weißes Haar tragen. Beides ist dann ziemlich entstellend und macht künstliches Färben der weißen Haare wünschenswerth. Der Arzt wird gewöhnlich in solchen Fällen um Rath angegangen und so erfuhren wir, daß ein derartiges Vorkommen nicht allzuselten ist, während wir uns zugleich von der sicheren Wirkung des nachstehenden Mittels überzeugten.

½ Drachme Pyrogallus-Säure wird in 2 Unzen Alkohol gelöst. Mit dieser Lösung werden die mit heißem Wasser und Seife sorgsam gereinigten, entfetteten und abgetrockneten Haare mittelst eines neuen Zahn-Bürstchen reichlich bis zur Wurzel benetzt; wenn sie getrocknet sind, wird die Flüssigkeit in gleicher Weise noch einmal aufgetragen. Dann werden die völlig getrockneten Haare mit einer zweiten Flüssigkeit, aus: 1 Scrupel salpetersaurem Silber (Höllenstein), 1 Scrupel Aetzammoniumflüssigkeit (Salmiakgeist, Todtenwecker, Liqu. ammon. caust.) und ½ Unze Wasser bereitet, mittelst eines anderen Bürstchen bestrichen und sind dann sofort schwarz. Hierauf läßt man das Haar trocknen und streicht nochmals die erste Flüssigkeit darüber. Wenn diese eingetrocknet ist, so bleiben die Haare dauernd „schwarz" gefärbt. — Durch Verdünnen der zweiten Flüssigkeit mit Wasser kann man beliebig hellere „braune“ Farbe erzielen. Beide Flüssigkeiten werden in den Apotheken für etwa einen Gulden bereitet*).

Minder gut, weil übelriechend beim Gebrauche, doch billiger ist: als erste Flüssigkeit 2 Loth frischbereitetes Schwefelkalium in 12 Loth destillirtem Wasser gelöst, und als zweite Flüssigkeit 2 Loth salpetersaures Silberoxyd in 12 Loth Wasser für „schwarz“ und in 16 Loth Wasser für „braun“.

Beim französischen Haarfärbemittel besteht die erste Flüssigkeit aus einer gesättigten Lösung von Blutlaugensalz (Cyaneisenkalium, eisenblausaurem Kali) und die zweite aus einer gesättigten Lösung von schwefelsaurem Kupferoxyd (Kupfervitriol), die man mit soviel Aetzammoniak (Salmiakgeist) versetzt, bis sich der zuerst entstandene Niederschlag wieder völlig auflöst und man eine klare, sattblaue Flüssigkeit erhält. —

Von diesen drei Vorschriften verdient nur die ersterwähnte Empfehlung, weil sie ebenso sicher wirkt, als sie unschädlich ist. Vor den vielfach angekündigten „Geheimmitteln“ müssen wir warnen, weil nur zu häufig gewissenlose Gewinngier die Eitelkeit benutzt, um schädliche, Krankheit und Siechthum bewirkende Stoffe zu verkaufen!

Zum Entfernen überflüssiger Haare auf Oberlippe, Wange und Nacken wird im Orient ein „Enthaarungsmittel“, Rusma, angewendet und ist auch in Europa empfohlen worden, welches aus 6 Theilen gelöschtem Kalk und 1 Theil Operment (Schwefelarsenik) besteht. Auch vor diesem Mittel ist dringend zu warnen, weil meistens nicht der natürlich vorkommende Schwefelarsen dazu genommen wird, sondern der künstlich bereitete, welcher durch Gehalt an arseniger Säure in hohem Grade giftig wirkt, und weil auch im günstigsten Falle dieses Aetzmittel nicht nur die Haare, sondern zugleich die Haut angreift. — Dringend um ein Enthaarungsmittel angegangen, haben wir in einem Falle allabendliches Bestreichen der Stelle mit Collodium anwenden lassen; es zeigte sich auch nach etwa halbjährigem Gebrauche Erfolg, mit welchem indessen Mühe und Kosten in keinem Einklange stehen.

Von großem Einflusse auf die Schönheit des Antlitzes sind die Zähne. Ein lachender Mund mit einer Reihe weißer Perlen ist ein Anblick, der auch einen Griesgram heiter stimmt; aber ein frisches jugendliches Gesicht mit schlechten, dunklen Zähnen sieht aus — wie eine Dame

*) Diese Flüssigkeit ist auch zum Wäschezeichnen zu benutzen. Man trägt zuerst mit Pinsel oder Bürste die Pyrogallussäure auf, läßt sie trocknen und glättet die Stelle; hierauf schreibt man mit der Höllensteinlösung und wäscht nach dem Trocknen die Leinwand in reinem Wasser aus.

im Ballanzug mit schmutzigen Holzpantoffeln, oder wie eine schöne Statue auf einem Postamente von verfaultem Holze. Die Schönheit will „Harmonie“ haben; Eines muß zum Anderen passen.

Außer dem unschönen Anblick bringen kranke Zähne auch den Nachtheil übelriechenden Athems. Bei den Türken und Persern wird bei der Trauung (nachdem der Mollah die üblichen Gebete verlesen, das noch außerhalb des Gemaches befindliche Brautpaar um Beistimmung zum Vertrage befragt und dann für Mann und Frau erklärt hat) der Braut ein vom Bräutigam mitgebrachter Schleier übergeworfen und werden ihr zugleich etwas Rosenwasser, Kampfer, sowie wohlriechende Samenkörner überreicht, welche sie bei Ankunft im Hause ihres Mannes essen muß, um in seiner Gegenwart einen süßen Athem zu haben. In Athen mußte einst auf Solon's Verordnung die Braut, bevor sie dem Bräutigam zugeführt wurde, eine „Quitte“ essen, und im Mittelalter ließ man die Neuvermählte „Würznägelein“ kauen, „daß sie gut riechen soll“. Es muß also damals eine Verbesserung des Athems doch nothwendig gewesen sein, — was nicht gerade lobendes Zeugniß für die Zahnpflege der alten Zeit ablegt. —

Um Zähne gesund zu erhalten, wende man dasselbe Mittel an, welches den ganzen Menschen gesund erhält: Arbeit. Es giebt kein besseres. Kinder und Erwachsene, welche vorzugsweise Breie und sehr weichgekochte Speisen essen, also ihre Kauorgane wenig üben, leiden immer an den Zähnen. Aber in England, wo man verschiedene Gerichte halbgahr genießt und der Magen nachholen muß, was der Koch versäumte, — in Norddeutschland, wo geschrotenes Roggenbrod den Kauorganen eine solide tägliche Beschäftigung bietet, — da findet man die herrlichsten Zähne der Welt. Wer seine Zähne kräftigen will, der entsage möglichst den weichen Speisen, esse nicht Semmel in Flüssigkeit getaucht, sondern wähle sich derbe Kost, zerkleinere diese sorgfältig mittelst sorgsamen Kauens und trinke viel Wasser dazu, um dem Magen die Arbeit zu erleichtern. Ein Ehepaar, welches beständig an Zahnschmerzen in Folge einzelner hohler Zähne litt und nun die weichsten Speisen sich aussuchte, um ihre Zähne zu „schonen" und zu erhalten, entschloß sich auf des Verfassers Vorstellung vor fünf Jahren diese Lebensweise zu ändern; das Rindfleisch wurde nicht mehr „gedämpft", sondern nur eben genug gekocht, — die Braten kamen noch innen röthlich auf den Tisch, — die Breie wurden möglichst vom Küchenzettel verbannt, — zum Frühstücks-Kaffee wurde statt Kuchengebäckes die von Krume befreite Semmelrinde mit Pumpernickel genossen, — und statt des bisherigen sehr hellen Graubrodes wurde aus einer benachbarten Artillerie-Garnison*) schwarzes Roggenbrod, (das „Kommisbrod" der Soldaten) in wöchentlichen Lieferungen verschrieben. Im Anfange gab es große Noth. Die Frau hatte jedoch die Wahrheit und Wichtigkeit der Anordnungen erkannt und so wurden sie auch glücklich, wenn gleich nicht ohne Ueberwindung, durchgeführt. Und der Erfolg? Nach einigen Monaten wußte man Nichts mehr von dieser Plage und jetzt ist das Ehepaar gesünder, kräftiger und lebensfrischer, als je. Freilich haben Beide aber

---

*) Bei der Artillerie pflegt meistens das Brod besser, als bei anderen Waffengattungen zu sein.

auch eine ausgezeichnet sorgsame Hautpflege, sowie die nachstehenden drei Hauptregeln der Zahnpflege beobachtet:

Zunächst müssen die Zähne vor grellem Temperaturwechsel bewahrt werden; daher esse und besonders trinke man weder Eiskaltes noch Heißes. Die Natur warnt so gut. Eis und heiße Suppe oder heißer Kaffee „fahren in die Zähne". Aber die Warnungen der treusten aller Mütter werden überhört, obgleich neben kranken Zähnen auch Magenleiden solchen Leichtsinn strafen.

Ferner sind die Zähne täglich drei Mal mit einer harten Zahnbürste zu reinigen. Kurz nach dem Aufstehen, Mittags nach der Hauptmahlzeit und Abends vor Schlafengehen ist die Zahnbürste in Thätigkeit zu setzen und der Mund jedes Mal wenigstens viermal wiederholt auszuspülen. Erwachsene wählen harte Bürsten! Je härter die einzelnen Borsten und dabei nicht zu nahe neben einander, um so besser ist die Bürste. Wenn auch im Anfange das Zahnfleisch blutet. Bald wird es abgehärtet und dann um vieles kräftiger sein. — Für Kinder wähle man kleine weiche Zahnbürsten, beginne aber zeitig mit deren Gebrauch. Bald nach Schluß des dritten Lebensjahres sind sämmtliche „Milchzähne" durchgebrochen; mit dem vierten Jahre beginne man die Zähne der Kinder mittelst einer weichen Bürste und lauem Wasser täglich zu reinigen; mit dem fünften Geburtstage mögen die Kinder selber die Handhabung der Bürste zu lernen anfangen, damit sie in diesem Geschäfte schon Uebung haben, wenn im Verlaufe des sechsten Jahres der „Zahnwechsel" beginnt. Leichter Verlauf desselben und kräftige, schöne Zähne werden diesen frühzeitigen Beginn der Zahnpflege lohnen.

Endlich vermeide man jedes Zahnpulver, jede noch so sehr angepriesene Zahntinctur, wenn die letztere harzige Bestandtheile hat. (Man erkennt dies bald durch Absetzen des Harzes am Stopfen.) Der Zweck des Gebrauchs der Zahnbürste ist Reinigung der Zähne, wobei die Hauptsache ist: die Ueberreste der Speisen zwischen den Zähnen zu entfernen. Sie zersetzen sich, gehen saure Gährung ein und greifen dadurch die Zähne an; bekanntlich werden die Zähne fast immer von der Seite aus „hohl", was eben die Folge der unausgesetzten nachtheiligen Arbeit der daselbst befindlichen Speisereste ist. Ebenso will man durch Zahnpflege die Bildung des „Zahnsteines" verhindern, der sich aus Speichel und Mundschleim an den Zähnen absetzt. Wenn man seine Zähne mit Pulver oder mit einer harzhaltigen Flüssigkeit putzt, so bleiben kleine Theilchen des Pulvers, oder des aus der Flüssigkeit durch Wassereinfluß gerinnenden Harzes, an und zwischen den Zähnen haften — und deren Verderbniß beginnt. Deßhalb gieße man nur Alkohol vor dem Gebrauche auf die Zahnbürste, — sei es nun Brennspiritus, Rum, Kornbranntwein oder Weingeist mit einigen Tropfen Pfeffermünzöl, oder „Kölnisches Wasser"*) — und gebrauche bei der dreimaligen Tagesreinigung dies als zweckmäßigste Zahntinctur: weil es den Schleim von den Zähnen beseitigt, die Zersetzung etwaiger Speisereste hindert, das Weiterschreiten der schon vorhandenen Zahnverderbniß aufhebt oder doch sehr verlangsamt, den

*) Die angenehmste Eau de Cologne zum Zahnreinigen ist die von „F. M. Farina, 4711 in Köln", blaues Etikett mit Golddruck.

Schmerzen in hohlen Zähnen vorbeugt, und das Zahnfleisch kräftigt.

Die Regeln der Zahnpflege beschränken sich also auf: gebührende Zahnarbeit, Vermeidung grellen Wärmeunterschiedes, und täglich dreimaliges Putzen mit Weingeist. — Wenig Mühe für so großen Erfolg!

Nicht nur für hübsches Aeußere, sondern auch für Gesundheit und Leistungsfähigkeit, sind gute Zähne wichtig; denn die Verdauung, und also die Ernährung, beginnt beim Kauen. An keinem Orte ist Unreinlichkeit häßlicher, als am Munde. Wenn mancher junge Mann den Waschtisch einer von ihm angebeteten Ballschönheit sehen könnte, die dunkle Farbe der längst schon ausgedienten Zahnbürsten! Und wenn er daneben die Sauberkeit, Ordnung und Frische in dem Waschgeräthe einer Anderen bewundern dürfte! — Der Waschtisch ist eine Art „Baum der Erkenntniß". — —

Man sagt, der Pfau sehe nicht gern auf die Erde, weil seine häßlichen Füße schlecht zur Farbenpracht seines Federschmuckes passen. Gar vielen Mädchen und Frauen muß es dann eben so gehen, denn ihre Füße sind entweder häßlich, weil sie durch enge Schuhe verkrüppelt wurden, oder sie gelten für häßlich, wenn sie gesunde und naturgemäße Form haben.

Soll der menschliche Fuß seiner Aufgabe Genüge leisten: dem Körper einen festen Stützpunkt beim Gehen zu bieten, so muß seine Sohle ihre natürliche Gestalt beibehalten haben, so daß die Ferse bedeutend schmäler ist, als die Gegend der Ballen von großer und kleiner Zehe und daß eine durch die längste (zweite) Zehe nach dem Mittelpunkte der Hacke gezogene Linie als Längsdurchmesser die Fußsohle in zwei ziemlich gleichgroße Flächen abtheilt.

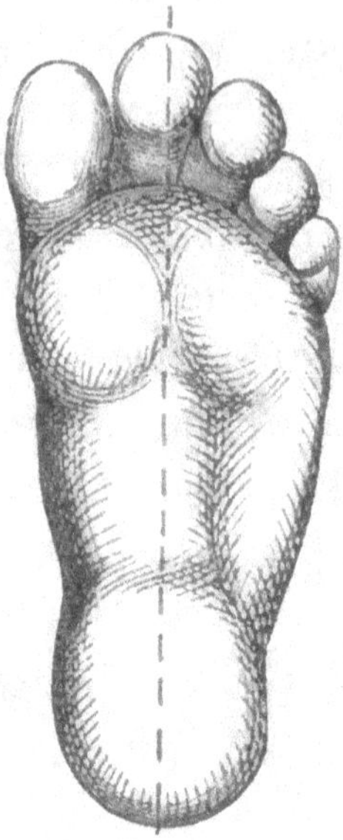

Gesunder Fuß.

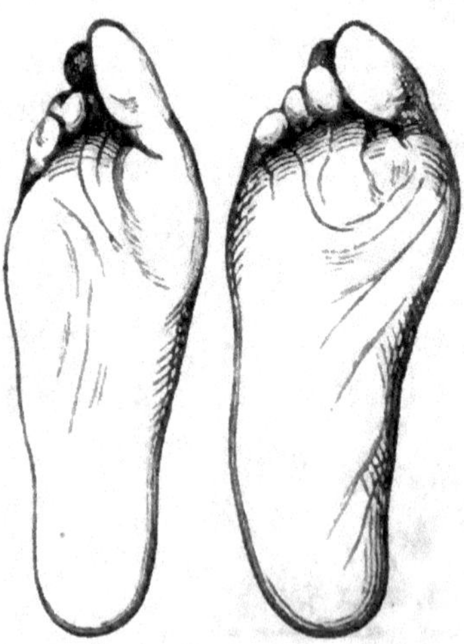

Durch enge Schuhe verkrüppelte Füße.

Allein der Geschmack der Mode verlangt möglichst lange, schmale Hände und lange, schmale Füße. Die Hände lassen sich glücklicher Weise nicht der Modethorheit zu Liebe verkrüppeln, weil man sie des Tages über in Bewegung setzen muß; der Fuß aber muß dafür büßen und der Eitelkeit zu Liebe Foltern aushalten, welche für edleren Zweck wohl kaum mit gleicher Geistesruhe erduldet würden. In Folge dessen verliert er seine schöne Gestalt und wird zum Krüppel, der ohne Hülle einen wiederwärtigen Anblick gewährt.

Wenn man dem Fuße im Stiefel oder Schuhe genügenden Raum geben will, so muß die Sohle einbällig, nach der Form des Fußes geschnitten sein und in der Gegend der beiden Ballen die volle Breite der Fußsohle haben; ebenso in der Hacken-Gegend. Zwischen diesen beiden Stellen, wo der

Fuß nicht auftritt, darf und soll der Stiefel etwas schmäler sein, damit er den Fuß fest umschließt und dieser nicht im Schuhe schlottert, ohne doch auch von demselben gedrückt zu werden. Dies ist für die Herren „Fußbekleidungskünstler" eine Aufgabe, deren ungenügende Lösung schon Horaz beklagte*).

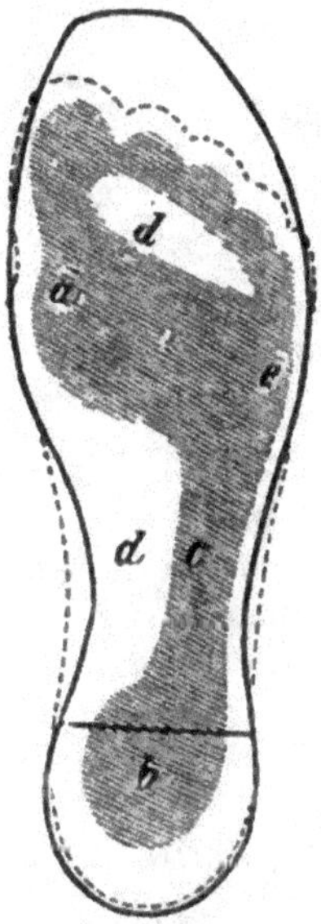

Ein nur wenig verkrüppelter Fuß im Schuhe, mit seiner Gehfläche.

a. Ballen der großen Zehe, — b. Hacke, — c Aeußerer Fußrand, — d. d. Raum, welcher den Erdboden beim Stehen und Gehen nicht berührt, — e. Ballen der kleinen Zehe.

Die Möglichkeit einer so auffallenden Gestaltveränderung des Fußes durch anhaltenden Druck der Schuhe ist durch den äußeren kunstvollen, aus vielen einzelnen Knochen und Knöchelchen zusammengesetzten Bau desselben gegeben. Da die einzelnen Knochen mit Gelenken unter einander verbunden sind, so können sie sich aneinander verschieben und der lange Zeit einwirkende, täglich wiederkehrende Druck des Schuhes verändert wirklich im Laufe der Zeit die Stellung der Knochen zu einander und dadurch auch die äußere Gestalt des Fußes. An der Sohle zeigen sich diese vielen, an sich kleinen, einzelnen Verschiebungen der Fußknochen, (besonders des Mittelfußes und der Zehen) natürlich am auffälligsten, weil sie gleichsam den Gesammtausdruck für die „Summe" derselben darstellt.

*) Horatius, Epist. I., X, 42: „Der Schuh gleitet zur Seite, wenn er größer ist, als der Fuß — und drückt, wenn er kleiner ist."

In diesem kunstvollen und zusammengesetzten Bau des Fußes liegt aber nicht nur die Ursache der großen Verschiedenheit in der Form einzelner Füße, sondern auch

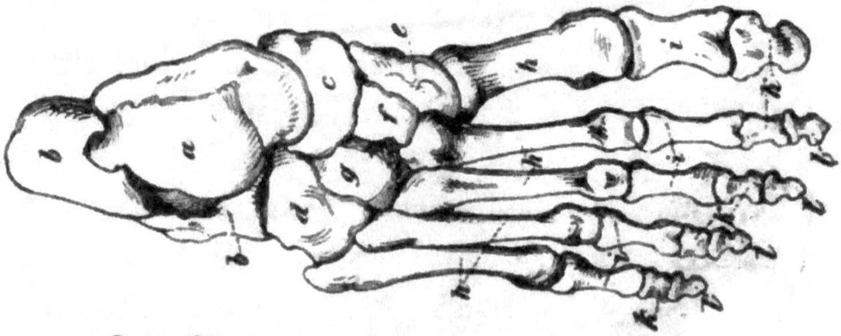

Das Skelet des Fußes von oben gesehen.

a. Sprungbein, — b. Fersenbein, — c. Schiffbein, — d. Würfelbein, — e. f. g. die 3 Keilbeine, — h. die Knochen des Mittelfußes, — i. k. l. die drei Glieder der Zehen. (Die große Zehe hat nur zwei Glieder).

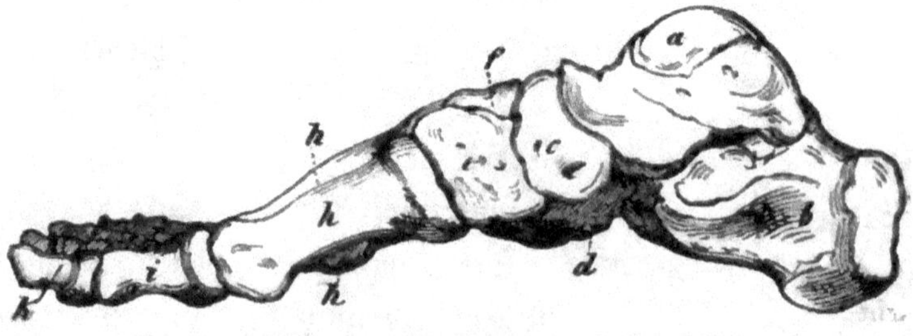

Skelet des Fußes von der inneren Seite.

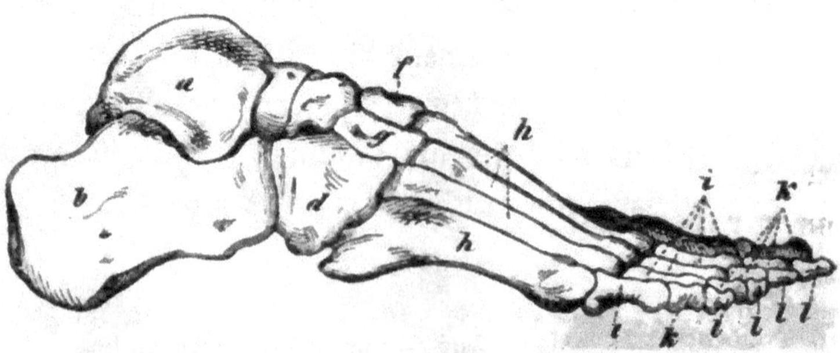

Skelet des Fußes von der äußeren Seite.

der Schwierigkeiten für Herstellung wirklich passender Stiefeln. Denn von der Seite gesehen bilden die Fußknochen einen flachen Bogen, welcher nur hinten mit der Ferse und vorn mit den Gelenken zwischen „Mittelfuß“ und erstem Gliede der „Zehen“, also mit der Gegend der Ballen auf dem Erdboden ruht. An der äußeren Seite geht der Bogen der Fußknochen tiefer herab, als an der inneren, — deshalb ist auf der „Gehfläche“ nur auf der inneren Seite zwischen Ferse und Ballen eine den Erdboden nicht berührende Stelle.

Die Wölbung der Fußknochen ist auf der oberen Fußfläche keine ganz gleichförmige, sondern das zweite Keilbein (f) ragt über die anderen Knochen hervor, den sogenannten „Spann“ bildend. Hier pflegen die Stiefeln am meisten und am schmerzhaftesten zu drücken. Merkwürdiger Weise unterscheiden sich die „romanischen“ und „germanischen“ Menschenrassen nicht nur durch die Gestalt ihrer Schädel, sondern auch dadurch, daß die erstere eine größere Wölbung des Fußes, mithin einen höheren „Spann“ haben, — während den Germanen neben dem längeren Schädel auch ein flacherer Fußbogen vorkommt, der oft bis zum fehlerhaften „Plattfuß“ sich abplattet. Bei letzterem berührt die ganze Fußfläche zwischen Ferse und Ballen den Boden, wodurch das Gehen behindert, längere Zeit anhaltendes Marschieren aber durch Schmerzhaftigkeit ganz unmöglich gemacht wird. (Der „Plattfuß“ befreit deßhalb die Rekruten vom Soldaten-Dienste).

Die Fußpflege giebt Gelegenheit zu Erkrankungen durch Fußbäder, welche namentlich zu gewissen Zeiten dem weiblichen Geschlechte gefährlich sind. Man sollte sie nie anders, als Abends vor dem Schlafengehen und auf ärztliche Anordnung vornehmen. Zur Reinigung genügen Waschungen mit Seife, oder bei großer Neigung zu Erkältung Abreibungen mit Flanell und Spiritus.

Der Fuß ist beim weiblichen Geschlechte häufig ein Gegenstand der Eitelkeit und Koketterie, — ebenso bei den Französinnen, welche die schönsten Füße haben, als bei den wegen großer und mißgestalteter Füße bekannten Damen in Dänemark und England. Selbst die Farbe der Schuhe wechselte auffallend. In den ersten Jahren dieses Jahrhunderts trugen die Damen auf der Straße nur helle Schuhe von weißer, rosa, lila, gelber, grüner, blauer Farbe oder von schottischem Muster; dann wurden die Farben grell: zinnoberroth, grelles Orangegelb, grasgrün, — und erst 1812 kamen schwarze Schuhe in Mode, anfangs nur als Festtracht, später allgemein. Die abentheuerlichsten waren die weißen und rosafarbenen „Steckelschuhe“ mit großen Band-Rosetten und hohen Absätzen zu Ausgang vorigen Jahrhunderts, über welche Amaranthes spottet:

„Der hohen Schuhe Pracht muß Euren Staat erhöhen,
Den Euch der Moden Lauf, Ihr Kinder, ausgedacht;
Drum wundre man sich nicht, wenn man mit aller Macht
Bei Euch die Liebe sieht auf — lauter Stelzen gehen.“

Indessen können die einst so beliebten Stelzschuhe doch auch ihr Gutes gehabt haben, denn es giebt keine allgemein angenommene Volkssitte, die nicht auch gewisse Vorzüge hätte, — trotz lächerlichen Aussehens oder alberner Uebertreibung. Das Tragen der Korsetts z. B. entsprang aus der nordischen Sitte des zusammengeschnürten Kleides und ging durch die Zwischenstufe des von deutschen Frauen in Mode gebrachten „Mieders“;

Ordnung, Nettigkeit des Anzuges und größere Wärme sind die nicht abzuleugnenden Vortheile, welche es gewährt und nur Verstandeslosigkeit brachte es in Mißkredit: als sie durch das Korsett eine Wespen-Taille auf Kosten der eigenen Gesundheit und der künftigen Generation erkaufte. Die so widerliche, häßliche und feuergefährliche Krinoline hat wenigstens den Nutzen, daß sie die zu langen Oberkleider trägt und unbehindertes Ausschreiten ermöglicht. So werden wohl auch die seltsamen Steckelschuhe ihren Vortheil gehabt haben, theils als Schutz gegen unsauberen Weg, theils als — — „Turnübung“. Es fehlt den Damen an der nöthigen Körperbewegung und diese zu ersetzen, scheint ein Balanciren auf hohen Stelz-Absätzen ganz geeignet.

Wer nicht täglich zwei Mal durch Muskelbewegung sich so anstrengt, daß seine Haut sich feuchtet, bleibt nicht gesund.

Diesem Erfahrungssatze gegenüber erwäge man die Lebensweise der Mädchen und Frauen — und frage sich dann noch, ob es auffallend ist, daß bei ihnen zahlreiche Krankheiten heimischer sind, als bei den Männern, obgleich doch diese sich viel größeren Schädlichkeiten aussetzen.

Nur Bewegung ist Leben, — Ruhe ist dem Tode verwandt. Gerade aber die „weiblichen“ Arbeiten werden in gezwungener Körperruhe, und in der schlechtesten Körperruhe, die je erdacht, im Sitzen gemacht. Woher kommt es denn, daß „Bleichsucht“ und „Blutarmuth“ beim weiblichen Geschlechte heimisch ist, während sie junge Männer verschont? Weßhalb klagen Mädchen und Frauen über „Appetitmangel“ und „Magenkrankheiten“? Was bewirkt die Häufigkeit der „Verdauungsträgheit“, was die „Unterleibsbeschwerden", was die Unzahl der „Rückenverkrümmungen" beim weiblichen Geschlechte?

Auf alle diese Fragen haben wir nur eine gemeinsame Antwort: die Sklaverei des Sitzens!

Da unsere gesellschaftlichen Einrichtungen die Frauen unerbittlich zum Sitzen zwingen, und die Einzelne diesem Zwange sich nicht entziehen kann, so bleibt kein anderer Ausweg, als durch ergiebige „Muskelpflege", d. h. durch richtige Vertheilung der täglichen Bewegung, Anstrengung und Ruhe, dem Uebel entgegenzukämpfen. Wie das viele Sitzen die Frauenwelt frühzeitig altern macht, so erhält richtige „Muskelpflege" geistig und körperlich jung und frisch, verlängert namentlich die zweite Jugend und schiebt die Erscheinungen des Greisenalters bis in die spätesten Jahrzehnte hinaus.

Bewegung, — Anstrengung der Muskeln, Muskelarbeit, ist nothwendig zur Erhaltung der Jugend und Schönheit. Und wie soll die Bewegung ausgeführt werden?

Die Engländerin ist in der glücklichen Lage, eine Wohnung zu benutzen, welche sie zum häufigen Treppensteigen nöthigt; im Kellergeschoß ist die Küche, zu ebner Erde das Wohnzimmer (Drawing-room), im ersten Stock Frühstücks- und Arbeitsstube (Bibliothekary) und im zweiten Stock befinden sich Schlafraum und Garderobe. Da geht es tagesüber lustig treppauf, treppab! „Wie ungemüthlich!" ruft eine deutsche Leserin aus. Aber „wie gesund und nützlich", wendet der Arzt ein, der recht wohl erkennt, daß der schöne Teint und das blühende Aussehen der Engländerinnen nicht allein von ihrem häufigen Baden und der guten Luft in Haus und Wohnung, sondern in höherem Grade von der heilsamen Treppenwanderung in ihrer Wohnung herrührt. Außerdem reitet jede Engländerin, die nur irgend den Kauf- oder Mieth-Preis für ein Pferd erübrigen kann. — Die Deutsche muß sich mit der heimischen Lebensweise und Sitte begnügen (welche in vieler Rücksicht weit besser sind), und muß die Nachtheile der erzwungenen Ruhe bekämpfen. Hierzu ist das beste Mittel: „Turnen“.

Man braucht nur dieses Wort einer Dame zu sagen, um Widerspruch zu erlangen. Unter „Turnen“ oder „Gymnastik“ verstehen die meisten allerlei Gliederverrenkungen und Kraftstücke an Balken, Seilen, Leitern u. dgl. Allein wir sind weit davon entfernt, diese Turnübungen der Frauenwelt anzuempfehlen. Zur gedeihlichen „Muskelpflege“ ist nichts Weiteres nöthig, als geregelte Bewegungen der Arme, der Beine, des Halses und des Rumpfes, die täglich etwa während einer halben Stunde vorgenommen werden. Verfasser hat eine Reihe von 16 methodisch an einander gereihten Bewegungen zum Hausbedarf im „Buch der vernünftigen Lebensweise“ abgebildet. Man sehe sich diese nur ein Mal flüchtig durch und der Abscheu vor dem Gesundheitsturnen wird sich mildern. Auch dem weiblichen Geschlechte können diese einfachen 16 Uebungen empfohlen werden.

Wer speciell für weibliche Bedürfnisse berechnete Anleitung wünscht, der greife zu dem trefflichen kleinen Buche: „Weibliche Hausgymnastik“ von Kloß*).

*) Dr. Moritz Kloß, Director der k. Sächs. Turnlehrer-Bildungsanstalt in Dresden, Weibliche Hausgymnastik. (Mit 30 Abbildungen, 2. Aufl. Leipzig 1860, J. J. Weber. XVI. u. S. 177.) — Das Werk enthält nach einer allgemeinen Belehrung über Bedeutung, Geschichte und Begrenzung der weiblichen Gymnastik,

Damit man sehe, daß dasselbe keineswegs übertriebene Anforderungen stellt, führen wir aus der Vorrede folgende Worte an: „Wir wissen recht gut, daß nicht alle Frauen Gelegenheit haben, sich durch Reisen, durch Bergsteigen oder durch zweckmäßige Beschäftigung in Haus, Hof und Garten die so nöthige Leibesübung zu verschaffen; — allein zu einer solchen Gymnastik, wie sie hier geboten wird, ist überall Rath zu schaffen. Dafür genügt schon der enge Raum des Zimmers, des Boudoirs, eines Korridors oder eines Gärtchens, wo man mit einem Stabe, einem Schwungseile, einem Federballe, die nützlichsten Uebungen vornehmen kann."

Aber — so werden uns die Gegnerinnen der „Gymnastik" einwenden — genügt denn zur „Muskelpflege" nicht schon das Spazierengehen? Leider genügt dieses nicht, — am wenigsten beim weiblichen Geschlechte, welches anders geht, als das männliche.

Beim „Gehen" bewegt man nicht nur die Beine, sondern auch unwillkührlich den Oberkörper. Verfasser

---

eine specielle Anleitung zu „Freiübungen" im Stehen, Gehen, Laufen, Hüpfen, Springen (S. 55—90). Diese empfehlen wir unseren Leserinnen ganz besonders. Doch möchten wir rathen, die darauf folgenden „schwedischen" Uebungen und die mit „Handgeräthen" oder „Zimmer-Vorrichtungen" nicht anders als unter Leitung eines Arztes vorzunehmen, weil schwere Nachtheile entstehen können, wenn sie einseitig oder in übertriebener Weise geübt werden und weil auch bei mancherlei Körperzuständen diese Uebungen zu widerrathen sind. — Um so unbedingteres Lob können wir den „Uebungen für den täglichen Gebrauch" (S. 137—150) und den gymnastischen Uebungen „gegen Krankheitszustände" (S. 152—177) ertheilen. Im letzteren Abschnitte zeigt Kloß, wie man beginnende Rückgratsverkrümmungen, hohe Schulter, schiefen Hals, Lähmungen der Glieder, — ferner: Unterleibsbeschwerden, Brustkrankheiten, beginnende Lungenschwindsucht, Asthma, kalte Füße und Hände — durch richtige Muskelübung und Muskelpflege heilen könne. —

hat dies zuerst nachgewiesen und bei Gelegenheit der zu Wien 1856 abgehaltenen Versammlung Deutscher Naturforscher den Fachgenossen vorgelegt. — Die Drehung des Oberkörpers beim Ausschreiten ist nämlich eine verschiedene, je nachdem man die Arme frei herabhängen und schwingen läßt, oder in der Gegend der Taille festhält (wie Frauen zu thun pflegen). Im ersteren Falle ist die Bewegung des Oberkörpers der Bewegung des Beckens entgegengesetzt; — im letzteren Falle dagegen bewegt sich der obere Theil des Rumpfes parallel mit dem unteren Theile. Es sei uns gestattet, dies zu verdeutlichen, indem wir die stattfindenden Bewegungen ins Einzelne verfolgen.

Das Becken bleibt mit seiner Querachse beim Gehen nicht ruhig (vertical auf die Linie der Gehrichtung), sondern folgt dem nach vorn als Pendel schwingenden Beine, indem es bei jedem Schritte Drehbewegungen nach vorn und hinten um die Mittellinie des Körpers ausführt. Wenn man bei einem einzelnen Schritte diese Bewegung verfolgt, so bemerkt man, daß z. B. bei der Schwingung des rechten Beines nach vorn vom Gewichte des Beines die rechte Seite des „Beckens“ ebenfalls nach vorn gezogen wird, (so daß also das Becken mit seiner Querachse einen Theil eines Kreises beschreibt, dessen Peripherie die rechte Hüfte, d. h. die Seite des Schreitfußes bildet, und dessen Mittelpunkt im Gelenkknochen des linken Schenkelknochens, d. h. also, auf der Seite des Standbeines liegt). Während dieser Zeit machen die Schultern mit dem Querdurchmesser der „Brust“ eine entgegengesetzte Bewegung, indem die linke Schulter nach vorn geht. Dies findet sowohl bei schwingenden Armen statt, (so daß man zu der Vermuthung verleitet werden könnte, als ob in diesem Falle das Gewicht des Armes das Schultergelenk nach vorn zöge, ebenso wie vorher das Gewicht des Beines das Becken vorzog,) als auch bei über der Brust gekreuzten Armen. Es erfolgt also

B

A

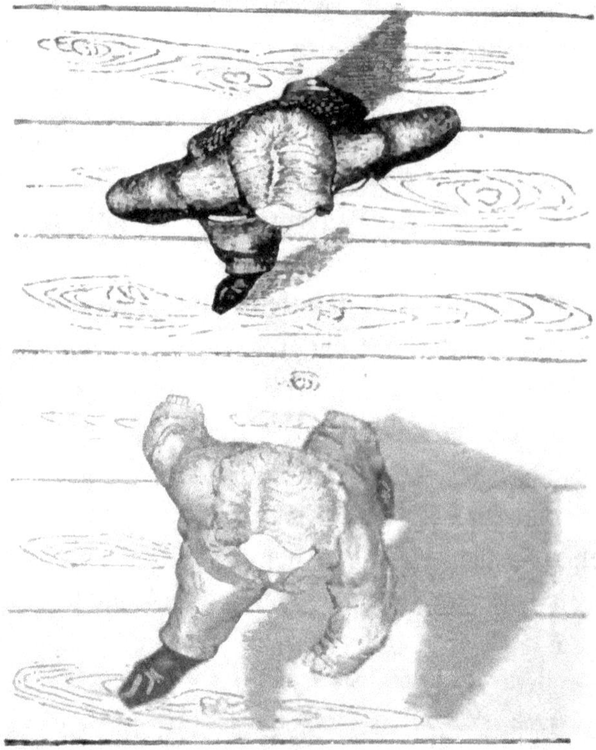

diese unwillkührliche Drehung des Oberkörpers zur Erhaltung des Gleichgewichtes. — Während der Pendelschwingung des linken Fußes findet die umgekehrte Drehung sowohl der Hüfte als der Schulter statt, so daß also dann die linke „Hüfte“ und die rechte „Schulter“ zu gleicher Zeit vorwärts gehen. Beim schnellen Gehen

Fettleibiger, aber beweglicher Männer kann man diese Drehung am deutlichsten beobachten; jedenfalls ist sie bei ihnen nur deßhalb deutlicher, weil die Erhaltung des Gleichgewichtes der größeren Körpermasse wegen den Fettleibigen schwerer wird beim Gehen, als den mageren Personen.

Auf der Abbildung des aus der Vogelperspective gesehenen gehenden Mannes mit frei hängenden Armen A überblickt man die Verhältnisse dieser Drehungen.

Von dieser Bewegung des Oberkörpers bei gleichzeitig bewegten (oder auf „Brust" oder „Rücken" gekreuzten) Armen unterscheidet sich jedoch wesentlich die Bewegung des Oberkörpers bei gleichzeitig auf der „Hüfte" oder vor der „Taille" durch Anstemmen oder Auflegen fixirten Armen.

Man sollte erwarten, daß beim Einstemmen der Arme auf die Hüfte oder auf den oberen Rand des großen Beckens der Oberkörper ruhig gehalten würde. Statt dessen findet aber regelmäßig, namentlich beim schnellen Gehen, eine der vorigen umgekehrte Drehung statt. Indem durch die aufgelegten Hände der Oberkörper an der „Hüfte" festgehalten wird, bewegt er sich nun mit dieser zugleich, so daß die Achsel derselben Seite gleichzeitig mit dem nach vorn schwingenden Beine vorgeht. In diesem Falle führt also der Oberkörper nicht die der Beckendrehung entgegengesetzte, sondern die mit ihr übereinstimmende Bewegung aus.

In der beigefügten Abbildung eines schreitenden Knaben, welcher die Hände seitlich auf das Becken aufgestemmt hat B, erkennt man, daß unter diesen Verhältnissen der Querdurchmesser der Schultern sich nahezu parallel bewegt dem Querdurchmesser des Beckens.

In beiden Fällen nimmt der Kopf an der Bewegung nicht Theil, sondern verharrt in der zu Anfang des Schrittes angenommenen Stellung. —

Um unter möglichst normalen Verhältnissen die Gehbewegungen des Oberkörpers zu untersuchen, beobachtete ich sie aus dem vierten Stockwerke eines Hauses, welches an einer von vielen Vorübergehenden belebten Straße lag, so daß häufig einzelne dicht am Hause gehende Personen senkrecht unter meinem Auge sich fortbewegten und daher von oben nach unten gleichzeitig in allen Theilen überblickt werden konnten. Hierbei stellte es sich gesichert heraus, daß im Durchschnitte alle Männer die zuerst beschriebene Drehungs-Bewegung des Oberkörpers (wobei „Schultern" und „Hüften" sich entgegengesetzt bewegen) ausführen, dagegen alle Frauen der höheren Stände in Folge der bei ihnen gebräuchlichen Art die Arme zu tragen, die zweite der beschriebenen Drehbewegungen des Oberkörpers (die Parallelbewegung in Bezug auf „Hüft"- und „Brust"-Durchmesser) ausführen. Mädchen und Frauen der niederen Stände dagegen bewegen sich meistens wie Männer.

Die Beachtung dieser Drehbewegungen des Rumpfes ist nicht nur für die reine Physiologie von Wichtigkeit, sondern noch mehr für die „angewandte Physiologie", d. h. für die Heilkunde. Durch sie wird die diätetische Einwirkung des Gehens und die fast immer verschiedene Wirkung diätetischer Gehbewegungen beim weiblichen und männlichen Geschlechte erklärt.

Wenn sich nämlich der Rumpf beim Vorwärtsschreiten ganz passiv und ruhig — also wie ein getragener Stock — verhielte, so würde der Spaziergang lediglich ein Mittel bieten, den Lungen reinere, sauerstoffreichere Luft als gewöhnlich zuzuführen und den Blutumlauf in den Beinen durch deren Bewegung, sowie vielleicht in einigen Theilen des Rumpfes durch die geringe Hebung und Senkung desselben, bei Streckung und Beugung der Beine zu beschleunigen. Allein die Torsionsbewegungen des Rumpfes bewirken hauptsächlich gerade diejenigen Einwirkungen auf den Körper, welche man von den Gehbewegungen wünscht.

1) Indem sich die Durchmesser der Schultern und des Beckens wechselsweise über das Kreuz drehen, ist auch der Oberkörper einer wechselnden Kreuzdrehung ausgesetzt, welche nothwendig am beweglichsten Theile desselben, mithin an dem Bauche ausgeführt wird. Die Baucheingeweide sind vermöge dieser Einwirkung einer unausgesetzten Durchschüttelung unterworfen, deren jede einzelne zwar gering ist, welche aber nicht unbeträchtlich in's Gewicht fallen, wenn man erwägt, daß jeder größere Spaziergang aus mehreren tausend einzelnen Schritten besteht, und demgemäß auch mehrere tausend Kreuzdrehungen des Oberkörpers und Bauches bewirkt.

2) Hierbei werden nicht nur sämmtliche Verdauungsorgane wiederholt kleinen Passivbewegungen ausgesetzt, sondern die aus Weichtheilen bestehenden Bauchwandungen jeder Seite werden auch abwechselnd angespannt und erschlafft, sie üben daher abwechselnd einen Druck auf die unter ihnen befindlichen Organe aus. Dieser mäßige, aber oft wiederholte Druck muß nothwendig die Entleerung der Drüsen begünstigen; namentlich wird er im Verein mit der Einwirkung des Zwergfelles auf das Ausfließen der Galle aus der Leber einwirken, so wie diese Verhältnisse auch auf den Umlauf des Blutes in den Verdauungs-

organen und auf die schnellere Weiterbeförderung des Darminhaltes entschiedenen Einfluß haben. Da bei Männern diese Torsionsdrehung Regel ist, — bei Frauen dagegen nicht, so erklärt es sich hierdurch, weßhalb diätetische „Spaziergänge" ungleich geringeren Erfolg beim weiblichen Geschlechte haben, als beim männlichen, wie dies jedem Arzte aus eigener Beobachtung hinlänglich bekannt ist.

3) Gleichzeitig wird die Haut vermittelst dieser Drehbewegungen sanft frottirt, indem sie unter den Kleidungsstücken sich hin und her bewegt. Jede einzelne dieser Reibungen, welche das Hemd mit seinen Falten auf die Haut bewirkt, ist allerdings gering; durch ihre Menge und ihre anhaltende Einwirkung dürften sie jedoch besser noch als andere Verhältnisse, die durch einen Spaziergang nach der Haut bewirkte Congestion und die Begünstigung der Schweißabsonderung erklären. Man erkennt also, daß gerade diejenigen Einwirkungen des Gehens auf den Körper, wegen welcher man dasselbe als Heilmittel verwendet, wenn auch nicht ausschließlich, so doch hauptsächlich von den Torsionsbewegungen des Oberkörpers beim Gehen abhängen und daß man mithin wenigstens in praktischer Beziehung diese Bewegungen nicht als unwichtige zu bezeichnen berechtigt ist. Wie Geschwindigkeit und Größe der Schritte von der Länge der Beine abhängen, so hängt Geschwindigkeit und Größe der Drehbewegung von der Länge des Oberkörpers ab*).

---

*) Um die Größe dieser Drehbewegung zu bestimmen, benutzte ich die auch von den Gebrüdern Weber angewendete Methode, indem ich in einem Fernrohr zwei Fäden anbrachte, deren einer sich

Die Frauen gehen also anders, als die Männer. — „Spaziergänge" wirken bei Frauen weniger vortheilhaft, als bei Männern, — und genügen bei Frauen nicht als diätetisches Mittel einer guten „Muskelpflege". Frauen müssen daher gymnastische Uebungen täglich vornehmen, wenn sie — — jung, gesund und schön zu bleiben oder zu werden wünschen! —

Gewandtheit, anmuthige Leichtigkeit der Bewegungen sind für den Körper dasjenige, was für den Geist tugendhafte Lauterkeit und Gedanken-Hoheit sind. Der hochbegabteste Denker wird uns trotz seiner Kenntnisse und seines Scharfsinnes unangenehm werden, sobald wir erfahren, daß er von gemeinem oder schwächlichem Charakter, ein Verräther seiner Genossen, ein berechnender Egoist ist; so wird auch die schönste Gestalt, welche in Ruhe entzückend erschien, uns nicht mehr gefallen, wenn ihre Bewegungen steif, hölzern, eckig, ungelenk, ausdruckslos sind.

Die Anmuth der ungezwungenen Bewegung, wie sie Muskelpflege und Gymnastik ertheilen, strahlt durch jede Gewandung hindurch, verschönert scheinbar das häßliche Kleid, — läßt die glänzende Hülle fast wie nothwendig, sich von selber verstehend, der Beachtung kaum noch würdig erscheinen. Eine Drahtpuppe im Hermelin erscheint nicht schöner, als ohne denselben; gesellt sich aber zur geistigen Hoheit die gefällige Anmuth der Bewegungen,

---

durch Drehung eines Theiles des Rohres um seine Längsachse bewegen ließ. Indem ich die Personen, welche ich ohne ihr Vorwissen beobachtete, mit dem Fernrohr einige Zeit lang verfolgte, war es möglich, den feststehenden Faden auf die Beckenachse einzustellen, den beweglichen dagegen auf die Querachse der Brust und Schultern, um auf diese Weise die Winkel zu bestimmen.

dann ist selbst die Häßliche schön und die in Lumpen Gehüllte dünkt uns Herrscherin!

Im Geiste, — im naturgemäßen Selbstherrschen über die eigenen Glieder, — im charaktervollen Ausdrucke der inneren Eigenthümlichkeit, — da liegen die Wurzeln der Schönheit, die Ursachen des Gefallens.

Was braucht es doch des kostbaren Kleiderputzes? Sei „Du selber" und im einfachen Hauskleide wirst Du gefallen! Sei wandelndes Aushängeschild des Schneiders und der Putzmacherin, und nur die Kleiderstoff-Verkäufer und Bandhändler werden Dich bewundern, während die Anderen vor dem Gesichte freundlich lächelnd sich beugen und hinter dem Rücken spöttisch lachend, die Achseln zucken.

Weßhalb aber befreien sich die Frauen und Mädchen nicht von der Fessel der Mode? Ist es Gefallsucht, was sie einander in Tagesthorheiten sich überbieten läßt? Ist es Philisterthum, welches ihnen die Freiheit des Entschlusses zur Wahl eines anderen Kleides, als gerade „Alle" tragen, raubt? Wollen sie vielleicht bei so Geringfügigem, wie die Kleidertracht, die Kraft des Widerstandes nicht vergeuden, deren sie für Wichtigeres bedürfen? Treibt sie Gewöhnung und Gedankenlosigkeit zur sklavischen Nachahmung des augenblicklich Gebräuchlichem, oder spiegeln sich des Weibes erhabendste Tugenden: Bescheidenheit und Selbstverleugnung auch im Nichtbeachten der persönlichen Vorliebe für diese oder jene Kleidertracht wieder? — Ein wenig von dem Allen; Keines für sich allein. Gewiß ist: daß jede Frau und jedes Mädchen sich anders anzieht, wenn sie weiß, daß sie gesehen wird, — und anders, wenn sie glaubt unbeachtet zu sein! Wer wollte das leugnen? — —

Die „Mode“ vertilgen wird Niemand können, — ihre Auswüchse zu beschneiden, hat sich die Gegenwart zur Aufgabe gestellt.

Jene gedankenlose Abhängigkeit, in welcher viele Frauen und Mädchen sich unter dem Scepter der Mode befinden, hat etwas Unwürdiges, mit dem Begriffe edler Weiblichkeit nicht zu Vereinigendes.

Gerade die Frauen der germanischen Volksstämme sollten sich von dieser Fessel der Modethorheiten befreien, da ihnen der richtige Takt und das Gerechtigkeitsgefühl des Volkes eine ganz andere Stellung gewährt hat, als ihren romanischen Schwestern. Während diese als „Mädchen“ im älterlichen Hause gehütet werden wie in einem Harem, dürfen jene sich frei in der Welt bewegen; während das französische Mädchen von Aeltern und Verwandten verheirathet *wird*, hat die deutsche Jungfrau bei der wichtigsten Lebensangelegenheit des Weibes das unbezweifelte Recht der entscheidenden Stimme. In *keinem* anderen Volksstamme wird den Mädchen und Frauen so viel Selbstbestimmung eingeräumt, wie bei den Völkern germanischer Rasse: den Deutschen, Engländern und Anglo-Amerikanern.

Zeige sich denn die Deutsche auch dieses Vorrechtes würdig und trage sie nicht länger allzu geduldig die Fesseln fränkischer Modistinnen.

Sich dieser Fesseln zu entwehren, bedarf es nicht etwa der Erfindung einer neuen Nationaltracht; nur was Jede für angemessen und zweckmäßig erkennt und was ihr *selber* gefällt, möge sie wählen, — und die Tyrannei der Mode besteht nicht mehr.

Würde jemals ein Kleidungsstück, wie die „Krinoline“ und manches Andere, was wir im Eingange dieser Zeilen erwähnten, allgemein getragen worden sein, wenn jede Einzelne selbstständigen Geistes gewesen wäre? Der allgemeinen Sitte soll man folgen, nicht der allgemeinen Unsitte.

Man verwechselt meistens „Sittliches“ mit „Schicklichem“. Diejenigen aber, welche mit der Befolgung des „Sittengesetzes“ es nicht allzu ängstlich nehmen, beugen sich auf das Gewissenhafteste der „Convenienz“ und werden dann bereitwillig zur „guten“ und „anständigen“ Gesellschaft gerechnet. Der Schein gilt!

Es ist unumstößliche Forderung der Vernunft, daß unsere geselligen Einrichtungen und Volkssitten mit der vorgeschrittenen wissenschaftlichen Einsicht in Uebereinstimmung gebracht werden. Mit dem sicheren Erkennen der Uebel und bei erlangter Kenntniß von den Mitteln zur Abhülfe hat Jeder die Pflicht, bei sich wie bei Anderen das Unrichtige und Naturwidrige zu bekämpfen, — um wie viel mehr, wenn der Preis des Kampfes die eigene Gesundheit, Schönheit, Arbeitskraft ist! Dem Scheinbedürfnisse der Mode setzt die Naturwissenschaft das wirklich vorhandene Naturbedürfniß entgegen.

Durch Erkenntniß der Natur tritt an die Stelle des Scheines siegreich die Wahrheit.

„Mager“ oder „voll“?

„Mager“ oder „voll“?

[Ein Wettlauf. — Das Mästen der Pflanzen. — Ernährung der Thiere. — Trainiren der Menschen. — Einfluß des Stoffwechsels. — Bedeutung der Muskelpflege. — Bedeutung der Kleider. — Magere. — Dicke. — Die Meinung des Volkes. —]

„Rathe mir gut, aber — rathe mir nicht ab.“
(L. Vagt.)

Eine der Klagen, welche der Hausarzt aus Frauenmund am häufigsten hört, ist der Stoßseufzer über zu geringen oder zu bedeutenden Körperumfang. Den Mageren wie den allzu Vollen mißfällt ihr Aussehen; die Einen beschweren sich über Faltenreichthum im Antlitz und meistens auch über zu schnelle Ermüdung bei Anstrengungen und Frostgefühl bei nur mäßiger Kälte, — den Anderen dagegen wird es schon bei mäßiger Wärme zu heiß und, leicht außer Athem gebracht, fühlen auch sie bei körperlichen Anstrengungen Beschwerden, deren sie enthoben zu sein wünschen. — Nach dem gewöhnlichen ärztlichen Herkommen werden die Mageren während der Sommerszeit aufs Land geschickt, um durch eine Milchkur größere Rundung zu gewinnen, während man die übermäßige Körperfülle in Karlsbad gegen eine neue Taille einzutauschen pflegt. Beide Hilfsmittel sind längst erprobt und versagen kaum jemals ihren Dienst. Aber nicht jede Frau kann und will in der Sommerszeit Familie und Haus (auf mindestens 2 Monate) verlassen, und gar Manche würde dankbar sein, wenn sie daheim, mitten im Kreise ihrer Lieben und bei ihren gewohnten Beschäftigungen ohne kostspielige Reise und ohne Badeaufenthalt das gewünschte Ziel erreichte. Dieses Mittel wollen wir auf den nachstehenden Blättern lehren. Unsere Leser werden dabei zugleich einen Einblick in den Haushalt des menschlichen Körpers und in seine Ernährungsverhältnisse gewinnen. Wir bemerken aber zuvor, daß eine Anwendung des mitgetheilten Verfahrens nur vom 20. Lebensjahre an gestattet sein darf; die Gründe werden wir später darlegen. —

Im März des Jahres 1855 wettete in Madrid ein Schnellläufer, daß er im Hippodrom den besten Renner im Laufe so besiegen wolle, daß das Pferd nicht nur erschöpft, sondern todt zusammenbreche. Nachdem der erste Wettlauf resultatlos vorübergegangen war, erreichte der Läufer bei dem zweiten Versuche den beabsichtigten Erfolg wirklich mit dem 87. Umrennen um den weiten Circus. Der dem Anscheine nach treffliche andalusische Renner stürzte todt zusammen; der Läufer aber rannte noch 5 Mal um den Circus und tanzte dann unter allgemeinem Jubel „mit der größten Leichtigkeit“ la Jota. Da die Rennbahn des Circus 1270 Fuß Länge hat, so durchlief der spanische Läufer in 87 Touren einen Weg von mehr als 6 spanischen Meilen und legte denselben in 5/4 Stunden zurück.

Diese Erzählung wird von den meisten Lesern mit Ueberraschung, ja mit Unglauben, hingenommen werden, weil allgemeine Leibesübungen bei uns erst in jüngster

Zeit durch die Turnvereine wiederum aufgekommen sind, und weil auch die wissenschaftlichen Kenntnisse der Physiologie des menschlichen Körpers nicht verbreitet genug sind, um des scheinbaren Wunders Erklärung Jedermann möglich zu machen. Auch unseren Vorfahren ging solche Erkenntniß ab und mußte ihnen abgehen, da zu ihrer Zeit selbst die erleuchtetsten Männer dieselbe nicht besaßen; dennoch würden sie über eine derartige Kraftleistung sich nicht zu sehr gewundert haben, weil sie täglich Aehnliches sahen und Aehnliches ausführten. War es doch in der Zeit des Mittelalters noch ein Gewöhnliches, daß ein mit seiner eisernen Rüstung bekleideter Streiter, bewaffnet mit Schild, Streitkolben und Schwert, durch einen einzigen Sprung sein Pferd bestieg, indem er nach einem Anlauf von 5 Schritten, ohne irgend eine Stütze in der Hand zu haben, in den Sattel sprang! Hatte doch später die neugegründete Akademie der Wissenschaft zu London an ihrem Könige die Menge der Schweißabsonderung dadurch bestimmt, daß sie denselben vor und nach seiner gewöhnlichen täglichen Leibesübung (Ballspiel) genau wog und hatte gefunden, daß über 2 Pfund dem Körper durch den vergossenen Schweiß verloren gegangen war! Zu Zeiten, als man die Beispiele der alten Athleten und Gymnasten in einer solchen Weise nachahmte, waren auch Läufer von großer Leistungsfähigkeit nicht so selten, wie in der Gegenwart. Wie so oft war auch damals die praktische Anwendung der wissenschaftlichen Erkenntniß vorausgeeilt, und man übte zu jenen Zeiten bereits, was wir heut zu Tage erst mittelst der etwa seit 1830 gemachten Fortschritte der Naturwissenschaft zu erkennen begonnen haben: die Lehre vom Stoffwechsel.

Der Stoffwechsel, d. h. das Wechselverhältniß zwischen den in den Körper als Speise und Trank eingeführten und vom Körper wieder beseitigten Stoffen nebst der Umwandlung, welche sie im Blute und in den einzelnen Organen erleiden, — der Stoffwechsel ist es, welcher die größten Veränderungen im einzelnen Organismus wie in der Gattung hervorzubringen vermag. Mit Hilfe eines richtig geleiteten Stoffwechsels vermögen wir bis auf gewisse Grenzen willkührlich Form und Umfang des eignen Körpers zu gestalten.

Schon bei den Pflanzen beginnt mit Hilfe des Stoffwechsels die künstliche Einwirkung des Menschen. Durch besondere Art der Bodendüngung (d. h. also indem man die Pflanzen auf eigenthümliche Weise füttert) erzeugt man in Italien jenes biegsame, glatte Stroh, welches durch die ganze civilisirte Welt als ein ergiebiger Handelsartikel versendet wird. Durch richtige Fütterung der Pflanze im Boden vermag man ferner Futterkräuter von besonderer Nahrhaftigkeit zu gewinnen, um dieselben bei der Mästung des Thieres in Fleisch, Fett und Blut umzusetzen. Ja man versteht es sogar in der Gegenwart nicht nur die Thiere, sondern auch die Pflanzen zu mästen. Wie nämlich bei jener künstlich und einseitig gesteigerten Ernährung der Thiere, welche man Mästung nennt, ungewöhnlich viel Fett im thierischen Körper hervorgerufen und angesammelt wird, so kann man auch bei der Pflanze die Fettansammlung willkührlich vermehren oder vermindern. Das Fett der Pflanze ist aber Stärkemehl und Zucker. Im thierischen Körper ist das Fett eine tragbare Speisekammer für das Thier, aus welcher sein Organismus im Fall der ungenügenden Ernährung durch die Speisezufuhr sich Nahrungsstoffe entnimmt. (Weßhalb Thiere und Menschen nach allzugroßen Anstrengungen, nach Hunger und in Krankheiten, auch nach Appetitlosigkeit abmagern); ebenso legt in ähnlicher Weise die Pflanze den unverbrauchten Ueberschuß, der ihr vom Boden, Wasser und Luft überlieferten Nahrung, in ihrem Zellengewebe als Stärkemehl oder als Zucker ab. Mit Fug und Recht kann man daher diese beiden Nährstoffe in Bezug auf den Haushalt im einzelnen Pflanzenkörper das Fett desselben nennen. — In den Samen setzt die Pflanze vorzugsweise das Stärkemehl ab, wie dies die Samen des Getreides, der Bohnen, Erbsen, Linsen, Wicken, des Mais beweisen; in dem saftigen Fleische, welches Stein oder Kern vieler Früchte umgiebt, in der Wurzel und im Stengel wird in der Regel der überschüssige Zucker angesammelt. Wollte man also eine Pflanze, welche ebenso wohl Stärkemehl als Zucker liefert, nöthigen, mehr Zucker als gewöhnlich hervorzubringen, so braucht man nur die Stärkemehlbildung zu beschränken, und man gewährt hierdurch der Pflanze einen Ueberschuß an Nahrungsstoff, welchen sie ihrer Eigenthümlichkeit gemäß als Zucker absetzt. Dies ist der Fall bei dem Mais. Wenn man die Kolben oder weiblichen Blüthen des Kukuruz noch grün, bevor eine bedeutende Stärkemehlablagerung in ihnen begonnen hat, sämmtlich abbricht, so liefern die Maispflanzen im Stamm und Stengel so viel Zucker, daß man sie wie Zuckerrohr zur gewerbsmäßigen Gewinnung benutzen kann.

Auf der anderen Seite kann man auch bei Pflanzen ebenso wie bei Thieren die Ernährung auf besondere Weise leiten, indem man ihnen eigenthümliche und für gewisse Zwecke vorzugsweise brauchbare Nahrungsstoffe in ungewöhnlich großer Menge darreicht. So gewinnt man Melonen von vortrefflichem Geschmacke und einem Gewicht, welches zuweilen 40 Pfund übersteigt, wenn man sie täglich mehrere Male mit den aus Thiermilch gewonnenen Molken begießt oder mit Buttermilch, deren Säure man durch hineingeworfene Schlemmkreide abgestumpft hat, oder mit Leimwasser. Wenn die im lockeren Boden wachsende Pflanze täglich mehrere Male mit solchen Flüssigkeiten reichlich begossen wird, so führt man ihr einen für sie außerordentlich leicht verdaubaren Nahrungsstoff zu, — ganz in ähnlicher Weise, als wenn man Dünger, Hornspähne, Federn, Tuchlappen, kurz irgend welche Abfälle von thierischen Körpern nahe an den Wurzeln der besonders zu ernährenden Pflanzen in den Boden einführt, oder wenn man die den bekannten Harzsaft führenden Gummibäume von Zeit zu Zeit mit etwas Kampherwasser begießt. Neuerdings wollen die Engländer sogar ein Mittel aufgefunden haben, die Getreidearten so zu nähren, daß sie einen größeren Ertrag an Körnern liefern, ohne daß gleichzeitig die Menge des Strohes vermehrt würde. Diese höchste Aufgabe der Bodenkultur wird erreicht durch Düngen mit Rus, besonders mit Steinkohlenrus, welchen man Mitte März bis Anfang April in den Boden bringt. Andere Pflanzen hinwiederum kann man besonders gedeihen machen und selbst in ausgeglühtem Flußsande, also in einem für sie nahrungslosen Boden, zu voller Entwickelung bringen, wenn man sie mit den schwachen Lösungen gewisser Mineralsalze begießt. — In allen diesen Fällen liefert man den Pflanzen gerade die Stoffe, welche sie nach ihrer Art zu ihrem Wachsthum vorzugsweise verwenden.

Ganz dem entsprechend verfährt man mit den Thieren; — man füttert sie verschieden, je nachdem man sehr fleischreiche Abarten erzielen will, wie beim Schlachtvieh, — oder Thiere mit außerordentlich feinem und langem Haar, wie bei Schafen, Angoraziegen, Alpaka's, Lama's, — oder Thiere mit starken Muskeln und kurzen Knochen zu langsamen Bewegungen, aber auch zu großen Kraftanstrengungen geeignet, wie Zugpferde und Zugochsen, — oder endlich Thiere mit langgestreckten Knochen, kräftigen Muskeln und Lungen, wie die Rennpferde. Gegenüber den Pflanzen hat man den Vortheil, daß nicht nur Ernährungsweise und Uebertragung durch Erblichkeit bei der Zucht der Thiere mit besonderen Eigenthümlichkeiten als Mittel verwendet wird, sondern daß man zugleich durch besondere Pflege und Anleitung zur eigenen Thätigkeit den thierischen Körper zu gestalten vermag. — Entsprechende Unterschiede kann man nun auch in der Ernährung des Menschen durch besondere Auswahl der Nahrungsmittel und Anordnung der Lebensweise bewirken und man nennt diese Regelung der Ernährung und Lebensweise: „Trainiren“.

In der Gegenwart wird das Trainiren nur noch in England regelmäßig vorgenommen. Es giebt daselbst Männer, welche als „Traineure“ erwerbsmäßig Andere in regelmäßiger Weise füttern, um sie für bestimmte Anstrengungen vorzugsweise geschickt zu machen. Vornehmlich auf vier Gewerbe erstreckt sich das Trainiren: auf Boxer, Läufer, Jockey's und Taucher.

Die Erfolge, welche man bei den Boxern erzielt, sind von allen die auffallendsten. Wer je einen Kampf zwischen englischen Boxern gesehen hat, wird erstaunt gewesen sein, wie diese athletischen Gestalten bis zum Gürtel entkleidet einander auf dem Kampfplatze begegnen. Ohne andere Waffen als ihre eisenharten, geschlossenen Fäuste und ihre ausdauernden Muskeln treten sie einander gegenüber und bearbeiten sich vom Kopf bis zur Magengegend mit Faustschlägen von solcher Heftigkeit, daß man meinen müßte, Einer derselben genügte, um dem Leben eines starken Rindes das Ende zu bereiten. Wird einer der Boxer niedergeworfen oder durch die Gewalt eines Schlages betäubt, so gestattet ihm das Gesetz des Boxkampfes 1 Minute Frist, um sich zu erholen, wenn er sich nicht für besiegt will erklären lassen. Gewöhnlich aber bedürfen sie selbst nicht einmal dieser kurzen Frist zu ihrer Erholung. In einem berühmten Kampfe, welchen die beiden Boxer Maffey und Maccarthy 4 Stunden 45 Minuten lang mit einander ausführten, fiel der Eine derselben 196 Mal betäubt nieder, ohne daß er am Ende des Kampfes schwächer erschienen wäre und ohne daß einer der fürchterlichen Schläge, welche sein Körper hatte erdulden müssen, ihm eine erhebliche Brausche oder blutunterlaufene Stelle zugezogen hätte, wie der damals erschienene Bericht wenigstens behauptete. Man wird vielleicht meinen, daß bei den geschulten Boxern die Gewohnheit des Kampfes einen größeren Einfluß auf diese Widerstandsfähigkeit der Haut ausübe, als die Art und Weise, in welcher sie sich ernährt hatten. Daß dieses aber nicht der Fall ist, geht daraus hervor, daß gut trainirte Boxer bei den ersten Lektionen, welche ihnen nach dem Trainiren ihr Lehrer ertheilt, dieselbe Ausdauer der Muskeln und dieselbe Zähigkeit der Haut zeigen, wie ergraute Kämpfer.

Bei den Läufern sind die Erfolge des Trainirens kaum minder überraschend. Man weiß z. B., daß der Läufer Torensed kurze Zeit, nachdem seine Trainirungskur beendet war, das eine Mal 62 englische Meilen in 8 Stunden ging, ohne am Ende des Laufes sonderlich ermüdet zu erscheinen, und ein anderes Mal halb gehend halb laufend 120 englische Meilen (etwa 60 deutsche Wegstunden) in 12 Zeitstunden zurücklegte. Er erreichte also über die Hälfte von der in Deutschland als Norm angenommenen Geschwindigkeit der Dampfwagen: zu 4 Meilen auf 1 Zeitstunde.

Das Trainiren nimmt etwa 3 bis 5 Monate Zeit in Anspruch und besteht wesentlich darin, daß man bei Athleten und Boxern Fett- und Flüssigkeitsmenge des Körpers verringert, ihre Muskeln aber vergrößert und stärkt, ihre Haut durchsichtig und elastisch macht. Die Boxer haben am Ende des Trainirens ziemlich dasselbe Gewicht wie zu Anfang, nur sind die Gewichtsmengen, welche vorher Fett und Flüssigkeit ausmachten, jetzt als Fleisch gewogen worden. Die Läufer dagegen werden durch die Trainirungskur leichter gemacht, müssen aber zu gleicher Zeit kräftig sein und sehr große ausgiebige Athmungsorgane besitzen, um die Anstrengung ohne Beschwerde längere Zeit hindurch fortsetzen zu können. Beide, sowohl Boxer wie Läufer, dürfen selbst durch große Anstrengung nicht leicht in Schweiß gerathen.

Das Trainiren der Taucher ist dahin gerichtet, dieselben mit möglichst wenig Luft lange Zeit auskommen zu lassen, also ihren Stoffwechsel so zu verlangsamen, daß ihnen die geringe Menge Luft, welche die Taucherglocke einschließt, oder welche durch Röhren ihnen zugepumpt wird, für ziemlich lange Zeit zum Aufenthalte unter Wasser genügt. Die größte Leistung dieser Art führte der englische Taucher Green aus, welcher auf dem Erie-See nach dem untergegangenen Schiffe „Atlantic“ suchte und dabei 154 Fuß unter der Wasserfläche die größte Tiefe erreichte, die jemals ein Taucher im Wasser ausgehalten. (Vor ihm war 126 Fuß die tiefste Einfahrt eines Tauchers gewesen.) Man berechnete den Druck der Luft auf seine Lunge zu nicht weniger als 75 Pfund auf den Quadratzoll!

Die Jockey's endlich haben die einfachste und leichteste Art der Trainirungskur zu überstehen, welche freilich für ihr Leben und ihre Gesundheit die gefährlichste ist: sie müssen nur möglichst leicht gemacht werden, damit die Rennpferde eine geringe Last an ihnen zu tragen haben.

Zur Erreichung dieser vier verschiedenen Zwecke bedient man sich eines und desselben Mittels, nämlich des Stoffwechsels, welcher bei der Ernährung aller lebenden Geschöpfe stattfindet. Wir wollen am vorliegenden Orte zwar nicht die verschiedenen Trainirungsmethoden im Einzelnen darlegen, wollen aber doch wenigstens in Kürze den Schlüssel zum Verständnisse des Vorganges, welcher im Innern des menschlichen Körpers stattfindet, geben, damit der Leser schon jetzt eine Vorstellung davon gewinne, wie man auf ähnliche Weise durch Regelung der Ernährung und Lebensweise auch im Stande ist, die äußere Form des menschlichen Körpers bei gesunden Personen je nach Wunsch entweder schlanker oder voller zu machen.

Zuerst läßt der Traineur den Menschen, an dessen Körper er wie ein Bildhauer formen will, durch Schwitzen und Abführen den Flüssigkeitsgehalt seiner Körpertheile in nicht unbeträchtlicher Weise vermindern. Von einem Manne, welcher in England zum „Läufer“ ausgebildet wurde, wissen wir, daß er im Anfange seiner Kur 120 Pfund wog, mithin nur ein mäßiges Gewicht für einen mäßigen, kräftigen Mann. Nach zwei Tagen hatte er 18 Pfund und nach fünf Tagen gegen 25 Pfund Gewicht verloren. Nach vierzehn Tagen wog er nur noch 80 Pfund, fühlte sich aber demgemäß schwach und kraftlos. Die „Läufer“ und „Boxer“ werden hierauf in besonderer Weise reichlich ernährt, um sie wiederum kräftiger und zur Anstrengung ausdauernder zu machen. Die Ernährung der „Taucher“ ist schon ungleich geringer. Bei den unglücklichen „Jockey's“ aber hat die Kur schon hiermit ein Ende, denn man beabsichtigt ja nur, sie durch Hungern, Schwitzen und Abführen leichter zu machen, weßhalb sie auch meistens früher oder später der erschöpfenden Behandlungsweise erliegen.

Bei der Ernährung führt man zum Wiedergewinn der Kräfte den „Boxern“ vorzugsweise fleischbildende Nahrungsstoffe zu, von denen sie beliebige Mengen bis zu ihrer vollständigen Sättigung genießen dürfen; den „Läufern“ dagegen wird der Brodkorb schon etwas höher gehangen und das Fleisch nur in gemessenen Portionen zugewogen, da man durch geringes Gewicht ihres Körpers, ihren Beinen und Lungen die Arbeit beim Laufen verringern will. Schon durch diese beiden Einwirkungen ist die Haut glatter und elastischer geworden und hat sich nach Aufsaugung der flüssigen Bestandtheile und des Fettes fest an die Muskeln angeschmiegt. Man sorgt aber auch durch kalte Uebergießungen, durch kalte Bäder mit nachfolgenden Körperübungen im Wettlauf, durch regelmäßiges, früh und abends wiederholtes Frottiren der ganzen Haut, für deren kräftige und gleichmäßige Ernährung. Indem man nun die fettbildenden Bestandtheile der Nahrung den „Boxern“ und „Läufern“ dauernd vermindert, läßt man ihren Körper zwar wohlgenährt, doch zugleich von straffer Faser werden und beugt zugleich der übermäßigen Fettablagerung vor. Die „Taucher“ dürfen ebenfalls nur wenig kohlenstoffreiche, den Körper erwärmende Nahrung zu sich nehmen und einige Zeit, bevor sie unter das Wasser gehen, müssen sie alle Nahrungsmittel meiden, welche diese Nährstoffe vorzugsweise enthalten, damit sie möglichst wenig vom Sauerstoffe der sie umgebenden Luft behufs der langsamen im Blute stattfindenden Verbrennung der Nahrungsstoffe verbrauchen.

Immer finden bei dem Trainiren Leibesübungen statt, welche bei Allen, die sich dieser Diät unterwerfen, den Zweck haben: die Athmungsorgane zu kräftigen, die Brust zu erweitern, sie zu tiefem und langem Einathmen geschickt zu machen und außerdem besonders diejenigen Theile zu kräftigen und zu ernähren, welche nach beendigter Trainirungskur vorzugsweise angestrengt werden sollen; dies ist beim „Boxer“ der Oberkörper, bei dem „Läufer“ sind es die Beine.

Endlich überwacht man bei dem Trainiren auch noch die geistigen Fähigkeiten. Der Mann, der zu einem der vier genannten Zwecke vorbereitet werden soll, muß den Traineur beständig begleiten, und dieser ist für ihn nicht nur Speisemeister und Lehrer, nicht nur sein Vorbild für die Lebensweise und die Arbeit, sondern zugleich auch eine Art Hofnarr; er sucht seine Untergebenen beständig durch heitere Erzählungen und allerlei Vergnügungen angenehm zu unterhalten und Alles von ihm zu entfernen, was ihn zornig oder ärgerlich machen könnte und was so die günstige Ernährung des Körpers, was des Schülers Kaltblütigkeit und gleichmäßige Stimmung zu beeinträchtigen vermöchte. So werden zugleich die für den Kampf nothwendigen geistigen Eigenschaften, welche zum Sieg und Gelingen ebensoviel mitwirken, als die Muskelkraft, bei den Uebungen beständig überwacht und gestählt.

Es ist beachtenswerth, daß der englische „Traineur“ nicht nur die körperliche Ernährung derjenigen beaufsichtigt, welche er zu Wettkämpfen ausbilden will, sondern auch zugleich ihre geistige Erziehung!

Die Mehrzahl der deutschen Lehrer verfällt in den Fehler der Einseitigkeit und sucht nur die Ausbildung der geistigen Kräfte zu berücksichtigen, während die Ausbildung des Körpers vernachlässigt wird. Einige Naturforscher unserer Tage dagegen begehen noch immer den gleichen Fehler der Einseitigkeit nach entgegengesetzter Richtung, indem sie die körperlichen Vorgänge ausschließlich beachten und darüber des Einflusses vergessen, welchen Erziehung, Gemüthstimmung und Gewohnheiten auch auf das materielle Wohlsein ausüben. Aus beiden Theilen besteht der Mensch und von ihren regelrechten Zusammenwirken auf einander hängt Gesundheit, Thatkraft, Leistungsgröße ab! Das vergesse Niemand.*)

*) Näheres über die Wechselwirkung zwischen Leib und Gedankensphäre findet sich in des Verfassers Schrift: „Geist und Körper“ (Leipzig 1859).

Nur allseitige Berücksichtigung der Naturbedürfnisse macht den ganzen Menschen und befähigt ihn zur gedeihlichen Ausnutzung aller seiner Kräfte. —

Weiter aber erkennt man an den Beispielen, die wir vorstehend gegeben, welche wunderbare Macht der „Stoffwechsel“ auf die belebte Natur ausübt, deren eigenstes Unterscheidungs-Merkmal von der unbelebten er zugleich ist.

Mit seiner Hilfe konnten wir die inneren Bestandtheile (z. B. den Zuckergehalt), der Pflanzen, wie die Form einzelner Pflanzentheile (besonders der Früchte) nach Willkühr ändern. Mittelst seiner Einwirkung hat man neue, vorher nicht gekannte Thierformen (z. B. das „Rennpferd“, ferner das sogenannte „Kultur-Schwein“, die verschiedenen künstlichen Rassen des Rindviehes u. s. w.) ins Leben gerufen und der Mensch hat für seine Zwecke die Thiere nach Willkühr gestaltet. Mit Hülfe des Stoffwechsels endlich kann man den lebenden Menschen formen und ändern. Wenn dies nun für die Zwecke besonderer Kraftleistungen möglich ist, weßhalb sollte es für den Zweck der äußeren Erscheinung unmöglich sein? Weßhalb sollte nicht auch Jeder nach Willkühr seinen Körper schlanker oder dicker machen können?

Aber man möge zweierlei wohl bedenken, zuerst: der Stoffwechsel ist ein langsam wirkendes Mittel, — und dann: der Stoffwechsel ist ein höchst mächtiges, gewaltiges Mittel, dessen willkührliche Abänderung mit Vorsicht und Umsicht geschehen muß, wenn sie nicht Schaden bringen soll.

Der Stoffwechsel wirkt langsam. — Mühevoll und ausdauernd verfolgen „Traineur“ und „Trainirter“ ihren Zweck während eines halben Jahres Tag für Tag. Der Schüler, wie der Lehrer müssen ihre Wünsche gefangen nehmen und sie dem Zwecke zum Opfer darbringen. Werden unsere Leserinnen ebenso handeln, wenn sie die Hilfe des Stoffwechsels benutzen wollen? Werden sie gleiche Festigkeit und Ausdauer haben? Fast möchten wir es bezweifeln, wenn wir der bisherigen Erfahrungen gedenken.

Auch der Arzt benutzt ja den Stoffwechsel bei seinen Heilungen; denn da „Krankheit“ in nichts weiter besteht, als in gestörtem Stoffwechsel (wobei die Störungen freilich sehr mannichfaltiger Art sein können) und „Gesundheit“ nichts anderes ist, als regelmäßig verlaufender Stoffwechsel, — so besteht das ärztliche Heilverfahren überall da, wo es sich nicht nur darum handelt, Schmerzen und Unbequemlichkeiten zu lindern, in einer Einwirkung auf den Stoffwechsel, und namentlich bei chronischen Krankheitszuständen muß die Lebensweise ähnlich geregelt und durchgeführt werden, wie es bei den Trainirungskuren geschieht, wenn ein günstiger Erfolg das Werk krönen soll. Aber — da stößt man auf Hindernisse. Medicin, und sei sie noch so bitter, will der Kranke willig schlucken; Regelung der Lebensweise, welche Tag für Tag befolgt werden soll und mit allerlei kleinen Entsagungen oder Nöthigungen verbunden ist, — das ist nicht nach seinem Geschmack! Widerspruch und Unfolgsamkeit begegnen den Worten des Arztes. Bald wird die Abneigung gegen die vorgeschriebene Regelung der Lebensweise offen bekannt, bald liest sie der Arzt in den ungläubigen Mienen seines Zuhörers (oder namentlich seiner Zuhörerin) und weiß dann, daß er wieder einmal in den Wind gesprochen hat.

Fast alle Kranke könnte man zur Genesung führen, wenn es möglich wäre, ihnen Geduld und Folgsamkeit ebenso in Auflösung eßlöffelweise beizubringen, wie Chinin und Opium. Schwindsucht, das Heer der Unterleibsleiden, Migräne und was sonst die wegen ihrer Hartnäckigkeit gefürchteten Feinde der Lebensfreude sind, vermöchte man mit Leichtigkeit zu besiegen, wenn nicht außer Arzt und Heilmittel auch der Kranke zu den Hilfstruppen gehörte, welche gegen den Feind ankämpfen sollen. Der „Leibarzt“ und der „Hausarzt“ führen günstigere Erfolge herbei, weil sie täglich die Lebensweise überwachen und regeln, so weit man ihnen Einfluß gestattet; der nur einmal befragte Arzt dagegen muß sich begnügen Fingerzeige und Andeutungen zu geben, die nicht selten zum größten Theile vergessen sind, sobald der Kranke ihn nicht mehr sieht, und doch hat der Laie, vom Wunsche möglichst schneller Genesung geleitet, meistens das thörichte Verlangen nach einem „starken Mittel“, welches ihn gleichsam mit einem gewaltsamen Ruck genesen macht; als ob der lebende Körper sich verhielte wie ein gekrümmtes Eisen, das man mit einmaliger Anwendung starker Gewalt wiederum grade richten kann, — während er doch sich verhält wie das krummgewachsene Bäumchen, das nur langsam und allmählig grade gezogen werden kann durch Hilfe des Stoffwechsels beim Wachsthum. So gern die Laien populär-medicinische Schriften lesen, so wenig wird bei ihnen das Verständniß der Sachlage dadurch gefördert. Würden sonst Begüterte und angeblich

„Gebildete“ zu den Kräutertränken eines ehemaligen Schuhmachers und den Pülverchen eines gewesenen Postsekretäres ihre Zuflucht nehmen? Was verstehen denn solche Schächer vom Stoffwechsel? Und wie vermögen sie ihn zu lenken und zu leiten? — Eine „vernünftige Lebensweise“ von wissenschaftlicher Hand geregelt, würde sicherer zum Ziele führen; aber sie bedarf Monden und Jahre. Dies mögen sich Leserinnen und Leser sagen, wenn sie die im Nachfolgenden angegebenen Regeln zur Ausführung bringen wollen.

Der Stoffwechsel ist ein gewaltiges Mittel. Was wir sind, was wir können, sind und können wir durch seine Hilfe. Jeder von uns hatte bei Beginn seiner ersten Entwickelung nur die Größe eines winzigen Sandkornes, und aus diesem gestaltete sich allmählich der Säugling, wuchs in langsamer Stetigkeit der Erwachsene. Die tägliche Lebensweise mit ihren 5 Haupteinwirkungen (Menge und Art der Nahrung, — Reinheit oder schlechte Zusammensetzung der geathmeten Luft, — Grad der körperlichen und geistigen Anstrengung, — Zeitdauer des Schlafes in guter oder schlechter Luft, — genügende oder ungenügende Hautpflege) war der Bildhauer, welcher vorzugsweise unsere Gestalt zu dem machte, als was sie erscheint, — war der mächtige Einfluß, welcher uns mehr als Erblichkeit und andere Einflüsse, Gesundheit und Krankheit zuführte, welche unsere körperliche und geistige Leistungsfähigkeit bestimmte. Um nur ein einzelnes Beispiel zu erwähnen, welches vermuthlich unseren Lesern sehr unerwartet sein dürfte, machen wir darauf aufmerksam, daß Menge und Güte der Nahrung während der ersten Kinderjahre die Größe der Menschengestalt für die gesammte künftige Lebenszeit bestimmt; statistische Erhebungen haben dargethan, daß diejenigen Rekruten ein kleines Körpermaaß zeigen, an deren ersten Geburtstage hohe Getreidepreise sich geltend machten, während diejenigen eine beträchtlichere Körpergröße haben, welche unter dem Einflusse niederer Getreidepreise ihr zweites Jahr verlebten*). So bedeutsam, so gewaltig und nachhaltig ist die Macht selbst einer einzelnen der 5 Haupteinwirkungen, durch welche die Lebensweise den Stoffwechsel regelt. Ein so wirksames Mittel darf man nur vorsichtig verwenden, soll es nicht Nachtheile bringen, statt des gewünschten Nutzens.

Dies ist der Grund, weßhalb nur „Erwachsene“, d. h. diejenigen, welche das 20. Jahr zurückgelegt und die hauptsächlichsten Entwickelungen bereits überstanden haben, sich der Mittel bedienen dürfen, um willkührlich ihre Körpergestalt zu schmälern oder in entgegengesetzter Weise zu ändern. Kindern und jugendlichen Personen, die noch in ihrer Entwickelung begriffen sind, würde eine erhebliche Aenderung im Ernährungsvorgange zugleich eine Störung desselben sein, deren Nachtheile sich durch Jahrzehnte, ja vielleicht für Lebenszeit bemerklich machen. Wie manches junge Mädchen, dem in kindischer Thorheit die gesunde Röthe ihrer vollen Wangen mißfiel, hat sich Bleichsucht, Krankheit, späterhin schweres Wochenbett und frühzeitigen Tod dadurch zugezogen, daß sie Essig trank, um blaß zu werden, — zu wenig Nahrung zu sich nahm, um ihre schlanke Ge-

*) Fechner in der „Sächsischen Akademie“, öffentliche Sitzung im Sommer 1864.

stalt sich zu erhalten — und das Korsett fest schnürte, um eine schmale Taille zu zeigen!

Auch Erwachsene dürfen die Anwendung derartiger Mittel nicht übertreiben, am wenigsten in Beziehung auf Entziehungskur. Anhaltendes Hungern ist immer von Nachtheil und wirkt deßhalb um so schlimmer, weil ebenso, wie der Stoffwechsel langsam einwirkt, so auch die durch ihn entstandenen Uebelstände und Fehler nur langsam ausgeglichen werden können. Nach Krankheiten, welche die Ernährungsvorgänge in hohem Grade gestört und abgeändert haben (wie nach Nervenfieber, nach Bleichsucht), gehören Jahre dazu, bis die Folgen der Störung vollständig ausgeglichen sind, so daß man sie an der äußeren Erscheinung nicht mehr wahrnimmt, und daß Ermüdung nach Anstrengungen minder schnell eintritt. Deßhalb verwende man ein so wirksames Mittel nicht aus Laune, noch Eitelkeit, und nicht im Uebermaaße. Wenn man es aber benutzen will, so befolge man die Regeln mit stetiger Ausdauer und vollster Zuversicht; denn es giebt kein wirksameres Mittel. —

Von den erwähnten fünf Haupteinwirkungen der täglichen Lebensweise muß eine sorgsame „Hautpflege" (deren Einzelnheiten wir im vorhergehenden Abschnitte besprachen) unter allen Umständen beibehalten werden; ihrer bedürfen Gesunde, wie Kranke, — Kinder, wie Greise, — Magere, wie Dicke. Ebenso ist „reine Luft" unbedingt nöthig, da unreine Luft für uns Gift ist. Dagegen kann mit den übrigen drei Mitteln gewechselt werden und es genügt, daß man sich erheblichen „Anstrengungen der Muskeln" in freier Luft bei „mäßiger Schlafzeit" und „magerer Kost" (aber genügend sättigender) aussetze, um „schlank“ zu werden, sei man vorher auch noch so rund und dick, — während umgekehrt mäßige Muskelanstrengung, reichliche Schlafzeit und reichliche, richtig gewählte Kost den Mageren, aber sonst leidlich Gesunden „voll“ machen. Wir wollen diese einfachen Mittel näher betrachten.

Wie man sieht wird Muskelanstrengung in beiden Fällen gefordert. Ohne sie giebt es keine Gesundheit. Die mangelnde Muskelarbeit ist die Ursache der Krankheit bei den meisten Frauen und Vornehmen, bei Bureaukraten und Gefangenen.

Ueber die Hälfte unseres Körpers besteht dem Gewichte nach aus Muskel-Fleisch. Kann es da auffallen, daß wir der Bewegungen, d. h. der „Muskel-Pflege“ dringend bedürfen? Soll die Hälfte unseres Körpers keiner Pflege werth sein*)? Wenn irgend Etwas, so müßte dieser Umstand der Nothwendigkeit gymnastischer Uebungen das Wort reden.

Der größte und wichtigste Theil des der Ernährung dienenden Stoffwechsels geht in den Muskeln vor sich. Deßhalb kann Niemand dauernd gesund bleiben, der seine Muskeln nicht übt, und zum Ansatz neuer Körpersubstanz für die Mageren ist die durch Muskelpflege

---

*) Nach den Berechnungen, welche Verfasser gestützt auf die Einzelwägungen von Krause, Dursy und Vierordt anstellte, besteht ein erwachsener Mensch von dem mittleren Gewichte zu 130 Pfd. aus:

70 Pfund Muskeln (mit den Sehnen),
18 „ Knochen,
14 „ Haut und Fett,
14—16 Pfund Herz und Drüsen,
10—22 „ Blut,
2—3 „ Gehirn und Rückenmark.

Siehe „Buch der vernünft. Lebensw.“ (Leipzig 1863 Seite 62).

bewirkte Anregung des Stoffwechsels ebenso unentbehrlich, als zur Entfernung überflüssiger Körpermasse den Dicken.

Bei 130 Pfund Körpergewicht besteht der lebende Mensch aus 90—100 Pfund Wasser und 30—40 Pfund festen Stoffen. Von dem Wasser werden täglich etwa 6—7 % (= 7 Pfund) aus dem Körper entfernt und zwar 2 % im Athmen und 4 % in den anderen Ausleerungen; dagegen gehen täglich über 30 % (= 30 Pfund oder der vierte Theil des Körpergewichts) Verdauungssäfte aus dem Blute in den Darm und treten aus diesem wiederum in das Blut zurück, — welche Verdauungssäfte aus etwa ½ Pfund festen Stoffen und fast 30 Pfund Wasser bestehen. Der Umtausch der Flüssigkeiten, welcher zwischen Blut und Muskeln herüber und hinüber stattfindet, ist ungefähr von gleicher Größe, — beträgt also ebenfalls ¼ des Körpergewichts oder ⅓ des im gesammten Körper enthaltenen Wassers. (Reclam, Buch der vernünft. Lebensw. S. 63). Und bei einem solchen kolossalen Umtausche sollte der „Stoffwechsel“ nicht höchst wirkungsvoll für Wohlbefinden und Körperform, sollte die „Muskelpflege“ nicht unentbehrlich für Gesundheit und Schönheit sein? Es bedarf kaum noch des Nachdenkens, um die Wahrheit dieser Thatsache zu erkennen.

Deßhalb schrieb schon der greise Lichtenberg in sein Tagebuch: „Die Gesundheit sieht es lieber, wenn der Körper tanzt, als wenn er schreibt! — In der That müßte „Tanzen“ die gesündeste Muskelübung für das weibliche Geschlecht sein, wenn nicht die Art der Tänze, die Tanzlocale, die Zeit der Bälle und die dabei übliche Kleidung den Vortheil wiederum aufheben würden.

Unsere Tänze sind allmählich zu sehr einseitigen Körperübungen geworden, woran das Korsett und die faltigen weiten Roben der Damenwelt durch ihre Behinderung der Bewegungen die Schuld tragen. Bis zur Zeit Ludwigs XIV. wurden bei Hofe und in feinen Gesellschaften Ballets und Nationaltänze getanzt. Um diese Zeit begann man den Reifröcken, Korsetts und Steckelschuhen zu Liebe die steife „Menuett“ einzuführen, — und als die Hindernisse wieder schwanden, war man der Menuett so gewohnt, daß man sie gedankenlos beibehielt. Dann kam vorübergehend die schöne „Mazurka“ wieder in Mode, um bald darauf den heutigen „Rundtänzen“ und der aus den alten Ballets entstandenen „Francaise“ Platz zu machen. Die ausdruckslosen Rundtänze (Walzer, Galoppe, Schottisch u. s. w.) wurden bis um 1830 sehr ruhig, mit wenig Erhebung über den Boden ausgeführt; erst seit 1847 kehrte man (zuerst in der böhmischen „Polka“) zu springender Tanzweise zurück, indem man sich mehr als früher in senkrechter Linie auf und ab bewegte und dadurch vernünftiger Weise den „Tanz“ wieder in seine ihm gebührenden Rechte einer freieren Körperbewegung einsetzte. Dagegen machte man von 1830 ab in der „Francaise“ den Fehler, das Springen mehr und mehr zu vermeiden und jetzt wird auf eleganten Bällen die Francaise nicht mehr getanzt, sondern in häßlicher Weise — vornehm gelatscht. — Wie soll der Tanz eine „Muskelpflege“ bieten, wenn man alle Muskelbewegungen möglichst vermeidet?

Man war aber zu diesem Verfahren genöthigt, nicht nur durch die Kleider, sondern auch durch die Tanzlocale, welche überhitzt, schlecht ventilirt und zu klein für die Zahl der Tanzenden, übermäßige Schweißabsonderung begünstigten und daher das ruhigere Verhalten beim Tanzen aufnöthigten. Würde man gut gelüftete, geräumige, kühle Ballsäle bauen, oder würde man im Sommer auf gut gedieltem Boden unter einem schmucken Zelte im Freien die Bälle abhalten, so würde auch der Tanz minder erhitzend und ermattend sein und könnte dann wieder eine sehr gute Muskelübung bieten, deren Vortheil durch die heitere Geselligkeit wesentlich erhöht wäre.

Dann könnte auch die Zeit der Bälle eine richtiger gewählte sein. Jetzt tanzt man von Abends 8 Uhr bis in den Morgen, — ist dann am anderen Tage schlaff, matt, unlustig, unausgeschlafen, — und verdirbt so auf der einen Seite, was auf der anderen der Tanz etwa genützt hat. Wenn man Nachmittags den Tanz begönne und vor Mitternacht schlösse, so würde man die nöthige Nachtruhe sich nicht rauben und die Aerzte könnten mit gutem Gewissen die tanzlustige Jugend möglichst häufig auf Bälle schicken. Jetzt können dies die Aerzte nicht, denn sie wissen leider aus Erfahrung, daß die Tanzvergnügungen mehr Schaden bringen, als Vortheile. Grauer Teint von der Farbe des verwaschenen Nankin, schlaffe und faltenreiche Haut, tiefliegende matte Augen, Kurzathmigkeit oder Brustkatarrhe, vorzeitiges Altwerden, — das sind die Vortheile, welche eine vielbewunderte „Ballkönigin“ sich bei unserer heutigen Tanzweise erwirbt!

Viel Schuld tragen hieran auch die Kleider. Wenn man einem Klavierspieler sehr enge Aermel und Handschuhe anziehen wollte und ihn so zum Vorspielen aufforderte, so würde Jedermann dies als ungehörig und unverständig erkennen. Aber daß man einer Tänzerin das Korsett fest zuschnürt, so daß sie beim Athmen und an der freien Beweglichkeit des Körpers behindert ist, und sie nun auffordert, ihre Muskeln im raschen Tacte zu gebrauchen und dabei grazieuse Bewegungen auszuführen, — das hält Niemand für unverständig und einer Verhöhnung gleichkommend; am wenigsten glaubt es die Tänzerin selber, denn eine schmale Taille dünkt ihr ja „schön“.

Die heutige Kleidertracht der Damenwelt ist in mehrfacher Beziehung dem Bedürfnisse nicht entsprechend. Schultern und Brust werden um so mehr entblößt und um so weniger vor Kälte geschützt, je mehr eine Dame „angezogen“ ist; in der Taille umschließen Gürtel und Korsett fest den Oberkörper, so daß die Bewegung der Rippen beim Athmen behindert wird, gleichzeitig auch Aufnahme von Sauerstoff und Blutumlauf; Unterleib und Beine sind durch die Krinoline dem Luftzuge Preis gegeben und werden nur durch Unterkleider nothdürftig geschützt; die unter (statt über) den Knieen getragenen Strumpfbänder schnüren das Bein zusammen, verringern ebenfalls den Blutumlauf und bewirken durch Verkleinerung des Wadenmuskels nicht nur unschöne Form der Beine, sondern auch geringere Ausdauer beim Gehen, Berg- und Treppen-Steigen; die Schuhe endlich verkrüppeln den Fuß, und der Hut — ist Alles eher, als eine „Kopfbedeckung“ zum Schutze gegen Sonne und Regen.

Richtig gewählte Kleider sollen zunächst nicht den Körper umhängen und verhüllen, wie ein Kaffeewärmer die Kanne, so daß man die Form des Körpers gar nicht mehr erkennt; sondern sie sollen dem natürlichen Baue des Körpers sich anschmiegen, die Körperformen auch durch das faltige Gewand noch andeutungsweise durchschimmern lassen, damit man wisse, daß ein lebendes Wesen in den Kleidern sich befindet, nicht ein Drahtgestell in einem andern. Kleider sollen ferner den Körper nach allen Richtungen umhüllen, also auch züchtig den Busen bedecken und den Vorübergehenden keinen unanständigen Anblick gewähren, wenn eine Dame in einen Wagen steigt, wie dies jetzt bei der Krinoline der Fall. Kleider sollen weiter an keiner Stelle so fest aufliegen, daß sie die Haut eindrücken und daß nach dem Ausziehen ein Abdruck der Kleiderfalten auf der Haut sichtbar wird; denn hierdurch beschränken sie nicht nur zum Nachtheile der allgemeinen Ernährung Blutumlauf und Stoffwechsel, sondern sie behindern auch das Hautleben in Bezug auf Hautausdünstung und Hautathmung. Kleider sollen also nicht das Wohlsein dessen, der sie trägt, beschränken, sondern sie sollen ihrem Zwecke gemäß das Wohlsein erhöhen: durch Schutz vor plötzlicher Abkühlung, — also vor „Erkältung" und Krankheit, — sowie durch Schutz vor unausgesetzter zu großer Abkühlung, also vor zu großem „Stoffverlust" und Abmagerung.

Kleider sind: theils Schutzmittel gegen die Unbilden des Klima, — theils Sparmittel, indem sie unserem Organismus ermöglichen, mit einer geringeren Menge genossener Speisen die Eigenwärme des Körpers zu erhalten, als bei größerer Abkühlung; dafür kann ein Theil der in das Blut aufgenommenen Nährstoffe anderweitig im Körper verwerthet, zum Neubau und Ersatz der Körpertheile benutzt werden. So verringern warme Kleider das Bedürfniß nach Speise und begünstigen das Stärkerwerden des Körpers.

Im Einklange mit dieser Thatsache haben wir wenig Hunger, d. h. weniger Bedürfniß nach Speise, im heißen Sommer, wo die warme Luft uns nicht sehr abkühlt, — und viel Hunger im Winter, wo die kalte Luft uns Wärme entzieht. Eben deßhalb bedürfen wir weniger Speise, wenn wir tagelang im warmen Bette liegen, auch wenn die Verdauungsorgane völlig gesund sind und nur ein kranker Fuß uns zum Liegen nöthigt, — aber die Indianer des nördlichen Amerika, die Australier und andere in kühlem Klima lebende Naturvölker erfreuen sich eines Riesenappetites und — werden mager.

Frauen können in viel höherem Grade Kälte ertragen, als Männer. Sie scheinen nicht nur weniger empfindlich gegen dieselbe zu sein, sondern sie werden auch weniger schnell abgekühlt, weil sie mehr wärmende Bedeckung unter der Haut haben.

Die dritte Schicht unserer Haut, das unter der Lederhaut liegende „Unterhautzellgewebe“ (Seite 30, f.), welches wegen der in ihm enthaltenen Fettzellen auch „Fettschicht“ heißt, ist bei Frauen dicker, als bei Männern. Da nun das Fett ein die Wärme schlecht leitender Körper ist, so kühlt kalte Luft die Frauen weniger schnell ab; deßhalb frieren auch die „Mageren“ (deren Fettschicht dünn ist) viel leichter, als die „Dicken“, deren runde Körperform zur Hauptsache von der Mächtigkeit jener dritten Hautschicht abhängt. In dieser Fettschicht besitzen Frauen eine Art Speisekammer für ihr Blut und ertragen deßhalb den Hunger leichter, verhungern erfahrungsgemäß langsamer als Männer. Auch Blutverlust bringt deßhalb den Frauen geringere Nachtheile.

Will man also die Körperform verändern, so muß man, bei guter „Hautpflege“ und „Muskelpflege“ in „reiner Luft“, auf diese unter der Haut liegende Fettschicht zu wirken suchen. Die „Mageren“ müssen durch längere Ruhe, warme Kleidung, Fettgenuß und mäßige Anstrengung die Fettansammlung begünstigen, damit sie „voll“ werden, — und die „Dicken“ müssen durch mäßigen Schlaf, leichte Bekleidung, magere Speisen, gehörige und allseitige Muskelanstrengungen nebst tiefem Einathmen für die Aufsaugung ihrer zu starken Fettschicht sorgen, damit sie „schlank“ werden.

„Magere“ Personen müßten daher täglich mindestens 8 Stunden schlafen, oder doch im warmen Bette bewegungslos liegen, und wenn sie geistige Anstrengungen oder Aufregungen haben, mindestens 10 Stunden. — Ferner haben sie warme Oberkleider zu wählen, ohne dabei das Tragen der Unterkleider zu vernachlässigen. — Von den Speisen wählen sie sich das mit Fett reichlich durchwachsene Fleisch oder Fleischportionen, an denen viel Fett anhängt, und genießen dies mit Salz, Senf oder Pfeffer gewürzt und viel Brod, besonders Weißbrod; von den Gemüsen essen sie nach Appetit, greifen aber nach grünen Erbsen, getrockneten weißen Bohnen oder Linsen vorzugsweise; das Butterbrod mögen sie mit reichlicher Butter essen, während sie heiße zerlassene von der Hitze gebräunte Butter, sowie die aus Mehl, Fett und Eiern bereiteten Gerichte (Eierkuchen, Auflauf, Pfannkuchen u. s. w.) als schwer verdauliche, den Magen leicht verderbende Speisen zu meiden haben. Dagegen sind rohe oder weichgekochte Eier zu Butterbrod als Frühstück zu empfehlen.

Die Mageren bedürfen großer und reichlich nährender Mahlzeiten, deßhalb müssen sie sich mit ihrem Magen auf besonders gutes Einvernehmen stellen; denn dieser hat für sie viel zu thun, muß also bei guter Arbeitskraft erhalten werden. Jeder Magenkatarrh raubt nicht nur den Appetit, sondern verringert auch nachweislich das Gewicht des Körpers, bewirkt also Abmagerung und dieser wünscht ja der „Magere“ gerade entgegenzuarbeiten. Um nun den Magen gut gelaunt und bei gehörigem Appetit zu erhalten, ist nöthig: daß man langsam ißt und sorgfältig käut; daß man zu der Mittagsmahlzeit viel Brod verbraucht und die Speisen reichlich würzt; daß man nicht „heiße“ Speisen und Getränke zu sich nimmt, sondern nur „warme“; daß man viel trinkt, besonders Wasser eine Viertelstunde nach dem Essen; daß auf die Hauptmahlzeit keine geistigen oder körperlichen Anstrengungen folgen, sondern eine gemüthliche Mittagsruhe, die für „Magere“ auch in ein Mittagsschläfchen sich wandeln kann.

Dies sind Regeln, welche auch Jeder beherzigen kann, der nur eben gesund und arbeitskräftig bleiben will, ohne gerade Sehnsucht nach größerer Körperfülle zu fühlen. — Unter den Getränken sind für Magere besonders Bier und fette Milch zu empfehlen, doch muß zu Beiden Etwas gegessen werden beim Trinken. Kaffee und Thee werde nur mit Milch und viel Zucker getrunken; überhaupt ist Zucker reichlich zu nehmen.

Für Magere genügt als Muskelpflege täglich in den späten Nachmittagsstunden eine halbe Stunde leichter gymnastischer Uebung oder bei gutem Wetter ein mäßiger Spaziergang von etwa einer Stunde Dauer.

Heitere Gemüthsstimmung, Gleichmüthigkeit, Vermeidung des Aergers, — das sind Hilfsmittel, die sich freilich nicht vorschreiben lassen, sondern welche Jeder selbst erstreben und erkämpfen muß. Aber ernstes Wollen, redliches Streben, gewissenhafte Pflichterfüllung, Reinheit des Herzens, Wohlwollen und Freundlichkeit gegen alle uns Umgebenden sind die Mittel, durch welche man innere Zufriedenheit und Heiterkeit erwirbt. Faulheit macht mager; aber Ruhe nach gethaner Arbeit stärkt und kräftigt. —

Die mit „Körperfülle" zu sehr von der Mutter Natur Bedachten haben ihre Schlafzeit auf 6—7 Stunden zu kürzen und ein nicht zu warmes Bett zu wählen, wenn es nur die Füße gehörig warm hält. Sie mögen so leichte Ober- und Unterkleider tragen, als es die Jahreszeit ohne Furcht vor Erkältung gestattet und haben nur dabei auf Erwärmung der Füße und des Leibes besonders Bedacht zu nehmen.

Bei den Mahlzeiten haben sie alles fette Fleisch zu meiden und ausschließlich mageres Kalbfleisch, Rindfleisch, Hammelfleisch, Wildpret, Geflügel, magere Fische (also keinen Aal, Karpfen, Lachs, Stör) zu wählen, — sich aber der Butter, des Zuckers, der Milch, des Weizenbrodes gänzlich zu enthalten. (Also Kaffee und Thee ohne Zucker und Milch.) Dagegen können sie sich mit Gemüse und Brot zu dem mageren Fleische, mit dünnen Suppen, mit Zwieback oder geröstetem Brode ganz nach Appetit und Bedürfniß sättigen, — dürfen auch ihre Speisen nach Belieben würzen, — müssen aber mit dem Getränk haushälterisch umgehen und eher den Durst mit einem kleinen Schluck Wein oder einem halben Gläschen

Wein und Wasser beschwichtigen, als ihn mit kräftigen Zügen löschen.

Dies erfordert freilich große Ueberwindung; wer aber wirklich an übertriebener Körperfülle leidet, dem ist dieses Uebermaaß so störend und bei Arbeit wie Lebensgenuß beeinträchtigend, daß er schon Kraft zur Selbstbeherrschung gewinnen wird, — zumal bei Abnahme des Fettes zugleich auch ganz bedeutende Erhöhung des Wohlbefindens und der Arbeitsfähigkeit eintritt.

Wem die Entsagung gar zu schwer fällt, der hat wenigstens den Trost, daß er tief „seufzen“ kann; denn diese Uebung der Lungen ist ihm vorgeschrieben, um viel Luft, d. h. viel Sauerstoff seinem Blute zuzuführen, damit die Umwandelung des Fettes im Blute energisch gefördert werde. Bei jeder günstigen Gelegenheit möge man langsam tief athmen; auch ist es günstig, durch Singen das tiefe Athmen zu fördern; in der Wohnung sei man auf reine, kühle Luft bedacht und lasse im Sommer die Fenster des Nebengemaches über Nacht offen.

Ferner müssen Dicke ganz besonders achtsam in ihrer „Hautpflege“ sein und im Sommer womöglich täglich baden. Dabei ist früh und Abends eine gehörige gymnastische Uebung von etwa einer Stunde Dauer bis zum Schwitzen anzustellen. Ohne diese „Muskelpflege“ würden die anderen Hilfsmittel nicht genügenden Erfolg haben. —

Die an übermäßiger Körperfülle Leidenden (und nur der Arzt weiß, wie groß dieses Leiden ist) brauchen also nicht in's Bad zu reisen, wenn sie genug Selbstbeherrschung und genug Ausdauer haben. Denn da in vorstehender Anleitung absichtlich die allzu energischen Mittel unberücksichtigt geblieben sind, so wird für die

„Mageren", wie für die „Vollen" mindestens ein Jahr des angegebenen diätetischen Verhaltens nöthig sein, um zum gewünschten Ziele der mittleren Körperfülle zu gelangen. Beide aber werden dann wohler, gesünder, kräftiger sein.*)

Doch müssen wir für Beide die Warnung aussprechen, das Verhalten nicht allzu lange, und auch nicht allzu energisch fortzuführen, um sich nicht zu schaden. Namentlich gilt das von der Abmagerungs-Kur, deren Nachtheile wir schon beim „Jockey" erwähnt haben, von deren traurigen Folgen bei übertriebener Enthaltsamkeit wir aber noch ein lehrreiches und beherzigenswerthes Beispiel geben wollen.

In Paris wurde am 18. März 1856 der aus Constantinopel gebürtige Gelehrte Alexander Finconi in seiner Wohnung todt gefunden. Das „Droit" fügte dem Berichte als ein Zeichen der ungewöhnlichen Gelehrsamkeit des Verstorbenen hinzu, daß er mit Leichtigkeit zwölf Sprachen gesprochen und noch mehr gelesen habe. Man fand seine Leiche auf einem Haufen von Büchern und Manuscripten liegend; sein Körper war völlig vertrocknet. Das Zimmer war ein Chaos von Büchern aller Völker und Sprachen. „Die ärztliche Untersuchung ergab, daß der gelehrte Mann verhungert war, nicht aus Mangel, sondern weil er den Körper über den Geist vergessen hatte."

Dr. Hoffbauer in Bielefeld (dessen Abhandlung über „die Ursachen der in neuerer Zeit so sehr überhand nehmenden Selbstmorde" wir diese Erzählung entlehnen)

---

*) Während des Druckes dieser Blätter erschien: „Korpulenz, ihre Ursachen, Verhütung und Heilung" nach W. Banting von Prof. J. Vogel (Leipzig, L. Denicke, 59 S.). Sehr empfehlenswerth! Zwar einseitig, nur die Kost berücksichtigend; aber ausführlich, eingehend, lehrreich.

äußert Zweifel an der Wahrheit eines solchen „über Alles merkwürdigen Selbstmordes". Diese Zweifel scheinen völlig begründet, wenn man unter „Selbstmord" nur das mit Bewußtsein und Absicht herbeigeführte Ende versteht; während der Fall sehr leicht erklärlich wird, sobald man sich erinnert, daß ein abgemagerter und an Gewicht leichter werdender Körper auch in gleichem Verhältnisse geringeres Nahrungsbedürfniß hat und daß dann nur der bei sitzender Lebensweise so leicht eintretende Magenkatarrh zu dem geringeren Hunger noch Mangel an Appetit zu gesellen braucht, um die Speiseaufnahme fast bis auf nichts herabzudrücken. Vergißt außerdem der Betreffende über gelehrten Arbeiten die leiblichen Bedürfnisse (was wiederum um so leichter eintreten wird, je schwächer diese ihre Mahnung kund geben), und hat er etwa die üble Gewohnheit, wenig zu trinken (wofür in dem angegebenen Falle der „völlig vertrocknete" Körper spricht), so ist es sehr leicht möglich, daß durch allmähliche Abnahme der Nahrungsmenge das betreffende Individuum immer schwächer und magerer wird, und daß er endlich verhungert, ohne dabei sonderlichen Hunger oder gar Schmerzen zu fühlen! Man sieht, das scheinbar Auffallende verschwindet bei näherer Betrachtung, und Hoffbauer's Zweifel: daß wohl schwerlich ein an sich gesunder Mensch so in's Mediciren versenkt sein werde, daß er dadurch vergesse, Nahrung zu sich zu nehmen, und deßhalb Hungers sterbe, werden dadurch beseitigt, daß jener Gelehrte eben nicht als „ein an sich Gesunder" betrachtet werden kann.

Wir haben im „Buch der vernünftigen Lebensweise" (Leipzig 1863, Seite 81) aus eigener in ärztlicher Praxis gemachter Beobachtung das Beispiel eines Kaufmannes zum warnenden Beispiele aufgestellt, der auch nicht aus Mangel, sondern aus übler Angewöhnung so wenig Speise zu sich nahm, daß er endlich verhungerte.

Also hüte man sich, die Entziehung zu weit zu treiben! Beim weiblichen Geschlechte hat der Arzt ohnehin vielmehr darüber sich zu beklagen, daß zu wenig Speise genossen wird. Besonders einzeln lebende Wittwen und alte Jungfern essen zu wenig; die Armen fühlen sich gerade beim Mittagsmahl doppelt einsam; es fehlt ihnen ebenso die Anregung zum Essen durch das aufmunternde Beispiel eines Tischgenossen, als der kräftige Appetit des sein Recht erzwingenden Magens; meistens sorgen sie zudem nicht für Muskelpflege, — leben hinter geschlossenen Fenstern und Thüren, ohne der freien Luft genügenden Zutritt zu gewähren, — essen zu wenig Brod zur Mittagsmahlzeit und trinken zu wenig Wasser. Aus diesen, so leicht zu umgehenden diätetischen Fehlern entspringt ihre Magerkeit und Kraftlosigkeit, nebst einem Heere anderer Leiden.

Auch ältere Frauen essen meistens zu wenig. Der Arzt erhält auf seine Mahnung gewöhnlich die etwas verdrießliche Antwort: „Aber wenn ich nun einmal keinen Appetit habe, kann ich doch nicht mehr essen!“ Daß aber der Appetit sich willkührlich machen läßt durch gehörige Muskelpflege, reine Luft und Wassertrinken wird gewöhnlich nicht beachtet. Es ist hier die nämliche Nichtachtung einfacher Nebenverhältnisse, wie bei der Abneigung älterer Damen, den ihnen so nöthigen Wein zu trinken, weil derselbe sie „müde“ mache, — während dies doch nur theils in der Gewöhnung liegt und man deßhalb mit kleinen Mengen beginnen muß, theils in Auswahl der Sorten, da guter Moselwein (z. B. Rosenberger) diesen so wenig beliebten Einfluß eines leichten Rausches nicht zu haben pflegt. —

Nicht jede „Magere“ ist übrigens krank, noch jede „Volle“ gesund zu nennen. Wohl ist aber keine „Magere“ völlig gesund, da auch von der Körpermasse die Widerstandsfähigkeit gegen krankmachende Einflüsse abhängt. (Im ersten Abschnitt im „Buch der vernünftigen Lebensweise“ ist dieses Naturgesetz ausführlich nachgewiesen.)

Jede zu große Fettleibigkeit zeigt eine den Verhältnissen nicht genügende Zufuhr von Sauerstoff durch die Lungen an, — woran bald die Nachwehen früherer Brustkrankheiten, bald bei genügend thätiger Lunge Störungen im Blutleben (nach Mischung, Umlauf), oder das Uebermaaß kohlenstoffhaltiger Nahrungsmittel Schuld sein kann. Letzteres findet statt bei Personen mit starkem Appetite, welche viel Fett und viel Brod genießen, oder bei Gewohnheitstrinkern, welche berauschende Getränke täglich in großer Menge genießen, — oder bei Leuten, die aus Trägheit, oft auch nur in Folge unentschlossenen Charakters, Ruhe und Unthätigkeit lieben. Shakespeare hat seine vortreffliche Beobachtungsgabe auch darin bewährt, daß er vom thatenlosen Träumer Hamlet die Mutter sagen läßt: „Unser Sohn ist fett und von kurzem Athem.“

Nur bei Säuglingen und kleinen Kindern (bis gegen Ende des zweiten Lebensjahres) ist Fettleibigkeit wohlthätig, weil sie denselben ein „Reservoir von Nahrungsstoff“ bietet, von welchem sie in vorkommenden Krankheitsfällen, wie der Dachs vom Fette, zu zehren im Stande sind und zugleich gegen die Unbilden rauhen Wetters einigermaßen geschützt sind. Deßhalb ist es eine richtige Beobachtung des Volkes, wenn in den nördlichen Gegenden überall fette Kinder als besonders schön und gesund angesehen werden und die Mütter nicht eher stolz auf ihre Säuglinge sind, als bis sie mit gutem Gewissen denselben das Ehrenprädikat „quabbelich“ ertheilen können. In den späteren Lebensjahren dagegen gilt in Bezug auf Fettansammlung von den Kindern das Nämliche, wie von den Erwachsenen, und jenes Kind, welches in der vom speculanten Barnum in Amerika im Juni 1855 angestellten Kinderausstellung mit einem Preise gekrönt wurde, weil es bei seinem Alter von noch nicht vier Jahren 75 Pfund Gewicht hatte und einem wandernden Fettklumpen glich, ist daher keineswegs als ein Ideal der Gesundheit, sondern nur als ein Curiosum zu betrachten.

Der Umstand, daß fettes Fleisch leichter verdaulich und nahrhafter ist, als mageres, scheint schon im Alterthum bemerkt worden zu sein; wenigstens stand dasselbe in hohem Ansehen. Schon Moses verordnet (II., 29.), die Priester sollten das Fetteste vom Opferstiere erhalten, und Homer erwähnt ausdrücklich (4, 65.), daß Menelaus dem Telemach vom Rücken eines fetten Rindes vorgelegt habe. Bei den Römern waren die fetten Bauchtheile und das Euter gesuchte Lieblingsbissen ihrer Gastmähler, ebenso wie die Tartaren diese Stücke (nebst Kopf und Mastdarm) des Pferdes für die besten Fleischspeisen halten und sie nur an Vornehme als Geschenk oder an Gastfreunde abgeben.

Daß die Grönländer und Isländer das mit ranzigem Fett reichlich versehene Wallfischfleisch eben dieser Zuthat und dieses Geschmackes wegen lieben, daß die Indianer im nördlichen Amerika das Eisbärfett mit Liqueur genießen, und daß auch Eskimo's, Lappländer und alle anderen nördlichen Völkerschaften eine so ausgesprochene Vorliebe für den Genuß von Thran und Fett zeigen, liegt nur in dem Bedürfnisse, ihren Körper gehörig zu erwärmen und denselben daher mit einer ausreichenden Menge von Verbrennungsunterhaltern zu versehen.

Ueberraschend ist es, daß auch bei den Bewohnern südlicherer Gegenden die fettesten Speisen die geachtetsten und beliebtesten sind. So haben die Mandarinen von Tunkin sich das Vorrecht der Bevölkerung gegenüber erhalten, den fetten Elephantenrüssel allein zu verspeisen. Die Araber halten den nur aus mit Fett durchsetztem Bindegewebe bestehenden Höcker des Kameeles für den vorzüglichsten Theil dieses Thieres und auf fürstlichen Tafeln kommen noch jetzt Bärentatzen als eine ebenso ihres Fettreichthums wie ihrer Seltenheit wegen beliebte Speise vor.

Unter allen Thieren gelten namentlich die Vögel für um so werthvoller, je mehr Fett sie als Speise enthalten. Die „gemästeten“ Gänse und Enten sind auch bei uns die theuersten. Auf den Faröerinseln werden junge Puffins, eine Art Sturmvögel, welche fast nur Thran von gestrandeten Wallfischen fressen, für vorzugsweise kostbar geachtet. In Oestreich speist man Staare und andere Vögel nur so lange, als sie jung und fett sind, oder wenn sie sich an den Trauben der Weinberge gemästet haben. Der

Ortolan (die miliaria der Alten) gilt als die größte und theuerste Leckerei unter den Vögeln und wird in Südfrankreich und Italien trotz seines Fettreichthums noch vor dem Tödten mit Hirse gemästet, bis die Thierchen so fett geworden sind, daß man sie zu schlachten genöthigt ist, wenn sie nicht in ihrem eigenen Fett ersticken sollen. Die Beccafige (ficedula) nennt Buffon noch einen größeren Leckerbissen, als den Ortolan, und rühmt von ihr, daß sie gleichsam nur aus einem höchst angenehm schmeckenden Fettklumpen bestehe, welcher so zart sei, daß er im Munde schmelze. Der nur von Früchten sich mästende Vogel wird trotz seiner Kleinheit zu manchen Jahreszeiten mit zwei Dukaten das Stück bezahlt. Auch die alten Römer wußten ihn als Leckerbissen gut zu schätzen; sie genossen den Vogel mit allem Eingeweide und würzten ihn seiner übergroßen Fettigkeit wegen mit rothem Pfeffer*).

Die Beccafigen mästen sich vornehmlich von Feigen, und unter ihnen gelten die aus Toskana und Cypern für die leckersten. Während jedes Carnevals gehen mehrere tausend Fässer voll aus Cypern nach Venedig, welche zum Verschicken mit Essig und Salz eingelegt werden, und die man dann zur Zubereitung nur in einer Schüssel über ein Kohlenbecken stellt, wovon sie im eigenen Fette schnell gar werden.

In ähnlicher Weise sind die fetten Lerchen berühmt, welche in der Herbstzeit in den Ebenen von Leipzig und Halle gefangen werden und von denen in der Zeit des

---

*) Wie uns Martial in folgenden Versen mittheilt:
Cerea quae patulo lucet ficedula lumbo,
Cum tibi forte datur, si sapis, adde piper.

Monates October oft 500,000 Stück auf dem Leipziger Markt verkauft werden. Die von Norden nach Süden streichende Feldlerche vermeidet Wälder und gebirgige Gegenden auf ihrem Zuge und fliegt daher regelmäßig längs der waldigen Vorgebirge des Harzes im Herbste hin, bis sie in die Leipziger Ebene kommt, von welcher sie dann später nach Südosten und Südwesten (Thüringen, Schlesien) weiter zieht. Bei schönem Wetter und hellem Mondschein setzt sie ihren Zug auch zur Nachtzeit fort und der Fang mit den Netzen liefert nur wenige abgemagerte Vögel, die vielleicht aus Ermattung und um sich auszuruhen, sich niedergelassen haben. Trübe Tage aber und dunkle Nächte nöthigen die Lerchen, in den fruchtbaren Weizenfeldern zu verweilen, in denen sie dann in wenig Tagen fett werden.

So bewahrheitet sich auch bei diesen Thierchen die Erfahrung, daß Menge und Art der Nahrung, reine Luft, Größe der Körperanstrengung und der Ruhe, die reichliche oder geringe Ernährung des Körpers bewirken. Nur die „Hautpflege“ hat der Mensch vor ihnen voraus.

Wir aber hoffen, daß in Bezug auf die der persönlichen Neigung nicht immer entsprechenden diätetischen Vorschriften unsere Leserinnen nicht sagen werden, was die um Rath Fragenden gewöhnlich denken: „Rathe mir gut, aber — rathe mir nicht ab!“

Diätetische Winke

für Küche und Küchenzettel.

(Mit 7 Holzschnitten).

Diätetische Winke

für Küche und Küchenzettel.

[Speisen. — Getränk und Suppe. — Giftiges Geschirr. — Dampfkochtöpfe. — Frische Gemüse im Winter. — Unverbrennliche Küchenkleider. —]

„Reichthum ist nur dann ein Fehler, wenn man ihn nicht zu verwenden weiß“.

(F. Mendelssohn-Bartholdy's Vater).

Aus den vorausgegangenen Mittheilungen ist ersichtlich, welche Macht auf den menschlichen Organismus der regelmäßige Umsatz der Stoffe ausübt und von wie großem Einflusse die Auswahl der täglichen Nahrung ist. Eine Hausfrau erkennt hieraus, daß ihr Scepter weittragend regiert und daß sie in der Aufstellung der „Küchenzettel“ eine stille, aber wirksame Gewalt über alle Hausgenossen übt.

Sie wird daher (des vorigen Abschnittes sich erinnernd) das **Fett** am Fleische für keine bedeutungslose Speise halten und dafür sorgen, daß die Mageren an ihrer Tafelrunde dessen reichlich genießen. Sie wird es nicht erlauben, wenn Kinder vom Fleische das angewachsene Fett absondern und zur Seite schieben wollen, sondern wird sie anweisen, es reichlich mit Salz gewürzt und mit viel Brod zu essen. Ueberhaupt wird sie den Verbrauch des Brodes bei Tisch, als nach jeder Rücksicht nützlich, zu befördern suchen, dagegen die geschmolzene gebräunte Butter womöglich ganz entfernen. Keine Sauce darf einzig und allein aus zerlassener Butter bestehen, sondern für Fische, Spargel u. s. w. wählt man statt deren die weiße „holländische“ Sauce und zu in Butter Gebratenem giebt man ein Gemeng aus Butter, Bratenbrühe und kochendem Wasser.

Dagegen ist für Magere und für Kinder grüne (rohe, frische) Butter ihrer leichten Verdaulichkeit wegen nützlich; deßhalb wäre es verkehrt, wenn man den Kindern magere, dünnbestrichene Butterschnitte geben wollte, als Mittel sie in Entsagung und Selbstbeherrschung zu üben. Skropheln und unreiner Teint kommen nicht von Butter her (wie der Aberglaube will), sondern vielmehr von zu wenig Gewürz, zu wenig Brod, zu wenig Wasser und zu viel Breien. Fette Kuchen, Auflauf, Eierkuchen, Pudding sind schwere Arbeit für den Magen und kommen auch nur da als Volksspeise vor, wo man den Verdauungsorganen mit rothem Pfeffer und schwerem Wein die Sporen zu kräftiger Thätigkeit zu geben liebt; wo man diese beiden Hilfsmittel nicht anwendet, da lasse man auch den Pudding vom Küchenzettel.

Grüne Gemüse sind wegen ihres Reichthumes an Mineralstoffen ein Bedürfniß für Alle, besonders für Kinder. Man statte daher das Mittagsmahl während der Zeit der grünen Erbsen (Juni bis August) womöglich wöchentlich zwei Mal mit diesem Gemüse aus, das durch seine vier unter sich so sehr abweichenden Bereitungsweisen weit entfernt ist, den Gästen zu gleichmäßig zu werden*). Das beste Gemüse in diätetischer Beziehung ist Spinat. Die grünen Bohnen der verschiedenen Arten verlangen alle eine etwas würzreiche Zukost (Hering, Pfefferfleisch, reichlich gewürzte Rouladen), wenn sie nicht Beschwerden verursachen sollen. Die Kohlarten werden insgesammt leichter vertragen, wenn man sie zuvor in Wasser weich kocht und dann erst nach Abguß des Wassers mit Butter und Fett zubereitet, sowie wenn man bei Tische ein Glas kräftiges Bier, nach Tische reichlich Wasser trinkt und sich Körperbewegung macht. Die Breie aus weißen Bohnen, Erbsen, Linsen, sind schmackhafter und leichter verdaulich, wenn sie am Abend zuvor mit Wasser und etwas Soda (auf eine Kanne Wasser, wie eine Erbse groß) eingeweicht werden; sowohl sie, als gedörrte Grünerbsen, Maisgries, Reis, Hirse, Grütze sind nur bei kaltem Wetter, besonders im Winter am Platze und verlangen den gleichzeitigen Genuß kräftiger Gewürze (wenigstens des Salzes), des Brodes und nachfolgendes Wassertrinken. Dies ist besonders für Kinder zu beachten.

Den Gegensatz dieser reichlich nährenden Speisen bietet der Salat, dessen rohe Blätter ohne allen Nährwerth sind und unverdaut den Körper verlassen. Trotzdem wird er nicht nur des Wohlgeschmackes wegen gern genossen, sondern ist auch nützlich: als die Verdauung erleichternde Zukost bei schweren Eierspeisen, Breien, fettem Braten,

*) 1. In Fleischbrühe mit Möhren als Gemüse zu in Butter gebratenem Fleische; — 2. in Salzwasser gekocht und auf Tisch mit grüner Butter und fein gewiegter roher Petersilie gewürzt zu Braten oder Schinken; — 3. mit den Blättern und Strünken des Kopfsalat als Gemüse gekocht zu Kochfleisch; — 4. mit Stockfisch und Möhren gekocht, beim Essen von Jedem nach Belieben durch zugemischten Senf gewürzt.

weil er durch seine Beimischung dem Magen die mechanische Arbeit erleichtert. („Buch der vernünft. Lebensw. 2. Abschnitt, „Magenarbeit".)

Pilze gelten für sehr schwer verdaulich, sind es aber nur bei unverständiger Zubereitung (mit zu viel Fett und zu wenig, oder zu zeitig zugefügtem Gewürz) und wenn sie zu hastig, oder ohne genügendes Brod gegessen werden. Aehnlich verhält es sich mit den Fischen, die auch nur durch die Schuld der Essenden und der Köche in unverdienten Mißkredit gekommen sind. Zu mageren, fettarmen Fischen gebe man nicht geschmolzene Butter, sondern „holländische" Sauce*), die man nach der Weise des Mittelalters sehr angenehm würzen kann, indem fein gewiegte, rohe Salbeiblätter unmittelbar vor dem Anrichten zugemischt werden; auch mit Citronensaft oder Essig kann man würzen; in einigen Gegenden verdirbt man sie sogar mit Zucker und Muskate. — Im „Buch der vernünft. Lebensw." haben wir 17 besonders billige, nahrhafte und wohlschmeckende Gerichte angegeben, durch deren Ausführung die tägliche Nahrung eines Erwachsenen auf 2—4½ Sgr. (jedoch mit Ausschluß des Kaffee oder Bier) sich veranschlagen läßt. Wir brauchen diese Zusammenstellung den denkenden Hausfrauen kaum noch zu empfehlen, da die gute Wirthin sehr wohl weiß, daß eine tägliche Ersparniß von 5 Sgr. am Mittagstische im Jahre über 60 Thaler austrägt.

Nicht selten bringt indessen die weibliche Sparsamkeit in der Küche großen Nachtheil. Wenn wir in wohl-

---

*) Auf 3 Portionen: 1 Theelöffel voll Stärkemehl (von Kartoffeln oder von Weizen), 1 rohes Ei, ein wallnußgroßes Stück Butter mit Fischwasser unter beständigem Umrühren erhitzt.

habenden Bürgerfamilien sahen, daß man sich an den Tagen der großen „Wäsche“ oder der halbjährlichen „Reinigung“ mit Gerichten wie: Gurkensalat, Kartoffeln und Häring, — oder Reisbrei in Milch, — oder Hirsebrei mit brauner Butter, — begnügen mußte, so haben wir immer der Hausfrau über den Text „du sollst dem Ochsen, der da drischt, das Maul nicht verbinden“ eine kleine diätetische Predigt gehalten, ohne meistens im Anfange ein allzu williges Ohr zu finden; später gab man der siegreichen Gewalt der Gründe und Thatsachen nach, doch möge unbestimmt bleiben, wie lange die Ueberzeugung vorgehalten hat. Denn „Mutter und Großmutter haben ja auch an solchen Tagen so gekocht und die Leute sind damals kräftig und gesund geblieben“. Aber damals war auch der Preis aller Lebensmittel viel geringer, als heute und die Ernährung deßhalb durchweg reichlicher. Damals brauchte man nicht die Menge der Nährstoffe ängstlich nachzurechnen, denn ein Fasttag wurde bald durch die nachfolgenden Tage reichlicher Ernährung wieder ausgeglichen. Damals kam die Milch nicht blau gewässert auf den Markt und man fand in den Städten noch wirklichen „Rahm“. Damals aß man weniger Kuchen, aber ein kräftiges, derbes Schwarzbrod. Damals schlachtete jede wohlhabende Familie selber ihr Schweinchen und auf Vorrath guter Hülsenfrüchte in der Speisekammer wurde gewissenhaft gehalten. Damals waren die Flüsse noch nicht durch Dampfschiffe entvölkert und in mehr als einer Stadt mußte das Gesetz gegeben werden, daß man „den Dienstboten nur zwei Mal wöchentlich Lachs als Mittagsessen vorsetzen“ dürfe. Damals lebte man durchweg einfacher und mit minder angenehmen Wechsel, aber auch nach allen Richtungen reichlicher, behäbiger. Damals war ein „Fasttag“ nur nützlich. Heute, wo an Stelle der Schlagflüsse die Blutarmuth und Bleichsucht, an Stelle der Wechselfieber die Schwindsucht, an Stelle der kindlichen Fettsucht die englische Krankheit getreten sind, — heute muß man auf reichliche, mindestens genügende Ernährung bedacht sein, will man die Krankheiten abwenden.

Gerichte wie: Salat und Hering, Reis oder Hirse, können aber nicht genügen, weil die verschiedenen Nährstoffe nicht im richtigen Verhältnisse in ihnen enthalten sind. Eine sorgsame Hausfrau wird darauf Bedacht nehmen und wird sich erinnern: daß zu einer richtig gemischten Mahlzeit dem Gewichte nach auf einen Theil eiweißartigen Nährmittel (Fleisch, Käse, Ei) vier Theile kohlenstoffreiche Nährmittel (Stärkemehl, Zucker, Fett, Brod) gehören. Bei zu knapper Kost fehlt geistige Kraft und Lust zur Arbeit. Lebe besser, aber leiste desto mehr, lautet der Wahlspruch einer vernünftigen Diätetik.

Die meisten Mädchen und Frauen essen überhaupt zu wenig. Bei sehr ruhiger Lebensweise und vorzugsweisen Aufenthalt im Zimmer kann man allerdings mit sehr geringer Nahrungsmenge auskommen. Sobald aber Anstrengungen erfordert werden, bricht dann auch das geringe Maaß der Kraft. Deßhalb halten wir reichliche Kost (bei gehöriger Muskelpflege, Hautpflege und reiner Luft) für das Bessere; denn es ist naturgemäß.

In feinen Gesellschaften gilt ein guter Appetit und ein gesunder Durst für „unweiblich“, — doch nur bei Narren, nicht bei Vernünftigen. Jeder Mensch, also auch die überweiblichste Zierpuppe, bedarf täglich so viel Nahrung, als $^1/_{20}$ seines Körpergewichtes ausmacht, wenn er gesund und leistungsfähig bleiben will. Wer 120 Pfund wiegt muß also täglich 6 Pfund essen, die aus $1^1/_4$ Pfund Eiweißkörpern (Ei, Fleisch, Käsestoff der Milch) und $4^3/_4$ Pfunden Fettbildner bestehen müssen, wobei jedoch das in den Speisen enthaltene Wasser mit gewogen ist. (Da 1 Glas Wasser 1 Pfund wiegt, so muß man die Speisen möglichst trocken kochen, wenn man sie etwa wiegen will). Wer viel Kaffee trinkt, vermag mit weniger auszukommen, weil dieser den Stoffwechsel verlangsamt. Gefangene in warmen Zimmern (und dies ist die Lebensweise der meisten Mädchen und Frauen) kommen etwa mit $^1/_4$ Pfund reinen Eiweißkörpern und 1 Pfund Fettbildnern (von denen jedoch mindestens $^1/_{10}$ reines Fett sein muß) aus, wenn sie weder körperlich noch geistig erhebliche Leistungen ausführen und lange schlafen.

Das Leben der „Damen", welche einen gesunden Appetit für nicht wohlanständig halten, ist ein pflanzenartiges Vegetiren zu nennen, unwürdig der dem Menschen gestellten Aufgabe. Wer zu wenig ißt, nähert sich in Folge dessen ebenso allmählich dem Thiere, wie es derjenige machen würde, der so viel berauschende Getränke zu sich nimmt, daß er in Folge dessen das klare Bewußtsein verliert. Beides ist gleich verabscheuungswürdig.

Wenn eine Dame in Gesellschaft das Trinken eines Glases Wein beharrlich weigert, so kommt sie dadurch in den Verdacht der Ziererei, oder man wird glauben sie fürchte, sich beim Genuß nicht zügeln zu können und — trinke deßhalb lieber heimlich. Es ist das Verschmähen des Weines bei Damen, welche 20 Jahre überschritten haben, gewöhnlich Heuchelei. — Ebenso unpassend wird den jungen Mädchen gelehrt, es sei „unweiblich" ein

Glas Wasser auf ein Mal auszutrinken. Das Vernünftige und Naturgemäße ist auch „weiblich“; da nun der menschliche Körper zu $^3/_4$ seines Gewichtes aus Wasser besteht und täglich mehrere Pfunde Wasser verliert, so muß auch dieser Verlust wieder ausgeglichen werden und Jeder muß seinen Durst nach Wasser frei und ungehindert befriedigen können. (Besonders Kinder!) Wenn ältere Damen mehr tränken, so würden sie weniger mager, weniger faltenreich und von frischem Teint sein. Deßhalb sind gewürzte und gehörig gesalzene Speisen vortheilhaft: weil sie zum reichlichen Wassertrinken anregen. Früh unmittelbar nach dem Aufstehen, Mittags nach dem Essen und Abends vor dem Schlafengehen muß jeder Erwachsene ein Glas Wasser aus Pflichtgefühl trinken; an den übrigen Tageszeiten trinke man nach Bedürfniß aus Durst.

Den größten Theil des täglich nöthigen Wassers führen sich Frauen als „Kaffee“ oder als „Suppe“ zu. Der Nutzen des Kaffee besteht, ebenso wie der des Thee in einer leichten Erregung des Nerven- und Blutgefäß-Systemes, wozu außerdem die schon erwähnte Verzögerung des Stoffumsatzes kommt. Man hat den Nachtheil sehr übertrieben, welchen beide Getränke ausüben sollen, ohne des Gewinnes zu achten, den sie in letzterwähnter Beziehung bringen; selbst die durch sie bewirkte Aufregung ist gerade bei vorwiegend „sitzender“ Lebensweise von Vortheil. Dagegen übersieht man häufig, wie gefährlich sie vielen Personen dadurch werden, daß man sie zu heiß trinkt. Die meisten Magenleiden der Frauen entstehen hierdurch.

Dasselbe gilt von der Suppe, welche zu keiner Zeit ein passendes, tägliches „Nahrungsmittel“ genannt werden kann, sondern welche nur vorübergehend kräftigt, anregt, scheinbar sättigt. Wird die Suppe „heiß" gegessen, so ist sie unbedingt schädlich und nur „warm" mag sie gestattet bleiben; wirklich nährend ist die Suppe nur dann, wenn sie Fleisch, Eier, Hülsenfrüchte, Gemüse in reichlicher Menge enthält; die gewöhnliche dünne Suppe mit etwas Wurzelwerk und Reis oder Portulak ist nichts weiter, als ein durch Gewöhnung angenehm schmeckender Betrug, den man seinem Magen spielt, — etwa wie der Häcksel, mit welchem Fuhrleute ihren Pferden die Haferportion verlängern.

Die englischen Ox-tail-, Turtle- und Mok-turtle-Suppen sind allerdings nährend; sie sind eigentlich eine Fleischportion mit viel Sauce. Außerdem sind nährend die wirklichen Kraftbrühen für Kranke, aus kleingeschnittenem Fleische bereitet, das roh mit nicht zu viel kaltem Wasser angesetzt und langsam ausgekocht wird; dann ist aber dafür das Fleisch kein Nahrungsmittel mehr, sondern so ohne Saft und Kraft, daß selbst Hunde es verschmähen. Die gewöhnliche Fleischbrühe aber, welche „nebenbei" beim Bereiten des Kochfleisches gewonnen wird, ist entweder werthlos oder das Fleisch ist halb ungenießbar. Kochfleisch darf nur roh mit einem nassen Tuche abgewischt (nicht abgewaschen, noch gar gewässert) werden; dann ist es in das mit Wurzelwerk und Salz versehene „kochende" (wallende) Wasser zu thun, worauf man rasch aufkochen und an heißer Stelle langsam weiterkochen läßt. So bereitet wird das Fleisch gut und schmackhaft, weil die Nährstoffe im Fleische bleiben; folglich gehen sie nicht in die Bouillon und diese taugt nichts. Das sind aber Thatsachen, von welchen Niemand eine Hausfrau völlig überzeugen wird; während sie sehr gut weiß, daß man aus derselben Leinwand nicht gleichzeitig Bettzeug und Hemden würde machen können, sondern nur eins von beiden, — hofft sie immer vergeblich, es werde ihr noch einmal gelingen die Nährstoffe des Fleisches aus dem Fleische heraus in ihre Fleischbrühe zu bringen und doch auch im Fleische zu lassen und ist sehr empört, wenn bei guter Bouillon ihr Fleisch „Stroh" genannt wird, oder bei gutem Fleische ihre Bouillon „gesalzenes Leimwasser". Und doch ist dem so. Im günstigsten Falle gewinnt man eine leidliche Bouillon und halbzerkochtes Fleisch.

Viele Frauen suchen dadurch ihrer Suppe aufzuhelfen, daß sie viel Fett auf derselben lassen. Auch dies ist zu verwerfen. Von Bouillon, Suppe, Bratenbrühe muß das Fett sorglich entfernt werden; denjenigen Braten, welche einer Zuthat in dieser Weise bedürfen (Kalb, Rind, Geflügel), möge man sie bei der Bereitung reichlich geben, aber vor dem Anrichten das Fett von der Brühe abschöpfen, wodurch Diätetik, Wohlgeschmack und Sparsamkeit gleichmäßig zu ihrem Rechte kommen.

Von den Getränken ist Chokolade weniger beliebt, als sie verdient. Dagegen muß vor dem Essen der Chokoladentafeln gewarnt werden, an welches viele Damen zum Nachtheile ihrer Gesundheit und ihres Teints sich gewöhnt haben.

Fruchtsuppen sind eine wahre Verhöhnung der Diätetik und der Geschmacksorgane. Von Kindern werden sie meistens gern gegessen, doch nicht ohne nachfolgende Störungen der Ernährung; die Kinder werden blaß, schwächlich, blutarm, zu Bleichsucht geneigt. In der

Kälte sind die Fruchtsäuren minder nachtheilig und „Kaltschalen“ mit Früchten und Wein werden gut vertragen. — Vielfach hat man warmes Wasser in neuerer Zeit von Aerzten als Getränk empfohlen und dem kalten Wasser vorgezogen; bei Magenkatarrh, Bleichsucht, Blutarmuth, Gicht und im Greisenalter ist diese Empfehlung gerechtfertigt; aber für Gesunde ist warmes Wasser im Magen ebenso eine schädliche Verweichlichung, als auf der Haut. —

Wenn Frauen durch ihre Auswahl der Speisen für das Wohlsein der Tischgänger sorgen, bei der Zubereitung der Speisen alles Nachtheilige sorgsam vermeiden, so mögen sie auch darauf bedacht sein, daß durch das Kochgeschirr nicht „Gift“ in die Speisen gebracht werde! Daß kupferne Gefäße gut verzinnt sein müssen, um nicht durch „Grünspan“ schädlich zu werden, bedarf kaum noch der Erwähnung. Einen schlimmeren Feind — weil unbeachtet — birgt die Töpferwaare.

Die Glasur der Töpferwaaren hat jüngst Prof. R. Böttger bei sämmtlichem in Frankfurt a/M. feilgebotenen irdenen Kochgeschirr geprüft, wobei sich die Glasur sämmtlicher Töpfe bleihaltig erwiesen hat, so daß der Genuß in solchen Töpfen gekochter, ja selbst nur in der Kälte einige Zeit aufbewahrter saurer Speisen (wie Sauerkraut, Essig, Obstsäfte, saure Milch u. s. w.) unfehlbar von üblen Folgen begleitet sein wird. „Die Annahme, daß in manchen Fällen Krankheitserscheinungen, von deren Entstehungsgrund man sich oft keine genügende Rechenschaft zu geben vermag, Folgen sein mögen von dem öfteren Genusse bleihaltiger Speisen, dürfte gewiß nicht zu gewagt sein. Man warnt das Publikum vor dem Anlegen bleierner Wasserleitungsröhren als gesundheitsschädlich, eifert gegen das Reinigen von Weinflaschen mit Bleischrot, gegen das Verpacken des Schnupftabak in Bleifolien, gegen das Einwickeln von Bonbons und anderer Zuckerwaaren in mit bunten Bleifarben bemaltem Papiere, man findet überall gesetzliche Vorschriften über gewisse Grenzen nicht überschreitende Beimischungen von Blei in Zinnwaaren, aber an eine ernste Warnung vor dem fast täglichen Gebrauch von Töpfergeschirr mit stark bleihaltiger Glasur hat man sonderbarer Weise bisher kaum noch gedacht!"*)

Bei irdenem Kochgeschirr prüft man die „Glasur", indem man einen Tropfen verdünnte Schwefelsäure (Vitriolöl) auf dieselbe bringt; wird die betropfte Stelle nach einigen Minuten weiß, so ist die Glasur schlecht und das Geschirr unbrauchbar. Bei dem guten „Kasseler Geschirr"**) haben wir bei wiederholter Prüfung nie ein einziges Stück mit schlechter Glasur gefunden.

Auf das Email eiserner Kochgeschirre bringt man einen Tropfen Salpetersäure, erwärmt den Topf, bringt Schwefelwasserstoff-Wasser auf die Stelle und ein Körnchen Schwefelblei. Bleihaltiges Email wird schwarz.

Für die Zubereitung der Speisen werden in jüngster Zeit sehr lebhaft „Dampfkochtöpfe" empfohlen. Wir wollen das Nähere der vielfach eigenthümlichen Benutzung im Auszuge aus einer technischen Schrift mittheilen.

Die Dampfkochtöpfe oder Digestoren, Papinische Töpfe (welche Mechaniker Umbach in Bietigheim fertigt), bewähren sich als so vorzüglich, daß sie der allgemeinsten

*) Böttger, polyt. Notizbl. 1864. 13.

**) In Leipzig vorräthig bei F. B. Selle, Petersstraße Nr. 8.

Empfehlung und Verbreitung werth sind. Der Topf wird mit einem gut aufgeschliffenen, mithin luft- und dampfdicht schließenden Deckel verschlossen, und der Deckel wird mit Hilfe eines etwas elastischen Bügels und einer Druckschraube auf seiner Stelle gehalten. Auf dem Deckel befindet sich nicht nur ein Messinghahn, um den Dampf entweichen zu lassen, sondern auch ein kleines Sicherheitsventil; sollte durch zu starkes Erhitzen im Topfe so viel Dampf entwickelt werden, daß derselbe nicht rasch genug durch das kleine Sicherheitsventil entweichen kann, so

Ein Dampf-Kochtopf*).

*) Aus der Fabrik von Julius Fischer u. Comp. in Heilbronn a. N. — Der Topf dieser Form führt in der Fabrik die Benennung „Niederer Bräter ohne Ring“, enthält 11 sächs. „Nösel“ (oder halbe Meßkannen, oder würtembergische „Maaß“) Raum, kann daher für 2—8 Nösel Flüssigkeit oder Speise verwendet werden, kommt also bis zum Inhalte eines irdenen „Vier-Kannen-Topfes“ in Gebrauch. Das abgebildete Gefäß ist von Eisenguß, an der Bodenfläche 11½ sächs. Zoll breit, oben in der größten Bügelbreite 15 Zoll, und mit Bügel und Druckschraube 10 Zoll hoch, — paßt also in die gewöhnlichen Koch- und Brat-Röhren. Ein solcher Kochtopf kostet bei Carl Schmidt in Leipzig (20, Grimm. Straße, eine Handlung für „Wirthschafts- und Haushalt-Artikel“) 3½ Thlr. — Die Fabrik unterscheidet: „Absatztöpfe“, „Schaleshafen“, mit und ohne Ring, „Töpfe“, „Bräter“ und „Einsatztöpfe“, je nach den Formen, und berechnet das Stück in Eisenguß und verzinntem Eisenblech bei 1—10 Maaß Inhalt mit 3—10 Gulden.

tritt dennoch keine Gefahr einer Explosion ein, weil der Druck des Dampfes den elastischen Bügel etwas nach oben hebt, und indem hierbei der Deckel gelüftet wird, das Uebermaaß des Dampfes zwischen Topf und Deckel entweichen kann. Der Topf ist bei jeder Feuerungsart zu gebrauchen, also ebenso bei dem auf ebener Erde im freien Felde angemachten Feuer, als auf einem Kohlenbecken, auf einem Herde, im Kamin, im Bratofen oder Backofen, oder zur Winterszeit auf dem gewöhnlichen Stubenofen*). Der zweite Vortheil liegt darin, daß man wenig Hitze (mithin auch das schlechteste Brennmaterial) und wenig Zeit nöthig hat, um die Speisen gahr zu kochen, und daß endlich das Geschirr fast unzerbrechlich ist.

Beim Gebrauche darf der Topf nicht bis zum Rande gefüllt werden, sondern es muß drei Querfinger bis eine Hand breit und mehr Raum übrig bleiben. Das Gemüse ist mit weniger Wasser als gewöhnlich zuzusetzen, weil die Flüssigkeit nicht verdunstet. Bei der Bereitung einfacher Hausmannskost thut man am besten, das Fleisch, gleich mit dem Gemüse zusammen in den Topf zu legen (z. B. Rindfleisch mit Reis, grünen Bohnen, grünen Erbsen, Kohl, Schweinefleisch mit Hülsenfrüchten oder Sauerkraut, Schöpsenfleisch mit Kartoffeln, Kartoffeln und Zwiebeln, weißen Bohnen u. s. f.). Will man Fleischbrühe erhalten, so fügt man zu den verschiedenen Fleischsorten nur das gewöhnlich übliche Wurzelwerk zu; will man dagegen Suppe bereiten, so werden gleich neben dem Fleische noch

*) Die englischen Digestoren haben zu hohe Bügel für deutsche Kochmaschienen, da sie für Kaminfeuer berechnet sind.

Gerste, Reis, Grütze, Suppenkräuter u. s. w. zugegeben. Es ist ganz gleichgiltig, ob der Topf nur zur Hälfte, oder auch nur zum vierten Theile gefüllt ist; im Gegentheile beschleunigt dies vielmehr das Kochen. Nur darauf hat man zu sehen, daß der Topf nicht zu weit gefüllt wird. Beim Einkaufe wähle man daher lieber eine zu große Sorte, als eine zu kleine.

Wenn man die Speisen auf das Feuer setzen will, so wischt man vorher den geschliffenen Rand des Topfes und des Deckels sorgfältig ab, so daß derselbe ganz sauber und trocken ist, mithin gut schließt, — dann wird der Deckel mittelst der am Bügel befindlichen Schraube auf den Topf aufgedrückt, und nachdem man sich noch überzeugt hat, daß der Hahn geschlossen, das Ventil nicht verstopft ist, bringt man das Gefäß auf das Feuer.

Sobald man merkt, daß der Inhalt des Topfes in's Sieden gekommen, mäßigt man das Feuer und hat nur noch dafür zu sorgen, daß es nicht gerade ausgeht. Wenn beim Sieden der Dampf zu stark aus dem Ventile ausströmt, so zeigt dies an, daß die Feuerung zu stark ist. Suppen, Fleisch von jungen Thieren, Geflügel, grüne Gemüse brauchen nur 15 — 20 Minuten zu kochen. Für Fleisch von alten Thieren, Pökelfleisch, eingeweichte Linsen, Erbsen, Bohnen, Weißkraut und alle Kohlsorten ist ein Zeitraum von 20 — 40 Minuten nach Eintritt des Siedens nöthig.

Nach der angegebenen Zeit nimmt man den Topf vom Feuer und läßt ihn etwa 10 Minuten lang stehen, bis die Abkühlung soweit eingetreten, daß der Dampf weniger Spannkraft hat und daher aus dem geöffneten Hahne nicht mehr mit großer Heftigkeit herausströmt. Erst dann darf man den Deckel aufschrauben und entfernen. Will man nun Kartoffelmehl, geröstetes Mehl oder andere Zusätze dem Gemüse oder der Suppe zufügen, so richtet man sie wie gewöhnlich in einem kleinen Gefäße her, nachdem der Topf vom Feuer genommen worden ist, mischt sie dann der Speise zu, reinigt abermals Topfrand und Deckelrand sorgfältig, schließt den Topf von Neuem und kocht noch einmal auf.

Will man Kartoffeln mit oder ohne Schale in einem solchen Topfe bereiten, so bringt man sehr wenig Wasser in denselben (in einen Topf von 15—20 Schoppen Inhalt nur etwa ½ Schoppen Wasser) und läßt die Kartoffeln je nach der Größe des Topfes 15—24 Minuten lang sieden. Sobald man dann den Topf vom Feuer genommen hat, wird der Hahn sogleich geöffnet, damit der Dampf schnell entweichen kann. Die Kartoffeln werden hierdurch trockner, schmackhafter, den in heißer Asche gebratenen ähnlich, und auch diejenigen Kartoffelsorten, welche bei der gewöhnlichen Zubereitung im Innern nicht ganz gahr wurden, waren, in diesem Topfe gekocht, gleichmäßig gut.

Um Braten im Dampftopfe zu bereiten, wird das Fleisch mit dem nöthigen Fett, Wurzelwerk und Gewürz in den Topf gethan, und bei denjenigen Töpfen, welche ganz aus Eisen bestehen, ohne Wasser beigesetzt, bei den Töpfen aus verzinntem Eisenblech oder Kupferblech mit sehr wenig Wasser. Etwa nach 10 Minuten wird der Hahn etwas geöffnet, damit der überflüssige Wasserdunst abströmen kann und der Braten eine schöne Farbe bekommt. Dann schließt man den Hahn wieder und nach Verlauf von 5—10 Minuten ist der Braten gahr.

Um Brod oder anderes Backwerk in dem Topfe zu backen, wird derselbe etwas erwärmt, mit Fett ausgestrichen und der wie gewöhnlich bereitete Teig in den Topf gebracht, letzterer geschlossen und auf das Feuer gesetzt. Wenn der Deckel heiß ist, also nach 25—30 Minuten, wird der Hahn halb geöffnet, damit der Dampf ausströmen kann und die obere Rinde des Brodes sich bräunt. Weißes Brod mit Hefe getrieben bedarf zum Backen 30—40 Minuten. Brod mit Sauerteig getrieben bedarf etwas längere Zeit, und muß dabei der Hahn nicht nur halb, sondern ganz geöffnet werden.

Die gußeisernen Töpfe können, wenn sie vorher mit irgend einem Fett ausgekocht sind, zu allen Speisen gebraucht werden, sowohl zu sauren als zu süßen. Man reinigt die Töpfe mit Wasser oder mit Lauge, darf sie aber nicht mit Sand ausscheuern, weil hierdurch der innere Ueberzug schnell abgenutzt würde, am wenigsten darf man den geschliffenen Rand mit Sand scheuern, da die ebene Fläche des Schliffes hierdurch gestört, mithin der völlig luftdichte Verschluß beeinträchtigt werden würde.

Die Vortheile dieser Töpfe liegen nicht nur in der längeren Dauer derselben und in der schnelleren Zubereitung der Speisen, sondern auch darin, daß die Speisen kräftiger und schmackhafter sind, weil ihr Aroma aus dem geschlossenen Topfe nicht entweichen kann. Ferner ist alle so zubereitete Fleischbrühe nicht nur wohlschmeckender, sondern auch nahrhafter, denn der sogenannte Schaum, welchen die Hausfrauen gewöhnlich sorgfältig von der Fleischbrühe abzuschöpfen pflegen, bildet sich nur beim Kochen im offenen Topfe; dieser Schaum ist aber nichts weiter, als geronnenes Eiweiß, also ein für den menschlichen Organismus wichtiger Nährstoff, welcher durch das Abschöpfen verloren geht, während er bei Anwendung des Dampfkochtopfes in den Speisen verbleibt, diese also um so viel nahrhafter werden. Weiter ist von großem Vortheile, daß man sich nur wenig um den Topf und seinen Inhalt zu kümmern nöthig hat, was in kleineren Haushaltungen, wo die Hausfrau gleichzeitig, während sie die Speisen zubereitet, Kinder zu beaufsichtigen hat, oder etwa im Geschäfte des Mannes mit thätig ist, von nicht geringerem Werthe ist, als in größeren, wo Unaufmerksamkeit der „perfekten Köchin" nur zu häufig die Speisen durch ungenügende Ueberwachung an das Geschirr sich anlegen oder verbrennen läßt; derartige Vorkommnisse sind bei den Dampfkochtöpfen nicht möglich. — Endlich ist noch zu erwähnen, daß in diesen Töpfen beim Kochen eine höhere Temperatur erreicht wird, als + 80° R. beim Kochen in offenen Gefäßen, da in den letzteren durch die Verdunstung das kochende Wasser wiederum etwas gekühlt wird. In Folge dessen sind die Papinischen Töpfe auf den höchsten Bergen zu gebrauchen, wo sonst die Speisen wegen des geringen Luftdruckes nur unvollkommen sich gahr kochen lassen, — und in Folge dessen ist man bei uns sicher, daß alle etwa im Schweinefleische vorhandene „Trichinen" getödtet und unschädlich gemacht werden. Man könnte also diese Töpfe auch „Trichinentödter" nennen. —

Während der Winterszeit waren unsere Großmütter nur auf die im Keller aufbewahrten Wurzeln und Kohlarten als Gemüse angewiesen und auch in dieser Beziehung war damals die Einführung der Kartoffel ein mächtiger Fortschritt, während man gegenwärtig Gemüse und Früchte so unverändert aufzubewahren versteht, daß sie noch nach Jahren wie frische erscheinen.

Die ersten Anfänge dieser Kunst finden wir bei den Kulturvölkern des Alterthums. Homer erwähnt bereits der getrockneten Früchte, wie deren auch das vom vulkanischen Schutte uns aufbewahrte Vorrathsgewölbe in Herkulanum barg; ebendaselbst fand man Oliven dem Anschein nach in ähnlicher Weise in Oel gesetzt, wie man sie noch heute einmacht, und Früchte, welche zu einer Art Syrup eingekocht waren. Daß ferner die Römer Fleisch und Fische durch „Mariniren“ und Einpökeln lange Zeit erhielten, ist bekannt. Allein weder im Alterthum, noch im Mittelalter finden sich Spuren der Aufbewahrung von Gemüsen in der jetzt gebräuchlichen Weise. Elsholz, Leibarzt des Herzogs von Braunschweig, beschreibt in seinem 1682 gedruckten „Diaeteticon“ folgende Arten: 1) Aufbewahrung frischer Aepfel, Birnen, Mispeln in einer besonders eingerichteten kühlen Kammer frei „auff Porten oder Schäppen“ (Reale) gelegt, oder auf durchlöcherten Brettern in einem Schranke aufbewahrt, dessen Wände durch Ueberkleben mit Papier luftdicht geschlossen werden; die Trauben kommen einzeln mit versiegeltem Stengel in Gläser (S. 421). — 2) In der Sonne getrocknete Kirschen, Pflaumen, Aprikosen, Birnen, Aepfel, Trauben, „Bohnen-Früchte“, grüne Erbsen, Morcheln und Schwämme (S. 425). — 3) Gurken, Portulak, Kapern, Artischoken, Spargel und Pilze werden halb gahr gekocht und dann mit Essig oder mit Salz eingemacht. Ebenso unreife Cornelius-Kirschen (S. 427). — 4) „Conserven“ aus Rosenblättern, Orangenblüthen, Veilchen, „Pomerantzen- und

Citronen-Fleisch" im halbtrockenen Zustande reichlich mit Zucker bestreut. Syrupe aus dem Safte der Granaten, Himbeeren, Weintrauben, Schlehen und Johannisbeeren (S. 275). — Die Aufbewahrung der Gemüse zur winterlichen Beikost fanden wir in keiner Schrift der früheren Jahrhunderte erwähnt. Deßhalb erregte der Vorschlag des Dr. Ure in Oxford (1822), nach Art der Futterstoffe und Arzneikräuter auch Gemüse zu trocknen, allgemeines Aufsehen; nicht unwesentlich durch Professor Pohl in Leipzig bald darauf verbessert (indem dieser Salz oder Zucker hinzufügte und hierdurch die getrockneten Gemüse für das Kochen weicher und schmackhafter herstellte), rief das allgemeine Bedürfniß damit sogleich einen Handelsartikel hervor, welchem man durch Zusatz eines fremden Namens nach deutscher Sitte Eingang verschaffte und als „russische Zuckererbsen" oder „schwedische Schnittbohnen" verkaufte.

Diese kleine Industrie wurde zuerst auf der Ausstellung zu London 1851 zum Fabrikzweige erhoben, als Masson in Paris, Gartendirector der pharmaceutischen Schule, den glücklichen Gedanken ausgeführt hatte, Gemüse durch Trocknen mittelst Erhitzung und unmittelbar darauf folgende Pressung von Wasser und Luft möglichst zu befreien. Noch nahmen diese „Conserven" einen zu großen Raum ein und waren dem Verderben beim Land- und See-Transport ausgesetzt, weil sie begierig aus der Luft Feuchtigkeit aufnahmen, erweichten, schimmelten und faulten. Diesem Uebelstande zu begegnen, kochte Chollet (nach Anderen war der Erfinder Morel Fazio) die Gemüse vorher mittelst Dampf, trocknete sie dann durch Zuführung heißer Luftströme und verwandelte sie hierauf unter hydraulischen Pressen in feste Tafeln. Diese Gemüseziegel entsprachen in gewisser Weise jenen Theeziegeln (aus Theeblättern, Schaafblut und Schaaffett zusammengeknetet), welche für die Nomaden asiatischer Steppen als Handelsartikel und Nahrungsmittel so werthvoll sind, daß sie die Stelle des Geldes einnehmen. In Deutschland wird dies Verfahren in größerem Maaßstabe von der Warnecke'schen Aktiengesellschaft in Frankfurt a/M. ausgebeutet.

Mit dieser Verbesserung waren die Wurzeln und Gemüse besser zum Transport geeignet; — durch den überhitzten Dampf waren diejenigen Stoffe entfernt oder unschädlich gemacht, welche die Gährung einzuleiten pflegen, und Jahre lang erhalten sie sich in leidlich genießbarem Zustande. Nun erst war das Mittel gewonnen, auf längeren Reisen die allzu große Unregelmäßigkeit der Lebensweise zu beseitigen, — einen kräftigen Austausch der Erzeugnisse armen und vom großen Verkehr abgeschnittenen Gegenden zu gewähren, — den Kulturvölkern Europa's die Mittel einer weitausgreifenden Thätigkeit in jeder Beziehung zu bieten, — die Bewegung der Armeen und Flotten zu erleichtern, ebenso durch bessere Ernährung der Mannschaft (Vermeidung des Scorbutes!) als durch Veringerung der Kriegscontributionen. Der Feldzug in die Krim lieferte die Probe; die Fabrik Chollet & Comp. sendete 1855 über 10,000 Centner ihrer Erzeugnisse auf den Kriegsschauplatz, beschäftigte über 2000 Arbeiter, 30 hydraulische Pressen und eine Anzahl Dampfmaschienen von zusammen 200 Pferdekraft*).

*) Diese Zahlen sind authentisch. Wir entlehnen sie den ausgezeichnet werthvollen Mittheilungen, welche Heym und Balling

Die auf solche Weise aufbewahrten Gemüse sind allerdings billig, haltbar und — genießbar, aber schmackhaft sind sie wahrlich nicht. Sie riechen nach Heu, schmecken fade und verhalten sich zu frischen Gemüsen wie eine egyptische Mumie zu einem lebenden Menschen. Wir haben von sämmtlichen Fabriken verschiedene Arten gekostet und würden im Winter unseren Kartoffeln und Kohlarten, welche sich so leicht aufbewahren lassen, immer den Vorzug geben. Nur die getrockneten und gepreßten Aepfel verdienen ihres Aroma's wegen den Vorzug vor dem an freier Luft oder in Hürden gewonnenen „Backobst". Auf Reisen mögen diese Fabrikate ein werthvoller Nothbehelf sein, aber in Haushaltungen werden sie sich niemals einbürgern, wenn sie nicht besser hergestellt werden können. Außerdem ist wohl zu beachten, daß den Gemüsen durch Entziehung fast aller auflösbaren Stoffe ein großer Theil ihres Nahrungswerthes genommen ist. —

Für Haushaltungen empfiehlt sich nur eine Art der Zubereitung: die sogenannte „Appert'sche Methode", welche auch an einigen Orten Deutschlands, z. B. in Hamburg (Heimerdinger) geübt wird, hauptsächlich aber in England (Batty & Comp. in London, Finsbury Square und Leadenhall Street) und in Frankreich (Maille in Paris rue St. André des arts und rue Hauteville). Bei wohleingeübter Fabrikation lassen diese aufbewahrten Speisen nichts zu wünschen übrig und gleichen vollständig

über die Nahrungsmittel lieferten im 12. Hefte des: „Bericht über die allgemeine Agrikultur- und Industrie-Ausstellung zu Paris im Jahre 1855 im Auftrage des k. k. Ministeriums herausgegeben von Dr. E. Jonák (Wien, k. k. Hof- und Staatsdruckerei 1857).

frischen. Für den **Privatgebrauch** aber haben sie sehr große Uebelstände. Das System ihrer Herstellung ist im Wesentlichen folgendes: Früchte, Gemüse oder Fleisch werden roh oder halb zubereitet in Blechbüchsen gethan, durch Einlöthen luftdicht verschlossen und nun im Wasserbad anhaltend erhitzt, bis die Luft aus ihnen entfernt und durch die Erhitzung in Kohlensäure umgewandelt worden ist. Dann bleiben die Nahrungsstoffe in den luftdicht verschlossenen Büchsen Jahre lang unverändert. Allein nach einiger Zeit nehmen sie den Geschmack des Metalles an; ferner können sie nur mit dem „Löthkolben" eingelöthet werden, weil eindringendes Löthwasser sie ungenießbar machen würde; da aber in Haushaltungen nur äußerst selten sich Jemand vorfindet, welcher den Löthkolben geschickt zu handhaben versteht, so ist man der kostspieligen und lästigen fremden Hülfe benöthigt, und die Haltbarkeit der Speisen hängt von der Geschicklichkeit des Löthenden ganz allein ab. Versteht der Handwerker nicht die Büchsen gehörig zu schließen, so sind die Speisen dem sicheren Verderben überliefert. **Keine** Hausfrau besitzt aber **irgend eine Garantie**! Es ist wiederholt vorgekommen, daß von 25 Büchsen etwa 20 verdarben. Durch das Blech hindurch vermag man nicht den Zustand der Gemüse und Früchte zu erkennen, kann sie also auch nicht durch zeitiges Oeffnen und Verbrauchen noch im letzten Augenblicke verwerthen, ehe sie ganz verderben. Endlich bedarf man zum Oeffnen der Büchsen wiederum fremder Hilfe, um die Löthmasse zu entfernen.

Diesen großen Uebelständen zu begegnen, haben wir im Jahre 1849 das Aufbewahren des Fleisches, der

Gemüse und des Obstes in einer besonderen Art Glasbüchsen begonnen und seit jener Zeit alljährlich wiederholt. Von 100 Büchsen verdarben im ersten Jahre fünf, im zweiten zwei, im dritten keine, im vierten eine, in den folgenden Jahren bis jetzt ist der Inhalt keiner einzigen Büchse verloren gegangen. Alle Früchte, alle Gemüse (z. B. Spargel) sind vollkommen wie frische; man vermag zu jeder Zeit den Inhalt der Büchsen zu untersuchen, und erkennt bereits durch Betrachtung derselben, ob sie sich gehalten haben oder nicht. Wird die Flüssigkeit sehr trübe, oder zeigt sich auf den Früchten ein klein wenig Schimmel (was im Durchschnitt bei 100 Büchsen jährlich bei 2—4 eintritt), so kann man diese in den nächsten Tagen oder Wochen verbrauchen und wird sie dann noch unverändert in Güte und Geschmack finden, nur muß man den etwa vorhandenen Schimmel vorsichtig abheben, damit er sich nicht mit den Speisen vermische. Uebrigens können durch Sorgfalt auch diese kleinen Nachtheile vermiethen werden; daß sie eintreten, ist immer eine Folge der Nachlässigkeit und des Uebelstandes, daß man in großen Städten selten frisch gepflücktes Obst erhält. — Der Verlust (an Glasbüchsen) ist sehr gering, und selbst durch die Ungeschicklichkeit der Dienenden verliert man von 100 Büchsen jährlich höchstens 2—3. Den Bedürfnissen des häuslichen Comforts entspricht diese Art der Aufbewahrung besser, als irgend eine andere uns bekannte. Der einzige Uebelstand besteht nur darin, daß Glasbüchsen einer sorgfältigen Verpackung bedürfen, wenn sie transportirt werden sollen. Unter den geeigneten Vorsichtsmaßregeln ertragen sie jeden Transport eben so gut, als die Blechbüchsen, vor welchen sie in jeder Beziehung den Vorzug verdienen*).

Die einzumachenden Gemüse und Früchte sollen zwar möglichst frisch sein, doch wurde jedes Jahr ohne Nachtheil Spargel eingesetzt, welcher mehr als 60 Meilen weit versendet worden war. Wichtiger ist, daß man die Gemüse nicht waschen, oder in Wasser legen darf, wenn sie nicht hart werden sollen; nur destillirtes Wasser bringt ihnen keinen Nachtheil. Die größte Sorgfalt und Sauberkeit ist auf das Zuputzen zu verwenden. Den Spargel reinigt man vorher mit nassen Tüchern. Bohnen und Schoten dürfen nicht mit dem gewöhnlichen kalkhaltigen Brunnenwasser in Berührung kommen; eben so wenig die Früchte, bei denen man sich durch Auswahl möglichst reifer und sauberer hilft; sie sollen vor Allem

*) Die von uns gewählten Glasbüchsen kommen im Handel unter dem Namen der „Pulvergläser" vor (weil sie zur Aufbewahrung kleiner Quantitäten Schießpulvers häufig Verwendung finden). Sie haben Cylinderform mit glattem oder nur wenig eingedrücktem Boden, verjüngen sich am Halse plötzlich und werden in der etwa zwei Drittheile der Büchse weiten Halsöffnung durch einen eingeschliffenen Glasstöpsel verschlossen. Die größte zum Einmachen benutzte Sorte hält 4 Zoll im Durchmesser, ist bis zum Halse reichlich 6 Zoll lang und im Halse 2¼ bis 2½ Zoll weit. Sie faßt etwa 3 Pfund Spargel, und von Bohnen oder Schoten 6 bis 8 Portionen. — Die nächste Größe, 3½ Zoll im Durchmesser, 5½ Zoll Höhe, 2 bis 2¼ Zoll Halbweite, faßt 4 bis 6 Portionen Gemüse. — Die dritte, 3 Zoll Durchmesser, 5 Zoll Höhe, 2 Zoll Halsweite, faßt etwa eine Portion Gemüse weniger, so daß sie bei einem Mittagsessen von einem einzigen Gange für 3 Personen genügt, bei einem Mittagsessen von mehreren Gängen für 5 Personen. — Die vierte Größe, mit 2½ Zoll Durchmesser, 4 Zoll Höhe, 1½ bis 1¾ Zoll Halsweite, wird in der Regel nur für Früchte benutzt und füllt eine Compotschüssel mittlerer Größe reichlich. Sie faßt an Gemüse nur 1 bis 2 Portionen. — Die kleinste Sorte wird nur für feinere Früchte verwendet; sie hat 2¼ Zoll Durchmesser, 3 Zoll Höhe, 1¼ bis 1½ Zoll Halsweite.

frisch und höchstens wenige Stunden gepflückt sein. (Die Früchte mit Handschuhen zu pflücken, ist unnöthig.)

Alles Obst kommt roh in die Büchse, wird lagenweis eingeschichtet, und jede Lage mit Zuckerpulver, oder besser noch mit geläutertem Honig versehen. Die Menge des Zuckers richtet sich nach Geschmack, Jahrgang und Reife des Obstes (durchschnittlich: auf 1 Pfund Obst 1/4 bis höchstens 1/2 Pfund Zucker). Das Zufügen des Zuckers erhöht eben so den Geschmack, als die Haltbarkeit.

Von den Gemüsen wird Blumenkohl und Spargel roh eingelegt; letzterer, wenn er als Gemüse dienen soll, in Stangen, welche nach der Länge des Glases geschnitten sind; für Suppe, Salat und Gemüsezuthat in kleinen Stücken. Dann bringt man Wasser zum Kochen, salzt dasselbe wie schwache Bouillon (auf 1 Quart Wasser 1 Eßlöffel Salz) und gießt es + 60 bis 65° R., also nicht mehr siedend, in die Glasbüchsen ein, welche vorher am warmen Orte gestanden haben müssen. — Bohnen werden geschnitten, Schoten ausgehülst und in dem angegebenen schwachen Salzwasser einige Male überwallt, dann halb gahr gekocht und noch etwas hartfest in die Büchse geschichtet und vom Siedewasser darüber gefüllt. — Die so behandelten Gemüse behalten ihren frischen Geschmack vollkommen, und im Winter vermag man sie nur an ihrem würzigeren Aroma, den Spargel an dunkleren Köpfen von den im Gewächshaus gezogenen zu unterscheiden. Werden sie dagegen vor dem Einmachen in Bouillon oder Butter weichgedünstet, so sind sie nach längerer Aufbewahrung „altschmeckend" und gleichen dem allzu lange gekochten Gemüse.

Fleisch (z. B. Lerchen, Schnepfen, Hummer und andere nur in bestimmten Jahreszeiten oder gewissen Gegenden zu gewinnende Sorten) wird schwach angebraten, oder in Wasser überwallt und dann mit einer ziemlich concentrirten Lösung weißer Gelatine heiß übergossen. Auch starke Bouillon oder Fett kann man anwenden. Zuthat von Gewürzen ist nicht zu rathen. —

Einer der wichtigsten Punkte für die Haltbarkeit der Gemüse ist der richtige Verschluß der Büchsen. Gerade in dieser Beziehung zeichnet sich die hier mitgetheilte Methode vortheilhaft aus. — Wie die Büchse vor Einlegen der Gemüse mit heißem Wasser (oder besser: heißem Spiritus) innen und außen auf das sorgfältigste abgewaschen, und dann mit einem Tuche abgetrocknet und abpolirt werden muß, so daß keine Spur irgend einer Verunreinigung noch wahrnehmbar ist, so

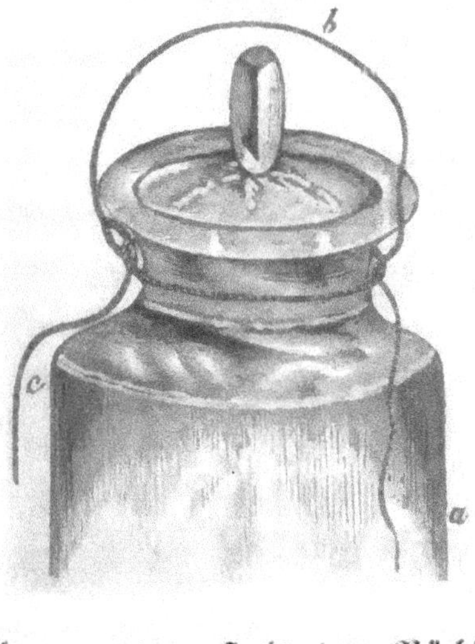

wird nach dem Einfüllen nochmals der innere Hals und der Stöpsel mit einem andern reinen Linnentuche auf das sorgfältigste gereinigt, dann der eingeschliffene Stöpsel sanft eingedrückt; nun setzt man die Büchse vor sich auf den Tisch, nimmt ein Stück Bindfaden von etwa 3 Fuß ($1^1/_2$ Elle) Länge, legt ihn um den Hals der Büchse und verbindet dann die beiden Enden, welche man in der Hand hält, durch einen einfach umschlungenen Knoten. Bevor man diesen festzieht, steckt man ein Ende des Bindfadens durch die um den Hals gelegte Schlinge und schiebt dasselbe an die dem Knoten entgegengesetzte Seite des Halses. Nun zieht man das Ende c fest an, so daß die lockere Schlinge b auf der Kante des Stöpsels aufliegend diesen in den Hals der Büchse einpreßt. (Damit der Bindfaden nicht abgleiten kann, ist der Stöpselgriff oben flach geschliffen oder eingekerbt; ersteres kann auf jedem Sandsteine mit

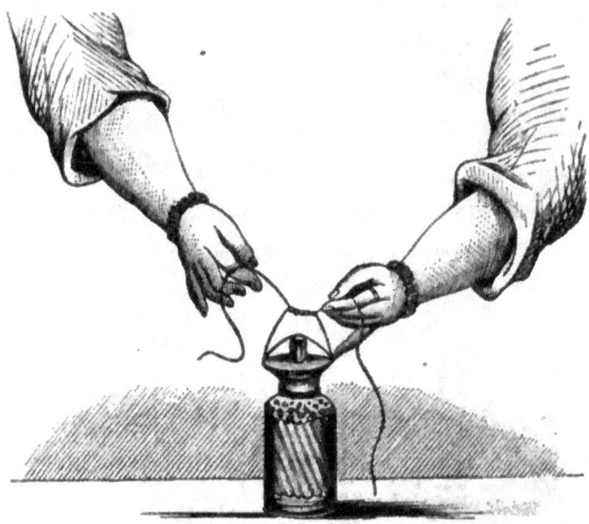

geringer Mühe geschehen.) Nun faßt man die Schlinge c mit Daumen und Zeigefinger der linken Hand, stemmt den kleinen Finger auf den Rand des Halses und schlingt das Ende a vor dem Zeigefinger zwei Mal um das angespannte Ende c; nachdem nun beide Enden fest angezogen sind, wird a herabgezogen bis über den vorspringenden Hals des Glases, woselbst es durch die doppelte Verschlingung haftend einen sogenannten „chirurgischen Knoten“

bildet, über welchem die beiden Enden mit einer Schleife vereinigt sind. Der Stopfen wird nun durch den Faden im Glase zurückgehalten, kann beim Kochen nicht abfliegen, wohl aber kann er sich so weit lockern, daß Luft zu entweichen vermag, worauf er durch seine eigene Schwere herabfallend wie ein Ventil die Flasche vollkommen luftdicht verschließt. Dies ist ein Vortheil, welchen man bei keiner anderen Methode durch so einfache Mittel erlangt.

Das Einstellen der Büchsen in eine „casserole“ von entsprechender Größe, um im Wasserbade eingekocht zu werden, erheischt nur insofern Sorgfalt, als die Glasbüchsen nirgends Boden oder Wand des Kochgefäßes oder einander direct berühren dürfen. Man legt deßhalb in eine casserole, welche 4 oder 5 Büchsen faßt,. ein Holzgitter, stellt auf dieses die Gläser und klemmt zwischen dieselben 1/4 Zoll starke, frische, noch biegsame Holzspähne oder Zweige ein (oder Korkplatten, oder Filzstücke, oder Strohseile), bis alle Büchsen so fest eingeklemmt sind, daß keine sich bei schneller Bewegung der casserole verschiebt. Nun wird laues Wasser eingegossen, bis die Büchsen bis nahe zum Halse unter Wasser stehen, und dies Wasser zum Kochen gebracht. Wenn in einer Kochröhre das Einkochen vorgenommen wird, so müssen die Stopfen mit einem nassen Tuche bedeckt werden, damit sie nicht springen; auf offenem Feuer oder auf einem Kochherde ist dies unnöthig. Je größer die Büchsen, um so länger müssen sie kochen*).

Nach dem Kochen nimmt man die Büchsen einzeln aus dem Wasser, trocknet sie schnell ab und entfernt vom obern Theile des Stöpsels und Halses mit äußerster Sorgfalt jede Spur von Feuchtigkeit. Sobald dies geschehen, wird auf die Rinne, welche von Stöpsel und Hals gebildet wird, mit einem kleinen Löffel geschmolzenes Harz aufgetragen (am besten Kallipod, d. i. Fichtenharz, welchem man bei zu großer Weiche ein klein wenig Kolophonium zusetzen und beliebige Färbung ertheilen kann), und damit es schneller erstarrt, der Hals durch Umschlagen eines in kaltes Wasser eingetauchten Tuches abkühlt. Sollte auch etwas Harz in's Innere der Büchse dringen, so hat dies keinen Nachtheil, doch kommt es nicht vor, wenn die Stopfen gut eingeschliffen sind. In diesem Falle dringen zuweilen kleine Luftblasen hervor, weßhalb der Harzverschluß mit größter Sorgfalt vorgenommen werden muß. Nun überläßt man die Büchse der Abkühlung und bringt sie den nächsten Tag in den Keller oder an ihren sonstigen Aufbewahrungsort. Bei gut befolgtem Verfahren

*) Vom Augenblicke des wirklichen Wallens an gerechnet (etwa 1/2 Stunde nach dem Zusetzen), bedürfen Stangenspargel, Bohnen, Schoten 2, 2 1/2, 3 Stunden; kleine Büchsen mit nur 1/2 Pfund klein zertheiltem Suppenspargel 1 Stunde. Vom Obst sollen Kirschen, Stachelbeeren, Pfirsich, Aprikosen, halbreife Melonen in Büchsen mittlerer Größe 20—25 Minuten, in kleinen nur 15 Minuten kochen; Erdbeeren, Himbeeren, Johannisbeeren, reife Melonen, Ananas, beau mélange (entkernte süße Kirschen, Himbeeren, Erdbeeren zu gleichen Theilen) je nach der Größe der Büchsen höchstens 10—15 Minuten. Diese letzteren Sorten dürfen stärker gezuckert werden, weil sie saftreicher sind; je kürzere Zeit man sie aber der Siedehitze aussetzt, um so besser erhält sich ihre Form, um so frischer bleibt ihr Geschmack, um so wunderbarer ist ihr Arom, welches an Feinheit das der frischen Früchte weit übertrifft.

war der Inhalt nach sechs Jahren so gut und frisch, als nach einem Monate. —

Will man die Büchsen öffnen, so löst man den Bindfaden ab, bindet ihn mit doppeltem Knoten am Stöpselgriff fest und vereinigt die beiden Enden in beliebiger Entfernung durch einen gemeinschaftlichen Knoten. Diesen Doppelfaden nimmt man in die Hand, und indem

man an ihm und am Boden die nicht zu volle Büchse festhält, bringt man sie über die Flamme einer Spirituslampe, über welcher man sie langsam gleichmäßig dreht, so daß der Hals erhitzt wird, das Harz zerfließt, und man zwischen Stopfen und Hals kleine Luftbläschen, eindringen sieht. Dann entfernt man die Büchse von der Lampe, hängt die am Stopfen befestigte Bindfadenschleife an einem starken Nagel oder einem Thürgriffe an und bewegt mit einiger Gewalt die Büchse senkrecht an der Mauer oder Thüre entlang nach unten. Beim zweiten oder dritten Zuge geht der Stopfen heraus und bleibt am Bindfaden hängen. Säße er zu fest, so müßte man noch einmal erwärmen. Wird dies Verfahren sorgfältig beobachtet, so bricht weder der Stopfengriff ab, noch zerspringt die Büchse*). Jede Hausfrau kann, wie man sieht, mit geringer Mühe, wenig Hilfsmitteln und ohne fremden Beistand die Büchsen öffnen oder schließen. Der Verschluß

*) Etwa zersprungene lassen sich gekittet für „Fruits à l'eau de vie" verwenden, — eine der schönsten Conserven.

ist billiger, besser und sicherer, als mit Kork, Thierblase oder Kautschuk, oder das Verlöthen der Blechbüchsen. —

Für die Verproviantirung einer Armee eignet sich das mitgetheilte Verfahren natürlich nicht; wohl aber ist es vortrefflich für Haushaltungen und dürfte in jeder größeren Stadt einen lohnenden Erwerb gewähren. Wir haben die Bereitung rückhaltlos mitgetheilt, ersuchen aber diejenigen, welche sie industriell ausbeuten wollen, die Quelle anzugeben. —

In neuester Zeit hat man unter dem Namen „Jenning's Verschluß" einen luftdicht schließenden Deckel in den Handel gebracht, welcher zum Einmachen der Früchte und Gemüse sich auch recht gut eignet.

Dieser Deckel besteht aus einem runden, etwas gewölbten Stück Weißblech, in dessen umgebogener Kante der äußere Rand eines Gummiringes luftdicht befestigt ist, während die Innenseite des Bleches ein unlöslicher Gummilack vor dem Verrosten schützt. Beim Gebrauche kehrt man den Gummiring aufwärts, legt den Deckel auf die Oeffnung der Büchse und zieht nun den Gummiring herab, der sich wegen seiner elastischen Spannung

fest und luftdicht an die äußere Wand der Glas- oder Steingut-Büchse anlegt. Will man die so verschlossene

Einmachebüchse wieder öffnen, so lüftet man nur an einer Seite durch Unterschieben einer Fingerspitze etwas den Gummiring und kann dann, sobald die äußere Luft eindringt, den Deckel ohne Schwierigkeit abheben. Die Gummiringe sind so zubereitet, daß weder kochendes Wasser, noch Säuren sie angreifen.

Will man die in den Büchsen eingeschlossenen Gemüse oder Früchte im Wasserbade einkochen, so muß man den Deckel, damit ihn die Dämpfe des kochenden Wassers nicht abheben, mit verzinntem Kupfer- oder Eisendrath, oder mit ausgeglühtem Messingdrath, ähnlich befestigen, wie die Stopfen auf den Sodawasserflaschen. — —

Bei der Lebensgefahr, welcher die Frauen durch ihre Krinoline in der Küche ausgesetzt sind und bei den zahlreichen Opfern, welche diese Tracht bereits dem Flammentode überliefert hat, erscheint es angemessen, auf die Hilfsmittel aufmerksam zu machen, durch welche man Baumwollen- und Leinen-Stoffe vor dem Entflammen schützen kann.

Die vor einigen Jahren empfohlene „Appretur mit 2 Theilen Stärkemehl und 1 Theil Kreide" hat sich uns leider bei vorgenommenen Versuchen nicht wirksam gezeigt, vielmehr verbrannte der Stoff mit heller Flamme. Dagegen ist eine „Auflösung von 1 Loth neutralem schwefelsaurem Ammoniak in 10 Loth Wasser" für Gardinen, Tarlatan, Baumwolle ganz geeignet; sie ertheilt den Geweben schönen Glanz, doch dürfen dieselben nur gemangelt, nicht gebügelt werden, weil das heiße Eisen dann an den Stoffen haftet und diese Rostflecke erhalten.

Die beste Sicherung für Kleider und andere Sachen, welche man bügeln will, ist eine „Lösung von 1 Pfund wolframsaurem Natron in 6 Pfund (= 6 Nösel, = 3 Quart) Wasser". Die angegebene Menge reicht für 8—10 Kleider oder Gardinen und verursacht eine Auslage von nicht ganz 1 Thaler. Nachdem die Stoffe gestärkt, gebläut und oberflächlich getrocknet sind, werden sie in die Auflösung getaucht, ausgedrückt und gebügelt. In England wird diese Lösung unter dem Namen Ladys life preserver verkauft und ist dadurch in Aufnahme gekommen, daß man sie im Waschhause zu Richmond für sämmtliche Wäsche der königlichen Familie anwendet. Wenn eine Dame ihr Kleid nicht mit dem „wolframsauren Natron" behandeln will, so würde es schon einigen Schutz gewähren, wenn sie nur aus derber Leinwand eine weite, die ganze Robe umhüllende „Küchenschürze mit Latz" trägt und diese mit jener Lösung unverbrennlich macht.

„Boudoir“ und „Kinderzimmer“.

„Boudoir“ und „Kinderzimmer“.

[Stadt und Land. — Wohnungswahl. — Schlechte, — gute Wohnung. — Baugrund. — Verbotene Wohnung. — Umgebung, — Himmelsrichtung, — Straßenbreite. — Die einzelnen Zimmer. — Giftige Tapeten und Kleider. — Lüftung. — Luftreinigung. — Heizen. — Boudoir. — Kinderzimmer. —]

„As the home — so the people.“

Stadt und Land sind im Laufe der Zeit Culturgegensätze geworden, welche sich gegenüberstehen, wie feindliche Brüder. Die einfachere ackerbauende Bevölkerung neidet den städtischen Bruder wegen seiner Bildung, feineren Sitte, wegen äußeren Schliffs und Gelehrsamkeit; aber der Ackerbauer vergißt, daß trotz Arbeit und scheinbaren Entbehrungen der Vortheil der ausdauerden Kraft und der Gesundheit auf seiner Seite sich befindet; obwohl in den Städten eine größere Zahl der Bewohnerschaft sich in den Jahren der Kraft befindet, obwohl demnach Gesundheit und Lebensdauer in den Städten günstiger sein sollte als auf dem Lande, so findet doch das entgegengesetzte Verhältniß statt. Die mittlere Lebensdauer der Landbevölkerung ist eine nicht unbeträchtlich größere, als die der Bewohnerschaft reicher Städte. Einer der ältesten deutschen Statistiker, Süßmilch, wies bereits nach, daß von je 1000 gleichzeitig Lebenden binnen einem Jahre in den größeren Städten 36—40 Menschen sterben, auf dem Lande nur 25—30, — oder mit anderen Worten, auf dem Lande stirbt jährlich Einer von je 34 Bewohnern, in den Städten dagegen schon von je 25. In England stellt sich das Verhältniß noch ungünstiger; denn während in Manchester jährlich von 28 Einwohnern Einer stirbt, weißt auf dem die Stadt zunächst umgebenden Landstriche die Todtenliste nach, daß von je 57 jährlich 1 Landbewohner sein Leben endet. Die Sterblichkeit der Landbevölkerung in der unmittelbaren Nähe Manchesters ist also nur halb so groß als die Sterblichkeit in der Stadt. Durch ganz Großbritanien aber ergiebt sich das Verhältniß, daß auf je 100 Gestorbene aus der ländlichen Bevölkerung jährlich 144 aus der städtischen kommen.

Auch die Krankheiten heilen leichter auf dem Lande, trotzdem daß ärztliche Hilfe nicht so schnell herbeizuschaffen ist, daß oft Stunden vergehen müssen, bis das vom Arzte verordnete Heilmittel zur Stelle kommt, und daß die Krankenpflege mit allen den kleinen Erleichterungen und Annehmlichkeiten, welche das Krankenlager erträglich machen, auf dem Lande eine weit ungünstigere genannt werden muß als in den Städten. Von 1000 Nervenfieberkranken sterben auf dem Lande 9, in den Städten 14, — von 1000 Personen, welche an der Schwindsucht leiden, gehen auf dem Lande 35 zu Grunde, in den Städten dagegen 43 im gleichen Zeitraum.

Was ist der Grund dieses ungünstigen Verhältnisses? Was macht in den Städten trotz feinerer Sitte, trotz größerer Behaglichkeit, trotz größerer Sauberkeit und Reinlichkeit, trotz besserer und reichlicher Ernährung, trotz der Möglichkeit schnellerer und ausreichender Hilfeleistung die Sterblichkeit um so viel größer? Was bewirkt es, daß der Aufenthalt in den Städten, nach welchem sich doch die gesammten Staatsangehörigen drängen und sehnen, für eine große Anzahl der daselbst Wohnenden einem Todesurtheile gleichkommt? — Eine Antwort bietet sich uns sofort. Das Leben der Landbevölkerung ist einfacher, naturgemäßer in manchen Beziehungen, ungekünstelter und bietet weniger geistige Aufregung, mindere Anreizung für Uebermaaß und Leidenschaften, größere Anregung zur täglichen Uebung der Körperkräfte. Allein es giebt noch eine zweite Antwort auf diese Fragen und diese werden wir gewinnen, wenn wir die Sterblichkeit in einigen Städten mit einander vergleichen.

In Leipzig und Dresden fordert der Tod jährlich von ungefähr 27 Einwohnern 1 Opfer; ähnlich in Berlin; in Brüssel nur von 31 und in Potsdam stirbt sogar jährlich Einer von 41 Einwohnern. Potsdam ist also diesen Erhebungen nach eine der gesündesten Städte Mitteleuropas, und ihr zunächst steht Brüssel. Blicken wir die Reihe abwärts, so finden wir, daß in Köln jährlich schon der 23. Einwohner sein Leben endet, in Wien der 22.; und doch sind beide Städte klimatisch in keinem allzugroßem Gegensatze zu Brüssel und Potsdam. In Danzig stirbt sogar der 18. und in Breslau der 17. der Einwohnerschaft*). Der Unterschied zwischen Potsdam und Breslau ist also ungeheuer und übersteigt noch den Unterschied zwischen Manchester und der ländlichen Umgebung. — Fast 2½ Mal mehr Todesfälle

*) Vergl. Oesterlen, Handb. der Hygieine. Tübingen 1857. S. 787.

jährlich in Breslau auf die gleiche Bevölkerungsmenge als in Potsdam.

Wiederholen wir uns die Frage nach der Ursache dieser verhängnißvollen Einwirkung der Städte und vorzüglich einzelner Städte mehr als andere auf das Leben ihrer Bewohnerschaft, so wird Jeder, der mit eigenen Augen, sei es auch nur als flüchtig Durchreisender die genannten Städte gesehen hat, die Antwort bereits in Bereitschaft halten. Alle diejenigen Ortschaften, welche sich durch Fürsorge für Sauberkeit der Straßen und durch reine Luft auszeichnen, haben eine mindere Zahl der Todesfälle aufzuweisen als die, welche dieses Vorzugs entbehren.

Brüssel ist in Bezug auf hygieinische Maßregel eine von keiner einzigen deutschen Stadt erreichtes Vorbild und wenigstens auf einer Seite der Stadt trennen breite Promenaden innere Stadt und Vorstadt, gewährt ein Park den Bewohnern Gelegenheit zu täglichen Spaziergängen in freier Luft, bessern Gärten mit würzigen Aushauchungen der Luft. Im Verein mit dem Wirken einer sorgsamen Verwaltungsbehörde und einer musterhaften Medicinal-Polizei sind diese Vorzüge der Lage mächtig genug, um trotz des nicht durchweg günstig zu nennenden, tiefer gelegenen Stadttheils mit flamändischer Bewohnerschaft die Zahl der mittleren Sterblichkeit erheblich günstig zu machen.

Potsdam, einst durch den Machtspruch eines auch in Friedenszeiten mit despotischer Militärgewalt auftretenden Monarchen ins Leben gerufen, hat, Dank dem Zufalle, daß es Lieblingsaufenthalt der Vornehmen und mit großartigen Kasernen des preußischen Staates bebaut wurde, mit ebensoviel Geschick als glücklichem Erfolge die Nachtheile der benachbarten Sümpfe beseitigt, indem es das Wasser des sumpfigen Bodens in Kanäle ableitete und den verderblichen Staub des Sandbodens durch die Decke einer grünen Vegetation reizender Parke und Gärten in Gesundheitsvortheile umgewandelt hat. In der inneren Stadt sauber und schmuck glänzt Potsdam in seinen unmittelbarsten Umgebungen durch einen prachtvollen Kranz reizender Villen und Landhäuser, sowohl königlicher, als solcher im Privatbesitze, deren Schönheit die Fremden zum Besuche und Bewunderung der Stadt reizt, deren gesundheitsförderlicher Einfluß der Einwohnerschaft zu Gute kommt. Vergleichen wir damit Danzig und vor Allem Breslau mit krummen, engen Straßen, mit einer von den mephitischen Dünsten eines breiten Sumpfgrabens verpesteten Luft und wir haben die Antwort. —

Die Indolenz der städtischen Einwohnerschaft, die unachtsam, — oder die Muthlosigkeit der städtischen Verwaltungsbehörden, welche der verstandlosen und kenntnißlosen Masse und ihrem Begehren nicht entgegenzutreten vermögen, — das sind die eigentlichen Gründe, weßhalb in allen Städten der civilisirten Welt mehr Einwohner sterben als auf dem Lande, weßhalb in allen Städten Jahr aus Jahr ein Jammer und Elend über die Familien gebracht wird, weßhalb Eltern ihre Kinder, Frauen ihre Gatten, Familien ihre Versorger verlieren. Alle uns bekannten Städte zeigen zu enge Gassen, d. h. Straßen, deren Häuser höher sind als die Breite der Straßen oder des angrenzenden Hofes; und jede Straße, jeder Hof, welche schmäler ist als des an ihr befindlichen Hauses, ist ein Schlupfwinkel für schlechte Luft, verpestet die

Stadt und fällt Todesurtheile. Fast jede Stadt hat zu wenig freie Plätze; die breiten Plätze müssen aber zur Ventilation vorhanden sein, denn der Wind, welcher die Luft reinigen soll, trifft in einer engen, großen Stadt nur noch die Dächer der Häuser und die oberen Stockwerke, vermag aber selten die Straßen zu durchfegen und ungesunde schlechte Aushauchungen von diesen zu entfernen, während auf einem breiten Platze der Wind den Erdboden berührt und daher auf ihm hingleitend, auch das Pflaster der Straßen und die unteren Stockwerke reinigt. In fast allen Städten sind die Wohnungen zu überfüllt und doch haben zahlreiche Beobachtungen gelehrt, daß die Ueberfüllung einer Wohnung mit Menschen allein genügt, um schwere Krankheiten (Ileo-Typhus) hervorzurufen, das Leben zu gefährten, oft den Untergang der Bewohnerschaft zu bewirken. Wohnungen, wie sie in Deutschland allgemein in größeren Städten gebräuchlich sind, welche auf nur 1 Stockwerk eines Hauses sich beschränken, sind zu allen Zeiten unter denselben Verhältnissen ungleich nachtheiliger der Gesundheit als Wohnungen, welche über mehr als 1 Stockwerk sich erstrecken. Das Vorbild eines guten, für die Einwohnerschaft behaglichen und vor allen Dingen gesunden Hauses ist das Londoner.

Wenn jede Familie ein Haus allein bewohnt, vermag sie in ganz anderer Weise für Reinheit der Luft in demselben zu sorgen, als wo Häuser als Miethkasernen errichtet werden, Wohnung auf Wohnung wagrecht übereinander gepfercht; ferner gewährt besonders der weiblichen Bevölkerung die Nothwendigkeit des regelmäßigen Treppensteigens Tag aus Tag ein, Jahr aus Jahr ein, eine an sich geringe, aber durch ihre regelmäßige Wiederkehr vortheilhafte Körperübung, vermöge deren gewisse, beim weiblichen Geschlechte so häufige Erkrankungen ausbleiben, oder im Keime beseitigt werden. Der eigentliche Grund des neidenswerthen Gesundheitszustandes, in welchem sich die Bevölkerung Londons befindet, ist nicht allein in dem verdienstvollen Wirken seiner Beamten der öffentlichen Gesundheitspflege zu suchen, sondern in der vortrefflichen Bauart seiner Häuser.

Gesundheitswidrige Fabriken finden sich in weit größerer Menge in der Stadt. Hat man auch die Fabriken für Mineralsäuren und Soda in jüngster Zeit aus den Städten verwiesen, so sind die die Luft der angrenzenden Grundstücke verpestenden Gasanstalten ein nothwendiges und nicht zu beseitigendes Uebel der Städte, an welche sich Abdeckereien, Düngerfabriken und unsere (mit einer wahrhaft seltenen Verstandeslosigkeit angelegten) Gottesäcker anschließen. Dazu kommt noch in den Städten die Anhäufung des Unrathes aller Art von Straßenkehricht an bis zum Inhalt der Kloaken und — die wahrhaft verbrecherische Nachlässigkeit, mit welcher man beim Entfernen des Unraths, ohne für dessen Desinficirung durchgreifende Maaßregeln zu ergreifen, zu Werke geht! —

„Mangel an reiner Luft“ also ist es, was die Städte ungesund und für ihre Bewohnerschaft tödtlich, was sie zu einem unnatürlichen und widernatürlichen Aufenthalte für Menschen macht.

Welche Bestandtheile der Luft dem Menschen schädlich, welche ihm nützlich sind, und wie die Mischung beider Arten auf dem Lande und in der Stadt verschieden ist, darüber haben wir uns im „Buch der vernünftigen Lebensweise“ (im Abschnitte „Luft“) bereits ausgesprochen und wollen im vorliegenden Orte nur die Frage erörtern: Wie vermag man sich vor den Nachtheilen der Stadtluft am besten zu schützen?

Nur selten kann Jemand seinen Wohnsitz ganz nach freiem Willen wählen; Zufälligkeiten der Geburt, wechselnde Lebensschicksale, die Art des Berufs pflegen es zu bestimmen, ob man in der Stadt, ob man auf dem Lande seinen Wohnsitz findet. Wer auf dem Lande lebt, vermag nicht die Wohnung sich zu wählen, sondern erhält vom Schicksale mit der Ortschaft gemeiniglich auch das Gebäude angewiesen, in welchem er den größten Theil des Tages und die Nacht zubringt; glücklich genug, wenn dann für Luftwechsel schon gesorgt ist, oder einigermaßen gesorgt werden kann, — wenn der Abort nicht Ursache beständiger Luftverpestung wird, und wenn die das Trinkwasser liefernde Pumpe ausnahmsweise nicht in unmittelbarster Nachbarschaft der Miststätten ihren Platz erhalten hatte, so daß die in die Erde mit dem Regenwasser einsickernden Düngerbestandtheile nicht durch Vergiftung des Brunnenwassers der Bewohnerschaft des Hauses Schaden bringen. In den meisten ländlichen Wohnungen sind die angedeuteten Nachtheile vorhanden, und so groß ist der günstige Einfluß der reineren Luft auf dem Lande, daß er vermag, diesen Angriffen auf Gesundheit und Leben entgegen zu wirken und zu trotzen. Immerhin üben sie ihren Einfluß. Man kann daher mit Bestimmtheit behaupten, daß auch in den Dörfern der Grad der Sterblichkeit noch kein normaler ist!

Wenn bei ländlichem Aufenthalte alle von der Hygieine vorgeschriebenen Bedingungen der vernünftigen Lebensweise in Einrichtung der Wohnung und Bekleidung, in Rücksicht auf Ernährung, tägliche geistige und körperliche Anstrengung, genügender Wechsel zwischen Arbeit, behagliche Beschäftigung und Ruhe, nebst richtiger Hautpflege für eine größere Bevölkerungsgruppe künftig einmal Anwendung finden sollten (wozu freilich wenig Aussicht vorhanden ist), so würden wir daselbst ein besonders kräftiges, geistig frisches, leistungsfähiges und langlebiges Volk gewinnen, — das Ideal einer Bewohnerschaft, was Gesundheit, Kraft und Heiterkeit anbelangt; — und die Sterblichkeit? — würde wahrscheinlich so verringert werden, daß jährlich von je 100 Lebenden nur ein einziger dem Tode verfällt. Genaue Berechnungen lassen sich zur Zeit hierüber nicht aufstellen; doch allem Erwarten nach dürfte dies die eigentliche normale Sterblichkeit sein. Wie weit entfernt sich von derselben der „Städter", von welchem jährlich der 30. bis sogar der 17. durch städtische Luft vergiftet wird. — Mindestens $^2/_3$ derer, welche am Jahresschluß der Todenzettel aufführt, in manchen Fällen fast $^5/_6$ werden dem Kreise ihrer Wirksamkeit vorzeitig entrissen. —

Welch' ein Abgrund von Elend und Verstandeslosigkeit! Wie viel Jammer und grenzenlose Noth ließe sich vermeiden, — welche ungeheuren Schätze an Thatkraft und Nationalreichthum gehen alljährlich dem Staate wie der Gemeinde verloren! Werden Einsicht und Gewissenhaftigkeit nimmer erwachen? Wird es niemals vergönnt sein, daß die vernünftige Lebensweise ihre Triumphe feiert? —

Der Städter ist insofern günstiger vor dem Landbewohner vom Geschicke bedacht, daß er wenigstens einem Theile der Schädlichkeiten auszuweichen vermag durch die verständige Wahl seiner Wohnung. Die Auswahl desjenigen Hauses, in welchem eine Familie sich heimisch machen will, ist also keine unbedeutende Angelegenheit. Sie darf nicht dem Zufalle überlassen bleiben, sondern ist mit sorglicher Erwägung der einzelnen Verhältnisse auszuführen. Den Frauen pflegt hierbei eine entscheidende Stimme zuzufallen, und wir glauben der Aufgabe unserer Zeilen zu entsprechen, wenn wir möglichst sorglich angeben, was man zu berücksichtigen hat, um eine gesunde Wohnung (die keineswegs immer die theure ist) zu wählen, und durch welche einfache Mittel man eine nicht völlig genügende zu verbessern, ja sogar in eine gesunde umzuwandeln vermag.

Die Frage nach der „besten“ und „gesündesten“ Wohnung ist zugleich eine Frage nach den zweckmäßigsten Wohnräumen. Wir haben also zuerst die Zwecke einer Wohnung in das Auge zu fassen und dann zu erwägen, durch welche Mittel und auf welche Weise diese Zwecke erreicht werden können. Wenn die Kenntniß dieser Thatsachen allgemein verbreitet wird, so wird sie auch auf das Gesammtwesen für Staat oder Gemeinde ihren wohlthätigen Einfluß ausüben. Denn der Fortschritt im Erkennen und Ausführen der Vorschriften einer vernünftigen Gesundheitslehre ist von jeher erst durch die einzelnen Staatsbürger befördert worden, bevor er von der öffentlichen Meinung gefördert wurde. Einzig und allein die Macht der öffentlichen Meinung aber ist es, welche den Bestrebungen der Hygieine den Sieg verleihen kann. —

Als Zweck und Absicht bei Wahl und Einrichtung einer Wohnung bezeichnet schon **Burdach** „eine Sicherung gegen feindliche Einwirkungen“. Der Feind aber, gegen welchen man sich vertheidigen wollte, war nur in seltenen Fällen die rohe Gewalt (reißender Thiere oder feindlicher Krieger), sondern die Erbauer der Wohnungen haben sich vorzugsweise gegen die feindliche Einwirkung des **Klima's** schützen wollen, — von der Rohrhütte der Südseeinsulaner bis zu den künstlichen Erdhöhlen der nördlichen Bewohner, von den luftigen Schattendächern der Siamesen bis zu den Bauten aus Quadersteinen der alten Aegypter, von den einfachen Blockhäusern bis zu den kostbarsten Prachtbauten. Im Süden sucht man Zuflucht vor dem Brande der Sonnenstrahlen, im Norden vor Frost und Schnee, im Thale vor feuchten Nebeln und ungesunden Dünsten, auf den Berghöhen vor trockenen, eisigen Winden.

Der gemeinsame Zweck aller Wohnungen ist also: **gegen die nachtheiligen Einflüsse des Wetters die Bewohner zu schützen.** Das Wetter bringt Nachtheile durch grellen Wechsel der Temperatur oder durch bedeutenden Unterschied des Wärmegrades von der Wärme des Menschen (+ 30° R.) und seiner nächsten Umgebung, den Kleidern, der Luft, der Flüssigkeit und den festen Körpern. Diesen Wechsel zu vermeiden oder doch minder plötzlich und deßhalb auch minder gefahrbringend eintreten zu lassen, den Unterschied zu ermäßigen und mithin eine möglichst gleichmäßige mittlere Temperatur der Luft (von etwa 15° R.) in der Umgebung der Menschen hervorzurufen und zu erhalten, dies ist die „Absicht“ derjenigen, welche Wohnungen mit wirklicher Erkenntniß ihrer Aufgabe einrichten oder auswählen. Hierdurch ist zugleich für die Heizung der Wohnräume während des Winters eine diätetische Regel gewonnen und angedeutet, weßhalb übermäßige Erwärmung, welche + 15° R. erheblich übersteigt, ebenso schädlich ist, als ungenügende Erwärmung.

Die Wohnung ist ein künstliches Klima und wirkt auf den lebenden Menschen wie das natürliche Klima nicht nur durch „mittlere Wärmegrade“, sondern auch durch „Luft“ und „Licht“ ein. Deßhalb sei die Luft der Wohnung rein, ohne irgend welchen Geruch, werde reichlich erneuert und durch die Aushauchungen der Pflanzen verbessert. Licht aber muß in genügender Menge Eingang finden, sollen nicht die Bewohner bleichsüchtig und blutarm werden (wie die Kellerbewohner größerer Städte und die Gefangenen) oder durch Arbeit bei ungenügender Beleuchtung die Sehkraft ihrer Augen gefährden (wie leider in vielen Städten durch überfüllte Schulklassen geschieht). Das künstliche Klima unserer Wohnungen soll ja nicht schlechter sein als das Klima des Landes, sondern besser, — die Wohnungen sollen nicht dazu dienen, das Leben zu verkürzen, sondern durch Schutz vor äußeren Schädlichkeiten es verlängern.

Hiermit hätten wir Zweck und Absicht bei Wahl der Wohnung angegeben; doch war dies nur der nächste Zweck. Die entfernteren Einflüsse lassen sich aus der Einwirkung des Klima's im guten oder schlechten Sinne erkennen.

Jedes Klima äußert zunächst auf den Stoffwechsel im Innern des Menschenleibes Einfluß. Je regelmäßiger nun dieser Wechsel der Stoffe — der Einnahme und Ausgabe eines kaufmännischen Geschäftes vergleichbar — von Statten geht, um so kräftiger und gesünder ist der

Mensch. Wo Störungen des Stoffumsatzes vermieden werden, wird auch Kraft und Gesundheit mehr gesichert sein, als wo Störungen wiederholt eintreten. Deßhalb ist das „künstliche Klima" der Wohnungen durch seine Gleichmäßigkeit und seinen Schutz vor feindlicher Einwirkung des natürlichen Klima's ein Förderer der Gesundheit zu nennen. — Den Beweis liefern alle wilden Völkerschaften, welche einer Wohnung noch entbehren. Die Ureinwohner Australiens z. B. sind schwächlich, mager, durch Verdauungskrankheiten, Brustkatarrhe und Schwindsucht dem Siechthum und frühem Tode preisgegeben. Männer von 40 Jahren sehen wie betagte Greise aus und gelten auch als solche; 50 Jahre ist schon eine sehr hohe Lebenszeit bei ihnen! Das sind die traurigen Folgen ihrer Wohnungslosigkeit, wegen welcher sie den Unbilden der rauhen Witterung ihres Welttheiles im vollsten Maaße ausgesetzt sind. Unreinlichkeit, Völlerei mit Hunger abwechselnd und andere Ausschweifungen unterstützen diese verderblichen Einflüsse und geben dem Europäer in diesen unglücklichen Wilden ein abschreckendes Beispiel; zugleich aber beweisen sie ihm den Segen der Civilisation und der vernünftigen Gesundheitslehre. — Ebenso wie der Mangel einer Wohnung beim Australier die Gesundheit untergräbt und das Leben kürzt, ebenso macht eine schlechte Wohnung krank und kurzlebig. Der Mangel einer Wohnung setzt den Körper verschiedenen Störungen des Stoffwechsels aus; die schlechte Wohnung läßt aber nie und zu keiner Zeit einen regelmäßigen, kräftigen Stoffumsatz zu Stande kommen.

Wir nennen eine „schlechte" Wohnung diejenige, welche ein schlechtes künstliches Klima bildet: also

1) entweder zu warm ist, mithin im Durchschnitt über 17° R. erwärmt ist, wie im Sommer die meisten Dachwohnungen und Bauernstuben oder Fabrikräume, — oder welche zu kalt ist, mithin im Durchschnitt unter 12° R. Luftwärme hat, wie im Winter die aus Fachwänden gebauten leichten Wohnungen, wie zu allen Jahreszeiten die Kellerräume und wie viele nach Norden gelegene Wohnzimmer. — Eine zu hohe oder zu niedere Lufttemperatur gefährdet aber den regelmäßigen Umsatz der Stoffe im lebenden menschlichen Körper deßhalb, weil die Erhaltung der eigenen Wärme des Menschen eine der Hauptaufgaben der Lebensvorgänge ist. Der Stoffwechsel besteht nicht nur darin, daß wir täglich in Speise und Trank nährende Stoffe in uns aufnehmen, und nachdem dieselben durch die Verdauung aufgelöst und ausgesogen worden sind, gleichsam ihren Tribut an das Blut abgegeben haben, daß wir dann die nicht mehr brauchbaren Stoffe als Harn- und Darm-Entleerung wiederum von uns abgeben, — sondern der eigentliche Stoffwechsel besteht in dem beständigen Umtausche der Bestandtheile unseres Körpers. Eine unausgesetzte Verjüngung ist der Umsatz der Stoffe. Nicht nur das Blut, welches durch die vielfach geästelten feinen Röhren oder Adern durch den ganzen Körper hindurchfließt, wird beständig wieder erneuert und verjüngt, sondern jeder einzelne Theil unseres Körpers wechselt im Laufe der Zeit seine Bestandtheile. Wie wir an den Nägeln und Haaren sehen, daß sie nach außen hin vorwärts wachsen, durch Aufnahme neuer Stoffe an der Wurzel sich verjüngen und nach der Spitze absterben, so findet Gleiches auch auf unserer Haut statt und auf der Schleimhaut, welche von Mund

und Nase an abwärts alle inneren hohlen Räume des Körpers auskleidet, — so verändern sich in ihren Bestandtheilen rastlos alle Zellen, welche das Gewebe des Körpers bilden, so alle Fasern, wie z. B. die Fleischfasern unserer Muskeln und die unendlich feinen Fasern unseres ganzen Nervensystems. Bei jeder Bewegung, bei jedem Schritte, bei jedem Ausstrecken des Armes, werden diejenigen Muskeln, welche die Arbeit dieser Bewegung ausführen, in ihren Bestandtheilen verändert, d. h. ein Theil des Stoffes, aus welchem sie bestehen, wird in seiner chemischen Mischung umgestaltet und unbrauchbar gemacht für das fernere Leben; dieser unbrauchbare Stoff wird aufgesogen vom Blute und nach weiteren Veränderungen in demselben mittelst der Ausdünstung unserer Lungen, der Aushauchungen und des Schweißes unserer Haut auf den früher erwähnten Wegen aus dem Körper entfernt. Gleichzeitig aber liefert das Blut den Muskeln wiederum neue für Leben und Wachsthum brauchbare Stoffe; es ernährt dieselben. Ganz der nämliche Vorgang findet sich bei den Nerven. Jede Wahrnehmung eines Gefühles, eines Schalles, jede Empfindung des Lichtes oder der Farbe, jede Aeußerung unseres Willens, jedes Nachdenken über einen Gegenstand verändert den Stoff, aus welchem die Nerven bestehen, macht einen Theil deßhalb unbrauchbar und benöthigt Zufuhr neuer Stoffe zu Ernährung der Nerven. Dieser Verlust an brauchbaren Stoffen, welchen unser Körper in jedem Augenblicke seiner ganzen Lebenszeit erleidet und der Ersatz durch neue für die Lebenszwecke wiederum brauchbare, aus den Speisen und Getränken vom Blute gewonnenen Stoffe, — dies ist es, was man „Stoffwechsel“ nennt.

Wie nun bei jedem chemischen Vorgange Wärme entweder gebunden oder frei wird, so auch im Innern unseres Körpers; bis zu einer gewissen Grenze regelt der Wärmeverlust die Entwickelung neuer Wärme und somit den Umsatz der Stoffe. Wer daher immer in kalter Luft (welche ihn kältet, d. h. Wärme entzieht) lebt, setzt seinem Stoffwechsel eine zu hohe Aufgabe und wer in zu warmer Luft lebt, eine zu geringe. Das richtige Maaß der Arbeit aber erhält allein kräftig und gesund: ebenso in der Arbeit, die wir mit Absicht, als die wir unabsichtlich ausführen. Deßhalb ist uns eine zu kalte oder zu warme Wohnung gleichmäßig nachtheilig: sie beeinträchtigt den regelmäßigen Umsatz der Stoffe.

2) Jede Wohnung ist ferner schlecht, d. h. ungesund zu nennen, welche keine reine Luft hat, wie fast alle Schulzimmer, die Arbeitsstuben und Fabrikräume, die engen Schlafzimmer, besonders die sogenannten „Alkoven“ ohne Fenster, die meisten Damen-Wohnzimmer, welche mit Vorhängen vor Thür und Fenster dem Eingange der Luft Hindernisse bereiten und übermäßig nach Wohlgerüchen duften, wie ferner die Kinderstuben, in denen gekocht wird, in denen nasse Windeln hängen, während doch gerade reine Luft dem kleinen Kinde dringend nöthig ist. Daß in fast allen Hospitälern und Gefängnissen die Luft unrein ist, bedarf kaum noch der Erwähnung. Ebenso wenig soll die Luft zu trocken sein, wie in Wohnzimmern oder Arbeitsräumen, welche zur Winterszeit mit „Luftheizung“ erwärmt werden, — oder zu feucht, wie in den meisten Stuben zu ebener Erde oder in Arbeitsstätten, in welchen mit Hilfe des Wassers Arbeiten ausgeführt werden. — Wie nothwendig für unsere

Gesundheit und unser Leben reine Luft ist, wie nachtheilig eine unreine, hat der Vergleich zwischen Stadt und Land bereits ergeben. Fügen wir nur noch hinzu, daß reine Luft, d. h. sauerstoffreiche Luft für den richtigen Umsatz der Stoffe ein unbedingt nothwendiges Hilfsmittel ist; denn drei verschiedene Einwirkungen sind es, welche sich vorzugsweise bei ihm geltend machen: zunächst die richtige Ernährung des Blutes durch die gehörige Menge verständig ausgewählter Speisen und Getränke, — dann der richtige Verbrauch der Stoffe durch tägliche Arbeit und Anstrengung, — und der gehörige Ersatz während der nachfolgenden ausreichenden Ruhe, — endlich aber die für chemische Vorgänge im Innern unseres Blutes nothwendige Menge des Sauerstoffes. Während wir bei nicht ganz ungünstigen äußeren Verhältnissen die Art und Menge der Ernährung wie der Anstrengung und der Ruhepausen uns willkührlich zu regeln vermögen, sind wir in Bezug auf die Sauerstoffmenge, welche wir in unseren Körper einführen, von unserer Umgebung vollständig abhängig. Wir athmen diejenige Luft, die uns gerade umgiebt. Wir können reines Trinkwasser uns aus einem entfernten Brunnen holen, wenn dasjenige des zunächst liegenden unschmackhaft oder schädlich sein sollte; aber wir vermögen nicht mit den Athmenwerkzeugen in die Atmosphäre zu dringen und gesunde Luft in eine ungesunde Wohnung zu führen. Deßhalb haben wir bei der Wohnungswahl auf reine Luft das Hauptaugenmerk zu richten und jede Luftverschlechterung im Innern der Zimmer zu vermeiden, so viel wir eben vermögen.

3) Endlich sind diejenigen Wohnungen nachtheilig, welche zu wenig Licht haben, wie Parterrewohnungen

in engen Straßen und engen Höfen, nach Norden gelegene Arbeitszimmer mit kleinen Fenstern und begrenztem Horizont, die von großen Bäumen allzu nahe beschatteten Fenster, Wohnungen mit tief herabhängenden für das Licht nicht sehr durchlässigen Gardinen. Auf der anderen Seite ist es aber auch nachtheilig, wenn die Wohnung zu hell ist, wie man in einigen wenigen Häusern es findet, die nach neuer Mode sogar gegen Süden zu mit 4 Ellen breiten und 5 Ellen hohen Fenstern versehen sind. Wird in den übermäßig erleuchteten Wohnungen das Licht nicht im unteren Theile des Fensters abgedämpft, und bekleidet man die Wände nicht mit dunklen, blauen oder bräunlichen Tapeten, so ermüdet das Auge durch die Menge des unausgesetzt auf dasselbe einwirkenden Lichtes und Erkrankungen des Sehorganes sind die Folge. Ist aber die Wohnung zu dunkel, so verkümmert in ihr alles Lebende. Denn des Lichtes bedürfen zu ihrem Gedeihen Menschen und Thiere kaum minder als die Pflanzen. Namentlich für Kinderzimmer ist es eine heilige Pflicht, helle freundliche Gemächer auszusuchen. — Eine Mutter, welche ein Kinderzimmer nach Norden legt, während sie selber eine Wohnstube nach Süden bewohnt, ist eine herzlose Barbarin: Sie verurtheilt ihr Kind in gleicher Weise zu kümmerlicher Entwickelung, wie ein Gärtner, welcher die einst von der Mode so beliebten Nippesgewächse ziehen will und sie zu diesem Zwecke künstlich verkümmern läßt, indem er sie in ein Fenster gegen Norden stellt, um sie durch Lichtmangel in der Entwickelung zu verzögern.

Dies wären die Hauptkennzeichen einer schlechten Wohnung und indem sie vermieden werden, kann bei der

Wahl schon ein ziemlicher Grad der Zweckmäßigkeit erreicht werden. Allein wir wollen dem praktischen Bedürfnisse der Leser noch mehr entgegenkommen.

Stellen wir uns vor: eine Familie sei genöthigt ihre Miethwohnung zu wechseln, oder das eigene Wohngebäude sei alt und baufällig und müsse erneuert werden, wie soll man verfahren, um die beste und gesündeste Wohnung auszuwählen? Welche Wohnung wird dem Zwecke einer Verbesserung des heimischen Klima's am meisten entsprechen? — Dies sind die Fragen, welche wir in Nachstehendem beantworten werden.

I. Zuerst betrachte man Grund und Boden, auf welchem das Haus steht. Sumpfiges Erdreich giebt zu vielen Krankheiten Anlaß und macht wenigstens alle Krankheiten langsamer verlaufend, beeinträchtigt mithin ebenso Lebensgenuß als Arbeits- und Erwerbsfähigkeit. In der Nähe eines Sumpfes, eines stehenden Grabens, unmittelbar neben einem kleinen, im Sommer beinahe austrocknenden Teiches, in der Nähe der Düngerstätten, einer Gasfabrik siedle man sich also ebenso wenig an oder beziehe eine Miethwohnung, als in der Nähe eines Gottesackers, einer Abdeckerei, einer Düngerfabrik. Wer irgend die Wahl hat, der nehme seine Wohnung mindestens 300 Schritte von einer dieser erwähnten Schädlichkeiten entfernt. Es wird wohl manche geben, die diese Mahnung verlachen und es ist auch möglich, daß die Nachtheile solcher Nachbarschaften längere Zeit ungestraft ertragen werden können, wenn aber dann ein hartnäckiges, durch wiederholte Rückfälle die Kräfte nachhaltig verbrauchendes Wechselfieber, wenn der nur zu oft tödtlich verlaufende Typhus die Leichtsinnigen befallen hat, welche die Mahnung der Gesundheitslehre unberücksichtigt lassen, dann wird ihnen zu spät Reue kommen. Wie mancher Mensch hat sich Gesundheit und Lebensglück verscherzt nur durch Nachlässigkeit in der Auswahl seiner Wohnung.

In Beziehung auf den Baugrund pflegt man für die Ebene dem trocknen, „gewachsenen" Sandboden den Vorzug zu geben vor dem künstlich aufgeschütteten Boden, welcher letztere freilich in allen größeren Städten den bei Weitem größten Theil der Oberfläche ausmacht. In Gebirgsgegenden sind die älteren Gesteine, wie Granit, Grauwacke, lauter Sandstein den älteren vorzuziehen. Wo feuchter Grund für ein neu zu errichtendes Haus nicht zu vermeiden ist, da sollte man bei Neubauten durch tiefgehende Abzugsgräben und zu ihnen geleitete Drainröhren erst mehrere Jahre vor dem Neubau den Boden trocken legen, bevor man dem letzteren gestattet, auf die über ihm Wohnenden seinen beständigen, stillen, anfangs weniger merkbaren und doch so sehr bedeutenden Einfluß auszuüben. Auf keinem Baugrunde, auch nicht auf dem besten, darf man ein zu Wohnungen für Menschen bestimmtes Haus unmittelbar ohne Kellerwölbungen aufsetzen, wenn das Haus gesund sein soll.

Auf dem gewöhnlichen feuchten Erdboden werde das Gebäude immer mit größeren Kellerräumen und hohem „Parterre" versehen, während die Wände des Unterbau nicht mit dem durch Feuchtigkeit bröckelnd werdenden „Mörtel" (aus Kalk, Sand und Wasser) sondern mit „Cement" zu vermauern sind, welcher letztere unter dem Einflusse des Wassers hart wie Sandstein wird und keine Feuchtigkeit durchläßt.

II. Nie dürfen Kellerräume als Wohnungen benutzt werden. Wenn sie in Städten bereits bestehen und wegen Wohnungsmangel und theurem Preise der Wohnungen nicht zu umgehen sind, da möge man wenigstens, wie in England, das Gesetz geben — und auch halten: daß a) das Haus auf allen Seiten mit einem 4—6 Fuß breiten Graben umgeben werde, dessen Sohle tiefer liegt als der Zimmerboden der Kellerräume, und welcher einen geregelten Abfluß hat, so daß sich niemals Wasser in demselben ansammeln kann, — sowie ferner, daß b) kein einziger Raum der Keller, welcher zur Wohnung benutzt werde, ohne große, bis zur gewöhnlichen Fensterbretthöhe herabgehende Fenster und ohne Feuerstätte sei, damit die Möglichkeit der Austrocknung und der Lufterneuerung gegeben sei.

Wie für viele Juristen die Mahnung nöthig ist, daß auch der Verbrecher noch „Mensch“ sei, so rufen wir den Hausbesitzern ins Gedächtniß, daß auch der Hausmann, der Bediente, der Gärtner, der bei ihm sich einmiethende Fabrikarbeiter „ein Mensch“ wie er ist, — daß er ebenso von den Nachtheilen einer ungesunden Wohnung leidet, daß auch ihm die Gesundheit gefährdet wird, — und daß die Gesundheit des Armen einziger Reichthum ist. Wäre nicht Unwissenheit noch immer weit verbreitet im deutschen Lande, man müßte glauben, daß viele Hausbesitzer in großen Städten mit dem Besitze des Hauses Ehre und Gewissen verloren haben, indem sie für Menschen künstliche Erdhöhlen vermiethen, welche ein gebildeter Landwirth Bedenken tragen würde als Ställe für seine Thiere zu benutzen. Wirkliche Kellerwohnungen soll und darf es in keiner Stadt geben; jede derselben ist strafbar zu nennen. Für jeden bewohnten Kellerraum müßte (wie in England) der Wirth täglich eine gewisse Strafsumme zahlen. Höchstens ein „Untergeschoß“, reichlich mit großen Fenstern versehen und nirgends mit seinen Wänden unmittelbar an die Erde stoßend, darf gestattet sein.

III. Wenn in der Nachbarschaft große, trockene Sandflächen oder Kalkfelsen sich befinden, welche bei windigem Wetter gesundheitsnachtheiligen Staub in die Räume der Wohnung übertragen, und welche zur Sommerszeit durch zu trockne und zu heiße Luft der Nachbarschaft Nachtheil bringen, — so möge man mittelst künstlicher Bewässerung in unmittelbarer Nähe des Hauses durch Springbrunnen die Luft durchfeuchten, oder man lege zwischen dem Hause und der bösen Staubnachbarschaft Rasenplätze und eine Wand aus Bäumen mit schnellwachsendem Laube, Buschwerk und Nadelhölzern an. In feuchten Gegenden darf die grüne Vegetation nicht zu nahe dem Wohngebäude angepflanzt sein, vielmehr lege man dicht um das letztere herum Steinplatten oder pflastere die Erde in der Breite von etwa 4 Ellen, und lasse sich durch die Gleichgültigkeit der Herrn Architekten und Maurer, die gewöhnlich behaupten, daß dies viel zu breit sei, nicht irre machen; um ein Wohngebäude gesund zu machen, kann man lieber zu viel als zu wenig thun.

In sehr trockenen Gegenden jedoch, namentlich wo Kalk- und Sandboden ihre Nachtheile vereinigen, möge man Rasen und Blumenbeete bis zur nächsten Nähe des Hauses und hinter diesem Gruppen aus Holzgewächsen so anbringen, daß die kleinsten Büsche dem Hause zunächst, die größeren und Bäume demselben entfernter stehen.

IV. Man vermeide Wohnungen, welche so gegen die Himmelsrichtung gewendet sind, daß die Mauern gerade in die „Windrose“ passen, d. h. daß eine Fronte nach Süden, eine nach Norden u. s. w. gerichtet ist. In diesen Häusern findet man gegen Süden heiße und übermäßig beleuchtete Zimmer, gegen Norden dagegen kalte, finstere, im Winter kaum heizbare Stuben. Noch schlimmer ist es, wenn das Haus (in der Stadt) in einer Straße steht, die gerade in der Richtung einer der vier Himmelsgegenden verläuft. Hier tritt zum Uebelstande der ungleichen Erwärmung noch der einer allzu eintönigen Beleuchtung, weil meistens während der einen Tageshälfte die eine Seite der Straße in grellem Sonnenlichte steht, während der andern Tageshälfte im Schatten und die Gegenüberwohnenden dann durch die von den grell beleuchteten Häusern zurückgeworfenen Lichtstrahlen gequält werden. — Das Haus stehe, womöglich, schräg in der Windrose und habe seine Hauptseite nach Südost, so daß die entgegengesetzte Seite nicht rein nach Mitternacht sich wendet, sondern wenigstens noch von der Abendsonne beleuchtet werde.

V. Die Breite der Straße in einer Stadt, oder die Breite des Weges gegenüber dichtem Walde, gegen Felspartien, sowie die Breite des Hofes ist wohl zu beachten. Hohe Häuser verlangen mehr freien Platz vor und hinter sich, als niedere; — als Regel gilt: daß jede Häuserreihe nach ihrer Vorderwand auf der Straße und nach ihrer Hinterwand auf dem Hofe eben so viel freien Raum erhalte, als sie hoch ist, so daß Häuser von 60′ Höhe bis zum Sims auch nur in einer Straße von 60′ Breite stehen dürfen. Dieses Verhältniß ist nothwendig, wenn die Sonnenstrahlen den Boden berühren sollen, wo dies nicht der Fall ist, bleibt der Boden feucht und kalt; die in solchen Straßen liegenden Parterrewohnungen bleiben ungesund und erhalten nie reine Luft; denn je dunkler und je feuchter ein Zimmer ist, um so mehr wuchert in demselben eine Vegetation von kleinen Pilzen, und Schimmelfäden, und Infusorien, welche nicht nur Kleider, Möbel und Hauseinrichtung verderben, sondern welche auch durch stete Luftverderbniß die Gesundheit der Menschen beeinträchtigen.

Wer in engen Straßen zu wohnen durch irgend welche Verhältnisse genöthigt wird, der vermeide wenigstens für seinen Schlafraum die unteren Etagen, als die ungesünderen, und wähle sich die oberen, als die an Luft und Licht reicheren. Ueberhaupt sind in Städten die oberen Stockwerke unter übrigens gleichen Verhältnissen fast immer viel gesünder als die „Bel-Etage“, und namentlich die Dachwohnungen in jeder Hinsicht den Kellerwohnungen weit vorzuziehen.

Verfasser hat die Gesundheitsverhältnisse der einzelnen Straßen und Stadttheile in der Stadt, in welcher er wohnt, geprüft und hat sich auch hierzu, wie beim Vergleiche zwischen Stadt und Land, des mit unerbittlicher, stiller Beredtsamkeit sein Zeugniß ablegenden jährlichen Todenzettels bedient. Es ergab sich, daß von der gleichen Einwohnerzahl in den Häusern, welche einzeln oder an freien Plätzen, oder an nur auf einer Seite bebauten Straße liegen, die also Wohnungen haben, welche der freien Luft möglichst zugänglich sind, jährlich nur halb so viel sterben als von denen, welche in der inneren Stadt wohnen. Und doch gehört Leipzig zu den besonders reinlichen Städten mit mittlerer Wohlhabenheit! Daß natürlich die äußere Lebensstellung, daß Ueberfluß oder Mangel ihr Wort bei der Sterblichkeit mit zu sprechen haben und nicht etwa die Wohnungen allein von Einfluß sind, versteht sich von selbst. In denjenigen Straßen Leipzigs, in welchen vorzugsweise wohlhabende Einwohner zu finden sind, ist die Sterblichkeit noch geringer als in den Häusern, welche an freien Plätzen oder „einseitigen Straßen" sich befinden, und beträgt nur den 4. Theil der Sterblichkeit, welche wir in Straßen mit vorzugsweise armen Bewohnern finden! — Man sollte meinen, diese Verhältnisse wären grell genug, um vor dem Bewohnen enger Straßen abzuschrecken.

Und wie wird man die Straßen breiter machen können? Einzig und allein durch die Macht der öffentlichen Meinung. Wenn die Thatsache, daß eine Wohnung mit wenig Licht und Luft das Leben verkürzt, die Arbeitsfähigkeit herabsetzt, die Krankheiten vermehrt, in das Volk eingedrungen sein wird, wenn Jedermann die Bedeutung der Wohnräume für sein und der Seinen Wohl erkannt hat, dann wird Niemand die Quartiere in engen Straßen bewohnen wollen. Die Preise derselben werden allmählich herabgehen, die Grundstücke dieser Straßen werden entwerthet und die Grundstückbesitzer sind dann genöthigt, entweder durch Neubau die Straßen zu verbreitern oder wenigstens die passenden Vorkehrungen zu treffen, um das Bewohnen ihrer Häuser minder gesundheitsschädlich zu machen. Dieser Erfolg kann schneller eintreten, wenn nur Jedermann, der eine Wohnung sich aussucht, sobald er gesehen hat, daß dieselbe zu arm an Licht und Luft sei, einfach dem Hausbesitzer erklärt, daß er aus diesen Gründen die Wohnung nicht miethe. Diese Erklärungen brauchen nur einige Male hintereinander sich zu wiederholen, — es brauchen nur einige Wohnungen des Hauses leer zu stehen, — so wird dies seinen Erfolg auf das Gemüth des Herrn Vermiethers nicht verfehlen; denn auch das verstockteste Herz eines Hauswirthes ist der Furcht zugänglich und gerade dieser. Mit dem Sinken der Miethpreise wird sich sehr schnell das Gefühl der Menschlichkeit und die Anerkenung der hygieinischen Anforderungen bei dem Hauswirthe entwickeln.

Daß aber jetzt von Jahr zu Jahr die Preise der Wohnungen in die Höhe gehen, daran ist weit weniger die wirkliche Wohnungsnoth schuld, als der übertriebene Eifer der Frauenwelt. Wer sich die Mühe giebt, noch kurz vor den Auszugsterminen mehrere Jahre die noch leerstehenden Wohnungen zu zählen (wie Verf. dies gethan hat), der überzeugt sich, daß noch Räumlichkeiten jeder Größe, jeder Lage zu haben sind, obwohl man überall von Wohnungsnoth spricht. Die eingebildete Noth ist der eigentliche Feind und der blinde Eifer vergrößert die Nachtheile. Ebenso wie bei Feuerlärm, die Zuhörer eines Theaters oder Concerts in blindem Entsetzen herausdrängen und sich selbst beschädigen, so pflegen Wohnungsmiether in blinder Angst sich selbst zu überbieten. In allzugroßem Feuereifer leistet aber besonders die Frauenwelt Erkleckliches.

VI. Im Innern des Hauses wähle man die Bestimmung der Zimmer so aus, daß diejenigen Räume, in welchen man sich am längsten aufhält, also Kinderzimmer und Wohnzimmer womöglich „östlich“ liegen. Der Ostwind streicht höher über die Erdoberfläche dahin und bringt daher an die Fenster reinere Luft als der Westwind, — was in großen Städten wohl zu beachten ist, während bei frei liegenden Häusern diese Rücksicht minder nöthig ist. Nochmals müssen wir erwähnen, daß man nie Kinderzimmer nach Norden verlegen darf, weil man dadurch das Verbrechen begeht, die Entwickelung der Kinder gewaltsam zu verzögern, das Glück ihrer Zukunft ihnen theilweise zu verkümmern. Der französische Naturforscher Milne-Edwards hat durch ein geistreiches Experiment nachgewiesen, daß junge Thiere in ihrer naturgemäßen Entwickelung und Ausbildung künstlich zurückgehalten werden können, wenn man ihnen das Licht entzieht; ihre gleich alten und in ganz gleicher Weise ernährten Geschwister, welche, als ihre unmittelbaren Nachbarn, in ganz gleicher Weise verpflegt wurden, denen man aber das Licht nicht entzog, gediehen prächtig und entwickelten sich wie in der Freiheit. Es genügte also, daß man ein nach den Seiten hervorragendes Dach über den Aufenthaltsraum der zuerst erwähnten Thiere legte, um sie verkrüppeln zu lassen, während die unmittelbar neben ihnen befindlichen, denen nur dieser Abschluß der Lichtstrahlen fehlte, lustig gediehen. Was in dieser Beziehung für Thiere gilt, das gilt auch für Menschen. Die bleichen, schlecht ernährten Kinder der in Kellerräumen Wohnenden geben leider einen nur zu sicheren Beweis für die Wahrheit dieser Worte. Auch Erwachsene werden ja „stubensiech", selbst in gut gelüfteten Räumen in Folge nachtheiligen Lichtmangels. Daß Maler meistens so bleich sind, rührt davon her, daß sie ihre Malerstuben gern nach Norden verlegen wegen der hierdurch bewirkten, gleichmäßigeren, milderen Beleuchtung.

Ein Vernünftiger wählt seine Wohnung nicht nach Prunk- oder Gesellschaftszimmern, sondern nach den Wohnstuben, Kinderzimmern, Arbeitsräumen und Schlafzimmern.

Diese 4 Räume sind die wichtigsten der Wohnung: Fleißige verbringen über die Hälfte jedes Tages (und folglich auch der Lebenszeit) im Arbeitsraume, — etwa ein Dritttheil jedes Tages (und folglich auch der Lebenszeit) im Schlafzimmer. Deßhalb müssen diese Räume möglichst schön, groß, hell, hoch und luftig sein. Auf Kinder hat das Gemach, in welchem sie leben, größeren Einfluß als auf Erwachsene, deßhalb bedürfen sie größerer Rücksicht.

Man wird es nicht überflüssig finden, daß wir so nachdrücklich auf möglichst sorgsame und peinliche Achtsamkeit für „reine Luft“ in Wohnungen bestehen, so bald man sich erinnert, daß die 5 Haupteinwirkungen auf den Stoffwechsel sind: Luft, Wohnung, Anstrengung, Schlaf und Hautpflege, — und daß die Erfolge des Stoffwechsels nicht allein beim „Trainiren“, sondern auch bei dem verschiedenen Einflusse der „Stadt-“ und „Land-“Luft auf Lebensdauer und Sterblichkeit zu Tage treten!

Die Sorge für „reine Luft“ in den Wohnungen ist also recht eigentlich eine „Lebensfrage“, — um so mehr als nicht nur unpassende Auswahl der Zimmer, nicht nur deren Kleinheit, sondern auch deren innerer Ausputz vergiften kann. Die Gefahr einer Arsenvergiftung durch grüne Tapeten oder grün angestrichene Wände wird häufig bestritten, und der Laie wird dadurch in Gleichgültigkeit und Sicherheit eingewiegt, welche ihm um so gefährlicher sind, als es keineswegs immer leicht ist, den ersten Anfang der eintretenden Vergiftung bereits zu erkennen und mithin Hilfe zu bringen, ehe noch üblere Zufälle eingetreten sind. Wir theilen deßhalb eine der ersten von ärztlicher Seite veröffentlichte*) sorgfältige Beobachtungen eines solchen Falles mit, ebenso zur Belehrung als zur Warnung.

Während des heißen und trockenen Sommers 1857 litt eine Dame (44 Jahre alt) an einer katarrhalischen Entzündung der inneren Augenlidflächen, von welcher sie nicht nur durch die vermehrte Absonderung von Schleim und Eiter, sondern mehr noch durch heftige Schmerzen gequält wurde. Alle Heilmittel erwiesen sich fruchtlos, die Krankheit blieb hartnäckig während der ganzen Sommerszeit, heilte aber im Herbst, ohne daß gerade damals etwas Anderes als sorgfältiges Reinigen des Auges mit Wasser angewendet wurde. Die Erklärung dieser unvermutheten Heilung erhielt man erst später in dem Umstande, daß die Frau ihr grün angestrichenes Wohnzimmer, in welchem sie sich während des Sommers ausschließlich aufhielt, beim hereinbrechenden Winter verließ und ein wärmer gelegenes anderes Gemach bewohnte, dessen Wände blau gefärbt waren. — Im nächstfolgenden Sommer, 1858, kam die Augenentzündung wiederum zum Vorschein, nachdem die Dame im Frühjahr jenes grüne Zimmer abermals bezogen hatte; zugleich stellten sich Verdauungsstörungen ein, welche eine chronische Entzündung des Magens anzeigten, und welche wochenlang fortdauerten, die aber verschwanden, als während des einen Sommer-

*) Von Dr. Oppenheimer in: Verhandlungen des naturw. med. Ver. in Heidelberg, 1.

monates die Kranke ihr grünes Zimmer wiederum vermied. Im November 1858 steigerten sich die Leiden wiederum; Appetitlosigkeit, Uebelkeit, Kopfschmerz, Schwindel gesellte sich zu dick belegter Zunge, häufigen Anfällen von Diarrhöe und heftigem Fieber. Entzündung der Mandeln quälte die Kranke durch das Gefühl eines heftigen und lang andauernden Druckes im Halse; nachdem diese verschwunden war, traten Anfälle von Herzklopfen ein und Unregelmäßigkeit im Athmen, welche beide durch großes Angstgefühl und Erstickungsfurcht die Kranke peinigten. Da zur Erklärung der Ursache die sorgfältigste Untersuchung (deren Einzelheiten wir am vorliegenden Orte absichtlich übergehen) keinen Anhalt bot, so kam der Arzt auf die Vermuthung, ob etwa der grüne Anstrich des Zimmers, in welchem die Kranke lag, die Ursache zur Verzögerung der Krankheit abgeben möchte; die Farbe wurde chemisch untersucht und erwies sich als arsenhaltig; dennoch schien beim Mangel ähnlicher Beobachtungen kein Grund vorhanden, eine Arsenvergiftung anzunehmen, da das Arsen, um in Dampfesform überzugehen, sich mit Wasserstoff verbinden muß, und die Bildung von „Arsenwasserstoff“ sich durch den eigenthümlichen strengen Geruch desselben nach Knoblauch kund gegeben haben würde, während die Verdampfung des unzersetzten Arsen nur bei ungleich höherer Temperatur vor sich geht, als die Wände des Zimmers jemals gehabt hatten. Immerhin lag der Verdacht einer chronischen Arsenvergiftung nahe, weil die Krankheitserscheinungen (Bindehautkatarrh, Exsudation auf Mandeln und Rachenwand, Neurose des Vagus) zu sehr mit denen übereinstimmten, an welchen Arbeiter in Arsenbergwerken zu leiden haben. Es frug sich nur noch, auf welche Weise der Arsen in Substanz zur Kranken gelangt sein könne.

Der Arzt gerieth nun auf die Vermuthung, daß vielleicht kleine Arsentheilchen der Luft als Staub beigemengt seien. Man untersuchte daher Staub, „welcher nur von solchen Stellen gesammelt wurde, die mit der Wand in keiner unmittelbaren Berührung standen". Eine chemische Probe wies freies Arsen in dem Staube nach, und nachdem nun die Möglichkeit einer Arsenvergiftung gegeben war, wurde die Kranke schleunigst aus dem grünen Zimmer in ein anderes gelegt. „Von jetzt an besserten sich die krankhaften Veränderungen ohne weitere ärztliche Behandlung, und nach Verlauf von fünf Wochen konnte die Kranke als gesund betrachtet werden." — Interessant ist es, daß das elfjährige Kind der Frau, welches in demselben Zimmer schlief, von der Vergiftung verschont blieb; es erklärt sich dies dadurch, daß das Kind während der Tageszeit theils in der Schule, theils auf der Straße in „reiner" Luft sich aufhielt, während die Mutter Tag und Nacht in der mit Arsen „vergifteten" Luft im Zimmer verblieb. „Jedenfalls müssen auch am Tage mehr Gelegenheiten zur Losreißung von grüner Farbe vorhanden sein als bei Nacht. Das Oeffnen und Schließen der Thüren und Fenster, die Erschütterungen des Hauses durch vorbeifahrende Fuhrwerke sind vollständig ausreichend, um solche kleine Staubpartikelchen loszureißen und sie der atmosphärischen Luft beizumengen. Bei Nacht fehlen diese Momente und eine Imprägnation der Luft ist jedenfalls schwieriger. Mir scheint es deßhalb, daß nicht die grünen Schlafzimmer die gefährlichsten sind, sondern die grünen Wohnzimmer."

Wie die Tapeten oder Anstriche der Wände, so können auch grüne (mit Schweinfurter Grün gefärbte Ballroben oder künstliche Blumen vergiften, welche durch schöne, lebhafte grüne Farbe nur zu leicht das Auge der Käufer bestechen. *)

In allen Krankheitsfällen zeigte sich an den Händen und an den Körperstellen, welche häufig von den Händen berührt wurden, wie Mund, Nase, Schläfe und andere, Knötchen, rosenartige Entzündungen und kleine, aber tiefe Geschwüre, welche ziemlich quälend waren, wenn sie auch nur selten den Kranken nöthigten, auf kurze Zeit das Bett zu hüten. Dieselbe Wahrnehmung machte Chevallier an einer jungen Dame, welche mehrmals eine Garnitur von Rosen im Haar getragen und jedesmal danach auf den Schultern einen schmerzhaften Ausschlag bekam, wo die grünen Blätter die Haut berührten. Außer diesem Ausschlag hat Vernois (Ann. d'hyg. Ort. 1859) auch Drüsenanschwellungen, Appetitmangel, Uebelkeit, Kolik, Durchfall, anhaltenden sehr heftigen Kopfschmerz beobachtet; dabei wurde der Ernährungszustand ungünstig, die betreffenden Personen sahen blaß und elend aus.

Da keine grüne Farbe bisjetzt bekannt ist, welche von gleicher Schönheit, gleichem Feuer und so geringem Preise, wie das Schweinfurter Grün, ist, so muß man befürchten,

*) Auf die Nachtheile der mit Schweinfurter Grün bedruckten oder gefärbten Stoffe, welche in unmittelbare Berührung mit dem menschlichen Körper kommen und als Kleidungsstücke oder Putzgegenstände getragen werden, machte zuerst 1845 Blandet in der Akademie aufmerksam, und Follin bestätigte 1857 (Arch. gén. de méd.) seine Angaben; die genauesten Beobachtungen verdankt man Pietro Santa, welcher sie im Gefängniß der Madelonettes anstellen konnte, wo die Gefangenen mit der Fabrikation kleiner grüner Lichtschirme (abat-jour) beschäftigt werden.

daß trotz allen Anstrengungen der Gesundheitspolizei und trotz aller Mahnungen der Aerzte es nicht gelingen werde, diese schöne, aber tückische Farbe vom Gebrauche in den Fabriken der Luxusgegenstände weiblicher Toilette zu entfernen, um so mehr da die Launen der Moden sich mächtiger erweisen, als jeder Machtspruch und als alles vernünftige Zureden. Man muß sich daher darauf verlassen, daß die Käufer der Waaren ihren eigenen Vortheil und ihre eigene Gesundheit im Auge behalten werden, und daß sie, von den Nachtheilen jener grünen Farbe einmal unterrichtet, lieber auf den Gebrauch der durch sie gefärbten Gegenstände verzichten werden, als daß sie einem schnell vorübergehenden Vergnügen ihre Gesundheit zum Opfer bringen. Da jedoch künstliche Blumen gegenwärtig beim Anzuge einer Dame beinahe als unentbehrlich gelten, so wollen wir wenigstens nicht unterlassen, darauf aufmerksam zu machen, daß dieselben dann von geringem oder geradezu von keinem Nachtheil zu sein scheinen, wenn die grünen Blumenblätter mit Wachs oder mit glänzendem Lack überzogen sind und durch dieses Mittel die Farbe fest mit dem Stoffe vereinigt und zugleich in wässriger Feuchtigkeit unlöslich, daher für den Körper unschädlich gemacht worden ist *).

*) Eine sehr hübsche und wie es scheint, die Gefahr beseitigende Art der Fabrikation grüner Blumenblätter hat der Blumenfabrikant B. Denzelin in Paris erfunden, durch welche er das Arsenikgrün so mechanisch bindet, daß es nicht mehr abstäubt und daher dessen schöne und klare, durch nichts zu ersetzende Farbe ohne Gefahr benutzt werden kann. Es wäre zu wünschen, daß diese Fabrikationsweise auch in Deutschland Eingang fände, weßhalb wir sie nachstehend mittheilen. Die Arsenikfarbe wird mit etwas Ricinusöl in einer verschlossenen Reibschale zerrieben und durch chromsaures Blei (statt der sonst üblichen Pikrinsäure) dem Grün die nöthige Farbennüance gegeben, worauf man als Bindemittel ein Kollodion benutzt,

Die richtige Höhe eines Wohn- oder Arbeits-Raumes ist im Allgemeinen auf 10 Fuß (5 Ellen) anzunehmen. Zimmer, welche noch niederer sind, erwärmen sich zwar leichter, werden aber auch schneller von der verdorbenen Luft erfüllt und sind daher den Bewohnern gefährlich.

Diese Regel ändert sich je nach dem Feuchtigkeitsgrade der Luft. Trockne Luft (wie in Wien, in München, auf Hochebenen, auf der Ostseite der Berge u. s. w.) erlaubt ohne Nachtheil Zimmer von geringerer Höhe; ein feuchtes Klima (wie in Leipzig, Frankfurt, in Niederungen, Thäler, auf Aluvialboden, auf westlichen Bergabhängen) heischt umgekehrt höhere Wohnräume. Ist die tägliche Arbeit mit feuchten Dünsten, feuchten Stoffen, Wasser in Verbindung, so hat dies auch in trocknen Gegenden den Einfluß des feuchten Klima. Auch künstliches Lüften ist bei feuchter Luft nöthiger als bei trockner.

VIII. Das Lüften der Zimmer geschieht meistens durch Oeffnen der unteren Fenster. Nichts kann verkehrter und unpassender sein. Oben ist die dunstreiche, heiße Luft und nur oben strömt sie freiwillig aus dem Zimmer ins Freie. Man öffne also die oberen Fenster, wenn man die schlechte Luft des Zimmers schnell und

---

das durch Auflösung von 75% Schießbaumwolle in Chloroform bereitet wird, also dreifach stärker als das gewöhnliche ist. Die Stoffe werden dann mittelst einer Walze mit dicker Farbe überzogen, gepreßt und trocknen fast augenblicklich. Die Farbe sitzt so fest an, daß bei der weiteren Handhabung der mit ihr gefärbten Zeuge und Blumen kein Nachtheil mehr entstehen kann. Die Färbung geschieht sehr schnell und gleichmäßig und ist für die Arbeiter ohne Gefahr, weil sie nicht nöthig haben, die Farbe jemals mit den Händen zu berühren. Größte Reinlichkeit der Arbeiter und des Arbeitslocales, so wie häufiges Lüften des letzteren sind außerdem nöthig.

gründlich entfernen oder wenn man ein heißes, dunstiges Gemach kühlen will.

Durch künstliche Apparate entweder Luft „einzusaugen“ und zu entfernen oder Luft „zuzuführen“, ist bei gewöhnlichen Wohnräumen kaum nöthig, während für öffentliche Gebäude derartige künstliche Ventilationseinrichtungen unbedingt erforderlich sind und ihr Mangel jedesmal für Intelligenz und Kenntnisse der Erbauer ein übles Zeugniß ablegt. In Wohnräumen genügt es für den Sommer, wenn man wenigstens einen der oberen Fensterflügel unausgesetzt (Tag und Nacht) offen stehen läßt; ist dann die Thüre an der dem Fenster entgegengesetzten Seite des Zimmers, und erhält man auf dem Vorsaale ebenfalls gebührenderweise unausgesetzt ein Fenster offen, so wird beim jedesmaligen Oeffnen der Thüre schon so viel Windzug entstehen, daß die Luft des Zimmerraumes einigermaßen gereinigt wird; für den Winter haben wir eine künstliche Ventilation in den Kaminen und Oefen, welche beständig die Luft des Zimmers aufsaugen (wenn sie von Innen geheizt werden) und ins Freie führen, während durch die Spalten des Fensters, der Thüre, ja selbst der Mauern kühle, reine Luft eindringt und die verdorbene ersetzt.

Der Umstand, daß unsere Thüren und Fenster niemals luftdicht schließen, daß selbst die Mauern (was sich durch das Experiment beweisen läßt) die Luft wie durch ein feines Sieb durchstreichen lassen, ist für uns sehr günstig. Wir würden ohne dies viel größere Wohnungen nöthig haben. — Alle Sachverständigen kommen jetzt darin überein, daß jeder Erwachsene für jede Stunde zu seinem Athmen 60 Kubik-Meter (= 1620 Kubikfuß) reiner Luft bedarf. Diese 60 Kubik-Meter Luft nehmen einen Raum von 10 Fuß (= 5 Ellen) Höhe, 8 Fuß (= 4 Ellen) Breite und 20 Fuß (= 10 Ellen) Tiefe ein (oder: 6 Ellen Höhe, 6 Ellen Breite und 6 Ellen Tiefe), — also den Raum eines kleinen Zimmers, wie es etwa ein nettes Damen-Boudoir ist. Wären Fenster, Wände und Thüren eines solchen Zimmers völlig luftdicht, so würde der in ihm enthaltene Raum gerade eine Stunde lang das Athmen einer erwachsenen Person zu unterhalten genügen.

Und wenn der Raum nun nicht genügte, was würde geschehen? Darauf wollen wir den englischen Schriftsteller Macaulay antworten lassen, welcher in seinen „Essays“ Bd. 1. die Geschichte jenes Bubenstückes erzählt, welches Seradscha Dauba, bengalischer Nabob, ausführte und das unter dem Namen der „schwarzen Höhle“ bekannt ist. In einer einzigen Nacht wurden 146 Menschen durch Luftmangel theils unter den fürchterlichsten Qualen ermordet, theils durch Einwirkung der verdorbenen Luft und Verzweiflung wahnsinnig!

„Jetzt wurde“, sagt Macaulay (nachdem 146 Engländer gefangen waren), „jenes große Verbrechen begangen, das wegen seiner entsetzlichen Grausamkeit ewig in Erinnerung haften wird. Die Gefangenen wurden für die Nacht in das Militärgefängniß eingeschlossen. Es ist dies jenes unter dem Schreckensnamen der „schwarzen Höhle“ bekannt gewordene Zimmer. Selbst für einen Europäer würde dieses Gemach in einem solchen Klima zu eng und dumpfig geworden sein. Der Raum hatte nicht mehr als 20 Fuß im Geviert. Die Luftlöcher waren klein und verstopft. Man war in der Jahreszeit der Sonnenwende, wo die drückende Hitze Bengalens für einen Europäer kaum durch luftige Zimmer und beständiges Fächern erträglich gemacht werden kann. Die Zahl der Gefangenen betrug 146! Als man ihnen in die Zelle zu treten befahl, glaubten sie, die Soldaten machten einen Spaß, brachen in ihrer fröhlichen, durch die Versprechungen des Nabob hervorgerufenen Laune in lautes Gelächter aus und scherzten über die komische Aufforderung. Sie entdeckten ihr Mißverständniß bald. Nun baten sie und flehten, doch vergebens. Die Wachen drohten jeden niederzuhauen, welcher einen Augenblick zögerte. Man trieb die Gefangenen mit Waffen in das Gemach, worauf die Thüre sofort geschlossen und verriegelt wurde.

„Den Schilderungen, welche die wenigen Ueberlebenden von jener Nacht entworfen haben, kann sich nichts an die Seite stellen, was Geschichte oder Dichtung Gräßliches enthalten; selbst jene Begebenheit nicht, die Ugolino in dem ewigen Eismeere der Hölle erzählte, nachdem er seine blutigen Lippen an der Schädelhaut seiner Mörder getrocknet hatte. Die Unglücklichen riefen um Gnade, versuchten die Thüre zu erbrechen, wurden endlich aus Verzweiflung wahnsinnig. Sie traten sich gegenseitig zu Boden, kämpften mit einander um die Plätze an den Fenstern, um den kleinen Wasserkrug, mit dem die grausame Milde der Mörder ihrer Todesnoth spottete, rasten, beteten, fluchten und flehten die Wächter an, unter sie Feuer zu geben. Während dieser Zeit hielten die Kerkerknechte Lichter gegen die Thüröffnung und zeigten einander lachend die Wahnsinnskämpfe ihrer Opfer. Zuletzt erstarb der Tumult in leisem Stöhnen und Röcheln. Der Tag brach an. Es verging eine geraume Zeit, bis die Soldaten, indem sie die todten Körper, an denen das heiße Klima bereits sein ekles Werk verrichtete, in Haufen übereinander thürmten, für die wenigen Ueberlebenden eine Gasse bilden konnten. Als endlich ein Gang frei war, schwankten 23 gespenstische Gestalten, — für die eigene Mutter unkenntlich geworden, — eine nach der andern aus dem Leichenzimmer. Auf der Stelle wurde eine Grube gegraben. Die todten Körper, 123 an der Zahl, wurden kopfüber hineingestürzt und mit Erde bedeckt.

„Diese Schauderscene, die nach mehr als 80 Jahren nicht ohne Entsetzen erzählt oder gehört werden kann, erweckte in dem Herzen des grausamen Nabob weder Mitleid noch Gewissensbisse. Er bewies den Ueberlebenden keine Milde!! Wohl entließ er einige, von denen nichts zu erlangen war, aber die anderen, denen sich Geld abpressen ließ, wurden mit scheußlicher Grausamkeit behandelt. Holwell, der sich nicht auf den Füßen erhalten konnte, wurde vor den Tyrannen getragen, der ihn schalt, bedrohte und mit mehreren anderen, bei denen man Kenntniß von den Schätzen der Gesellschaft voraussetzte, in Ketten tiefer hinein ins Land abführen ließ!“ —

Die Luftverderbniß unserer Wohnungen ist zwar nicht so groß, daß sie wie in jener Schreckensnacht in plötzlicher Vergiftung sich äußert, — aber sie bewirkt dafür die um so gefährlichere langsam einherschreitende, unmerkbar ihre traurigen Folgen steigernde (und deßhalb noch immer von so wenigen erkannte) Blutvergiftung, welche sich in Nervenfieber, Siechthum, Nervenschwäche und übermäßiger Reizbarkeit, in Hypochondrie und Hysterie ausspricht. Die verdorbene Luft verdirbt den Menschen; wie der Leib, wird der Geist: siech, unkräftig!

Wenn wir lesen, daß in London oder Paris eine Familie am Nervenfieber erkrankt, oder sogar ausgestorben sei in Folge der Luftverderbniß in zu kleiner Wohnung, dann schlagen gar Viele sich gern als Pharisäer an die Brust und rufen: „Heil uns, daß wir nicht sind wie diese“; aber unter uns herrscht derselbe Mangel an genügendem Wohnraum und äußert sich in derselben traurigen Weise. Der einzige Unterschied ist nur: dort wird davon geschrieben zum warnenden Beispiele, — in Deutschland hält man es gewöhnlich für angemessen, dergleichen zu vertuschen und todtzuschweigen.

Man sorge also für möglichst große Wohnungen und in diesen für gute Luft durch Oeffnen der obersten Fenster!

IX. Zur Reinigung der Luft dienen grüne Pflanzen; doch wähle man nicht blühende und starkriechende, sondern grüne, schnell wachsende Blatt-Pflanzen und unter diesen besonders kletternde. Man bilde sich Lauben und Festons im Zimmer: von Cobäa scandens und kletternder Kresse an Fenstern in sonniger Lage; von Passiflora, Waldrebe, Aristolochia in recht hellen Räumen, auch wenn sie wenig unmittelbares Sonnenlicht haben; von wildem Wein und Schattenephеu (auch „russischer Epheu“ genannt) auf mäßig hellen Vorräumen. Gewöhnlicher Epheu wächst zu langsam. — Der Grund des Nutzens liegt darin, daß die für Menschen schädlichen Gase (Kohlensäure, Ammoniak) von den Pflanzen aufgesogen und das für Menschen nützlichste Gas (Sauerstoff) von ihnen ausgehaucht wird. Das Oeffnen der Fenster während einer Stunde reinigt die Luft bei weitem nicht so gut, als etwa 6 schnellwachsende Schlingpflanzen, welche noch gleichzeitig eine schöne Zierde des Zimmers bilden.

Wie viel schöner, traulicher und heiterer ist ein mit frischen grünen Pflanzen geschmücktes Zimmer, als ein Wohnraum, der dieser Erinnerung an die freie Natur entbehrt. Man braucht in der Wahl der Pflanzen sich nicht zu sehr zu beschränken. Sogar Palmen kann man, in Ermangelung besserer Räumlichkeiten, ganz gut im Zimmer ziehen. „Ich habe einen Freund“, (schreibt Seemann in seiner Naturgeschichte der Palmen) „welcher mehr Vergnügen an den Pflanzen findet, als er Mittel besitzt sich seinem Geschmacke in großartiger Weise hinzugeben, und welcher daher einen Theil seiner Studirzimmer zu einer förmlichen Laube eingerichtet hat, bestehen aus Dattelpalmen, Chamädoreen und anderen Gliedern dieser Familie, die zwischen Dracänen, Gummibäumen, Aroideen, Epheuranken und Begonien aufs herrlichste gedeihen. Den Winter hindurch, während die Natur draußen unter ihrer eisigen Decke ruht, während Schneegestöber gegen seine Fenster poltert, kann man ihn oft behaglich in diesem reizenden Winkel sehen, wie er liest, schreibt oder sich irgend einer anderen geistigen Beschäftigung hingiebt, — dabei dann und wann aufblickt, um sich des traulichen Scheines des im Ofen glühenden Feuers und der frischen, grünen Blätter, welche ihn umgeben, zu erfreuen“. —

Verfasser kennt einen geistreichen Gelehrten, welcher ein Gegenstück zu diesem Pflanzenfreund ist, seine Neigung aber vorzugsweise den Orchydeen zugewendet hat. Betritt man sein Studirzimmer, so glaubt man in ein Gewächshaus zu kommen. An allen Fenstern, auf jedem Zimmervorsprung, an künstlichen Gestellen oberhalb jedes größeren Hausgeräthes, von der Decke und wo nur ein ungestörtes Plätzchen sich auffinden ließ, hängen, kleben, lehnen, liegen Stücke von Baumrinde oder seltsam geformte Gefäße, aus denen die Orchydeen ihre grotesken Blätter und Blüthen hervorstrecken. Die seltensten Exemplare, welche den Neid jedes Gärtners erregen würden, sprossen üppig in der ewig nach Tabak duftenden Stube. Nie habe ich diesen Blumen-Alchymisten besucht, ohne mindestens ein Dutzend seiner Pfleglinge in Blüthe zu sehen. Mit welcher Sorge werden sie aber auch behandelt! Kleine Wasserleitungen führen mit Wollenfäden Tropfen um Tropfen den empfindlichsten das nöthige Wasser zu, welches mit einem Tag und Nacht brennenden Nachtlichte auf gleichem Temperaturgrad erhalten wird; je nach dem Wärmebedürfniß hängen sie höher oder niedriger im Zimmer; diejenigen, welche nicht viel Licht lieben, befinden sich hinter einem Buschwerk von Kaffeebäumen, Drachenblutbäumen, zarten Farren und wunderbar reizenden kleinen Fichtenbäumen. Dioscoreen schlingen ihre bunten Blätter zum Rahmen, während die unteren Regionen von zahlreichen kleineren, duftenden und im prächtigen Farbenschmuck prangenden Gewächsen eingenommen werden. Die lichtbedürftigen Pflanzen sind dicht am oberen Theile der Fenster, durch gläserne Wandschirme vor dem Zugwinde geschützt. Ueber und an dem Ofen ist das Hospital, wo die dürftigen und kranken zum Theil unter großen Glasglocken geheilt werden. Nun denke man sich in diese Pflanzenherrlichkeit noch zwei Schreibtische, ein riesiges Sopha und den Bücherapparat einer Gelehrten-Stube, in mitten aber des tollen Durcheinander einen wohlgenährten leidenschaftlichen Mann im grauen Hauskleide, welcher die besuchenden Freunde gewöhnlich mit geistreichen Scherzen oder den unglaublichsten Paradoxen empfängt, — — und man wird zugeben, daß in Deutschland die „Originale“ noch nicht ausgestorben!

Ein uns bekannter Staatsbeamter hat Vorliebe für die Weinreben und pflegt in seinen Zimmern einen in Kübeln stehenden Weinberg der verschiedenartigsten Sorten, welche ihn auch alljährlich mit schmackhaften Trauben erfreuen, deren Blut er kunstgerecht „nach den Sorten“ keltert. — So kann Jeder die reiche schöne Natur sich dienstbar machen und mit Pflege der Liebhaberei auch noch den Nutzen einer Luftreinigung verbinden, indem er die Stadtwohnung dem „Lande“ ähnlich macht.

Nur Eins ist nicht zu vergessen. Es müssen viele Blumen neben einander gehalten werden, wenn sie in Töpfen gedeihen sollen. Eine einzelne Reihe am Fenster kümmert und siecht; läßt man sich aber ein Fensterbret auflegen, welches 2—3 Reihen Töpfe tragen kann, so werden die Blumen besser gedeihen (weil sie sich einander vor dem Austrocknen der Blätter schützen) und im Vereine mit den Schlingpflanzen die Zimmerluft rein und frisch erhalten.

X. Man heize wenig, aber gleichmäßig. Die beste Erwärmungsweise eines Hauses geschieht durch „Wasserheizung“ vom Keller aus, entweder durch dicke mit „warmem“ Wasser gefüllte Röhren (wie in Gewächshäusern), oder durch die billigere und zweckmäßigere „Heißwasserheizung“ *) in dünneren Röhren; in beiden

*) Zu empfehlen sind die Einrichtungen von Joh. Haag in Augsburg, welcher in seiner „Maschinen- und Röhren-Fabrik“ jetzt auch für einzelne Etagen völlig gefahrlose „Heißwasserheizungen“ einrichtet. Der transportable Ofen kommt in die Küche. Die Einrichtung kostet für ein mittleres Wohnzimmer von 3000 Kubikfuß Raum etwa 150 Gulden (= 86 Thlr.), was in einigen Jahren an Holz erspart wird.

Fällen ersetzen die Röhren die Oefen und man hat den Vortheil, daß sämmtliche Zimmer und Räume des Hauses gleichzeitig oder auch willkührlich nur einzelne erwärmt werden können, — während kein Ofen den Raum des Zimmers beschränkt. In „Kinderzimmern" ist dabei alle Gefahr des Verbrennens der Kinder beseitigt!

Leider konnte man diese Heizungen von einer im Keller befindlichen Centralstelle aus (zu welcher auch die der Gesundheit nachtheilige „Luftheizung" und die durch Explosionen oft gefährdende „Dampfheizung" gehören) nur dann anbringen, wenn das ganze Haus geheizt wird und da wir in Deutschland die unglückliche Einrichtung haben, daß man für jede Familie ein „Stockwerk" vermiethet, statt eines kleinen Hauses, so wird es noch lange währen, bis die „Centralheizungen" in Deutschland Eingang finden. Die neuere Einrichtung ist jedoch auch für einzelne Mieth-Wohnungen geeignet.

Wer sich noch mit Oefen behelfen muß, der wähle wenigstens solche mit dicken Wänden, welche lange die Wärme erhalten, wie z. B. die alten deutschen „Kachelöfen", welche jetzt in verbesserter Form wieder Aufnahme gewinnen. Ferner sind die „Kaminöfen" sehr angenehm, da sie den Anblick der glühenden Kohlen gestatten. Neben ihnen sind die kleinen eisernen „Füllöfen" mit zierlichem durchbrochen gearbeiteten eisernem Mantel viel verbreitet, weil sie schnell wärmen und mit jedem Brennstoffe sich heizen lassen; sie erkalten aber schnell und überhitzen das Zimmer leicht.

Gerade dies muß man zu vermeiden suchen. Die Erwärmung geschehe auch innerhalb des Zimmers mehr durch warme Kleider, als durch warme Zimmerluft.

Nie steige die Wärme der Zimmer über + 16, bis höchstens + 17° R.

Die Haut kann man abhärten durch gehörige Hautpflege, so daß erhebliche Temperaturwechsel ihr ohne Nachtheil bleiben. Die Lunge kann man nicht so abhärten. Wer in heißen Zimmern stundenlang sich aufhält, wohl gar des Nachts sein Schlafzimmer heizen läßt, der verzärtelt natürlich seine Athemorgane und muß beim Ausgehen oder Ausfahren die kalte Winterluft mit Brustkatarrh und Husten büßen, auch wenn er einen „Respirator" sich vorbindet. Dabei verdirbt die heiße Zimmerluft mehr als irgend etwas den Teint; junge Mädchen, welche in überheizten Stuben leben, sehen meistens älter aus, als Frauen über 40 Jahre, welche durch gute Hautpflege sich frisch erhielten. Ninon de Lenclos verband den Nutzen kalter Waschungen mit der (durch Kamine) nicht überhitzten und gereinigten Stubenluft.

Besonders nachtheilig ist die heiße Luft der Stube den kleinen Kindern vom zweiten Lebensjahre an. Abmagerung und blasse Farbe ist immer die Folge; Keuchhusten und Brustentzündung sehr häufig.

Da man sich und seine Kinder nun einmal gegen gelegentliche Einwirkungen der kalten Luft und des Zugwindes nicht völlig schützen kann, auch wenn man noch so ängstlich und vorsichtig ist, — so schütze man sich wenigstens vor den nachtheiligen Folgen dieser Einwirkung: durch Abhärtung. Wer seine Haut durch tägliche kalte Abwaschungen minder empfindlich gemacht hat, der kann in seiner Wohnung getrost im Sommer Zugwind machen, um reine Luft zu gewinnen; der Zug schadet ihm nicht mehr. Für den Winter wird er weniger

Bedürfniß nach Wärme und damit auch weniger Gefahr der Erkältung gewonnen haben. Alle Nachtheile unserer Wohnungen sind geringer bei guter „Hautpflege“. Es giebt aber kaum irgend eine Wohnung, welche nicht in dem einen oder anderen Punkte nachtheilig auf die Bewohner einwirkte. Deßhalb verdient dieses Schutzmittel die allgemeinste Beachtung. —

Zur Einrichtung eines guten „Boudoir“ ist keine besondere Vorschrift nöthig. Wenn nur das Zimmer nicht zu groß ist, Vorhänge, Portièren und Sophaüberzug von gleichem Stoffe genommen werden, viele Blumen im Zimmer sind und ein dicker Teppich den Boden deckt, so kann man alle übrigen Einrichtungen der Laune und dem Geschmacke der Besitzerin überlassen; je unbehinderter sie diesen folgt, um so mehr wird das Gemach für sie zweckentsprechend und ihrer Eigenthümlichkeit angepaßt sein, wird also den Anforderungen an ein „Boudoir“ genügen.

Anders dagegen das „Kinderzimmer“: die Stätte der körperlichen Entwickelung des künftigen Geschlechtes. Für dieses bedarf es einer Unterweisung.

Wer ein „Kinderzimmer“ einrichten will, wähle zunächst für dasselbe eine einfache lichtgraue nicht zu dunkle Tapete; diese Farbe ist immer eine unschädliche Erdfarbe, verschießt nicht, läßt sich daher mit den Resten der Tapete auf fleckig gewordenen Stellen ausbessern und macht nicht zu dunkel.

Als Fensterrollen nehme man hellblaues Gewebe, entweder gefirnißt oder gewöhnlichen Stoff; diese Rollen brauchen nicht gewaschen zu werden und geben bei Sonnenschein eine milde, den Augen wohlthuende Beleuchtung. Die Rollen lasse man so auflegen, daß unter der ganz in die Höhe gezogenen Rolle sich das oberste Fenster öffnen läßt; man kann nun frische Luft in das Zimmer einlassen, ohne daß es auf die Diele zieht.

Vor dem Fenster werde bis in die Höhe der ersten Scheibe, also etwa 1 Elle hoch über das Fensterbret, ein fester Holzrahmen angebracht, über den ein Drahtgeflecht mit weiten Maschen gespannt ist, so daß die Kinder sich nicht zum Fenster hinauslehnen können und die Gefahr des Herausfallens beseitigt wird. Doppelfenster sind wünschenswerth. Die Fenster-Vorhänge dürfen nicht weit herabhängen; denn Kinder spielen gern mit Licht und deutsche (schlecht bezahlte, zu junge) Kindermägde sind nicht achtsam.

Um den Ofen kommt ein leichtes Holzgestell, welches nicht etwa zum Trocknen der Windeln, sondern zum Schutz vor Verbrennen dient. — Auch die Betten der kleinen Kinder werden mit einem Holzgeländer umgeben, damit durch Herausfallen derselben bei ungenügender Aufsicht kein Unglück entstehe.

Die Holzbreter der Diele werden gefirnißt: auf je 1 Kanne (Quart) „Leinölfirniß“ mischt man 3 Loth „Siccatif“ und setzt bei alten schon schlechten Dielen etwas gelben oder braunen „Ocker“ zu; diese Mischung erhitzt man in einem doppelt so großen Topfe als nöthig wäre in einem Kochofen (nicht auf offenem Feuer!) und streicht mit einem großen Pinsel (2—4 Zoll im Durchmesser) mit der heißen Flüssigkeit die Dielen gleichmäßig, aber dünn an. Man wiederholt diesen Anstrich etwa 5 Mal je einen Abend um den anderen. Nun hat man Dielen, welche keine Feuchtigkeit annehmen, nicht gescheuert zu werden brauchen, zu deren Sauberkeit eine wöchentliche kurze Auswaschung genügt. Wer einen

Teppich auf die Dielen legen will, nehme keinen wollenen, sondern einen von grober Leinwand, der rundum mit dicken Messingringen versehen wird, durch die man ihn an eingeschlagenen Nägeln mit runden Messingköpfen anknöpfen kann; so wird der Teppich glatt erhalten und man vermag ihn doch aus dem Zimmer zu nehmen und zu reinigen. —

Neben der Eingangsthüre werden in einer Höhe von 3—3½ Ellen zwei Konsolen angebracht, so daß das auf ihnen stehende Feuerzeug und Wachsstock gerade von einem Erwachsenen erreicht werden kann. Auf dem zweiten Konsol finden Medicinflasche, Nachtlicht u. dergl. in Krankheitsfällen Platz. —

Die Nachtgeschirre sind von Porzellan oder Glas (nicht von Steingut), werden in einem gutschließenden Nachtschränkchen aufgehoben und haben außerdem jedes einen Deckel aus Zinkblech; muß sie das Kind in Krankheitsfällen benützen, so gießt man jedes Mal vorher desinficirende Flüssigkeit ein: in eine Quartflasche wirft man 1—2 Pfund „Schwefelsaures Eisen" (Eisenvitriol) in groben Stücken, gießt Wasser darauf und von diesem über dem Eisensalze stehenden Wasser verbraucht man zum jedesmaligen Desinficiren des Nachtgeschirres etwa 2 Kaffeetassen voll, die man dann immer wieder durch Zugießen frischen Wassers ersetzt, bis alles Eisenvitriol sich gelöst hat. — Im Kinderzimmer ist Reinlichkeit und gute Luft die größte Zierde. Daß daher unter keiner Bedingung in demselben gekocht, gewärmt, gewaschen oder eine Trockenanstalt errichtet werden darf, versteht sich von selbst! —

Um in Krankheitsfällen die Luft des Kinderzimmers auch dann zu reinigen, wenn der Arzt das Oeffnen der Fenster nicht gestattet (z. B. wenn Kinder zur Zeit des Winterfrostes an Scharlach, Masern oder Pocken erkrankt sind) oder auch um die Luft der Alkofen, sowie mancher ohne Zugwind nicht zu lüftender Wochenstuben, bei verschlossenen Fenstern und Thüren zu erneuen, hat Verfasser ein chemisches Mittel angewendet: das „übermangansaure Kali“ welches in Wasser gelöst Sauerstoff abgiebt und durch diesen alle üblen Gerüche zerstört. Dasselbe ist nach unserer Angabe entweder mit einem kleinen Springbrunnen oder durch Schwenken einer mit der Flüssigkeit genäßten Fahne anzuwenden; am einfachsten ist folgendes Verfahren: Man löse in einem Waschbecken einen halben Theelöffel voll (rohes) „übermangansaures Kali“ mit $^1/_2$—1 Nösel Brunnenwasser; in die dunkelviolette Flüssigkeit tauche man das untere Viertheil eines dünnen alten Handtuches, drücke die Leinwand ein wenig aus und schwenke das nasse Ende in Form einer ∞ von unten nach oben im Zimmer herum, bis die violette Farbe des Tuches in Rostbraun übergegangen. Nach 2—4maliger Wiederholung des Eintauchens und Schwenkens ist die Luft frisch und rein. (Ein Loth des festen, rohen „übermangansaurem Kali“ kostet in Leipziger Apotheken $2^1/_2$ Ngr. und reicht hin, um 6 Mal die Luft eines Zimmers zu reinigen. Die rostgelben Flecken entfernt man mit Essig.) —

Bei jedem Wohnungswechsel erinnere man sich der Wichtigkeit dieses Schrittes für Gesundheit und Leben. Auch die beste Wohnung bringt uns doch immer die Nachtheile der „Stadt“. Aber durch richtige Wahl und und richtige Einrichtung bringt man in die städtische Wohnung „Landluft“.

Geistespflege.

Geistespflege.

[Kind. — Mädchen. — Frau. — Mutter. — Unverheirathete. —]

„Die Liebe ist das Schicksal der Frauen".
(Gust. Klemm.)

Das Unglück unserer Tage besteht darin, daß das äußere Leben das innere überwuchert. Die Handlungen der Menschen sind von Motiven geleitet, welche in sich unwahr, für den unpartheiischen Beobachter oft unerkennbar sind. Scheingründe erhalten das Gewicht der Wahrheit. Vergeblich sucht man nach Frische, nach vorurtheilsloser Auffassung, nach ehrlicher Tugend.

Das Drama ist zu allen Zeiten ein Spiegelbild des Volkslebens gewesen. Für unsere Zeit finden wir in diesem Bilde entweder charakterlose Intriguenstücke voll äußerlichen Krames, oder sentimentale Rührscenen und Sensations-Ueberraschungen, welche den Konflikt der Zeit mit dem rein Menschlichen zeigen wollen. Wenig That, wenig Handlung; viel Worte. — Das Spiegelbild ist leider nicht ungerecht.

Im abgeschliffenen Salon kann man die kräftigen Naturen mit selbstbewußtem Thatendrang nicht brauchen. Was soll eine einzige Eiche unter kümmerlichem Weidengestrüpp? Glätte der Formen, kalte Höflichkeit, egoistische

Berechnung ist die Parole des Tages und führt sicherer zum Ziele als ungeschminkte Ehrlichkeit, Ueberzeugungstreue und opferwilliges Streben. Gemeines Krämerthum und lakaienhafter Diplomatenschwindel haben sich der Zeit bemächtigt. Der Einzelne kann's nicht wehren. —

Eine Generation, welche für solche Ziele ihre Kinder erzieht, wird sie nicht in edler Auffassung der Natur für den Lebensweg ausrüsten, sondern die „plattirte Waare" des Scheines hat wie im Leben, so auch in der Erziehung das Feld erobert. —

Auch in England ist auf geistigem Gebiete der Schein auf den Thron erhoben worden: im Privatleben durch die lügnerische Sonntagsfeier und im Staatsleben durch den mit geheuchelter Moral übertünchten Egoismus*), — aber die ununterbrochene Weiterbildung der vom Mittelalter überlieferten Grundlage**) hat dort wenigstens eine gewisse äußere und materielle Kraft erhalten, welche für zukünftige Neugestaltung eine gesunde Bildungsfähigkeit

*) Das jüngste Stück dieser Blendwerke für blöde Augen ist der Krieg in Neuseeland, in Bezug auf welchem „alle officiellen Umhüllungen außer Stande sind die nackte Thatsache zu verdecken, daß die englische Armee kämpft, damit gierige Kolonisten und gewissenlose Landspekulanten ihre unheiligen Hände auf das fruchtbare Erbe der Eingebornen legen und damit gemeiner Eigennutz sich am Elende des Krieges mäste. Der Eingriff in das Eigenthum der Maori" (zu deutsch: Diebstahl) „war die Ursache des Krieges, und der Kampfpreis, den das Kolonialgouvernement, den Parlament und Regierung ausgesetzt haben: ist das Konfiskationsdekret," (zu deutsch: Raub) „das bekanntlich die Ländereien aller am Kriege theilnehmenden Stämme im Namen des Gesetzes und zu Nutz und Frommen christlicher Ansiedler mit einem Schlage konfiscirt". (Allg. Ztg. v. 23. Juli 1864 Beil.) Ein neuer Beweis, wie man mit Blut und Eisen die Gewalt über das Recht triumphiren läßt. Das ist die öffentliche Moral unserer Zeit.

**) In dieser ununterbrochenen Weiterbildung des englischen Lebens, glauben wir den Schlüssel zu den Eigenthümlichkeiten des Volkes gefunden zu haben, wie am anderen Orte ausgeführt wurde.

wahrt. Wir haben bereits der englischen „Zahnpflege“ und „Muskelpflege“, sowie der „Wohnungen“ als nachahmungswerth gedacht und müssen jetzt auch der ersten „Kindespflege“ ein gleiches Lob wiederholen.

Eine neugeborne englische Aristokratin wird, wenn sie auch zu den „oberen zehn Tausend“ gehört und künftig über Millionen zu gebieten hat, nicht mit Federkissen verzärtelt; sie erhält ein Bettchen mit harter Roßhaarmatratze, wird mit einer Decke bedeckt und darf ihre Glieder frei bewegen ohne irgend welchen Zwang, irgend welche Einengung. „Das erste Gesetz, welches der Wärterin gegeben wird, ist: die Kleine unter keiner Bedingung aufrecht auf ihrem Arme zu tragen“. In England begreifen es die Frauen, daß die Wirbelsäule des Neugebornen, welche noch zum großen Theil aus Knorpel besteht und nur langsam sich entwickelt, noch nicht kräftig genug ist, um Kopf und Körper zu stützen und daß durch zu frühes Aufrechthalten des Säuglings häufig der Keim zu künftigen Verkrümmungen des Rückens gelegt wird, an denen von je 100 deutschen Frauen etwa 85 leiden. Flach ruht das Kind im Bettchen, flach auf dem Arme der Wärterin und darf erst nach 4—5 Monaten aufgerichtet werden. Von seiner Geburt an wird das Kind täglich gebadet, aber nie warm. „Vom Schluß des ersten Jahres an sind seine Mahlzeiten täglich auf 3 beschränkt, und diese Regel ist so unumstößlich, daß kein Kind daran denkt, außer der Zeit zu begehren“; dafür bestehen aber auch seine Mahlzeiten aus kräftiger Fleisch- und Milchkost mit gutem Brod in reichlicher Menge. „Gleich nach dem Frühstück geht es 2 Stunden in die Luft, dann wird geschlafen; der ganze Nachmittag wird draußen zugebracht.

Von klein auf tragen die Kinder der Aristokratie ausgeschnittene Kleider und kurze Aermel; durch das Entblößen der Glieder wird ihre Abhärtung und eine schöne Rundung befördert. Die Haare sind besonderer Gegenstand der Sorgfalt; sie werden von klein auf fleißig gekämmt, gelockt und nicht zu lang getragen. Zunächst kommt dann der Gang und die Haltung. Vom 5. Jahre an muß das Mädchen tanzen lernen. Nun kommen auch die Zähne an die Reihe; einem geschickten Zahnarzte wird die Sorge für Schönheit und Gleichmäßigkeit der Zähne auferlegt".

Sobald das Mädchen in die Schule geht, ist ihre Haltung ein beständiger Gegenstand der größten Aufmerksamkeit. Ein junges Mädchen darf nie gebückt sitzen. Hält sie ein Buch, so mag sie sich zurücklehnen, schreibt sie, so darf sie den Kopf darum noch nicht auf die Hand senken. „Mein Kind wächst nur einmal", sagte eine englische Mutter, „und darum ist mir in diesen Jahren nichts so wichtig als das Auge, welches von früh bis spät in diesem Sinne über sie wacht; alles Andere kann später eingeholt werden". — Da die Mutter nicht stets mit eignen Augen den Lebensmorgen ihrer Töchter zu behüten vermag, so beruhigt sie sich nicht eher, bis sie für ihre Kinderstube eine zuverlässige Stellvertreterin gefunden hat, die wie ein Cerberus über die Kindermägde wacht, und die entweder in dieser Ueberwachung von der Mutter sorgfältig unterwiesen und angelernt wird, oder welche dieser Unterweisung nicht bedarf, weil sie bereits lange Lehrjahre als Kindermagd in der Beaufsichtigung der Kleinen unter einer ähnlichen Duenna durchgemacht hat. Nie vertraut man die körperliche Pflege der Kinder einem halb erwachsenen Mädchen an, das selber noch der

Erziehung bedarf, sondern immer werden die Kleinen des Hauses von einer älteren erfahrenen Frau gehütet, mit welcher sie speisen und deren Pflege sie auch dann in körperlicher Beziehung unterthan bleiben, wenn sie heranwachsen, des Unterichtes bedürfen und dann zu einer Erzieherin in ein anderes Zimmer kommen. „Bedeutend kostbar freilich ist dies Alles, aber annähernd kann auch der Mittelstand folgen. Und Reichthum erkauft ja nur die Sorgfalt. Welche verkaufte Sorgfalt kann dem sorgenden Auge einer Mutter gleichkommen, die mit vollem Verständnisse das Wohl ihres Kindes im Herzen trägt?“ Vom englischen Kinde kann gerade Körperhaltung beim Lesen und Arbeiten gefordert werden, denn es verkümmert nicht in dumpfigen Wohn-, Schlaf- und Schul-Räumen, sondern verbringt täglich 10 Stunden im Freien, im lustigen Spiele und Austummeln seiner Glieder. (Hierzu 10 Stunden Schlaf und 4 Stunden Arbeit.)

Mit der erfahrenen Wärterin speisen die Kleinen. Sie stehen früh um sieben auf, frühstücken um acht, halten um eins Mittag, essen um sieben Uhr zu Abend und gehen mit dem Schlage neun zu Bett. „Die junge Aristokratin Englands speist erst dann mit ihren Eltern, wenn sie die Schule verlassen hat und wird mit dem achtzehnten Jahre in die Welt eingeführt. Sie ist frisch und blühend wie eine Rose, mit leichtem Schritte tanzt sie über die Erde hin, ihr Auge leuchtet vor Lust und Leben, ihr reiches Haar ringelt sich in Fülle, die schönen Zähne entblößt jedes Lächeln, die zierliche Toilette hebt die schöne Fülle der Formen.“ Wir haben nie so schöne blühende junge Mädchen, nie so reizende Kinder gesehen, als in England. Die Weltstadt London besitzt Kunstschätze und Sehenswürdigkeiten, wie keine andere Stadt der Welt. Die schönste Sehenswürdigkeit aber findet man Sonntags im Hydepark: eine Schaar munter sich tummelnder Kinder, lebende Blumen von unvergleichlicher Schönheit.

Freilich kommt dann das Leben der großen Stadt; die Anforderungen der vornehmen Gesellschaft widersprechen gründlich Allem, was die erste Erziehung lehrte. Wenn dann die Aristokratin um 6 Uhr Abends mit den Eltern zu Mittag speist und um Mitternacht ihren Thee nimmt, wird sie languid und dürstet nach Reizmitteln: Sherry, Pickles und Sensationsromane, — aber die solide Grundlage der ersten Lebensjahre leistet dennoch Widerstand, der Segen einer vernünftigen Kindererziehung kann nicht so schnell zu nichte gemacht werden. Kann das weibliche Mitglied der oberen zehn Tausend auch nicht gesund bleiben, so bleibt sie doch schön. „Wie bei den Griechen schön zu sein ein Verdienst war und jede Mühe angewendet wurde, die höchste Schönheit zu erzielen, so auch bei der englischen Aristokratie. Mancher deutsche Künstler, der von Rom nach London gepilgert war, versicherte, die Töchter Albions überträfen an Schönheit die Abkömmlinge der alten Römer"*). Die Erziehung während des ersten Jahrzehntes bewirkt es, daß „Schönheit" und „Gesundheit" gleichbedeutend werden: durch volle Entwickelung. Was in diesen Jahren versäumt wurde, kann nicht nachgeholt werden.

Wenn das Kind der Schule übergeben wird, so übernimmt diese von da ab im günstigen Falle seine geistige Ausbildung in Rücksicht auf die Kenntnisse. Dagegen

---

*) „Londoner deutsche Zeitung" vom 28. Aug. 1858.

bleibt dem elterlichen Hause die weitere schwierige Sorge der eigentlichen Erziehung und Charakterbildung, sowie aller derjenigen Pflege und Unterweisung, welche sich auf körperliche Entwickelung beziehen.

Für letztere wird in Städten schlecht gesorgt. Im elterlichen Hause sind kaum die nöthigen Wohnräume in wirklich genügender Weise vorhanden. Spielräume für die Kinder fehlen. Die Stadtpläne unseres angeblich „civilisirten" 19. Jahrhunderts zeigen wohl Straßen, Märkte und im günstigsten Falle einige dürftige Parkanlagen mit Spaziergängen; aber Spielplätze fehlen!

In jüngster Zeit haben wenigstens die Turnplätze der Erwachsenen eine kleine Abhülfe geboten, und so dankbar man immerhin den Fortschritt erkennen muß, der sich gerade in dieser Hilfe zeigt, so ist doch die Turnübung immer noch für Kinder weder durch Gestaltungsvielheit so anziehend, noch durch Ungezwungenheit so erfrischend, als das eigentliche Spiel.

Ein Mittelglied zwischen beiden hat in glücklichster Weise Kloß gefunden*), dessen nützlicher „weiblicher Hausgymnastik" wir bereits Seite 67 gedachten.

„Wo einem Kinde der Trieb zur Körperbewegung fehlt, da werden verständige Eltern ihn so viel als möglich zu wecken suchen. Es gab eine Zeit, wo man darüber anders dachte, wo man die Geist und Körper bildenden Gesellschaftsspiele der Knaben und Mädchen als Unarten

*) Dr. M. Kloß, das Turnen im Spiel oder lustige Bewegungsspiele für muntere Knaben mit 16 Figurentafeln, Dresden 1861, Schönfeld. 16 Ngr.

Dr. M. Kloß, das Turnen in den Spielen der Mädchen mit 16 Figurentafeln, Dresden 1862, Schönfeld. 16 Ngr.

Beide Bücher ergänzen einander und das erste ist zum großen Theile für Mädchen auch sehr brauchbar.

ansah, wohl gar auch als solche bestrafte. Sehen wir doch, wie noch im 16. Jahrhunderte der berühmte Rektor Trotzendorf zu Goldberg in Schlesien seinen Schülern streng verbot, im Winter auf das Eis zu gehen oder wohl gar mit Schneebällen sich zu werfen. Unsere heutige Erziehung duldet nicht blos die Leibesübungen der Kinder, sondern hat sie absichtlich eingeführt und zu einem besonderen Zweige des Unterrichtes gemacht. Sie hält es mit Recht für heilsam, die Jugend vor Unthätigkeit zu bewahren und sie vielmehr in angemessener Bewegung zu erhalten, weil bekanntlich Gesundheit und Wachsthum des Körpers dadurch in hohem Maaße gefördert und gesteigert werden können." Kloß lehrt diesen Worten entsprechend für Entfaltung der Gewandtheit und Kraft lustige Spiele zur Selbstbeschäftigung und gesellige Bewegungsspiele, welche faßlich beschrieben, zum Theil auch mit netten Spielliedern begleitet sind*).

Rücksichtlich der eigentlichen Erziehung liegt dem Hause vor Allem ob, das Kind, welches durch richtige Wartung und Pflege körperlich gediehen ist, das sich durch Turnspiele kräftig entwickelt und geistige Frische gewonnen hat, zur Selbstständigkeit anzuleiten.

Man beginne natürlich bei dem Kleinen und Leichten, leite das Kind zu geringfügigen Dienstleistungen an, damit

*) Eine ausführliche Zusammenstellung der körperlichen und geistigen Bedürfnisse für „Säugling", „kleines Kind", „Schulkind" und „reifere Jugend" finden unsere Leserinnen im „Buch der vernünftigen Lebensweise" (Leipzig 1863). Nur Eins wollen wir als besonders wichtig am vorliegenden Orte wiederholen: daß die Eitelkeit der Mütter, ihre Kinder möglichst zeitig laufen zu lassen, durch Verbildung der noch weichen Knochen des Beckens, den Söhnen einen häßlichen Gang, den Töchtern schwere Entbindungen bewirkt. Schon manche Mutter wurde so aus lächerlicher Eitelkeit zur Mörderin ihrer Tochter.

es erkenne, wie es bereits sich nützlich zu machen vermag, indem es etwas holt, eine Bestellung übernimmt, eine kleine Besorgung ausführt. Vor Allem aber müssen diese kleinen Arbeiten für Andere den Uebergang bilden zum Arbeiten für sich selber. Daher lehre man das Kind, sich selber zu waschen und zu kämmen, sich selber die Zähne zu putzen, sich selber anzukleiden. Das wird freilich eine mühsame und zeitraubende Sache für die Mutter sein, doch wenn sie erkennt, welches wichtige Erziehungsmittel es ist, so wird sie Mühe und Zeitverlust gering achten. Je unabhängiger und freier das Kind in solchen kleinen Dingen von seiner Umgebung wird, um so unabhängiger und selbstständiger wird es auch auf geistigem Gebiete werden. Ohne Freiheit auf materiellem Gebiete wird die geistige Freiheit zur Ungebundenheit. In das Kind lege man die rechten Keime für Selbstständigkeit der Erwachsenen.

Dann achte man darauf, daß diese kleinen Geschäfte schnell ausgeführt werden. Viele Frauenzimmer verputzen sich ein Zehntheil und noch mehr ihrer Lebenszeit. Man lehre deßhalb schon dem Kinde: die Zeit zu nützen. Wird ein kleines Mädchen, welches nicht zur rechten Zeit für einen gemeinsamen Spaziergang fertig angezogen war, ein Mal zu Hause gelassen, so wird sie später ihren Gatten dadurch erfreuen, daß sie ihn bei ähnlichen Gelegenheiten nicht seine Zeit zu vergeuden zwingt. Dadurch ist aber schon in mancher Ehe der erste Zwist entstanden.

Pünktlichkeit — Sauberkeit — Wahrheitsliebe — sind die nächsten Zielpunkte der weiblichen Erziehung im Hause. Sie bilden die Grundpfeiler, auf welchen sich später durch „Selbsterziehung“ das Gebäude der Zuverlässigkeit, Gewissenhaftigkeit, Tugend erheben.

Alle Erziehung kann ohne lange Strafreden, ohne Entziehung der Mittagskost und besonders ohne Schläge ausgeführt werden, wenn man nur immer den ersten Anfängen sorgsam begegnet und vorzugsweise den Unarten vorbeugt. Zur Ordnungsliebe ist ein mächtiger Magnet, wenn man in aller Ruhe ein zu Bette gegangenes Kind wieder aufstehen und sich anziehen läßt, um einen nicht an den rechten Ort gebrachten Strumpf, ein vergessenes Schulbuch, dahin zu legen, wo keines gehört. Wahrheitsliebe erweckt man leicht beim Kinde, wenn man selber für Wahrheit erwärmt ist, die Lüge verabscheut; denn die Erwachsenen sind des Kindes Vorbild. —

Nach der Schule ist gewöhnlich der Mädchen Ausbildung abgeschlossen und doch sollte sie dann erst beginnen. Es gilt als eine Eigenthümlichkeit beider Geschlechter, daß die Knaben sich langsamer geistig entwickeln, aber dafür auch mit ihrer Entwickelungsfähigkeit später abschließen, während Mädchen in der Kindheit raschere Fortschritte machen, dann aber weniger Lust, Eifer und Fähigkeit zum Lernen zeigen; doch mag dahin gestellt bleiben, wieviel hier Einfluß der äußeren Umstände verschulden oder ob wirklich Naturanlage diesen Unterschied bewirke. Jedenfalls beweisen diejenigen Mädchen, welche sich einer „Kunst“ widmen, daß auf diesem Felde die weibliche Geisteskraft auch lernbegierig und lernfähig ist, wenn sie den Kinderschuhen schon entwuchs, — ja daß sie der männlichen sich ebenbürtig zur Seite stellen kann. Fehlt auch den meisten Mädchen der große freie

Ueberblick, so haben sie dafür die größere Stetigkeit und das sinnige Ausarbeiten des Einzelnen.

Man behauptete früher, die Mädchen dürften nicht schreiben lernen, damit sie keine Liebesbriefe aussendeten; als ob nicht Blicke genügten. Später änderte sich diese Meinung und man gab sogar gedruckte „Briefsteller für Liebende“ heraus; doch ist der erste uns bekannte deutsche erst aus dem Jahre 1800, während man schon fast 200 Jahre früher derartige Eselsbrücken in französischer Sprache kannte*). Noch 1833 gab ein gewisser Wartenstein „76 Musterliebesbriefe“ heraus, wie man sonst „Stickmuster“ veröffentlicht. — Noch im „Aachener Capitular“ Carl's des Großen ist nur von Knaben die Rede, für welche Schulen angelegt werden sollen, so daß die Mädchen ausschließlich auf Unterweisung der Mütter beschränkt blieben. Doch finden wir später Mädchenschulen: 1270 in Mainz, 1362 in Speier und 1465 in Ueberlingen. Erst mit der Reformation trat allgemeine Aenderung ein. 1526 errichteten in Zwickau zwei ehemalige Nonnen eine Mädchenschule, welche auch nach ihrem 1574 und 1588 erfolgten Tode bis 1656 bestand. Luther schrieb 1527 „an die Ehrbare und Tugendsame Jungfrau Else von Kanitz, itzt zu der Eiche“ und lud sie ein, gegen Tisch und Wohnung bei ihm junge Mädchen zu unterrichten. In Oschatz wurde 1555 „eine Weibsperson zu Errichtung einer Jungfrauenschule“ angestellt; im gleichen Jahre wurden solche Schulen auch in Frei-

*) Lettres amoureuses, non moins pleines de belles conceptions que de beaux désirs, ensemble la traduction de toutes les Epistres d'Ovide. Par le Sieur de Deimier. Paris 1612. — Lettres galantes, billets tendres et reponses, par M. Girault. Paris 1683.

berg, Mühlberg und Salza eröffnet und 1575 erschien bereits eine allgemeine „Jungfrawen Schulordenung zu Torgaw", welche „gesprächsweise gleich einer Comedien verfasset" war. Durch den dreißigjährigen Krieg geriethen die meisten protestantischen Schulen in Verfall. In katholischen Ländern übernahmen „Nonnenklöster" das weibliche Unterrichtswesen, an deren Stelle dann später die „Pensionen" traten. Wer diese nicht besuchen konnte, an dem wurde die „Erziehung" gewöhnlich nach der in Frankreich üblichen Maxime vollzogen: „Tenez vous droite, baisez les yeux et n'ouvrez par la bouche", — was denn auch bei bescheidenen Ansprüchen genügt. In Deutschland stand es im vorigen Jahrhundert um die Mädchenerziehung nicht viel besser, wie Hoffmannswaldau spottet:

„Ihr müsset Kopf und Hals, den Roß und Mäulen gleich,
Im Zaum und im Gebiß, ja im Gewichte tragen.
Die Ohren sind wie taub, und Ihr erröthet Euch,
So oft man einen Scherz und lustig Wort will sagen.
Fast jede Silbe kehrt bei Euch auf Schrauben ein.
Die Lippen müsset Ihr in enge Falten fassen,
Und daß kein Bissen ja zu wichtig möchte sein,
Muß oft ein Mandelkern sich viermal theilen lassen.
Was aber fängt indeß der arme Magen an?
Der muß vor Ehrbarkeit so Durst als Hunger leiden!
Es wird kein guter Trunk und rechter Biß gethan,
Wenn Ihr nicht erst dabei könnt die Gesellschaft meiden.

Erst in der Gegenwart beginnt man schüchtern höhere Töchterschulen und Fortbildungs-Anstalten für Mädchen einzurichten, während man für das männliche Geschlecht schon längst Gymnasium, Special-Schulen der verschiedensten Art und Universitäten besitzt, welche den nöthigen Unterricht nach Verlassen der Volksschule ertheilen. Die Ursache dieses Mißverhältnisses liegt darin, daß man zur Erlernung einer guten Führung des Hauswesens noch immer, wie im Mittelalter, sich mit Unterweisung durch die Mütter begnügt und begnügen muß, weil erst wenige Männer der Naturwissenschaft sich bis zur Anwendung der natur- und volks-wissenschaftlichen Thatsachen auf Küche und Keller herabgelassen haben, — und daß man für andere weibliche Wirkungskreise erst in unseren Tagen durch die Noth gedrängt die bisherige prüde Scheu aufzugeben beginnt. (Wir werden hierüber im nächsten Abschnitte Ausführlicheres mittheilen.)

Größere und tiefere Geistesbildung wird heute mit Fug und Recht von der Frau verlangt. Wir befürchten nicht, daß über der Ausbildung des „Verstandes" bei deutschen Frauen das „Gemüth" vernachlässigt werde, da immer die Liebe wieder in ihre alten Rechte eintreten wird. Beim Manne ist „Liebe" eine nebensächliche holde Würze der ernsten Lebensarbeit, mit welcher er für Weib und Kind zu sorgen hat; er würde zum Träumer versinken, wollte er seinem Gefühle die Zügel gestatten. Der Frau ist „Liebe" der Angelpunkt des Lebens, um welchen sich Alles dreht; die wichtigste Angelegenheit ihres Daseins, welche sie höher stellt, als Staat, Wissenschaft und Kunst. Wehe dem Weibe, in dessen Herzen es anders wäre, — und wehe dem Manne, in dessen Herzen es so ist. Hier liegt der Unterschied Beider.

„Liebe" ist eine Trunkenheit des Geistes, welche eine bestimmte Person des anderen Geschlechtes für außergewöhnlich, oder wenn der Verliebte etwas zu Uebertreibungen geneigt ist: für eine Ausnahme des ganzen Menschengeschlechtes, halten läßt; dabei werden ganz gewöhnliche Verhältnisse für höchst wichtig, ungeheuer großartig, noch niemals dagewesen, erklärt. Der Mann soll keinen Gefühlrausch haben, sondern sich geistige Klarheit möglichst bewahren; dem Weibe ist er gestattet und es wäre ihr kaum möglich, sich ihm zu entziehen. Gewöhnlich haben ihn Beide — nur dem Grade nach verschieden.

Wenn die Geistesbildung der Frau sich erhöht, so tritt sie damit der Sphäre des Mannes näher; zwischen Beiden erwächst ein innigeres geistiges Verständniß, neben dem materiellen und dem gemüthlichen; die Frau wird wahrhaft Genossin, „Freundin" des Mannes, — ihr höchstes Ziel, sein höchstes Glück.

So an seinen Arbeiten Theil nehmend, seine Ziele zu den ihrigen machend, fördernd und helfend ihm zur Seite stehend, so werden sie — wie Ulrich von Zweter sang:

Ein Leib, zwei Seelen, — ein Mund, ein Muth, —
Die Treue rein und in der Keuschheit fester Hut, —
Hier zwei, da zwei — und eins doch nur in steter Treue ganz!
Wo Lieb mit Liebe so mag sein,
Da steigt das Silber nicht, noch Gold und Edelstein,
Ob solchen Paares Lust, die zu uns spricht im Augenglanz.

Aus diesen Versen lacht uns ein stilles „Sich-genügen" entgegen, wie man es in seiner ruhigen Festigkeit wohl kaum in anderem Volksstamme, als dem Germanischen findet. Vielleicht weil der Deutsche ebenfalls zum Traumleben eine nicht zu leugnende Neigung besitzt.

Ganz anders lauten die Schilderungen desjenigen Volkes, welches nach jeder Richtung (nach des Verfassers Auffassung) der vollkommenste Gegensatz der germanischen Rasse ist: der Hindu; wir finden von ihm als Ehe-Glück nur die Sinnenlust gepriesen, oder in der Hitopodesa über das Weib Urtheile wie folgende:

„Das Feuer hat nie genug Holz, die See nie genug Gewässer, der Tod nie genug Geschöpfe, — die Schönäugige nie genug Liebhaber". — „Wie ein Gefäß mit Oel, ist eine Frau, wie eine brennende Kohle ein Mann; der Kluge stellt Oel und Feuer nicht an einen Ort". — „Wenn keine Gelegenheit, keine günstige Zeit und kein Verführer da ist, — dann sind sind die Frauen tugendhaft". —

Man behauptet, daß die Frauen den Vernunftgründen wenig zugänglich seien, sondern daß sie „beständig zurück nur kommen auf ihr erstes Wort", wenn ihnen Vernunft gepredigt wird. Nicht weibliche Eigenthümlichkeit ist unseres Erachtens an diesem Uebelstande schuldig, sondern die Art der Erziehung und des Bildungsganges. Der Gelehrte wird durch Gymnasium und Universität im Denken geschult, —

„Da wird der Geist Euch wohl dressirt
In spanische Stiefel eingeschnürt,
Daß er bedächtiger fortan
Hinschleiche die Gedankenbahn,
Und nicht etwa, die Kreuz und Quer
Irrlichtelire hin und her".

Es ist aber ungerecht, die in der Kunst des Denkens nicht unterwiesene Frau mit dem geschulten Denker zu vergleichen, wo man die Erfolge der Schule von den Erfolgen der Naturanlagen nicht zu trennen vermag. Vergleiche man sie mit solchen Männern, welche weder die Schule der philosophischen Ausbildung, noch bereits die hohe Denkschule des Lebens und seiner Wechselfälle durchgemacht haben — mit jungen Kaufleuten, jungen Officieren u. s. w. und man wird erstaunen, wie große Aehnlichkeit zwischen diesen und dem weiblichen Geschlechte besteht; beide haben Vorliebe für Aeußerliches, beide putzen sich gern, beide sind schaulustig und vergnügungssüchtig, der ernsten Geistesarbeit abgeneigt, gutmüthig, gemüthlich, enthusiastisch, im Augenblicke lebend, opferwillig, Alles vom subjectiven Standpunkte aus erfassend, der Objectivität und des „Weltverstandes“ entbehrend. Der Bildungsgang ist es, welcher die Unterschiede bewirkt, nicht die Naturanlage. Wenn z. B. ein Kaufmann, vielleicht ein kleiner Krämer der Vorstädte, einen „Verein für Naturheilkunde“ gründete und als Vorsitzender des von ihm hervorgerufenen Vereines gegen Aerzte und Arzneien in die Welt hineinorakelte, so wäre der Mann auch „nicht berühmt in der Logik“ (wie man den Frauen nachsagt) und keine Waschfrau würde gehandelt haben, wie er.

Wenn Frauen wirklich so wenig denkfähig wären, wie könnten sie doch so großen Einfluß erlangen und behaupten? Wie vermöchten Mütter ihre Kinder plangerecht zu erziehen und im Leben zu berathen? Feigheit oder schlechtes Betragen eines „Indianers“ ist bei seinem Volke nicht nur ihm selber, sondern auch für seine Mutter und seine Schwester nachtheilig; — erstere verliert an Ansehen und Achtung, letztere findet schwieriger einen Gatten. Die Mutter wird wegen des schlechten Betragens des Sohnes einer Pflichtversäumniß bei der ersten Erziehung desselben, also bei der Grundlage zu seiner Charakterbildung, beschuldigt. Nicht ohne Berechtigung! Die Indianer behaupten als gute Beobachter, eine Frau, welche ihr Vaterland und ihren Ruf liebe, könne nie Mutter eines schlechten Indianers — d. h. eines Mannes, der sein Vaterland und seinen Ruf mißachtet — werden.

Die Keime, welche die erste Erziehung legt, wuchern oft noch nach Jahrzehnten fort, ohne daß der Glückliche oder Unglückliche, welcher Träger dieser Keime ist, die Ursache seines Glückes, seines Unglückes ahnt.

Gespenstergeschichten, Erschrecken mit dem bösen Manne oder dem schwarzen Hunde der Kindermärchen geben die Wurzel künftiger Feigheit. Mancher hochbegabte Mann und feurige Patriot ist schon an der Nachlässigkeit seiner Mutter zu Grunde gegangen, die ihn in seinen ersten Lebensjahren der Amme und der unverständigen Wärterin überließ, um selber in Spielkränzchen und Theater dem Vergnügen nachzujagen. Er glaubte, begeistert von hohen Gedanken an seinen Muth und seine Thatkraft, — da nahte sich die Gefahr — — seiner selbst unbewußt überkam ihm das in den Kinderjahren eingepflanzte Gefühl der Angst und — er bückte sich demüthig vor dem Herrscher, mit dem er „grollte", oder verkroch sich unter das „Sprützenleder." Nicht er ist zu verdammen. Die Lehrerinnen seiner Kindheit sind es, welche ihm den Instinkt der Hasen künstlich beibrachten, statt des kühnen Muthes gegen wahre oder eingebildete Schrecknisse.

Weichliches Nachgeben gegen die kleinen Leiden des Lebens und gegen geringfügiges Ungemach macht das Kind verzärtelt. Wenn nun im reiferen Alter nicht glücklicher Weise die Selbsterziehung den früheren Fehler wieder ausgleicht, so fehlt die moralische Kraft der Selbstüberwindung. Der Mann geht dann in Zerstreuungen unter, ohne zur inneren Tüchtigkeit zu gelangen, — die Frau zieht eben Spielkränzchen und Sinnengenuß der minder behaglichen Pflichterfüllung in der Kinderstube vor. In Krankheitsfällen sind Beide haltlos, wie nasse

Wäsche, — der geringsten Schmerzempfindung nachgebend, ihre Umgebung peinigend.

Auch allzugroße Sorgsamkeit kann Nachtheile bringen. Eine Mutter, die ihren Kindern alle Hilfe leistet und nicht die Kleinen daran gewöhnt, sich vom 6. Jahre an selber zu waschen, selber anzuziehen, selber kleine Bedürfnisse herbeizuholen, — erzieht aus ihren Knaben künstlich jene Philister, welche in Verzweiflung sind, wenn ihnen auf der Reise ein Band zerreißt, die keinen Knopf jemals selber annähen können, keinen Bleistift spitzen und kein Päckchen für die Post richtig zuzuschnüren vermögen. Die Mädchen sind und bleiben dann ungeschickt, in weiblichen Arbeiten, wie in der Küche, und leben abhängig von fremder Hülfe.

Es wird sicher keinen wahrhaft geistreichen und schnell denkenden Mann, keine sinnreiche und der Führung des Hauswesens umsichtige Frau geben, mit welcher ihre ersten Erzieher nicht schon Denkübungen angestellt hätten, um den erwachenden geistigen Funken anzufachen. Und wie genußreich für beide Theile sind diese Uebungen, wenn sie nicht mit pedantischem Ernste, sondern in Munterkeit und Herzlichkeit vorgenommen werden. Kann es ein reizenderes Zusammenleben geben, als eine Mutter, die bei ihrer Handarbeit, nähend oder strickend, für die Mahlzeit Vorbereitungen treffend, oder sonstwie ohne Anstrengungen beschäftigt, sich von ihrem Kinde kleine Geschichten wiedererzählen läßt, die sie ihm früher erzählte oder vorlas? Wie kann man die Beobachtungsgabe der Kinder schärfen, wenn man es zum Auffinden von Aehnlichkeiten und Unähnlichkeiten anleitet, indem man dazu Gegenstände wählt, die innerhalb des Gesichtskreises des Kindes liegen (z. B. im Zimmer zwischen 2 Tischen, 2 Uhren, einem gewöhnlichen Stuhle und einem Lehnsessel, — im Garten zwischen 2 Blumen, 2 Blumenstöcken, 2 Bäumen u. s. w.). Wie leicht führt dies zu weiteren Belehrungen über Entstehung der verglichenen Gegenstände, — Unterweisungen, die dann am nächsten Tage wieder abgefragt werden. So erweitert die Mutter den Gedankenkreis der Kinder, lehrt ihm Achtsamkeit auf seine Umgebung, übt Scharfsinn und Gedächtniß. Die Plaudereien mit der Mutter sind des Kindes erster und wirksamster Unterricht.

Dazu kommt das Beispiel. Ordnungsliebe, — stetige Thätigkeit, — Sauberkeit, — Pünktlichkeit, — strenge Wahrhaftigkeit und Treue, — was könnte diese Tugenden besser und sicherer in das Geistesleben des Kindes einpflanzen, als das Beispiel der Mutter? Halte nur die Mutter in aller Freundlichkeit, als etwas ganz von selbst Verständliches, das Kind von den ersten Lebensjahren ab zur Nachahmung dieses Beispieles an. (Aber ja ohne lästige und langweilige Ermahnungen im Prediger- und Schulmeister-Tone, die immer viel eher das Gegentheil bewirken.)

Man sieht, eine Mutter hat Höheres und Größeres noch ihrem Kinde zu bieten, als nur die Sorge für das leibliche Wohl. Beide, die geistige und die körperliche Erziehung, müssen Hand in Hand gehen. Der Körper sei gut und reichlich genährt, durch Uebungen behend und ausdauernd gemacht; der Geist gewinne spielend zur Erholung Kenntnisse und werde zur Selbstthätigkeit angeleitet. So legt die Mutter den Grund zum künftigen Glücke des Kindes.

Doch verlange man auch nicht zu viel von dieser ersten mütterlichen Erziehung. Nur den Grund kann die Mutter legen; den Aufbau und Ausbau haben später die Lehrer und vorzüglich die Selbsterziehung zu übernehmen. Alles durch „Lehren“ Empfangene ist nur „angelernt“, ein fremdes Pfropfreis; damit es organisches Eigenthum des Belehrten werde, ist die Selbsterziehung nöthig, welche je nach der Schnelligkeit der geistigen Entwickelung bei Manchen schon in der Kindheit, bei Anderen erst nach dem zwanzigsten Lebensjahre beginnt. Nicht für jede Einzelnheit also kann die mütterliche Unterweisung verantwortlich gemacht werden. — Es giebt Personen, welche länger als andere sich liebenswürdige kindliche Frische bewahren; dafür behalten sie meistens auch länger kindische Art und Weise: wechseln schnell in ihren Stimmungen, sind nicht stetig in ihren Arbeiten und Bestrebungen, bleiben unachtsam auf sich selber, — treten z. B. früh Morgens ohne Schuhe aus dem Bette und sind zum hundertsten Male ebenso erstaunt, wie zum ersten Male, wenn sie in Folge dessen Schnupfen, Halsweh oder anderes Ungemach davon tragen. Umgekehrt beachten Andere das eigene „Ich“ zu viel; — halten sich für die Centralsonne, um welche das gesammte Hauswesen sich dreht, — beanspruchen in der Familie und in der Welt eine bevorzugte Stellung, sind rechthaberisch, suchen den Sündenbock eigener Versehen in Anderen, verlangen vom Arzte unter allen Verhältnissen augenblickliche Hilfe, und erklären schließlich die Heilkunde für ungenügend, weil sie nicht das Unmögliche leistet. — Wer wollte solche Verkehrtheiten der Mutter zur Last legen? Hier fehlt nur Selbsterziehung. Den Stamm des Lebensbaumes vermag mütterliche Pflege zu kräftigen; für die weitere Entwickelung der Aeste und Zweige kann sie nicht einstehen, — und die Auswüchse beseitige Jeder selbst.

Immerhin bleibt der mütterliche Einfluß unleugbar und für Lebenszeit fühlbar. Es giebt keinen so schweren Verlust im Leben, als frühzeitig eine Mutter zu verlieren. Glücklich der, dem dies erspart blieb! — „Die Sterne, unter denen wir geboren werden, das sind unsere Eltern, die Zeit, der Ort, die herrschende Religion.“ *) —

Ein Mädchen, welches sich nicht verheirathet, sondern als ungefreite Wittwe lebt, wird „alte Jungfrau“ genannt. Wie immer, so hat auch hier die Sprache den Ausdruck richtiger Beobachtung gefunden; die Unverheirathete altert schneller an Körper und Geist, als die Verheirathete. Die Sorge für Andere zieht vom eigenen Ungemach ab, erhält dem Geiste jugendliche Regsamkeit, bringt durch mannichfache Anregungen Wechsel in des Lebens einzelne Vorgänge, schafft Gemüthswallungen ernster und heiterer Art und gewährt durch die Möglichkeit des Meinungsaustausches den kleinen Dramen der Tagesereignisse in der Familie ihren Abschluß.

Den Unverheiratheten dagegen fehlt dieser buntfarbige Wechsel. In stiller Gleichmäßigkeit spinnt sich des Tages Einerlei ab; die Tage gleichen einander; ebenso die Wochen und Monde. Ueberall zeigen sich Hindernisse, — die zwar Keinem fehlen, die aber schwerer dünken und schwieriger ertragen werden, wenn man sie allein tragen oder überwinden muß. Das beständige Entsagen

*) Hufeland's „Selbstbiographie“ in „Deutsche Klinik“ 1863, Nr. 13.

giebt endlich dem ganzen Wesen je nach dem ursprünglichen Charakter: etwas Herbes, oder Gebrochenes, oder Neidisches. Immer wird die Gefahr einer gewissen Einseitigkeit vorhanden sein, weil das ganze Leben einseitig und monoton wird.

Diese Monotonie des täglichen Lebens scheint uns der eigentliche Feind der alten Junggesellen und alten Jungfern zu sein. Sie bewirkt zuerst jene übermäßige Beachtung der eigenen Person und ihrer kleinen Leiden, welche zur „Hypochondrie" und „Hysterie" führt; es ist in dieser Beziehung charakteristisch, daß der in Krankheitsfällen geholte Arzt in einer Familie stets Noth hat, das nöthige Papier für Aufschreiben eines Receptes zu erhalten, während es bei einzeln Wohnenden schon lange vor seiner Ankunft bereit liegt. Dann bewirkt die Ergebung in die Einförmigkeit auch peinliches Haschen nach „Ruhe", nach „Ungestörtsein", wo Nichts zu stören ist; jede Wohnung ist zu geräuschvoll; langjährige Freundschaften, treue Pudel und Kanarienvögel, endlich selbst die harmlosesten und stillsten aller Genossen: die Blumentöpfe, fallen diesem krankhaften Begehren der Ruhe zum Opfer; jede Aufregung und Unruhe soll vermieden werden. Und doch ist gerade die Hauptwirkung der erwähnten Monotonie eine heimliche Sehnsucht nach Aufregungen. Alle einzeln Wohnenden sind erregungsbedürftig.

Wie die auf dem Lande wohnenden Familien das Bedürfniß nach Gemüthserregung haben und deßhalb die „Sensations-Romane" der neuesten Räuber- und Scharfrichter-Literatur gierig verschlingen oder am Domestiken-Klatsch über die Bewohner eines benachbarten Gutes sich erlaben, — so haben auch die einzeln Lebenden das dringende Bedürfniß, von Zeit zu Zeit durch einen soliden Zank sich zu erfrischen, eine „Scene“ mit der Freundin oder mit Verwandten herbeizuführen, über der Welt Gottlosigkeit im Allgemeinen und über die der Nachbarn im Besonderen sich zu entsetzen. Die im Leben Vereinzelten sind es besonders, welche eine Lust am Abenteuerlichen und „Romantischen“ (für sie und die meisten Menschen gleichbedeutend mit „Ungewöhnlichem“) haben. — Diese Grundzüge zeigen alle Einsamen, — und deren giebt es auch in Familien.

Wie ist dem Uebel zu steuern? Die nächsten und besten Gegenmittel sind: Körperbewegung, Bäder, Arbeiten und eine streng geregelte, mäßige, doch nicht karge Lebensweise.

Durch diese Mittel wird dem Einzuge der Gesundheit wenigstens die Pforte geöffnet. Das beste Mittel aber ist Arbeit; geistige und körperliche Anstrengung im täglichen Wechsel, ernstes Streben nach einem Ziele, — darüber vergißt man das eigene „Ich“ und dessen kleine Leiden. Dazu gehört ein Anschluß an Andere mit dem Bewußtsein, daß man sich nützlich mache.

In katholischen Ländern geben die Klöster der Urselinerinnen und Elisabethinerinnen den allein stehenden Mädchen einen Zufluchtsort. In protestantischen Ländern hat man „Frauenstifte“ begründet, welche jedoch dem eigentlichen Bedürfnisse selten entsprechen. Wir meinen, es sei richtiger, lohnender und zufriedenstellender, wenn man durch eigene Thätigkeit sich einen Wirkungskreis erobert, was bei offenen Augen, gutem Willen und bescheidenen Ansprüchen nicht so schwer ist.

Unter gegenwärtigen Verhältnissen ist es Pflicht jedes Familienvaters, ebenso wie den Söhnen, auch jeder Tochter eine Kunst oder ein Handwerk lehren zu lassen, welche ihr gestatten, einst frei und selbstständig auf eigenen Füßen zu stehen, das selber verdiente Brod zu essen. Vermögen und Rang können verloren gehen; erworbene Kenntnisse nicht. — Es ist aber auch für diejenigen, welche ein Ziel erreichen wollen, nie zu spät zum Lernen. „Sokrates war bereits Greis, als er musikalische Instrumente spielen lernte; Cato war 80 Jahre alt, da er den Unterricht im Griechischen und Plutarch im gleichen Alter, da er das Lateinische zu lernen begann; Boccaccio fing erst im 30. Lebensjahre seine schön-wissenschaftlichen Studien an; Colbert wendete sich erst mit dem 60. Jahre zu der Rechtswissenschaft und Franklin erst mit dem 50. Jahre zu den naturwissenschaftlichen Forschungen." So könnten noch viele Beispiele aufgezählt werden, um zu erweisen, daß man niemals zu alt ist, um zu lernen, daß es nie zu spät ist Kenntnisse zu sammeln, mit denen man sich und Anderen nützt. Wenn es auch schwieriger ist, im reiferen Alter nachzuholen, was in der Jugend versäumt wurde, dennoch ist immer Zeit zur „Geistespflege" und zum Erlernen eines Lebensberufes. Das ist aber das eigentlichste Gegenmittel gegen alle Leiden der Unverheiratheten. —

Um „schön" zu werden, muß man allseitig naturgemäß sein und seine volle Eigenthümlichkeit bewahren. Dies hat nicht nur für den Körper, sondern ebenso auch auf geistigem Gebiete Geltung. Beim Kinde ist danach die Entwickelung zu leiten; der Erwachsene lenke sich selber, dieser Regel eingedenk.

Arbeitslehre.

Arbeilslehre.

[Frauenarbeit sonst und jetzt. — Hauswesen. — Ackerbau und Handwerk. — Die Noth des Mittelstandes. — Abhilfe. — Der Unterricht. — Kunstdressur. —]

„Die Armuth ist der große Tod."
(*Arabisches Sprüchwort.*)

„Nach Golde drängt,
Am Golde hängt
Doch Alles. Ach wir Armen!"
(*Gretchen im „Faust".*)

Die Anschauung einer früheren Zeit: daß der Frau die Sorge für das Haus, dem Manne die Arbeit im Leben gehöre, — hat in der Gegenwart mannichfache Umänderung erlitten. Wie in Vielem unsere Tage in Gegensatz treten zum Mittelalter, so auch in dieser Beziehung.

Die Volkstracht, die eigenthümlichen Volkssitten, die strenge Trennung der Stände des Mittelalters haben ebenso einer freieren Anschauung Platz gemacht, — als Mangel an Reinlichkeit, Unkenntniß der Seife und der leinenen Unterkleider, das angeblich „romantische" Zeitalter der Raubburgen und des rohen Faustrechts in Schatten gestellt haben gegenüber den Gewöhnungen unserer Zeitgenossen. Niemand rühmt heutzutage mehr „*die gute alte Zeit*", in welcher die von Unrath starrenden

Straßen und Häuser gleichmäßig von Menschen und Hausthieren (besonders Schweinen) bevölkert wurden, und die geistige Knechtschaft unter dem Trosse der Pfaffen sich für den Bürger einigte mit dem der Sklaverei nahe stehenden Drucke unter weltlicher Willkührherrschaft. Wie auf der Straße und im Hause, in der Kirche und vor der Gerichtsbank, so ist es auch in jedem Berufe anders geworden, als damals, und besser.

Auf sich und ihre eigene Kunstfertigkeit zur Verschönerung des Hauses vorzugsweise angewiesen, sahen sich Ritterdamen und Fürstinnen des Mittelalters genöthigt, nicht nur ihre eigenen Kleider selber zu nähen, die Stickerei derselben selber herzustellen, sondern auch das Sticken der Tapeten und Teppiche des Zimmers zu übernehmen. Was übrig blieb an freier Zeit, das wurde der Küche zugewandt, und wir wissen aus Briefen der Herzogin Dorothea von Preußen, daß sie sich von Nürnberg aus eine gute Köchin, „die uns für unseren Leib kochen und uns in unserem Gemach aufwarten thäte“, nach Königsberg verschrieb, und daß ihr Gemahl, wenn die Kurfürstin einmal für längere Zeit zum Besuch ihrer Tochter abwesend war, sie auch deßhalb schwer vermißte, weil ihm die von fremder Hand zubereiteten Speisen nicht mundeten. Außer Nähen und Kochen gab im 16. Jahrhunderte der von der Mutter ertheilte Unterricht selbst den Fürstentöchtern nur einige Anleitung im Lesen, Schreiben, Rechnen, einige Kenntnisse in der Religion und zuweilen etwas Lautenspiel oder Gesang.

Anders was das Arbeitsfeld unserer Großmütter. Der Webstuhl war zwar bereits aus dem Hause verschwunden, aber Spinnrad und Spindel dienten noch für den Bedarf der selbstgesponnenen Wäsche, und die Sorgen für die Hauswirthschaft schlossen mit ein, daß Seife gekocht und Talglichter gezogen wurden; Kartoffelstärke, Möhren- oder Rüben-Syrup wurde im Hause bereitet; Essig, oft auch Bier oder wenigstens Meth von der sorglichen Hausfrau selber gebraut; Fleisch wurde eingesalzen; Würste wurden geräuchert, — und das alles geschah nicht nur auf dem Lande, wo der einzeln liegende Hof der Kommunikation entzogen war, sondern auch in der Stadt.

Jetzt denkt keine Frau in einer größeren Stadt mehr an die Uebernahme solcher Geschäfte; denn sie weiß, daß es ihr nicht möglich wäre, besser oder billiger die genannten Gegenstände herzustellen. Die erbärmliche Beleuchtung selbstgezogener Unschlittkerzen hat der reinlicheren und heller brennenden Lampe weichen müssen; die übelriechende und entweder schmierige oder steinharte Hausseife ist durch ein in jeder Beziehung schöneres und billigeres Fabrikat verdrängt; den trüben, von kleinen Thieren wimmelnden Hausessig und das fade bitterliche Hausgebräu des Bieres wagte keine Bürgersfrau heute auf den Tisch zu setzen; kaum noch saure Gurken oder Sulzfrüchte werden in den Städten selber eingelegt, weil Einzelne geschäftsmäßig für viele Haushaltungen das herstellen, was sonst in jeder einzelnen Haushaltung kostspielige und zeitraubende Nebenarbeit war, — und weil die heutige vielfache Abwechselung in den durch bessere Transportmittel und gesteigerten Verkehr aus allen Himmelsgegenden zugänglich gemachten Marktwaaren die einstigen Leckerbissen minder werthvoll und gesucht machen.

Die Arbeitstheilung geht bereits weiter. In dicht bevölkerten Städten mittlerer Größe (wie z. B. in Leipzig) halten nur noch wenige Hausfrauen die sonst so allgemein übliche „große Wäsche.“ Noch um das Jahr 1830 erschien aller sechs Monate ein fürchterliches Corps durstiger und gesprächiger Waschfrauen, welche unter der Feldherrnleitung einer Oberwaschfrau oder „Anstellerin“ und unter den königlichen Befehlen der Hausfrau für eine Woche zu den Herrschern des Hauswesens sich machten, — die dann mit der in Wannen gepackten Wäsche auf einem Leiterwagen nach einem nahe gelegenen Dorfe fuhren, den Trockentag abzuhalten, — und schließlich stolz wie Nausiloa mit der gereinigten Wäsche zurückkehrten, um der ihnen feindseligen Macht der Plättfrauen Platz zu machen. Dreißig Jahre haben genügt, um solche Vorgänge ins Reich der Mythe zu verweisen, den Hausfrauen eine ergiebige Quelle der Erkältungen und des Aergers abzunehmen, die männliche Bevölkerung von dem unheimlichen Eumenidenchore der seifenschaumbedeckten Wäscherinnen zu befreien. Jetzt erscheint in den meisten Haushaltungen still und ohne Lärm aller zwei bis drei Wochen eine Frau mit einem Tragkorbe, die am bestimmten Tage die bereits gezählte Wäsche in Empfang nimmt, in ihrer Wohnung außerhalb der Stadt reinigt und ebenso geräuschlos nach gegebener Frist wieder abliefert. Es ist fraglich, ob Hemden und Betttücher bei dieser Veränderung gewonnen haben, — aber es ist sicher, daß die Gemüthlichkeit des Lebens dadurch wesentlich erhöht wird, während die Kosten verringert worden sind.

In größeren Städten (wie in Wien und Berlin) ist die Theilung der Arbeit bereits so weit vorgeschritten, daß viele Speisen nicht mehr in der eigenen Küche bereitet, sondern vom Garkoch gekauft werden. Mit der Wurst und dem gekochten Schinken, mit Hamburger Rauchfleisch und gefülltem Schweinskopf fängt diese Revolution an und mit der gesammten Mahlzeit wird sie enden, — wie denn z. B. in Paris in vielen Haushaltungen Jahr aus Jahr ein nur dann und wann an Festtagen irgend ein Lieblingsgericht, welches man zufälliger Weise nicht aus der Garküche beziehen kann, selber bereitet wird.

Auch diese Veränderung ist eine nothwendige und unaufhaltsame. Für die besitzenden Classen ist der von der Frau geleitete Hausstand ein angenehmer Luxus; — für diejenigen Familien, welche nur gerade so viel verdienen, als sie brauchen, ist er bereits eine heillose Verschwendung geworden!

Die Mädchen werden in den oberen und mittleren Ständen so erzogen, daß sie übermäßige Anforderungen für ihren Unterhalt erheben, wie sie in den meisten Fällen der vom Ertrage seiner Arbeit lebende Mann nicht befriedigen kann. Als vor einiger Zeit in der englischen Tagespresse die Frage über Abnahme der Ehebündnisse erörtert wurde, verneinte man im Allgemeinen die Frage: ob Aerzte, Advokaten, Geschäftsleute bei einer Jahreseinnahme von 500 Pfund Sterling (3200 Thaler) heirathen könnten, — und 1863 ließ ein unglücklicher Heirathscandidat, Beamter im Ministerium des Auswärtigen, den Brief einer jungen Dame abdrucken, die seinen Heirathsantrag zurückwies, weil der Anbeter nur 400 Pfd. St. Jahreseinnahme besitze, und mit gefühlvoller Offenheit erklärte: „daß sie für ihre Toilette mindestens 100 Pfd. St. bedürfe und nicht glücklich sein könnte, wenn sie weniger darauf verwenden müßte. Diese Dame gehörte dem kleinen Mittelstande an, war die Tochter eines zurückgezogenen Krämers." — Auch in Deutschland ist es nicht besser. Eine Woche bevor wir dies schrieben, hörten wir aus dem Munde einer Mutter, auf die Bemerkung, daß ihre Tochter das schönste Zimmer des Hauses bewohne, die Antwort: „Wie sollten wir unserer Leonore dies Zimmer nicht geben; sie ist ja unser Bestes!" Das siebzehnjährige Dämchen hörte diese liebreiche Antwort mit großer Befriedigung, und wenn sie nicht durch dieselbe verdorben wird, so ist dies nicht das Verdienst der schwachen Mutter, sondern des guten Kernes, den das junge Mädchen im eigenen Charakter sich bewahrte. — Mit Töchtern, denen man einredet, daß nicht der Vater, sondern ihre eigene kleine Person das „Beste" im Hause sei, ist natürlicher Weise der Hausstand ein kostspieliger Luxus.

„Denken wir uns 10 Arbeiterfamilien, deren Männer auf Arbeit gehen und deren Frauen den Haushalt führen, so haben wir 10 Küchenfeuer, 10maliges Kaffeekochen, 10fache Waschtage u. s. w., während wir uns sehr wohl den Fall denken können, daß sich diese 10 Familien vereinigten; — die eine Frau kocht, die andere wäscht, die dritte die Kinder wartet und beaufsichtigt, die übrigen Frauen aber ihre Zeit zu nützlichen (d. h. in diesem Falle mit baarem Gelde belohnten) Arbeiten verwenden. Die Noth zwingt bereits die Arbeiter, ihre Frauen zur Arbeit heranzuziehen; diese müssen um der Lohnarbeit willen ihre Hauswirthschaft vernachlässigen, und so leidet gerade durch das Aufrechterhalten des isolirten Hauswesens das Wohlsein und die Behaglichkeit sämmtlicher Familien. Soll ich etwa an die zahlreichen Fälle erinnern, wo arme hilflose Kinder verbrannten, weil die Mutter auf Arbeit gegangen war und die Kleinen eingeschlossen hatte?"*)

Der Kampf um die Bedürfnisse des Lebens, welchen der gesunkene Geldwerth von Jahr zu Jahr erschwert, muß durch Arbeit geführt werden, und diese ruht auf den Unterlagen der Kenntnisse, — der Geschicklichkeit — und der Kraft. — Mann und Frau haben den „Genuß" der Wohlthaten, welche das Resultat dieses Kampfes sind, gemeinsam; weßhalb will man die Frau nicht auch darin dem Manne ebenbürtig erachten, daß sie am „Kampfe" sich betheiligt? Hält man Kenntnisse, Geschick und Kraft des weiblichen Theiles der Bevölkerung für so gering, daß sie als Hilfstruppen zu mißachten seien? Will man nur aus träger Gewohnheit und weil unsere Vorfahren es nicht thaten, der Frau das schöne Bewußtsein mißgönnen, den Wohlstand des Hauses zu fördern?

Die weibliche Arbeitsthätigkeit ist in der Landwirthschaft, wo die größere Einfachheit der Verhältnisse mindere Schwierigkeiten bot, schon längst anerkannt und zu ihrem Rechte gelangt. Das Jäten des Unkrautes, das Heumachen, das Garbenbinden, das Warten der Hausthiere sind fast ausschließlich weibliche Beschäftigungen.

Wie in der bäuerlichen Bevölkerung eine Anerkennung der Arbeitskraft der Frauen zur Wahrheit geworden ist und selbst schwere, die Muskelkraft erheblich in

*) Prof. H. Schwarz in Breslau in einer Arbeit über die Stellung der Frauen zur Industrie, welcher wir auch im Vorhergehenden und Nachfolgenden Einzelnes entlehnt haben.

Anspruch nehmende Beschäftigungen (Dreschen, Auf- und Abladen der Garben) ihr gelegentlich zufallen, so ist auch in den Städten die Frau des einfachen Handarbeiters oder des Handwerksgesellen auf ihre Arbeit und auf ihren Verdienst angewiesen. Der Frau fällt die Domäne des Hauses und der Hauswirthschaft als alleinige Verwaltung zu, und der Mann pflegt sich bei ihr für einen gewissen Wochenbetrag in Kost zu geben, ähnlich wie er es gewohnt war in der Zeit seines Junggesellenstandes; außerdem zahlt er die Miethe und bestreitet eine oder die andere Anschaffung an Vorräthen oder Hausgeräth. Im Uebrigen hat nun die Frau selbstständig zu sorgen, wie sie mit dem empfangenen Gelde auskomme, und (da dies in der Regel zu wenig ist) wie sie durch Nebenverdienst, — z. B. durch Uebernahme von Hauswäsche, durch Heranziehen anderer, unverheiratheter Männer als Tischgäste oder sogenannte „Kostgänger“, durch Vermiethung etwaiger überflüssiger Kammern oder auch nur Winkel als „Schlafstellen“ an Schlafburschen, — die Einnahmen des gemeinsamen Hauswesens erhöhe.

Die unverheiratheten Schwestern und Töchter der Handarbeiter verdienen sich meistens ihren Unterhalt in der Industrie, und zwar in solchen Industriezweigen, welche weniger der Kraft, als der Geschicklichkeit, Ausdauer und Sauberkeit bedürfen: Beim Spinnen und Weben, beim Sortiren der Gespinnste, beim Bleichen und Färben, bei der Stahlfeder- und Nähnadeln-Fabrikation, beim Malen des Porzellangeschirres, beim Illuminiren von Bildern und Karten, beim Auffangen und Hinreichen der Papierbogen in großen Drucketablissements, beim Auftragen der Muster in Tapeten-Fabriken, beim

Ordnen und Zusammenstellen in der Spielwaarenfabrikation, beim Nähen der Handschuhe, bei der Herstellung der Hüte, der Schwefelhölzchen, der Wachsstöcke, beim Zuarbeiten und Wickeln der Cigarren, beim Formen feinerer Seifensorten, beim Abfüllen und Abwägen der Parfümerien ꝛc. finden weibliche Arbeitskräfte bereits ihre Bethätigung. Auch der Bergbau hat weiblichen Arbeitern Beschäftigung gewährt im Sortiren und Waschen der Gesteine, — wie in Cornwall für Auswaschen des Zinnsteins, in englischen Porzellanfabriken im Auswaschen des Coalins, in Oberschlesien beim Sortiren und Waschen des Galmei, — und meistens befinden sich die Arbeiterinnen besser, als ihre männlichen Genossen, da sie die etwaigen Ueberschüsse ihres Verdienstes nicht in Tabak, Cigarren und Branntwein verbrauchen, sondern als Ersparnisse anwenden.

Dieses günstige Verhältniß hat aber nur in den sogenannten geringeren Ständen Platz gegriffen, wo die Mode nicht herrscht, sondern wo die Noth die Vernunft bereits zur Geltung gebracht hat. In den scheinbar wohlhabenderen Classen des gebildeten Mittelstandes ist die Lage der weiblichen Familienglieder eine ungleich trübere. „Es finden sich in unserem bureaukratisch regierten Staate eine Menge angesehener bürgerlicher Familien, die, so lange der Vater und Ernährer lebt und durch seine Besoldung die Kosten des Hauswesens so wie der Erziehung der Kinder deckt, mit mäßigem Comfort existiren, sofort aber zusammenbrechen, sobald der Tod den Ernährer raubt. In dieser Beziehung ist oftmals die Familie eines Handwerkers viel besser daran, indem dann die Witwe das Geschäft fortsetzt oder ein herangewachsener Sohn in dasselbe eintritt. Wie ganz anders bei einer solchen Beamtenfamilie! Die Erziehung und Ausbildung der Söhne zum Staatsdienst hat das angesammelte kleine Capital verschlungen, ohne denselben vor der Hand eine irgendwie auskömmliche Stellung zu verschaffen, so daß auf Hilfe von dorther kaum zu hoffen ist. — Die Töchter, obwohl sorgfältig erzogen, in Musik, Handarbeit, auch vielleicht in den Haushaltungsgeschäften, finden für ihre Kenntnisse keine lohnende Verwendung; es bleiben ihnen, falls sie nicht bei begüterten Verwandten ein oft durch Demüthigungen erkauftes Unterkommen finden, keine anderen Wege zur selbstständigen Existenz, als das Gouvernantenthum und die weiblichen Handarbeiten." (Schwarz.)

Man denke sich die Tochter eines Stadtrathes oder eines Regierungsbeamten, welche bis dahin in der Gesellschaft eine gewisse Rolle gespielt hatte, plötzlich durch den Tod des Vaters im Zustande der Armuth und dem Hunger gegenüber! Die ärmliche Pension von 200 bis 300 Thalern jährlich genügt nicht einmal für die kümmerlichen Existenzansprüche, welche Mutter und noch unerzogene Geschwister erheben; die erwachsenen Töchter sind vom Schicksal nun hinaus ins Leben gestoßen und sollen plötzlich, unter ihnen bis dahin völlig unbekannten Verhältnissen, inmitten einer erdrückenden Concurrenz: „verdienen", ihren Lebensunterhalt gewinnen, während hierzu ihre Erziehung ihnen keine Anleitung gegeben hat; und doch sind sie noch glücklicher daran (denn sie haben in den weit verbreiteten Kreisen der Collegen ihres Vaters etwa einen kleinen Anhalt) als die Tochter eines armen Landgeistlichen, die Tochter eines Arztes, eines Advokaten, welche in der Regel mit viel größeren Schwierigkeiten zu kämpfen haben. Wenn der karg zugemessene Gehalt der Beamten keine Ersparnisse ermöglicht, so ist dies noch weit weniger der Fall bei den zuweilen für die Bedürfnisse kaum genügenden Einnahmen der Proletarier der freien Geistesarbeit. Die Töchter beginnen also in den Zeitungen und mit Hilfe befreundeter Familien eine Stellung als „Gouvernante“ oder „Gesellschafterin“ zu suchen. Mühe und Geldaufwand müssen eingesetzt werden, um ein Unterkommen zu finden, — theure ererbte Andenken wandern um Spottpreis zum Verkäufer, um die erste Einrichtung zu beschaffen, — und wenn nun alle Sorgen und alle Opfer nicht ganz vergeblich waren, wenn der armen Verlassenen das Glück so weit hold ist, daß wenigstens irgend eine vornehme Dame sich geneigt findet, mit ihr einen Versuch zu machen, was ist es dann für ein Glück, welches sie gefunden?

Das modisch übertünchte Elend der meisten deutschen Gouvernanten des In- und Auslandes ist der Art, daß ein im steten Hungern begriffener Dorfschulmeister zögern würde, einen Tausch einzugehen. Das weiße Sklaventhum zeigt sich kaum irgendwo schlimmer, als an diesem Platze, wo auf der einen Seite die höchsten Pflichten auferlegt werden, und wo doch eine wenig geachtete, meistens nicht der des Kammermädchens überlegene Lebensstellung errungen wird. In der Regel ist die Gouvernante der Blitzableiter für die üble Laune der Kinder, der Dienstboten, der Herrin und etwaiger Anderer. — Gesetzt aber, die Suchende sei ein Phönix an Glück, sie komme unter liebenswürdige Menschen, die sie wie ein Familienglied aufnehmen, — wie wenig wird sie selbst im Anfange den eigenen Anforderungen zu genügen im Stande sein! Alles will gelernt sein, und „Lehren“ ganz besonders. Wer aber ohne andere Vorbereitungen, als die der allgemeinen Bildung, versucht Lehrer oder Lehrerin zu werden, der bemerkt mit Schrecken, sobald er nun Anwendung seiner eigenen Kenntnisse für Andere machen will, die großen Lücken seines Wissens und Könnens. Rastloser Kampf, um nachzuholen, was versäumt wurde, — Abdarben der Freistunden und des Schlafes, um der hohen Aufgabe als Erzieherin gerecht zu werden. Es gelingt. Der Unterricht ist gut. Die liebevolle Theilnahme findet Anerkennung und fruchtbaren Boden. Die Kinder lernen und werden tüchtig. — Aber sie wachsen heran. Man braucht die Gouvernante nicht mehr; „der Mohr hat seine Schuldigkeit gethan, der Mohr kann gehen“. Mit kühlem Bedauern, und wenn große Generosität da ist, mit einem Gnadengehalte oder der Erlaubniß, noch einige Zeit sich im Hause aufhalten zu dürfen, bis eine neue Stelle gefunden ist, wird die Gouvernante — — entlassen? Nein, aufs neue hinausgestoßen in die Brandung des Lebens zum ruhelosen und nur zu oft auch fruchtlosen Kampfe.

So ist das Schicksal der Töchter gebildeter Kreise, wenn die unvorhergesehene Nothwendigkeit sie zwingt, selber den Lebensunterhalt sich zu erkaufen.

Die Witwe des kleinen Handwerkers ist glücklicher, als die Witwe des Beamten, des Gelehrten. Jene kann durch einen „Werkführer“ ihres Mannes Geschäft fortsetzen und allmählig durch Einrichtung eines kleinen Verkaufsgeschäftes sich Selbstständigkeit erringen. Diese dagegen ist und bleibt unselbstständig; auf den Mann allein angewiesen, nur von ihm in ihrem Lebensunterhalte abhängig, sucht sie nun vergebens die von der Noth gebotene Selbstständigkeit zu erringen. Jahre vergehen in Kummer und Sorge, bis es ihr vielleicht gelingt, als Lehrerin für weibliche Arbeiten an einer Volksschule oder auf sonstige Weise ein dürftiges Unterkommen zu finden.

Aber die Frauen gebildeter Kreise haben wenigstens einige Kenntniß der Lebensverhältnisse neben dem Muthe der Verzweiflung; dem weiblichen Wesen ohne höhere Bildung bleibt nur der letztere.

Wenn die Tochter eines Landschulmeisters, eines Handwerkers einer kleinen Stadt, eines Landgeistlichen, eines kleinen Kaufmanns durch den Tod ihrer Ernährer gezwungen ist, „unter die Leute“ zu gehen, welche Wahl bleibt ihr? Kaum irgend eine andere, als durch weibliche Arbeiten ihr Leben zu fristen, wenn sie nicht etwa als „Dienstmädchen“ sich vermiethen will. Das letztere ist ein harter Schritt für Diejenigen, die bis dahin in leidlich behaglichen Verhältnissen gelebt und in freier Selbstbestimmung ihren Tag einzutheilen gewohnt waren. Dem Dienstmädchen bleibt selbst bei wohlwollenden Herrschaften vom Morgen bis zum Abend nur selten eine Stunde, in der sie über ihre Zeit verfügen könnte, und diese absolute Abhängigkeit des Dienens ist es, weßhalb kaum ein anderes Mädchen, als die Tochter des kleinen Bauern, welche schon im elterlichen Hause die Stellung einer Magd einnahm, zum Dienen geneigt und geschickt ist. Auch haben Diejenigen, welche eine städtische Erziehung genossen, kaum jemals körperliche Kräfte genug, um die immerhin durch ihre Dauer nicht leichte Arbeit der Kinderwärterin oder des Hausmädchens zu übernehmen. — Bleiben also die „weiblichen Arbeiten“!

Welches weibliche Geschöpf kann aber heutzutage, bei den durch erdrückende Concurenz so erschreckend herabgeminderten Arbeitspreisen, von dem ihr Leben fristen, was sie mit der Nadel verdient? Vorausgesetzt, daß es gelänge, gleich Arbeit zu finden, würde doch im Anfange kaum mehr als ein halber Thaler in der Woche verdient werden können. Die geübteste Weißnäherin, welche 14 Arbeitsstunden des Tages in ununterbrochener Thätigkeit über ihrer Arbeit sitzt, vermag doch nicht mehr als 1½ bis 2 Thaler in der Woche zu verdienen. Diesen höchsten Arbeitslohn erreichen nur Wenige, denen noch durch eine jüngere Schwester oder eine Mutter die Sorge für die gröbern Geschäfte des kleinen Haushaltes abgenommen wird, und die bereits durch jahrelange Thätigkeit geübt bei den Arbeitgebern bekannt und beliebt sind. Die Mehrzahl der guten und fleißigen Arbeiterinnen verdient mit den gewöhnlichen weiblichen Handarbeiten wöchentlich einen Thaler.

Wollen Leserinnen und Leser sich selber die Frage beantworten, ob und wie man für einen solchen Verdienst sich Wohnung, Essen, Kleidung, Heizung, Beleuchtung anzuschaffen vermag, auf welche Weise die nothwendigen Ersparnisse für etwaige Krankheitsfälle (und ein böser Finger ist in diesem Falle schon eine ernste Krankheit) zurückzulegen vermöge? — Verfasser könnte aus seiner Beobachtung als „Polizeiarzt“ herzzerreißende Schilderungen über das unsägliche geistige und materielle Elend derjenigen Arbeiterinnen geben, welche in weiblicher Handarbeit ihre Erwerbsquelle zu suchen gezwungen sind.

Das Elend ist groß; Hilfe ist nothwendig! Für den Vernünftigen ersteht die Frage: wie kann geholfen werden, wie können wir zur Besserung des Zustandes nach Kräften etwas beitragen?

Den Einzelnen können wir Hilfe bieten durch Erleichterung der Arbeit mittelst Einführung neuer Arbeitsmethoden. Für Näherinnen, welche durch Nähen des Weißzeugs sich ihren Erwerb suchen, ist der „eiserne Schneider", die Nähmaschiene, eine große Hilfe.

Der Arbeiter selbst pflegt gewöhnlich den Irrthum zu haben, daß die Einführung von Maschienen ihm ungünstig sei. Sie ist es nur dann, wenn er selber sich nicht bei Ausnutzung des Vortheils, den die Maschiene gewährt, zu betheiligen vermag. „Eine Handnäherin, die für ein Hemd zu nähen z. B. $2^1/_2$ Silbergroschen erhielt, konnte kaum eines per Tag fertig bringen; sie erhält jetzt für dasselbe Hemd mit der Maschiene genäht vielleicht nur 18 Pfennige, sie macht aber 4 Stück täglich fertig und erhält daher einen Lohn, der ihren früheren um 140 Procent übersteigt. Wird in irgend einem Artikel eine Arbeitsverbesserung eingeführt, so sinkt zwar der Preis desselben, indessen nicht in dem Maaße, als die Ersparung an Arbeitskraft beträgt. Der billigere Preis bewirkt einen stärkeren Consum, eine Ausdehnung des Marktes nach außen. In diesem speciellen Falle trat durch die Nähmaschienen noch in anderer Art eine Erweiterung des Arbeitsgebietes ein, indem künstlichere Näharbeiten beliebt wurden, z. B. die Hemdeinsätze, die Soutache-Stickereien u. s. w." (Schwarz). Im Tagelohn verdient eine Näherin mit der Maschiene wöchentlich 3—$4^1/_2$ Thaler.

Wer also einer ihm bekannten Weißnäherin zu einer sebstständigeren und sorgenfreieren Existenz verhelfen will, der sorge dafür, daß sie eine Nähmaschiene und den nöthigen Unterricht im Gebrauche derselben erhält. Das sind freilich immerhin nicht kleine Ausgaben; denn eine Maschiene, welche wirklich zur Arbeit praktisch und brauchbar ist, hat zur Zeit noch den übertrieben hohen Preis von 60 bis 80 Thaler und für die Zeit des Unterrichts und der ersten Selbstständigkeit, während welcher für den Unterhalt der Arbeiterin zu sorgen wäre, sind etwa zwei Monate nöthig. Man braucht also ungefähr 100 Thaler, um ein solches unglückliches Geschöpf aus Sklaverei und Elend zu erlösen. Wie klein ist diese Summe gegenüber dem unendlichen Jammer und Elend, welche durch sie bekämpft werden, und doch ist für den Einzelnen, der gern helfen möchte, in der Regel die Ausgabe zu groß. Machen wir es dann, wie die praktischen Engländer, die in ihren Wohlthätigkeitsvereinen uns ebenso ein nachahmenswerthes Muster der wahren werkthätigen Frömmigkeit gewähren, als in ihrer stengen Sonntagsfeier das abschreckende Beispiel der gemeinen, dummen und verdummenden Heuchelei. Gehen wir aber auch dabei darauf hinaus, daß wir dem Arbeiter keine Almosen geben sollen, sondern nur den Steigbügel halten, damit er durch eigene Arbeit und Thätigkeit sich emporschwingen könne. Die nöthige Unterstützung für den Lebensunterhalt während der ersten zwei Monate muß allerdings gewährt werden, aber die „Nähmaschiene“ werde von einem gesammelten Capital, oder mit halber Anzahlung und Bürgschaft beim Verkäufer vom Verein erworben und der Arbeiterin nur leihweise überlassen, damit sie aus dem Ertrage der Arbeit allmählig die geleisteten Vorschüsse zurückzahle und die Maschiene durch eigene Anstrengung als ihr Eigenthum sich erwerbe. Nur dann hat sie wahrhaften Werth für sie; nur dann bringt sie ihr wahrhaften Segen. Große Almosen vergiften das Leben, setzen die Selbstachtung herab, machen leichtsinnig und übermüthig. Arbeit mit der gewährleisteten Hoffnung des Erfolgs ist es, welche ebenso kräftigt, — als Arbeit ohne Aussicht auf Erfolg muthlos macht und schließlich ebenfalls demoralisirt!

Wer armen Verwandten zu einer Lebensstellung verhelfen will, dem bietet sich im Ankauf der Nähmaschiene eine Unterstützung, die hier weniger den Charakter des Almosens, als des Geschenkes an sich trägt, und welches die Sicherung giebt, daß eine verhältnißmäßig kleine Ausgabe von späteren häufiger sich wiederholenden Anforderungen des Beistandes bewahre.

Menschenfreunde finden in der Nähmaschiene das Hilfsmittel, um vielmehr das Elend der Arbeiterinnen zu mindern, statt daß sie dem Glücke derselben feindselig wäre. — Allein nur einzelnen Arbeitern wird durch Einführung der bessern Methode des Arbeitens geholfen; die andern leiden durch die Preisherabsetzung um so mehr. Wie soll man ihnen Hilfe spenden? Indem man die im Ueberflusse vorhandenen und durch das zahlreiche Angebot auf dem Markte des Verkehrs im Preise entwertheten Arbeitskräfte auf andere, fruchtbringendere Gebiete der Arbeit ableitet, das heißt, indem man neue Zweige der Arbeit aufsucht.

Noch ist für weibliche Thätigkeit und weibliche Hände ein weites, weites Feld des Verdienstes vorhanden, wenn nur die Summe des Erlernten, wie sie die besseren

Volksschulen gewähren, im festen Besitze der Arbeiterin ist, und wenn vor Allem die Erziehung die rechte war, das heißt in diesem Falle zur Sauberkeit, Pünktlichkeit, Gewissenhaftigkeit, Zuverlässigkeit führte. Ohne diese Vorbedingungen ist freilich keine Besserung möglich.

Zu den neuen für weibliche Arbeiter aufzusuchenden Arbeitszweigen rechnen wir zunächst die Telegraphie, wo die ganze Arbeit im bald häufigeren, bald selteneren Niederdrücken einer Taste und der gehörigen, stets gespannten Aufmerksamkeit besteht. In Deutschland, wo man in den meisten Staaten durch die unglückselige Idee eines großen Heeres die Staatsgelder den besseren und fruchtbringenderen Zwecken entzieht und durch jahrelangen mechanischen Gamaschendienst eine große Zahl kräftiger junger Männer der Arbeit entfremdet, hat man sich nach „Civilversorgungen" für ausgediente Militärs umgesehen, und die Benutzung des Telegraphenamtes schien hierzu willkommene Gelegenheit zu bieten. Man muß aber nur von den dabei Angestellten in Erfahrung bringen (wie wir als Arzt mehrmals dazu Gelegenheit hatten), wie unangenehm und in der That wie schwierig für sie diese ihrer ganzen zeitherigen Thätigkeit ungewohnte Beschäftigung ist, wie sehr sie dieses beständige Aufpassen auf Kleinigkeiten anstrengt und ermüdet, um zu sehen, daß die vermeintliche Wohlthat eigentlich eine Grausamkeit ist. Für Mädchen dagegen ist diese kleinliche und gut bezahlte Arbeit wie geschaffen, und mit Freuden unterziehen sie sich derselben. In der Internationaltelegraphencompagnie in London (einem großartigen Unternehmen, welches etwa 10,000 englische Meilen Telegraphenleitungen besitzt, und das mit den meisten Städten Englands und des Festlandes in unmittelbarer telegraphischer Verbindung steht), sind jetzt die Mehrzahl der Beschäftigten junge Mädchen, welche in den geräumigen, hellen, wohlgelüfteten Lokalen mit dem Entziffern der einlaufenden, mit dem Telegraphiren der aufgegebenen Depeschen sich beschäftigen, und die mit leichten weiblichen Handarbeiten die etwa eintretende müßige Zeit ausfüllen. Die Direction ist nach Ueberwindung der ersten Schwierigkeiten, welche namentlich bei dem Empfange ausländischer Depeschen eintraten, mit dem Dienste ihrer weiblichen Arbeiter sehr zufrieden, und den Mädchen gefällt ihre Beschäftigung in hohem Grade. In Oesterreich und Baden sind Frauenzimmer im Telegraphen- und Bahn-Dienste angestellt, in Hannover dagegen hat die Regierung einen darauf zielenden Antrag abgelehnt (1864): wegen Mangel an Verschwiegenheit, wegen des Nebeneinander-Arbeitens mit Männern und — weil man sonst weibliche „Staatsdiener" hätte. (Letzteres wäre ein schreckliches Unglück!) *)

*) Ueber die Verwendung weiblicher Personen im Telegraphendienste berichtet die „Allg. Ztg." vom 5. März 1864, Beil. aus Baden:

„Die Frauen haben auch hier ihren Sinn für Regelmäßigkeit und Ordnung so glänzend bewährt, daß die Verwendung weiblicher Personen für den Telegraphendienst nach dem Wunsche der zweiten Kammer künftig bei uns in sehr ausgedehntem Maaßstabe stattfinden soll. Die Sache hat noch in anderer Beziehung eine beachtenswerthe Bedeutung. Es wird auf solche Weise manchen Töchtern aus besseren Familien, namentlich der niederen Staatsdiener, eine anständige Versorgung geboten, die anderweitig ausreichend zu finden immer schwerer fällt. Die badischen Telegraphenlinien betragen gegenwärtig 177 Meilen mit 96 Stationen".

So wäre ein neues Beispiel für die Ausführbarkeit der Sache gegeben, dessen weiterer Nachahmung die träge Scheu vor Neuerungen und der Wunsch nach Civilversorgungen zu Gunsten eines über die Grenzen der Macht und des Nationalvermögens vergrößerten Kriegsheeres nicht hinderlich sein möge!

An der neu eingerichteten „Victoria-Druckerei" welche in London von einem wohlthätigen Frauenverein ins Leben gerufen wurde, wird besserer und billigerer Satz, als in anderen Druckereien geliefert; nur für Bedienung einiger Maschienen, wobei größere Körperkräfte erforderlich sind, arbeiten Männer in der Druckerei; alle übrigen Arbeiten, mögen sie Namen haben, welche sie wollen, werden von Frauen ausgeführt. Es gehört zur Einrichtung einer solchen Anstalt allerdings ein erhebliches Capital; es gehört dazu, daß nicht nur die Bürgerstände, sondern daß auch die Vornehmsten und Reichsten des Landes sich für eine solche Verbesserung interessiren und etwas eingehender sogar interessiren, als für Hunde, Pferde, Soldaten und Tänzerinnen. Deßhalb — — wird es vermuthlich noch längere Zeit dauern, bevor in Deutschland eine Nachahmung dieser vernünftigen Einrichtung ins Leben tritt; aber die Zeit wird kommen.

Auf der Londoner Weltausstellung hatte 1862 eine Miß Faithful ein Buch ausgestellt, welches von Arbeiterinnen gesetzt, gedruckt und gebunden war.

Ferner sind die Arbeiten des Lithographirens, der Holzschneidekunst, die Arbeiten der Goldschmiede und Juweliere, der Graveure, das Schleifen edler Steine, optischer Linsen Thätigkeiten, bei denen es sich mehr um Accuratesse, guten Geschmack, Zierlichkeit, Aufmerksamkeit handelt, als um körperliche Kraft, und die daher von Frauen sehr wohl übernommen werden können.

An sie reiht sich die Photographie, welche trotz des großen Aufschwungs, den sie bereits genommen, noch bedeutender Verbesserungen fähig ist. In mehr als einer

Stadt wird schon jetzt das beste Atelier von Frauenhand geleitet. Durch Annahme einer größeren Zahl weiblicher Arbeiter könnte ein Photograph gute Bilder in großer Menge zu billigem Preise liefern, und man könnte Taschenbücher, Reisebeschreibungen, illustrirte Zeitschriften, naturwissenschaftliche Werke mit Photographien ausstatten. Verfasser versuchte etwas Derartiges ins Leben zu rufen bei einem früher von ihm geleiteten literarischen Unternehmen; aber der Versuch scheiterte am hohen Preise, welchen der Photograph wiederum für nothwendig erachtete, in Folge der Kostspieligkeit der Arbeiter. Hätten wir photographische Anstalten mit Arbeiterinnen, so wäre das schon längst ins Leben getreten, was wir jetzt erst von einer späteren Zukunft erwarten müssen, und zahlreiche Arbeiterinnen würden, statt Hunger, Elend und Noth, ein gesichertes Unterkommen, eine angenehme Existenz haben.

Der Erfinder neuer Blechinstrumente, Ms. Sax in Paris, hat 1863 ein Orchester von lauter weiblichen Musikern für öffentliche Musikaufführungen errichtet.

In Paris werden optische und physikalische Instrumente, ferner die zahlreichen kleinen Modeartikel mit Metallverzierungen vorzugsweise von weiblichen Arbeiterinnen geliefert.

In Frankreich ist die Frau bei mittleren kaufmännischen Geschäften Buchhalter und Commis. Die Frau des französischen Handwerkers, die Frau des Epicier, des Papeteriehändlers und anderer Geschäftsleute hat Buchführung und Correspondenz übernommen; weßhalb sollen deutsche Frauen und Töchter mindere Geschicklichkeit besitzen? Weßhalb soll die eigene Frau oder Tochter unzuverlässiger sein, als ein bezahlter

Fremder? Sollte sie sich hierzu nicht mehr noch eignen, als zur „Lehrerin“?

Zur Uebernahme eines Postens als „Correspondent“ oder als „Buchhalter“ gehört für die Frau eine gewisse Vorbereitung und kaufmännische Ausbildung. Diese zu gewähren wurde am 9. April 1863 in Leipzig*) eine Schule errichtet, in welcher Mädchen in Handelswissenschaften unterrichtet werden. Das Unternehmen fand Anklang, wurde fleißig besucht und scheint Bestand gewonnen zu haben. Nach dem Muster dieses Institutes versuchte man 1864 zwei ähnliche in Dresden zu errichten, doch ohne daß der Versuch günstigen Erfolg gehabt hätte **).

In Chemnitz wurde am 2. Mai 1864 ein „Fortbildungscursus für confirmirte Mädchen“ eröffnet, in welchem (Abends 5—7 Uhr) außer Religion, deutscher und französischer Sprache, Geographie, Geschichte, Chemie,

*) Aus dem „Programm der am 9. April 1863 zu Leipzig eröffneten Lehranstalt für erwachsene Töchter zur Ausbildung für das praktische Leben im kaufmännischen und gewerblichen Geschäftsbetriebe — von Dr. Otto Fiebig, Director“ (Leipzig, 1864, bei Wienbrack, 18 S.) ersehen wir, daß auf den ersten Aufruf sich 46 Schülerinnen meldeten, 21 aus Leipzig und 25 von auswärts. Der Unterricht ist in zwei Classen mit je einjährigem Cursus eingetheilt und umfaßt: Buchführung, kaufmännisches Rechnen, Deutsch, Deutsche Correspondenz, Schönschreiben, Zeichnen, Französisch, Englisch, Stenographie, Hauswirthschafts-Lehre, Rechtskunde. Honorar jährlich 36 Thlr. (Vorträge über „Diätetik“ werden im Winter 1864—65 diesen Unterricht ergänzen.)

**) Edm. Heinrich, Lehrer der Handelswissenschaften an der polytechnischen Schule, wollte am 18. April einen „Lehrcursus für Frauen und Jungfrauen zur Ausbildung für den kaufmännischen und gewerblichen Geschäftsbetrieb“ eröffnen, —

Dr. H. Keferstein am 1. Mai eine „Fortbildungsschule erwachsener Töchter für das praktische Leben“ mit 20 Lehrstunden wöchentlich: 6 Französisch, 6 kaufmännisches Rechnen und Buchhaltung, 4 Schönschreiben und Deutsch, 2 Länder- und Produktenkunde, 2 chemische Technologie. Honorar jährlich 35 Thlr.

Physik und Schönschreiben auch kaufmännisches Rechnen und Buchführung gelehrt wird. Man will also die Mädchen fortbilden, theils für das geschäftlich-praktische Leben tüchtig machen. An der Spitze stehen — — zwei Geistliche *).

Ebenso wie man für die kaufmännische Frauenarbeit eine Vorbereitung eingerichtet hat, wird man auch für andere Beschäftigungen der Mädchen Unterricht und Vorbildung, eine Art Lehrlingszeit einrichten müssen, wenn die Neuerung der Lohnarbeit wirklich Bestand gewinnen und segensreich sein soll. Die „Curse", welche im Damenschneidern, im Kochen (von Köchen in den Hôtels) und für andere einzelne Lehrgegenstände eingerichtet sind, bilden hierzu gleichsam die Uebergänge.

Ganz besonders werthvoll erscheint uns die Vorbildung der Dienstmädchen und Kindermädchen für ihren Arbeitsberuf. Im Jahre 1848 waren in Sachsen über 30,000 Dienerinnen; wie viele derselben mögen irgend welche Vorbildung für ihre Aufgaben erhalten haben? Wenn seit Ende des vorigen Jahrhunderts in vielen deutschen Städten durch Vereine oder testamentarische Schenkungen alljährlich Geldgeschenke an „brave Dienstboten" ausgetheilt wurden, so verdiente immer das hierbei gespendete Lob ebenso sehr die Herrschaft, als die Dienerin; denn die erstere hatte zugleich die Dienerin in ihren Pflichten erst unterweisen müssen, und nur daß diese Lehren auf keinen untauglichen Boden gefallen waren, wurde eigentlich belohnt. Daher ist es mit Freude und

*) Honorar jährlich 20 Thlr. — Die geringe Theilnahme, welche diese Schule im industriellen Chemnitz gefunden, dürfte durch geistliche Leitung und Religionsunterricht wesentlich bewirkt werden sein.

Genugthuung zu begrüßen, daß in mehreren größeren Städten jetzt „Frauenvereine zur Ausbildung tüchtiger Dienstboten“ entstehen, deren erster, soviel uns bekannt in Berlin gegründet wurde *). Man klagt so oft, und nicht ohne Grund, über die ungenügenden Leistungen der Dienerinnen, — aber man beantworte sich nur die Frage: ob man selber an ihrer Stelle, mit ihrer höchst mangelhaften Schulbildung, mit ihrem beschränkten Gesichtskreise, mit ihrer durchweg ungenügenden Entwickelung der geistigen Fähigkeiten, ohne daß man ihnen aufzumerken, zu beobachten und nachzudenken gelehrt hätte, — ob man selber unter solchen Verhältnissen Besseres geleistet hätte?

Nur das eine ist bedauerlich, daß man meistens Geistliche an die Spitze derartiger Vereine stellt. Ein Kaufmann und ein Arzt dürften dem praktischen Bedürfnisse besser genügen, weil sie mehr durch das Leben, durch die Erfahrungs-Schule der Welt gebildet wurden, — der Prediger nur durch die Denk-Schule der Universität. Als Berather und Lehrer mag ein solcher immerhin segensreich an der Anstalt wirken; als Vorsteher derselben prägt er ihr, auch ohne es zu beabsichtigen, zu viel religiöse Formen auf, und Frömmelei, Muckerthum drängen sich trotz seiner Gegenwehr zu. Dem Zwecke müssen auch die Mittel entsprechen. Was für das praktische Geschäftsleben wirksam erstehen soll, darf nur durch praktische Geschäftsmänner geleitet werden, oder es gewinnt nur ein Scheinleben und trägt den Keim des Zerfalls in sich. Weßhalb stellt man nicht auch an die Spitze der chirurgischen Akademieen, der Forstakademieen, der Musikschulen

*) Louise Otto, Frauenzeitung 1850 Nr. 16 u. 17.

und Malerakademieen „Geistliche“? Die Bildungsanstalt für Dienstboten oder für weibliche Handlungsgehilfen ist ebenso eine Fachschule, als jene; ist sie es nicht, so wird sie schlechte Resultate liefern und keinen Bestand haben.

Im Jahre 1846 waren in Berlin (nach Dronke) folgende Arbeiterinnen beschäftigt: Feinwäscherin, Plätterin, Frisirerin, Stepperin, Blumenmacherin, Stickerin, Silber- und Metall-Polirerin, Häklerin, Wollsortirerin, Franzenknüpferin, Hasplerin, Schachtelmädchen, Lichtpackerin, Seidenwicklerin, Spulerin, Auslegerin in den Druckereien, Modearbeiterin, Schneiderin, Deckennäherin, Handschuhmacherin, Schuheinfasserin, Mützenmacherin, Strohhutnäherin, Fabrikmädchen, Cigarrenmacherin, Schenk- und Dienst-Mädchen. Alle haben eine Lehrzeit, erhalten eine Vorbildung, nur die Dienerinnen nicht. Ist es dann auffallend, daß die Leistungen nicht mit den Anforderungen in Einklang gebracht werden können?

Besserung dieser Zustände ist für die Zukunft dringende Aufgabe und hier können ältere unverheirathete Mädchen einen nützlichen, segensreichen, auch wohl lohnenden Wirkungskreis sich schaffen!

Der Lohn für Frauenarbeit ist leider durchweg zu gering. Die erwähnten Berliner Arbeiterinnen verdienen täglich 2 (schreibe: zwei!) Silbergroschen, bis 8 Silbergroschen. Wie wenige mögen zu den Glücklichen des hohen Lohnes gehören! Viele der Arbeiterinnen werden nur durch 4—10 Monate jährlich beschäftigt, folglich auch nur in diesen Monaten bezahlt, — aber „essen“ müssen sie das ganze Jahr. Und wovon leben sie? Man erlasse uns die Antwort. Aber man sei versichert, daß uns oft das Herz geblutet hat, wenn wir den Lebenslauf manches dieser unglücklichen Opfer unserer sogenannten „Civilisation“ mit stiller Beobachtung verfolgen mußten, ohne retten zu können. — Jede größere Stadt birgt eine Fülle des unsäglichsten menschlichen Elendes, gegen welche Dante's Hölle nur wie ein Scherz erscheint. Aber dafür haben die „Frommen im Lande“ keinen Sinn, welche Missionaire mit schwerem Gelde zur Heidenbekehrung aussenden, während ein viel gedeihlicheres Feld „innerer“ Mission in ihrer unmittelbarsten Nähe sich findet! Dafür haben die „mitleidigen Seelen“ kein Erbarmen, die über einen Schiffbruch an fremder Küste und über die Greuel des Krieges Thränen vergießen, während doch Matrosen und Soldaten wissen, was in ihrem Berufe ihnen bevorstehen kann, indessen diese neunfach Elenden gerne arbeiten möchten, wenn sie nur Gelegenheit fänden! Dafür hat kein christlicher Staat Geld, — — — der überaus christliche englische am wenigsten! Oh des Jammers!

In England verdient mancher Fabrikarbeiter (z. B. als Monteur in einer Maschienenbau-Anstalt) soviel, wie in manchem kleinen deutschen Reiche ein Minister Jahreseinnahme hat. In Deutschland scheint man überall möglichst wenig dem Arbeiter zahlen zu wollen; am schlechtesten aber zahlt man den Lehrern und den Arbeiterinnen. In Leipzig erhält z. B. eine Cigarrenarbeiterin etwa $^2/_3$ des Lohnes, welchen ein männlicher Arbeiter erhält, auch wenn sie ebenso viel und ebenso gut arbeitet. Es ist eben eine weibliche Arbeitskraft. Die praktischen Amerikaner haben diesem Uebelstande zu steuern gesucht; statt „Magdalenenstifte“ zu errichten und hohle Deklamationen in die Luft zu streuen, werden in New-York diejenigen Fabrikherren und Arbeitgeber mit Ehren genannt, welche ihren Arbeiterinnen den höchsten Verdienst gewähren. Gehet hin und thut desgleichen!

Am schlimmsten bedrücken die Frauen ihr eigenes Geschlecht. Dieselbe Frau, welche über das Elend ihrer ärmeren Mitschwestern tief gerührt ist, sobald man ihr davon erzählt, handelt doch in der nächsten Stunde einer armen Näherin mit weiblicher Sparsamkeit einen Silbergroschen ab, ohne zu bedenken: wie wenig ihr, wie viel der Armen 1 Silbergroschen ist. Dieselbe Hand, welche gern ein großes Almosen giebt, zögert, wenn eine Arbeiterin reichlich bezahlt werden soll.

Die Frauen sind subjectiv. Darin wurzeln ihre Vorzüge und ihre Fehler.

Einen Tag, bevor wir diese Zeilen schrieben, erlebten wir es, daß eine sonst ziemlich gutherzige Frau einem armen Kinde, das kurz nach der Mittagszeit in das Haus kam und welchem sie Essen geben wollte, im freundlichsten, aber auch gleichgiltigsten Tone zurief: „Ein ander' Mal", weil — die Speisen schon aus der Küche entfernt und kalt geworden waren. Erst als wir ihr bemerkten, daß für einen leeren Magen „ein ander' Mal" ein schlechter Trost sei, wurde sie stutzig und gab Befehl, das Essen zu wärmen. — Nicht „Härte" war der Grund des Verfahrens, sondern jene mit der Subjectivität verbundene (oder sie bewirkende) „Gedankenlosigkeit", welche das weibliche Geschlecht hindert, sich in die Stelle, die Gefühle, den Gedankengang eines Anderen zu versetzen, wenn man ihm nicht in jedem einzelnen Falle eine besondere Anregung giebt. Weil es ihr ziemlich gleichgiltig war, ob das Kind von dem Essen erhielte oder nicht, dachte sie nicht daran, daß dem Kinde dies keineswegs gleichgiltig sein könnte.

So geht es auch mit der Bezahlung weiblicher Arbeiter. Aber die Frauen sind im Inneren gutherzig und mitleidig, sobald sie nur die Sachlage klar überblicken. Wir sind daher fest überzeugt, unsere schönen Leserinnen werden künftig sich mehr den Standpunkt der Näherinnen und anderer Arbeiterinnen vergegenwärtigen, wenn sie die Bezahlung geleisteter Dienste bewirken. —

Um aber den Dienerinnen und weiblichen Lohnarbeiterinnen eine bessere Zukunft zu sichern, wären vor allem folgende Maaßnahmen nöthig: Eine zweckmäßigere Beaufsichtigung der unter Vormundschaft stehenden minderjährigen Mädchen, — eine Beschäftigungsanstalt für arbeits- und dienstlose Frauenzimmer nach Muster der in London, Edinburgh, Bremen Paris bestehenden Einrichtungen, — eine Herberge für dienstsuchendes weibliches Gesinde. Diese 3 Anstalten müßten in jeder Stadt von 10,000 Einwohnern an eingerichtet werden, wenn man dem Elende einen Damm entgegenstellen will! —

Wenn der Unterricht für Dienstmädchen ungenügend ist, so sollte man doch glauben, daß der Unterricht für eine junge „Dame" allen Anforderungen entsprechen werde. Leider muß auch dies verneint werden.

Betrachten wir nur einen einzigen Gegenstand des weiblichen Unterrichtes: den Musikunterricht.

Seit über 1000 Jahren gehört es zu der Ausbildung einer jungen Dame von Stande in Deutschland, daß sie in der Musik unterrichtet werde. In der „Musik"? „Unterrichtet"? Nein, sie bekommt nur eine kleine

Kunstdressur. Wie der Bereiter seine Pferde zu Kunststücken mechanisch abrichtet, so wird in der Regel die vornehme junge Dame von einem Klavierlehrer und einer Singelehrerin mechanisch abgerichtet, etliche Stücke zu spielen und etliche Lieder zu singen. Das nennt man in übertriebener Höflichkeit „unterrichten".

Nach unserem Dafürhalten gehört zu einem Unterrichte in einer Kunst, daß man das Wesen dieser Kunst erfassen lernt, nicht aber, daß man nur äußerlich ein schon vorhandenes Kunstwerk copiren lernt. Dies ist nur der mechanische, gewissermaaßen der „körperliche" Theil des Unterrichtes; dazu gehört aber auch der „geistige" Theil: daß man wenigstens so viel von den Regeln der Kunst wisse, um zu begreifen, weßhalb ein bestimmtes Kunstwerk so und nicht anders gemacht sei. Wir wollen nicht, daß jedes junge Fräulein so viel Harmonie und Generalbaß treibe, um selber ihren Schmerz in Liedern ausströmen zu lassen, — das wäre zu viel verlangt, für die Lernende, wie für die Zuhörer. Aber wir verlangen, daß sie durch Analysiren wichtiger Kunstwerke im Verständnisse gefördert werde und so viel von den Kunstformen der Musik und den theoretischen Grundlagen erfahre, daß sie beim Hören der Musik noch etwas mehr als „wohllautendes Geräusch" wahrnimmt, sondern dem Baue des Werkes zu folgen vermöge.

Davon ist man jedoch zur Zeit weit entfernt, — sogar auf Conservatorien. Der Privatunterricht aber beschränkt sich nur auf mechanische Kunstdressur, — die doch bei einem Pudel besser am Platze ist, als bei einem Menschen, einem denkenden, vernunftbegabten Wesen. Wie gedankenlos die jungen Damen Musik treiben, geht aus den Texten der von ihnen gesungenen Lieder hervor.

Ebenso wird der Unterricht im Zeichnen gehandhabt. Nachahmung der Formen; von Auffassung, von Zeichnen nach der Natur, worin eigentlich der Unterricht zur Hauptsache bestehen sollte, keine Spur. — Geschichte, Geographie, Sprache, in der Regel nur leerer Gedächtnißkram, der so schnell als möglich wieder vergessen wird.

Die Folge davon ist, daß die jungen Mädchen nicht arbeiten lernen, sondern ihre Tagesarbeit ein beschäftigtes Nichtsthun ist.

Daher kommt es auch, daß es den Frauen so schwer wird, sich gesund und fröhlich zu arbeiten, durch Arbeit von geistigem Leid zu genesen, wie es der Mann vermag. An scharfes Nachdenken bei geistiger Beschäftigung nicht gewöhnt, besitzen sie nicht die nöthige Herrschaft über sich selber, um sich abzuziehen von Dem, was sie bedrückt.

Neben dem Bedürfnisse einer Erhöhung des Lohnes dünken uns in Bezug auf Frauenarbeit dies die schwierigsten Probleme, welche zu lösen sind: wie man die Arbeit der Mädchen angemessen vertieft, ohne in Ueberbildung zu gerathen, und wie man den Frauen eine „herzliche" Arbeit verschafft, bei welcher Geist und Körper betheiligt sind, bei welcher man sich nach Bedürfniß abarbeiten kann. Wir überlassen die Lösung der Frage von Vertiefung der weiblichen Arbeiten den Erziehern und verweisen bezüglich der Körperanstrengung auf das bei „Muskelpflege" Mitgetheilte, so wie auf den nächsten Abschnitt.

Vergnügungen.

(Mit 6 Holzschnitten).

Vergnügungen.

[Geselligkeit. — Lectüre. — Genuß. — Reisen. — Musik. — Stärkungen. — Parfümerie. — Diätetisches. —].

„Glücklich zu sein ist des Menschen Bestimmung! Dich immer so zu sehen ist der Wunsch
Deiner Freundin ......"
(Alter Stammbuch-Spruch.)

Die Gesundheitslehre der Gegenwart unterscheidet sich von der Diätetik der früheren Zeit nicht nur durch geläuterte Erkenntniß der Mittel und durch klarere Einsicht in die Ziele, sondern sie ist auch nicht so griesgrämig, wie ihre Vorgängerin; sie will nicht immer „verbieten", eine karge Entziehungscur anordnen und pedantische Sorge fordern, — sondern sie wünscht freiere Bewegung, reichliche Ernährung und frohe Lebenslust, damit Arbeitskraft und Leistungsgröße sich steigeren. Denn nur bei frohem Herzen findet sich thatkräftiges Wollen und Handeln, nur geistige Frische verjüngt und macht körperlich elastisch. Die heutige Gesundheitslehre will des Menschen Kräfte so stählen und entwickeln, daß ihm die „Arbeit" ein Vergnügen sei und nicht das „Vergnügen" eine Arbeit.

Leider ist das letztere nur zu häufig in der eleganten Geselligkeit der Fall. Seufzend fährt man von der Morgenvisite zum Diner, vom Diner gähnend zur Kaffeegesellschaft, aus dieser gelangweilt in's Theater, und von da verdrossen zum Spieltisch. „So tauml' ich von Begierde zum Genuß und im Genuß verschmacht' ich nach Begierde."

Die geselligen Freuden werden meistens als gesellige Pflichten angesehen und geübt. Wie in der Odyssee der eine Gastfreund den anderen eine Gegengabe brachte, so fordert eine empfangene Einladung die Erwiederung heraus; und wenn auch beide Theile vielleicht klar erkennen, daß nur „verlorene Zeit" der Gewinn ist, den sie heimführen, wenn auch weder für Geist noch Gemüth eine Erfrischung gewonnen wurde, dennoch wird das alte Spiel immer von neuem beginnen.

Unsere Geselligkeit ist nur noch eine Maske der Fröhlichkeit, hinter deren aufgeputztem Wesen nichtssagende Floskel und Langeweile herrschen. Es fehlt ihr der geistige Kern. Man hat die „ästhetischen Theegesellschaften", welche zu Anfang dieses Jahrhunderts Mode waren, vielfach verspottet; aber in ihnen gab sich warme Theilnahme für die geistigen Schöpfungen der Zeitgenossen kund, während jetzt blasirte Nichtbeachtung bald wirklich vorhanden ist, bald auch nur affectirt wird.

Der gesellschaftliche Verkehr ist ein Abbild unserer Zeitrichtung geworden. Die Arbeit jedes Jahrhunderts ist eine andere. Zu Ende des vergangenen und im Anfange des jetzigen Jahrhunderts war die Entwickelung der schönen Literatur, die Verfeinerung der Sprache und Sitte wie auf allgemeine Verabredung jedes strebenden Geistes Zielpunkt. Daher wurden auch in der Gesellschaft „Aesthetik" und „Humanität" die Mittelpunkte des geistigen Verkehrs. In der Neuzeit genießt man auf diesem Gebiete die Früchte der Anstrengungen unserer Vorgänger, aber die Gesammtarbeit hat sich dem „physikalisch-mechanischen“ Thätigkeitskreise zugewendet und diese charakterisiren mit angewandter Naturwissenschaft, mit Dampfroß, Telegraph und den tausenderlei Maschienen, die Eigenthümlichkeit der Zeit. Die Geselligkeit entbehrt meistens der Anregungen durch diese Gebiete, weil den Einzelnen die Vorkenntnisse fehlen, und so ist der ganze Verkehr der Gesellschaft ein „mechanischer“ geworden.

Dieses Umstandes und Uebelstandes sollte Jeder eingedenk sein und darauf achten: die Befriedigung geselliger Bedürfnisse ein geistigeres Interesse zu verleihen.

Eine langweilige Gesellschaft ist nicht nur ein Verbrechen an gestohlener Zeit, sie ist auch eine geistige Vergiftung. „Langweiliger Besuch tödtet die Lebensstunde dessen, der ihn ertragen muß, denn er kann dabei nicht denken. Niemand würde sich unterstehen, einen Reichen, der an gute Tafel gewöhnt ist, auf Schwarzbrod und Kartoffel einzuladen“; weßhalb zwingt man den an geistigen Reichthum Gewöhnten zu geistiger Armuth? Man belebe den Kreis geselliger Freunde durch geistigen Inhalt aus dem Kreise der Künste, der Wissenschaften, — Jeder kann hierzu die Mittel auffinden, wenn er sich die Mühe nehmen will — und man wird den Gastfreunden ein Gastgeschenk von bleibendem Werthe geben.

Statt dessen ist die Geselligkeit der Damenwelt in der üblen Nachrede, daß sie gänzlich des Euripides Ausspruch vergessen habe: „Unter vielen schlimmen Dingen ist das schlimmste — eine scharfe Zunge“. Das Bedürfniß der Thätigkeit, des Nachdenkens ist nicht zu unterdrücken; wenn nun bei geselligem Plaudern kein anderer

Gegenstand den Gedanken geboten wird, als die Tagesereignisse eines engen Kreises weniger Menschen, die Lebensschicksale der Nachbarn, so ist es unvermeidlich, daß Beobachtung und Urtheil in spitzem Zungenspiele sich ergehen. Denn Fehler lassen sich meistens leichter auffinden, als Vorzüge — und nur wenige Menschen bedenken, daß Wohlwollen die oberste der Pflichten ist.

Um dieser Verirrung der Geselligkeit zu begegnen oder zu steuern, ist die Wahl des täglichen Umganges mit Umsicht und Sorgfalt zu treffen. Unabsichtlich, aber auch unfehlbar wird hierdurch ein günstiger Einfluß bewirkt. Der geistreiche Lichtenberg sagt in seiner, von hypochonderer Mißlaune zuweilen getrübten Redeweise: „Der Umgang mit vernünftigen Menschen ist deßhalb so sehr anzurathen, weil ein Dummkopf auf diese Art durch Nachahmen klug handeln lernen kann; denn die größten Dummköpfe können nachahmen, — selbst Affen, Pudelhunde und Elephanten können es“. Ungleich liebenswürdiger und feiner legte Plato denselben Gedanken dem jungen Alcybiades in den Mund, welcher beim „Gastmahle“ sich neben den Sokrates setzte, „damit von dessen Weisheit Etwas auf ihn überflösse, wie aus einem vollen Gefäße in ein minder gefülltes“.

Wir wollen mit diesem Rathe nicht etwa den jungen Leuten „Fröhlichkeit“ verbieten, noch den Umgang mit „Greisen“ zur Pflicht machen. Allein Vorsicht in der Wahl der Freundinnen zu üben, steht Jedem wohl an, den jungen Mädchen namentlich. Man lasse sich nur nicht von den Eingebungen des Augenblickes zu sehr hinreißen, jene Freundschaften zu schließen, welche wie Eintagsfliegen kaum an das Tageslicht getreten, auch schon verblassen. Das Thier nimmt, was für den Augenblick das bequemste ist; der Mensch aber wählt, was den Bedürfnissen der Zukunft entspricht.

Ebenso ist es mit dem, was wir lesen. Die Bücher sind uns Gesellschafter, wenn wir sie lesen; sie werden uns Freunde, durch oftmaliges Aufschlagen. Sollen wir Personen von unlauterer Gesinnung zu unseren Freunden wählen?

Wie manche elegante Dame, welche sich scheuen würde eines schmutzigen Bettlers Hand nur eine Minute zu halten, nimmt Stunden lang ohne Scheu in ihre Finger ein zerlesenes unsauberes Buch aus einer „Leihbibliothek", dessen Aeußeres unreiner noch ist als die Hände des Bettlers, und dessen Inneres im Mangel der Reinheit das Aeußere noch übertrifft. In England, Frankreich und Italien würde eine anständige Dame zu viel Selbstachtung und zu viel Respect vor den geistigen Schöpfungen ihres Volkes haben, als daß sie ein Buch aus einer öffentlichen „Leihbibliothek" (die doch nur für Unbemittelte, für Handwerker, Gesellen, Näherinnen, Dienstmädchen, eigentlich besteht) entlehnte. Sie kauft sich ihre Bücher.

Dies hat großen moralischen Gewinn. Man scheut sich vielmehr ein schlechtes Buch für dauernden Besitz zu erwerben und liest deßhalb in den meisten Fällen auch nur bessere, edlere und folglich veredelnde Schriften. Wer aber aus der „Leihbibliothek" seine Bücher entlehnt, stellt sich und seinem Geschmacke ein geistiges Armuthszeugniß aus, wie seinem Beutel ein materielles. In Deutschland hat freilich oft eine zahlreiche und wohlhabende Familie für ihre „Bücherschätze" Raum in einem einzigen Schranke, während im Auslande ein Zimmer dazu gehört. Kein Volk hat eine größere Literatur und keines schätzt sie weniger, als das unsere. Wer nicht mehr ängstlich für sich zu sorgen hat, dem erwächst die Pflicht am geistigen Ausbau der Nation sich zu betheiligen, könnte er es auch nur durch Kaufen der Geisteswerke. Wer kostbare Kleider bezahlt, der heimse sich auch die Schätze der Kunst und Wissenschaft ein. Wer sich für hoch geboren hält, der hole sich die Werke derer, die auf „der Menschheit Höhen“ durch ihren Geist sich schwangen. „Noblesse oblige“!

Aeltern sollten ihren Töchtern regelmäßig an jedem Wiegenfeste, zu jedem Weihnachten und als kleine Aufmunterung gute Unterhaltungsbücher schenken, um so für die ganze Familie den Segen guter Hausfreunde zu erwerben.

Die elende Neuerung der Sensations-Romane, der Zeitungen mit haarsträubenden Mordgeschichten gefüllt, der Pfennigliteratur und der „Romanzeitungen“ ist nur durch den Ungeschmack der Frauenwelt in der Auswahl des Lesers entstanden. Man kaufe sie nicht, und man schneidet dieser die Geister verdummenden Schmarotzerpflanze des Schriftthumes den Lebensfaden ab. Wir haben ja in deutscher Sprache eine Anzahl guter, heiterer und anziehender Schriften. In jeder größeren Buchhandlung kann der Nachweis ihrer Titel erhalten werden. Weßhalb nicht die edelen Früchte wählen, statt der unwürdigen Auswüchse? Es brauchen deßhalb nicht die schwerfälligen und ernsten Bücher genommen zu werden.

Niemand kann immer ernst sein, sondern Heiterkeit und Frohsinn ist ein Bedürfniß gesunden Geistes. Die Inder hatten für die Lebensziele drei „Kategorieen“ (Gattungsbegriffe) aufgestellt: Erwerb — Genuß —

und Tugend. So suchten auch unsere Vorfahren im „Steine der Weisen“ das Zaubermittel, welches Blei in Gold verwandeln konnte: also die Macht über Schranken und Kenntnisse des Besitzes, — welches die Gesundheit gewährleistete: mithin die Fähigkeit zum Genießen bot, — und welches langes Leben sicherte: folglich schon auf Erden Unsterblichkeit verschaffte, die durch Tugend erst im Paradiese gewonnen werden konnte.

Zum Besitzthume und zur inneren Würde gesellte man also den Genuß.

In der Gegenwart hat man oft dem frohen Genuß hemmend in den Weg treten zu müssen geglaubt, weil man meinte, er verweichliche, ziehe vom ernsten Streben ab, verringere die innere Kraft. Uns dünkt, man war im Unrecht.

Genuß an sich ist nicht verweichlichend oder verderbend, — denn Genuß ist nicht der „Zustand“ des Wohlbefindens, sondern die mit innerer Befriedigung verbundene „Thätigkeit“. Es kommt auf die vorherige Ausbildung des Verstandes, Gemüthes und des Körpers an, welche Art der Thätigkeit befriedigt. Den Kenntnißreichen, Guten und Kräftigen befriedigt nur eine schaffende Thätigkeit und erst in den zur Erholung nöthigen Ruhepausen tritt jene passive, beschauliche, empfangende Halbthätigkeit in ihre Rechte, welche dem Platten, Gefühlsarmen und Schwachen allein als „Genuß“ gilt. Genießend erfreut man sich ebenso an Anstrengungen und am Arbeiten, als an Ruhe und Erholung, — denn der Geist bedarf des Wechsels, um neu sich zu kräftigen. Eintönigkeit raubt Allem den Werth, auch dem Vergnügen und dem Genuß.

Wer den Genuß sich gestattet als Mittel einer geistigen Diätetik, um für neue Arbeit sich zu kräftigen, der wird nicht durch denselben verweichlicht werden, — der wird aber auch wahrnehmen, wie von Jahr zu Jahr mit der Veredelung und Vertiefung seines eigenen Selbst sich zugleich dasjenige veredelt und erhöht, was ihm „Genuß" dünkt, wie in Allem Vergnügen und ernste Thätigkeit sich wechselsweise bedingen. So geht es dem Einzelnen, so dem ganzen Volke.

Auch jener geistige Genuß, welchen man im Betrachten der Naturschönheit einer Gegend findet, ist im Laufe der Jahre mit der veränderten allgemeinen Geschmacksrichtung ein anderer geworden. Ein Beispiel dieser Art giebt uns eine deutsche Reisebeschreibung zu Anfang des vorigen Jahrhunderts *).

Der Reisende beachtete Naturschönheiten und geräth sogar in Enthusiasmus über die Ansicht Genua's von der See; allein das Beiwort „angenehm" ist das höchste Lob, was er einer Gegend zu geben vermag, und charakterisirt seinen landschaftlichen Geschmack, welcher weite, heitere Aussichten allem Andern vorzog. Eine fruchtbare, gartenartig angebaute Ebene hält er für ungleich schöner, als die großartigste Gebirgsformation, und er begreift offenbar gar nicht, wie man eine unfruchtbare Landschaft für schön halten könne, während er in einer fruchtbaren, gartenartig angebauten Ebene trotz ihrer Einförmigkeit die höchste „Annehmlichkeit" erblickt, welche einem Reisenden der Anblick einer Landschaft nur gewähren kann.

*) „J. G. Keyßlers Reisen durch Deutschland, Böhmen, Ungarn, die Schweiz, Italien und Lothringen u. s. w." 1730. (Deutsches Museum, 1857, Nr. 13.)

„Man wird in Italien der schönen Gegenden fast gewohnt, dergestalt, daß man sie mit der Zeit nicht mehr so sehr, als anfänglich geschieht, achtet; ich bin aber versichert, daß Derjenige, so z. B. in dem gebirgigten Tirol, Salzburg, auf dem Harze, sächsischen Bergstädten, desgleichen in den Wäldern von Thüringen und Pommern, in den sandigen Gegenden von Schlesien, der Markgrafschaft von Brandenburg und Mecklenburg oder in den Haiden von Lüneburg und Westfalen erzogen worden, und auf einmal in die auserlesensten Prospecte von Italien gebracht werden sollte, ganz ungemeine Regungen und Vergnügungen empfinden würde". Man sieht, er fand der Schluchten und Thäler der salzburger und tiroler Alpen ebenso wenig „angenehm" als die märkischen Kieferwälder und die Lüneburger Haide: weil diese Gegenden ihm gleich unfruchtbar, öde und unfreundlich erschienen. Doch war dies nicht etwa ein individueller Geschmack, sondern wir dürfen annehmen, daß er von der Mehrzahl der Gebildeten in jener Zeit getheilt wurde. In demselben Jahre, wo Keyßler sich so geringschätzig über die deutschen Gebirge aussprach, reiste ein gebildeter Engländer (Capitän Burk) in den schottischen Hochlanden, und erklärte sie für so häßlich, daß eine Sandsteppe, mit ihnen verglichen, lieblich erscheinen müsse; und der Dichter des „Landpredigers von Wakefield", der sich im Jahre 1753 in dieselben Gebirge wagte, sprach mit Abscheu von ihrer scheußlichen Wildheit, während er die Umgegend von Leyden mit ihren weiten grünen Wiesen, Landhäusern, Statuen, Grotten, Blumenbeeten und geradlinigen Alleen für unvergleichlich schön erklärte. Macaulay, der diese beiden Aeußerungen angeführt hat, glaubt den Grund der damaligen Stumpfheit gegen die landschaftliche Schönheit der Hochlande in ihrer Unsicherheit und Gefährlichkeit suchen zu müssen. Aber dies ist ohne Zweifel ein Irrthum. Denn die deutschen Gebirge, die Keyßler mit so großer Geringschätzung betrachtete, waren damals vollkommen sicher und verhältnißmäßig bequem zu bereisen: während andererseits Reisende in unseren Tagen sich durch die augenscheinlichsten Gefahren nicht abhalten lassen, die Schönheit des Libanon oder der Cordilleren richtig zu würdigen. Vielmehr ist zu sagen, daß die Richtung des Naturgefühls, das vorzugsweise das Grandiose, Wilde, mit einem Worte das sogenannte „Romantische" aufsucht, jenem Zeitalter noch ebenso fremd war, wie der Begriff und das Wort, mit dem wir ihn bezeichnen".

Vielleicht bewunderte der gute Keyßler auch deßhalb die gartenähnlichen, gut angebauten Ländereien, weil er zu Hause des Anblickes wohlgepflegter Kulturgegenden nicht gewohnt war; denn das Neue, Ungewohnte dünkt uns schön und sein Anblick gewährt „Genuß".

Wer diesen Genuß nur beim „Reisen" sucht, wer nur Gegend auf Gegend, wie eine Bilderreihe an sich vorüberfliegen läßt, für den hat allerdings das Reisen, und jeder Genuß, etwas Verweichlichendes. Aber dies liegt am Genießenden, nicht am Gebotenen. Wir sehen dies an den „Commis voyageurs", von denen unter äußerlich gleichen Verhältnissen Einige zu faden Gecken werden, während Andere Lebenserfahrungen und Geschäftskenntnisse erwerben.

Nur eine Kunst giebt es, welche auf die Mehrzahl der Menschen verweichlichenden Einfluß ausübt: die Musik. Gerade sie ist diejenige Kunst, welche jetzt bei geselligen Vergnügungen eine hervorragende Stelle einnimmt.

Musik erfreut jedes Menschen Herz; auch dessen, der Nichts von ihrem Wesen, ihrer Innerlichkeit versteht und begreift, — dem die Architektonik ihrer Formen ein mit sieben Siegeln verschlossenes Buch ist, — der nicht des Tonsetzers Gedanken nachzudenken und seine Empfindungen nachzufühlen vermag. Darin liegt das Unglück. Jede andere Kunst in Bild und Wort drückt einen Gedanken aus und erweckt deßhalb zum Nachdenken, oder bildet wenigstens die Natur treu ab und erregt deßhalb zum Vergleiche. Die Musik kann und vermag nur Gefühle zu schildern, keine „Gedanken" und so erregt sie auch nur Gefühle, von denen höchstens ein Nachklang bleibt, wenn der Töne Klänge verrauscht sind. Sie regt die Mehrzahl der Menschen zu keinem Nachdenken an. Nur dem in ihre Technik Eingeweihten spricht sie Höheres aus und ihm erschließt sich ein weites Feld der Gedanken und Combinationen. Ihm wirkt sie daher nicht erschlaffend. Die große Masse aber hört den Wohllaut des Tones und der Melodie, ohne mehr dabei zu empfinden, als eine äußerlich sinnliche Annehmlichkeit. Das ist erschlaffender „Genuß".

Oder wenn junge Damen sich gesellig vergnügen und eine derselben einen „Tanz" auf dem Klaviere spielt, die andere ein Allen längst bekanntes Lied singt, — werden diese zum Nachdenken angeregt? Ist in ihrem Musiciren die Spur eines Gedankens aufzufinden? Höchstens könnte es eine Rückerinnerung an den letzten Ball sein.

Für unsere Auffassung der Einwirkung der Musik auf die große Menge spricht auch die Art des Zuhörens und des Urtheilens. Wenn ein Bild, eine Statue in eine Gesellschaft gebracht, ein Gedicht vorgelesen wird, so schweigt Alles; wenn aber ein Musikstück gespielt oder gesungen wird, so kommt sofort die vorher stockende Unterhaltung in Fluß. Gerade so machen es die Kanarienvögel beim Sprechen der Menschen, weil — auch sie nur den Schall hören, ohne den Sinn zu verstehen! — Wenn ein Bild oder eine Statue beurtheilt wird, so richtet Jeder über Naturwahrheit, Ausdruck, Schönheit der Formen und Sorgfalt der Ausführung. Wenn über Gesang geurtheilt wird, so nennt Jeder die „schöne Stimme“ (also nur das Material), die Fertigkeit (also nur die Technik); aber Auffassung, geistigen Ausdruck, Schule der Tonbildung vermögen nur sehr Wenige zu beurtheilen. Noch in einer Beziehung zeigt sich die Gedankenlosigkeit beim Musiciren.

Man hütet sich nämlich durchaus nicht, mit seinen Vergnügungen die Nachbarschaft zu belästigen. Wer bei offenen Fenstern singt, Klavier oder Geige spielt, — der beweist nicht nur eine schlechte Erziehung, sondern auch sehr geringe musikalische Kenntnisse! Nichts ruinirt ein musikalisches Instrument, und vor allen anderen die menschliche Stimme, schneller und sicherer, als das Spielen und Singen bei geöffneten Fenstern; der Wohllaut des Klanges kann dadurch in einer Woche unwiederbringlich verloren gehen. Außerdem aber ist es mindestens „unverschämt“ zu nennen, wenn Jemand seine musikalischen Uebungen den Nachbarn und den gegenüber Wohnenden aufdrängt, ohne zu bedenken ob er Kranke, Geschäftsmänner, Gelehrte dadurch stört. Ein Diebstahl an Zeit ist viel schlimmer, als ein Diebstahl an Geld; denn er läßt sich nicht ersetzen. Wäre die Musik nicht für die geringeren Geister eine verweichlichende, das Denken beeinträchtigende Kunst, so würde die so eben gerügte Unart nicht so allgemein gefunden werden.

Zum Schutz gegen geistige Verweichlichung dient Beschäftigung mit inhaltreichen Schriften, welche den Sehkreis erweitern, den Blick schärfen, dem Geiste Nahrung geben. Wer gegen den üblen Einfluß, den etwa Musik auf ihn haben kann, ein Mittel anwenden will, der wende sich zur Geschichte, zur Naturwissenschaft, zu den Werken für Erläuterung der Schöpfungen auf dem Gebiete der bildenden Kunst. Hier findet er ein stärkendes Bad, dessen Wirkung seinen musikalischen Productionen vortheilhaft sein wird. Auch in den Vergnügungen muß der Mensch sich nicht vom Augenblicke bestimmen lassen, sondern mit Rücksicht auf die Zukunft wählen.

Für Frauen und Mädchen, denen durch Uebermaaß des Sitzens auch für den Körper die Gefahr der Erschlaffung ersteht, ist es räthlich durch Vergnügungen, welche dem Körper Bewegung bieten, diesen Nachtheilen entgegenzuwirken. Deßhalb ist „Tanz“ für das weibliche Geschlecht so nützlich; sei es „Ringel-Ringel-Rosenkranz“ der kleinen, oder „Polka-Mazurka à gauche“ für die großen Kinder, — wenn nur brav gesprungen und gelacht wird, so bringt das eine so viel Vortheil, wie das andere. Dann kommen die Gesellschaftsspiele und Turnspiele, die zwar „für die Kinder“ eigentlich bestimmt sind, welche aber von vernünftigen

Erwachsenen herzlich gern mitgespielt werden, selbst wenn die Haare schon zu bleichen beginnen.

Unter den Muskelübungen ist eine, welche man in Frankreich auf Straßen und öffentlichen Plätzen, in Höfen und in Corridoren von jungen Mädchen in reizend grazi-

Hüpfen mit dem Schwungseil.

euser Weise ausgeführt sieht: das Springen mit dem Schwungseil. Es scheint dies wirklich ein französisches Nationalspiel zu sein und vielleicht dankt ihm die Französin einen guten Theil jener Elasticität und Geschmeidigkeit bei allen Bewegungen, welche sie bis ins hohe Alter sich bewahrt und welche sie vor den Frauen aller anderen Nationen voraus hat. Wer ein gutes Werk thuen und einem Kinde Freude machen will, der kaufe den kleinen Mädchen seiner Bekanntschaft Schwungseile, die man für wenige Groschen in jedem Seilerladen findet.

Es gehört aber auch eine kleine Anleitung für richtigen Gebrauch dazu. Zuerst lernt das Kind das Seil über den Kopf vor- und rückwärts schwingen, wobei es ruhig stehen bleibt, die Arme möglichst gestreckt hält und besonders durch kurze, energische Bewegungen im Handgelenke das Seil nach vorn und nach hinten schwingen läßt. Ist diese Kunst geübt, „so wird das hinter dem Leibe gehaltene Seil über den Kopf weg nach vorn geschwungen, um beim Aufkommen auf den Boden vom linken Beine überstiegen zu werden. Vorschwingen und Uebersteigen wiederholen sich auf diese Weise; letzteres wird auch abwechselnd rechts und links ausgeführt und gestaltet sich nach und nach immer freier zu einem leichten Sprunge. Mit zunehmender Gewandtheit erfolgt mit jedem Vorschwingen ein Aufhüpfen links und rechts zum Durchlassen des Schwungseiles". *)

Ein anderes allerliebstes Gesellschaftsspiel ist das Spiel mit dem Federball, welches sowohl einzeln in jedem Zimmer oder Vorsaal ausgeführt werden kann, indem man den Ball erst niedriger, dann immer höher schlägt und wieder auffängt, bis er die Decke erreicht, — das aber auch von zwei oder mehr Personen gemeinsam

---

*) Kloß, Weibliche Hausgymnastik (Leipzig, J. J. Weber, 1860) Seite 117, woselbst man auch die nöthigen Regeln für das Ueberhüpfen mit beiden Beinen, sowie 6 verschiedene Abänderungen für geübtere Seilschwingerinnen findet. — Ueber das Werk haben wir bereits Seite 68 uns ausgesprochen.

ausgeführt werden kann, indem eine der anderen den Ball zuwirft. „Es giebt kaum noch ein Spiel, welches für das weibliche Geschlecht angenehmer wäre, als dieses. Die Vielheit der Bewegungen, durch welche Kopf, Augen, Hals, Rücken, Arme, Beine, Füße in Thätigkeit versetzt

Spiel mit dem Federball.

werden, sind heilsam für Stärkung und Gewandtheit dieser Glieder, wie zur Anregung der Thätigkeiten des Unterleibes". *) Indem wir diesen Worten vollständig beipflichten, fügen wir noch hinzu, daß diese Körperübung

*) Kloß, Weibliche Hausgymnastik, Seite 110.

besonders deßhalb so nützlich ist, weil der Wille auf die Glieder wirkt, während die bewußte Absicht einem anderen Gegenstande, dem fliegenden Ball, zugewendet wird. Dies ertheilt den Bewegungen größere Ungezwungenheit und gewährt den Spielenden eine Gewandtheit der Glieder, welche sie unmittelbar wieder im Leben bethätigen können und welche sich auch ohne absichtliches Zuthuen angenehm bemerkbar macht. Dazu kommt noch der Scherz, das Lachen, das tiefe Athmen und die heitere Gemüthsstimmung. Junge Mädchen sollten täglich (doch nicht nach, sondern vor den Mahlzeiten) das Spiel mit dem Federball üben und die Mühe des Umkleidens nicht scheuen, wenn durch die Bewegung ihre Haut sich feuchtet. —

Die „Muskeln“ haben ihre Uebungen in den gymnastischen Spielen, — zum „Ohrenschmause“ laden Konzerte und Musikaufführungen ein, — als „Augenweide“ dienen Kunstmuseen und Bildergallerien, — und nur ein Sinneswerkzeug des Menschen findet keine Berücksichtigung: die Nase. Trotz ihrer bevorzugten Stellung im Gesicht halten sie die meisten deutschen Strafgesetz-Bücher nicht einmal der Erwähnung und des Schutzes für werth. Unsere modischen Blumensträuße mit auf Draht befestigten einzelnen Blüthen erfreuen kaum die Augen, spenden aber keine Düfte. Die Opfer, welche aus der Dose des Schnupfers dem Riechorgane dargebracht werden, sind durchaus nicht immer als „Vergnügungen“ anzusehen, — und wenn die Frauenwelt sich nicht durch ihre Vorliebe für Parfüms der armen verlassenen Nase annähmen, so bliebe der Geruchsinn vom Göttermahle der Freude ausgeschlossen.

Und doch wäre es die höchste Ehrenbezeugung, die man einem lieben Freunde bei seinem Besuche erweisen könnte, wenn man das Zimmer ihm zu Ehren mit Wohlgerüchen erfüllte: man würde ihm dadurch göttliche Huldigung darbringen.

Die älteste uns bekannte Art der Parfümerie bestand darin, daß man wohlriechende Gummiarten und Harze, wie Weihrauch, Myrrhe, Benzoë, Storax*) anzündete.

---

*) Weihrauch (Olibanum, Thus orientale) ist das getrocknete Gummiharz des indischen Weihrauchbaumes, „Boswellia serrata“, nach Dr. John Boswell zu Edinburg benannt, einem Botaniker, welcher zu Anfang des vorigen Jahrhunderts lebte. Das Weihrauchharz kommt in kleineren oder größeren abgerundeten Stücken in den Handel, riecht schwach, aber angenehm, wird erweicht durch Wärme, und verbreitet beim Schmelzen den bekannten, starken, angenehmen Geruch. Man benutzt es auch jetzt nicht nur zum Räuchern in Kirchen, sondern zur Herstellung von Ofenlack, Räucherpulvern, wohl auch zu einigen Pflastern.

Myrrhe (Gummi resina myrrha), das geronnene röthliche Gummiharz des echten Myrrhenbaumes oder Balsambaumes („Balsamodendron myrrha“, von dem griechischen balsamon, Balsam und dendron, Baum); die rothe, fette oder türkische Myrrhe gilt im Handel als die beste Sorte, nach ihr kommt die indische oder weiße. Sämmtliche Sorten werden wie der Weihrauch angewendet und außerdem zur Herstellung von wohlriechenden Wassern und zu Zahnpulver häufig gebraucht. In der Türkei sind sie Volksmittel gegen Verschleimungen, Engbrüstigkeit und üble Geschwüre.

Benzoë, das in Ostindien und auf den Sundainseln durch Einschneiden in die Rinde des Benzoëbaumes („Benzoin officinale“, vom arabischen ben, Wohlgeruch) gewonnene Harz, welches wegen seines durchdringenden, gewürzhaften Geruches zu Räuchermitteln und Parfüms der verschiedensten Art benutzt wird. Die Benzoëtinktur, d. h. eine Auflösung von Benzoë in Weingeist giebt mit Rosenwasser vermischt die sogenannte „Venusmilch“ oder „Jungfrauenmilch“, ein bekanntes angebliches Schönheitsmittel, von dem mit Unrecht behauptet wird, daß es die Haut glatt zu erhalten im Stande sei. In der Parfümerie dient jetzt die Benzoëtinktur besonders dazu, durch ihre Beimischung andere leicht verfliegbare Gerüche haltbar zu machen.

Storax (Judenweihrauch) ist der an der Luft erhärtete balsamische Saft, welcher aus allen Theilen des im Orient, in Italien,

In allen Religionen der alten Welt finden wir die Anwendung des Weihrauches als Opfer. Viele der ersten Christen mußten ihr Leben lassen, weil sie diesem heidnischen Gebrauche sich entziehen wollten, während jetzt die römisch-katholische Kirche ganz in alter Weise nicht nur beim Gottesdienst, sondern auch bei Begräbnissen vornehmer Personen, ja sogar bei Bewillkommnungen und bei Huldigungsakten höherer und höchster Herrschaften die „Rauchopfer" anwendet.

Bei den alten Egyptern scheint zuerst der Gebrauch der Parfümerie als Privatluxus Anwendung gefunden zu haben. Die egyptischen Damen trugen in feingeflochtenen mit edlen Metallen gestickten Taschen wohlriechende Stoffe und Räuchermittel bei sich, ohne daran Anstoß zu nehmen, daß dieselben nicht nur beim Tempeldienste benutzt wurden, sondern auch beim Einbalsamiren der Leichname. In dem Schlosse „Alnwick" (dessen geographische Lage uns freilich unbekannt) soll man aus einer altegyptischen unterirdischen Grabstätte eine Urne aufbewahren, welche mit einer Mischung verschiedener Gummiharze gefüllt ist, die trotz ihres Alters von etwa 3000 Jahren noch immer lieblichen Geruch verbreiten.

Griechenland, Spanien, der Provence wachsenden Storaxbaumes („Styrax officinalis", vom arabischen assthirak, d. h. ein Gewächs, aus welchem ein harziger Saft tropft) gewonnen wird, kommt im Handel theils in Körnern, theils in größeren Stücken, theils in großen braunen Kuchen vor. Storax ist zu unterscheiden von dem in der Technik zum Löthen und zu anderen Verwendungen benutzten doppelt borsaurem Natron oder „Borax", so genannt nach dem arabischen borak, d. h. weiß. — „Borax" wird gegenwärtig von den Amerikanern als „Waschmittel" empfohlen (1/2 Pfund in etwa 40 Quart Wasser gelöst) und soll ein ausgezeichnetes Reinigungsmittel sein, welches viel Seife erspart und den zartesten Stoffen keinen Schaden zufügt.

Harze und Hölzer sind nicht nur die ältesten bekannten Riechmittel, sondern sie wurden später auch als die eigentlichen Vertreter jedes künstlich bereiteten oder hervorgerufenen Wohlgeruches angesehen; — man nannte letzteren „Parfum", weil das Räucherwerk beim Brennen seinen eigenthümlichen Geruch „per fumum", d. h. durch den Rauch, verbreitet. —

Den vornehmen Römern war der Gebrauch künstlicher Wohlgerüche förmlich zum Bedürfniß geworden. Sie trennten sich von ihrer Riechbüchse, „Narthecium",*) weder im Hause, noch im Bade, noch beim Tempelbesuch, ja sie nahmen sie sogar mit auf das Schlachtfeld, und bei der Kriegsausrüstung war sie ein ebenso nothwendiger Theil der Bagage des römischen Lieutenant, wie Pomadenbüchse, Kartenspiel und Korkzieher ihrer Collegen in unseren Tagen.

*) Die Salben- und Riech-Büchse der Römer scheint ihren Namen Narthecium von der Narthex-Pflanze (Narthecia, jetzt Ferula asa foedita, genannt) erhalten zu haben. Die vorzugsweise in Persien und an der chinesischen Mauer wachsende Pflanze enthält im eingetrockneten Milchsafte der Wurzel ein überaus widrig und stark nach Knoblauch riechendes, braungelbes, starkes Arzneimittel, welches Stinkasant oder Teufelsdreck zur Bezeichnung seines Geruches genannt wird. So überraschend dies auch erscheinen mag, so ist es doch erwiesene Thatsache, daß nicht nur im Alterthum, sondern auch heute dieses übelriechende Harz von den Orientalen als Gewürz bei der Bereitung der Speisen und als Bestandtheil ihrer Parfümerie Anwendung findet. Wie der Ungar die Mehrzahl seiner Speisen mit „Paprika" (rother Pfeffer), — der Spanier und Jude mit „Knoblauch" würzt, — so fügte jenen der Perser etwas „Teufelsdreck" zu und der eigenthümliche Geruch desselben soll sich auch an seiner Person schon von Weitem bemerkbar machen. Es dürfte also aus dem Umstande, daß gerade hiervon die Salbenbüchse in Rom ihre Benennung erhielt, wohl mit Recht gefolgert werden, daß die Mode der Benutzung künstlicher Wohlgerüche in Rom ihren Eingang aus Persien gefunden habe. — Die Narthex-Pflanze hieß aber „Ferula", d. h. Ruthe, Gerte, weil sich die römischen Schullehrer des trockenen Stengels derselben zur Züchtigung ihrer Schüler bedienten. Die Narthex-Pflanze wäre also in dieser Beziehung die Haselstaude des klassischen Alterthums. —

Vor allem aber schien es den Griechen und Römern geboten, bei Gastmählern nicht nur den Gaumen zu letzen, sondern auch mit Wohlgerüchen sich und andere zu erfreuen. Kränze von Rosen und Orangeblüthen setzten sich Männer und Frauen in's Haar; die Tafel und das Ruhebett der Gäste waren mit duftenden Blumen bestreut; wohlriechende Kräuter und Blüthen ersetzten die heutigen Teppiche des Speisesaals. — Dann erfanden die Römerinnen die Kunst, die feinsten, best-riechenden Blüthentheile mit Ziegenfett und Asche zusammenzukneten, um hiermit die Haare zu glätten, in damals beliebter Weise heller zu färben und wohlriechend zu machen. Man nannte diese neu erfundene Pomade „sapo“, woraus im Altdeutschen das Wort „sepe“, unser heutiges „Seife“ entstanden ist. Wann die reinigenden Eigenschaften der Seife zuerst bekannt und angewendet wurden, wissen wir nicht; daß aber unsere heutige Waschseife im Wesentlichen aus denselben Bestandtheilen bereitet wird: nämlich aus dem „Wohlgeruche“ der Blumen, dem „Alkali“ der Asche und aus „Fett“, — das verdient zu Ehren der erfinderischen Römerinnen erwähnt zu werden.

Den Namen „Pomade“ haben die zum Salben der Haare benutzten wohlriechenden Fette vom lateinischen „pomum“ (Apfel, im Plural „poma“, die Aepfel) erhalten, weil man die Haarsalben früher so bereitete, daß man Aepfel reichlich mit Gewürzen (besonders Nelken) besteckte, dann einige Tage an der Luft liegen ließ und hierauf in Fett oder Oel macerirte. Der starke Geruch nach Nelken sollte zugleich Schutz gegen Ungeziefer gewähren.

Während der Kreuzzüge wurden köstlich riechende orientalische Harze, Hölzer und getrocknete Blumen nach

Deutschland gebracht; duftendes Holz und Gewürze verbrannte man zu Ehren des Gastes auf dem Kohlenbecken oder im Kamin, wo diese letzteren bereits Eingang gefunden hatten. Wie man heute die Schinken mit Wachholderreisig und Mahagonispähnen zu räuchern pflegt, um ihren Wohlgeschmack zu erhöhen, so ertheilte man damals bei großen Gastmählern den auf dem Roste oder am Spieße gebratenen Speisen dadurch besondere Würze und feineres Arom, daß man sie über dem Feuer mit wohlriechenden Hölzern und Harzen zubereitete.

Von dieser Zeit an macht der Gebrauch der Parfümerie im Privatleben sich heimisch. Schon im alten Rom wurden bei Schauspielen und Stiergefechten die Amphitheater verschwenderisch mit Wohlgerüchen erfüllt, theils mittelst Räucherungen, theils indem man große freistehende Urnen und Schalen mit Blüthen und Gewürzen anfüllte. Später stellte ein angesehener römischer Edelmann, Namens Frangipani*), ein Riechpulver dar, welches noch jetzt nach seiner Angabe bereitet wird und das zur Hälfte aus allen möglichen Riechstoffen, Gewürzen nebst etwas Moschus, zur Hälfte aus feingepulverten Veilchenwurzeln**) besteht. Sein Enkel Mau-

*) Frangipani war ein römisches Adelgeschlecht, von dem mehrere Mitglieder als Consuln den römischen Staat regierten. Crescentio Fr. trat 987 für die Rechte des römischen Volkes gegen die Anmaaßungen des Papstes Johannes XV. mit Erfolg auf und bis um die Mitte des 13. Jahrhunderts waren bei allen wichtigen Ereignissen Mitglieder dieser Familie betheiligt. Giovanni Fr. nahm 1268 den flüchtigen Konrad von Hohenstaufen gefangen und überlieferte ihn der Blutgier seiner Feinde. Latino Fr., welcher 1294 starb, vermittelte als Großinquisitor und Cardinal-Bischof den Friedensschluß zwischen den politischen Partheikämpfen jener Zeit.

**) Veilchenwurzel, der gegliederte Knollen der florentinischen Schwertlilie (Iris florentina) deren weiße Blumen im Süden Europa's

ritius Frangipani stellte das erste flüssige Riechmittel dar, indem er das vom Großvater erfundene Riechpulver mit starkem Weingeist übergoß und einige Zeit an einem warmen Orte stehen ließ. Dieses „Frangipani'sche Riechwasser" wird ebenfalls noch heute fabricirt und zeichnet sich vor anderen künstlichen Wohlgerüchen zwar nicht immer durch besondere Feinheit, doch wohl durch Kräftigkeit und Beständigkeit aus.

In der „Weiberzierung" (1575) nennt Alessio Wässer, die mit Citronen, Pomeranzen, Rosen, Bisam, Violwurzel, Zibeth, Ambra, Aloeholz, Lavendel, Näglein, Zimmet, gelbem Sandelholz, Quendel, Spicanaden, Myrrhe und Benzoë abgezogen oder versetzt sind und welche die Damen theils selber bereiteten, theils aus der Apotheke bezogen. Auch giebt Alessio Anleitung zum Fertigen eines „cyprischen Pulvers" aus Kuhdünger und Rosenwasser, sowie zur Herstellung der Riechkissen. Ebenso verdankt man dem Alessio die Ueberlieferung des Receptes für Schnupftücher der Venus (Mouchoirs de Venus), welche erst im vorigen Jahrhunderte durch die wohlriechenden Wässer völlig verdrängt wurden: „Alaun, Malvasir, Borris, Gummi Traganth und arabicum werden mit Quecksilbersublimat, Eierklar, Terpentin, Essig,

---

die Sümpfe mit Wohlgeruch erfüllen. Die Wurzel ist innen weiß, hat angenehmen Veilchengeruch und wird daher vielfach zu Zahnpulver und Parfüms benutzt. Das Harz derselben ist nicht frei von reizender, giftiger Wirkung, weßhalb der Gebrauch, kleinen Kindern die Wurzel zu kauen zu geben, nicht gebilligt werden kann. —

Das „Frangipani-Riechpulver" wird jetzt in folgender Zusammensetzung bereitet: 3 Pfund Veilchenwurzelpulver, — 1/4 Pfund Vetiverpulver (Vetiver oder Kuskus ist der Wurzelstock einer indischen Grasart), — 1/4 Pfund Santalholzpulver, — je 1 Quentchen Neroliöl, Rosenöl und Santalholzöl, — 2 Loth gepulverter Moschusbeutel und 1/4 Loth Zibeth.

Ingwer, Myrrhen, Kampher, fünfzig Schnecken, einer gerupften feisten Henne, Pomeranzen, Citronen, Zuckerkandel" gekocht und in diese Flüssigkeit werden die Tücher sieben Mal getaucht und getrocknet. „Und so Du solchen zum siebenten Male gethan hast, sind sie recht zubereitet, köstlich und fürtrefflich für Königinnen und andre köstliche Weiber."

Italienische Riechwässer werden noch heute von den Kennern geschätzt, theils aus den erwähnten Gründen, theils wegen glücklicher Mischung der verschiedenen Stoffe. Das Recept der italienischen Familie Farina ist es, welches bis zur Gegenwart den europäischen und außereuropäischen Markt beherrscht und welches als „Eau de Cologne" ein noch von keinem Neueren übertroffenes Parfüm bietet*).

Von Italien aus unternahmen die wohlriechenden Essenzen ihre Weltreise, gelangten durch die Kriege mit Karl VIII. und Ludwig XII. zunächst nach Frankreich, wo sie in der Hofhaltung des prunkliebenden Franz I.,

*) Die ächte Eau de Cologne soll zusammengesetzt sein aus: 6 Loth Nerolipetale-Oel, 2 Loth Nerolibigarade-Oel, je 4 Loth Rosmarinöl und Bergamottöl und je 10 Loth Orangeschalenöl und Citronenschalenöl; diese Oele werden mit 24 Quart ächtem Weinspiritus von 85 Procent gemischt und nach 1 bis 2 Wochen in Flaschen gefüllt. Zur Herstellung eines guten „Kölnischen Wassers" kommt es jedoch auf verschiedene kleine Vortheile, ja sogar auf richtige Reihenfolge der ätherischen Oele beim Eingießen in den Spiritus an. — Die beste „Eau de Cologne" wird nach unserem Dafürhalten jetzt von F. Maria Farina, **Nr. 4711** in Köln bereitet.

Die neueste „Erprobte Vorschrift zur Anfertigung von Eau de Cologne" ist in „Böttger's Notizblatt" (1864, 12) enthalten: Man löse 3 Loth Bergamottöl, 1 Loth Cederöl, ½ Loth Lavendelöl, 24 Tropfen Neroliöl, 24 Tropfen Rosmarinöl, 24 Tropfen Nelkenöl, 15 Tropfen Thymianöl, 20 Tropfen Zimmetöl und ½ Gran Moschus nacheinander in 3½ Maaß reinstem Spiritus auf. Zweckmäßig ist es, hierbei noch circa 20 Tropfen Salmiakgeist zuzusetzen, wodurch das Belebende des Geruches vermehrt wird.

des Siegers über Mailand und Genua, zuerst ein stehender Modeartikel der eleganten Toilette geworden sind. In England kamen sie unter der Königin Elisabeth in allgemeine Aufnahme. Jetzt giebt es in der civilisirten Welt kaum noch ein Dienstmädchen, welches Sonntags ihren Spaziergang nach irgend einem Tanzlocal unternähme, ohne am Haupte durch Bergamottöl oder Rosenöl, in den Kleidern durch irgend ein billiges, mit Moschus bereitetes Riechwasser für „guten Geruch" zu sorgen.

Einige der feinsten Wohlgerüche werden aus Ostindien, Ceylon, Mexiko und Peru eingeführt. Doch noch immer ist das südliche Europa und besonders Italien der Hauptlieferant geblieben. Nizza, Grasse und Cannes sind die großen Blumengärten Europa's, aus denen die Parfümisten unglaubliche Massen ihres Materials beziehen.

Nach den amtlichen Mittheilungen, welche 1862 bei Gelegenheit der Londoner Welt-Industrieausstellung gemacht wurden, liefern aus den drei genannten Orten etwa 100 Fabrikanten mit 10,000 Arbeitern während der Blumenzeit jährlich: 80,000 Kilogramme Rosenwasser (im Werthe von ungefähr 33,000 Rthlr.) — ferner 1,500,000 Kilogr. Orangeblüthenwasser (über 450,000 Rthlr.) — und 300,000 Kilogr. wohlriechende Pomaden und Oele (= 1,7000,000 Rthlr.). — Es werden jährlich verbraucht: 800,000 Kilogr. Orangenblüthen, — 250,000 Kilogr. Rosen, — 50,000 Kilogr. Jasmin, — 30,000 Kilogr. Veilchen, — 30,000 Kilogr. Zimmetblüthen, — 15,000 Kilogr. Tuberosen. — Fabrik und Handel mit wohlriechenden Stoffen haben also in der gegenwärtigen Zeit Umfang und Bedeutung in einer Weise erhalten, von welcher sich eine frühere Zeit nichts träumen ließ, und doch haben wir vorstehend nur von einigen Ortschaften und einem kleinen Flächenraume die Zahlen angeben können, während Aehnliches noch zu erwähnen wäre von der Seeküste, wo die wohlriechenden Akazien (Cassie) wachsen und, ohne vom Winterfroste zu leiden, von Jahr zu Jahr sich kräftigend, reiche Ausbeute an Blüthen gewähren, — oder von der wärmeren Ebene, wo Orangenbäume und Reseda ausgezeichnet gedeihen und vorzugsweise gepflanzt werden. Die Orangen und Citronen stammen aus China, wo man (in der Provinz Kiansi) noch jetzt große Wälder derselben trifft; von dort gelangten sie vermuthlich zuerst nach den molukkischen Inseln und nach Ostindien. Jetzt sollen die bestkultivirten Orangengärten in „Hyères" (4 Meilen von Toulon, sich befinden, von denen z. B. zweie, jeder auf 10—12 Morgen Raum) gegen 18,000 Bäume enthalten und jährlich für gegen 40,000 Franken Citronen und Orangen bringen.

In „Nimes" pflegen die Pflanzer besonders Thymian, Rosmarin, Spicke, Lavendel und andere gewürzige Kräuter; — „Sicilien" liefert die Gerüche der Citronen, Bergamotten und Orangen — und „Norddeutschland" versorgt umgekehrt den Süden mit den aus heimischen Pflanzen bereiteten Kümmelöl und Kalmusöl. —

Merkwürdiger Weise hat sich in einzelnen Ortschaften eine Meisterschaft in Herstellung gewisser Wohlgerüche traditionell ausgebildet, und so hat z. B. England die Darstellung des guten Lavendelöls und Pfeffermünzöl gleichsam in Erbpacht genommen. In Mitcham in Surrey und in Hitchin in Hertfordshire werden diese ätherischen Oele zu einem acht Mal höheren Preise verkauft, als die in Frankreich und anderswo bereiteten, und doch zahlen französische, deutsche und italienische Parfümisten diese hohen Preise willig, da die englische Waare auch in der That um so viel besser ist als die ihre. Dies erklärt zugleich, weßhalb in der englischen Damenwelt der von unseren Großmüttern einst so geschätzte „Lavendel“ noch immer ein so beliebtes Parfüm geblieben ist, und weßhalb die englischen „Pfeffermünzpastillen“ bei den Reisenden in Rußland wie am Kap der guten Hoffnung sich gleichmäßiger Nachfrage erfreuen. —

Es dürfte nicht uninteressant sein zu erfahren, auf welche Weise der Wohlgeruch den Pflanzen entzogen und an andere Stoffe übertragen wird.

1. Das einfachste Mittel, die Riechstoffe zu gewinnen, besteht darin, daß man die betreffenden Pflanzentheile in Tüchern „auspreßt“ und den ablaufenden Saft oder in günstigen Fällen sogar das abtropfende Oel auffängt. Letzteres ist der Fall bei dem Oel aus den Schalen sämmtlicher Citronenarten, von denen das geschätzteste das aus den Fruchtschalen des Orangenbaumes gewonnene „Portugalöl“ zu sein pflegt. Die Blätter und grünen Früchte des Orangenbaumes zerreibt man und gewinnt dann durch Auspressen aus ihnen ebenfalls ein Oel, welches zum Unterschiede von dem früheren „Petit-grain-Oel“ heißt. Das feinste der drei wohlriechenden Oele, welche der Orangenbaum liefert, das „Neroliöl“, stammt aus den Blüthen und wird nicht direct durch Auspressen, sondern durch vorherige Maceration gewonnen.

2. Bei der „Maceration“, der zweiten Bereitungsart, werden minder zarte Blumen, wie z. B. Orangeblüthen,

Zimmetblüthen, Rosen, Jonquillen, Veilchen u. a., die einen mäßigen Hitzgrad vertragen können, ohne ihren Duft zu

verlieren und welche doch auch nicht durch zu intensiven Farbstoff die spätere Verwendung zu Riechwässern behindern, in Oel oder geschmolzenem Fett macerirt. Damit das Fett nicht durch zu große Hitze einen üblen Geruch annehme, wird es im sogenannten Wasserbade geschmolzen, d. h. die Pfanne, in welcher sich das Fett befindet, wird in eine zweite größere, mit Wasser gefüllte gesetzt, so daß, wenn beide über das Feuer kommen, die Gluth nicht direct zu dem Fette gelangen kann, sondern dieses nur durch das kochende Wasser (und daher auch zu keiner höheren Temperatur als der des kochenden Wassers) erhitzt wird. In das so geschmolzene Fett bringt man die sorgfältig ausgesuchten Blumenblätter hinein, digerirt sie in der Hitze, während mehrerer Stunden, fischt sie dann mit einer Art aus Draht bereiteten Schaumlöffel heraus und trägt neue Pflanzenblätter in das Fett hinein. So fährt man 2—3 Tage lang ununterbrochen fort, bis endlich das Fett mit Aroma völlig durchsättigt ist. Dann wird es durch Tücher gepreßt und dient nun seinerseits entweder unmittelbar als Pomade, oder ertheilt mit anderen Fetten verdünnt der Pomade Wohlgeruch, oder giebt wohl auch mit Weingeist digerirt diesem seinen Wohlgeruch ab. — Die Franzosen bringen stark riechende Oele, welche durch Maceration der Blüthen in Olivenöl bereitet werden, unter dem Namen „Huile antique" in den Handel. Diese Oele sind natürlich weit feiner und dauernder in ihrem Wohlgeruche, als die nur durch Beimischen eines ätherischen Oeles oder anderen Riechstoffes zum fetten Oele bereiteten, aber auch viel theurer. Im Detail-Handel findet man sie kaum jemals ächt, sondern erhält unter diesem Titel jedes beliebig parfümirte Oel. Viele Verkäufer kennen nicht einmal die eigentliche Bedeutung des Ausdruckes „Huile antique“.

3. Eine dritte Art der Darstellung besteht in der „Destillation“, welche nur auf Rinden, Hölzer, Früchte, ganze Pflanzen und einige wenige Blumen Anwendung findet. Die betreffenden Rohstoffe werden mit Wasser in eine kupferne, eiserne oder gläserne Retorte gebracht (sogenannte Destillirblase), in derselben erhitzt und das, was sich verflüchtigt, wird nach dem Ueberdestilliren in allbekannter Weise in einer kühlen Verlage aufgefangen. Im Destillat findet sich das Aroma als ätherisches Oel entweder oben aufschwimmend oder zu Boden gesunken. Dasselbe Wasser wird mehrmals beim Destilliren benutzt und nimmt in Folge dessen ebenfalls Riechstoffe auf, so daß es ebenfalls verkäuflich wird.

4) Eine feinere Bereitungsweise ist die der „Absorption“ oder „Enfleurage“. Die Blüthen des Jasmin, der Tuberose, des Zimmet, der Akazien u. a. werden

entweder auf viereckige Glasplatten gelegt, welche mit Furchen versehen sind und mit einer dünnen Fettschicht überdeckt, oder sie werden auf ein Drahtgeflecht, über welches ein dicht mit Oel getränktes Baumwollentuch gespannt ist, aufgeschichtet. Schicht auf Schicht kommt nun: eine Platte, auf diese frisch gepflückte Blumen; eine neue Platte, abermals Blumen, u. s. f., bis eine beliebig hohe Säule hergestellt ist. Das Ganze wird luftdicht verdeckt, bleibt 24 Stunden am kühlen Orte stehen und jeden Tag werden die Blüthen durch frisch gepflückte erneuert, bis das auf den Glasplatten befindliche Fett oder das Oel der Baumwollentücher hinreichend mit den wohlriechenden Riechstoffen imprägnirt ist. Hierauf werden beide durch Abschaben oder Auspressen sorgfältig gesammelt und nun weiter als Träger des Riechmittels verwendet. — Viele Blüthen müssen zu gewissen Tageszeiten gepflückt werden, wenn sie gutes Parfüm geben sollen; so muß man Jasmin-Blüthen vor Sonnenaufgang, Rosen nach Sonnenaufgang und ganz aufgeblüht, Nelken nach 2—3 Stunden starkem Sonnenschein sammeln. Die Blüthen der Cassie oder Akazie (Acazia Farnesiana) geben anderen Wohlgeruch je nachdem sie Morgens, Mittags oder Abends gepflückt und mit Maceration oder Absorption behandelt wurden. —

5) Um diese sehr mühsamen und Zeit raubenden Arbeiten abzukürzen, hatte der französische Chemiker Millon ein zweckmäßigeres und vielfach angewendetes Verfahren erfunden. In einem besonders dazu eingerichteten Filtrirapparat werden die Blüthen (mit Aether oder Schwefelkohlenstoff) ausgesogen; die dem Filtrirapparat abtropfende Flüssigkeit wird vorsichtig eingedampft, und die wachsartige Masse, welche nach dem Eindampfen zurückbleibt, ist die wohlriechende Substanz der Blumen, — in größerer Reinheit, nicht mit Oel oder Fett vermischt,

und wie es scheint, auch in größerer Menge auf dem Filtrir-Wege gewonnen. Merkwürdigerweise sind diese Wohlgerüche nicht flüchtig, sondern bewahren ihr köstliches Arom in offenen Büchsen Jahre lang.

6. Auch dieses Verfahren ist in der jüngsten Zeit noch übertroffen worden durch dasjenige, welches der Parfümeur Piever in Paris erfunden hat. Auf Platten eines feinen Drahtgewebes werden die Blüthen schichtweise ausgebreitet und dann mit einem glockenartigen Gefäße luftdicht umschlossen; nun wird mittelst einer Luftpumpe die Luft ausgesogen, so daß sie durch die Blumen hindurch gehen muß. Diese mit den feinsten Wohlgerüchen der Blüthen durchsetzte Luft läßt man in kleinen Bläschen durch Oel oder den feinsten Weingeist durchtreten. Die wohlriechende Luft giebt auf diese Weise den größten Theil ihres Aroma's an das Oel oder den Weingeist ab, und man erhält so auf einfache, doch ziemlich zeitraubende und kostspielige Weise die feinsten künstlichen Wohlgerüche, welche man überhaupt der Natur zu rauben vermag. —

Die Chemie hat sich aber nicht damit begnügt, den der Natur gelieferten Wohlgeruch aus den Pflanzen in Büchsen und Gläser zu bannen, sondern sie hat in jüngster Zeit mit glücklichem Erfolg versucht, Wohlgerüche künstlich darzustellen. Am Entschiedensten ist ihr dies gelungen mit dem Bittermandelöl.

Der Bittermandelölgeruch ist seit vielen Jahren gekannt und geschätzt und bildet ebensowohl einen beliebten Zusatz zu sehr vielen wohlriechenden Essenzen, als er für Seifen vorzugsweise Anwendung gefunden hat. Man erhält das Bittermandelöl durch Destillation der Blätter der Mandelbäume oder der Kerne und Schalen unserer Steinfrüchte (Kirschen, Pflaumen, Aprikosen u. s. w.), nachdem man sie etwa 24 Stunden mit warmem Wasser hat stehen lassen; erst durch die hierbei entstehende Gährung wird der Bittermandelgeruch entwickelt. (Weil das in den Mandeln enthaltene Amygdalin beim Stehen mit warmem Wasser in 3 Theile zerfällt, nämlich in Zucker, Blausäure und Bittermandelöl.) Etwa ums Jahr 1850 ließ sich der Chemiker Mansfield zu Weybridge eine Methode patentiren, um künstliches Bittermandelöl darzustellen, welches er Mirbane-Essenz (essence de Mirbane) nannte. Gegenwärtig ist diese sehr einfache Darstellung allgemein gekannt und geübt. Und das durch sie gewonnene wohlriechende Oel ist ein vielverbreiteter Handelsartikel geworden.

Das künstliche Bittermandelöl wird dargestellt aus dem „Benzol" oder „Benzin", welches als ziemlich übelriechender Stoff unter dem Namen „Brönner'sches Fleckwasser" bekannt sein dürfte, da es zum Reinigen der Handschuhe vielfach verwendet wird. Das Benzol ist eine klare farblose Flüssigkeit von angenehmen ätherartigem Geruche und führt seinen Namen zunächst daher, daß man es aus der Benzoësäure zuerst gewann. Später fand man es auch im Steinkohlentheeröl und jetzt bildet es einen der vielen Producte, welche aus dem Steinkohlentheeröl gewonnen werden. Da das Benzin schon bei 82⁰ siedet, so destillirt es zuerst über, wenn Steinkohlentheeröl in einem Destillirapparat erhitzt wird, hat aber dann den bekannten, nichts weniger als angenehmen Geruch nach Steinkohlentheeröl, welches es nur durch sehr sorgfältige Reinigung verliert. Will man aus dem

Benzin das „Mirbaneöl“ gewinnen, so erhitzt man es mit concentrirter Salpetersäure, welche langsam und in kleinen Mengen sehr vorsichtig zugesetzt werden muß. Hierbei destillirt der sogenannte „Nitrobenzol“ über, welcher wie Bittermandelöl riecht, im Wasser gleich diesem untersinkt und der nun im Handel als „künstliches Bittermandelöl“ verkauft wird. Dasselbe muß jedoch mit Wasser und Sodalösung sorgfältig gereinigt werden, um seine Herkunft und das übelriechende Steinkohlentheeröl möglichst zu verläugnen. Immerhin steht es dem echten Bittermandelöl an Geruch nach, riecht etwas süßlicher als dieses, kann aber in der Parfümerie gut verwendet werden.

Künstliches Rosenwasser hat Prof. R. Wagner (in Würzburg) dadurch erhalten, daß er „Wintergrün-Oel“ (aus den Blättern der Wintergrün-Pflanze, Gaultheria procumbens, durch Destillation gewonnen) mit Kalilauge kochte; hierbei scheidet sich ein Brei aus Krystallen (salicylsaures Kali) ab, welche mit Wasser destillirt ein ziemlich stark riechendes „Rosenwasser“ geben.

Ananasöl oder Ananasäther, welches einen nicht unerheblichen Handelsgegenstand bildet, stammt nicht von den Ananas-Früchten aus Westindien, Australien oder unseren Treibhäusern, sondern ist immer Kunstproduct, da man bis jetzt den Wohlgeruch dieser Früchte noch nicht einzeln dargestellt hat. Die Chemiker Hoffmann und Playfair fanden, daß eine Auflösung von Buttersäure-Aether (buttersaurem Aethyloxyd) in Weingeist den Geruch der Ananas habe und nannten sie deßhalb „Ananas-Essenz“. Für die Parfümerie ist diese Entdeckung jedoch nicht zu verwerthen, weil die Dämpfe jenes Aether, selbst bei gewöhnlicher Stubentemperatur und in großer

Verdünnung, Kratzen in Hals und Luftröhre, sowie Husten, hervorrufen. Man hat daher die Ananas-Essenz nur noch in der Conditorei benutzt, um Zuckerwaaren einen der Ananas ähnlichen Geschmack zu ertheilen. Allein auch hier folgt auf den Genuß jeder größeren Menge schmerzhafte Reizung der Schlundorgane, wie nach dem Genuß von ranziger Butter.

Fast alle künstlichen Fruchtäther und Fruchtessenzen, deren eine Menge bekannt sind, haben diese nachtheilige Wirkung, weßhalb die mit ihnen versetzte Zuckerwaare bei Husten, Entzündungen der Mandeln u. s. w. eher nachtheilig und reizend wirkt, als beruhigend. (Das beste Linderungsmittel gewähren in solchen Fällen saure „Limonaden-Drops").

Ist der Gebrauch der „Riechmittel" der Gesundheit nachtheilig oder nützlich? Weder das Eine noch das Andere, wenn man die künstlichen Gerüche auf richtige Weise verwendet. Man erinnert sich gemeiniglich, daß starke Wohlgerüche nach längerer Einwirkung Kopfweh verursachen, und daß wir unruhigen Schlaf haben, wenn stark riechende Blumen im Schlafzimmer stehen; allein man übersieht, daß diese nachtheilige Wirkung nicht nur durch die von Riechnerven aufgenommenen Sinneseindrücke hervorgerufen wird, sondern überhaupt durch jede übermäßige Einwirkung auf eines unserer Sinnesorgane.

Heftiger Peitschenknall, plötzliches Trompetengeschmetter, in unmittelbarer Nähe schallende Posaunentöne, Kanonenschüsse sind ebenso dem „Hörnerven" unangenehm, als grelles Sonnenlicht, eine weiße hell beleuchtete Fläche oder sonst ein verhältnißmäßig kleiner, grellrother Fleck in unmittelbarer Nähe des Auges dem „Sehorgane" sich feindlich erweisen. Wer über Nacht eine hellbrennende Lampe im Zimmer hat, oder wer das Geräusch des Windes oder der vorbeifahrenden Wagen hören muß, während er schlafen will, der wird ebenso eine unruhige Nacht haben und am andern Morgen sich unwohl fühlen, als wenn er seine „Hirnruhe“ *) durch wiederholte Reize auf den Riechnerven beeinträchtigt. Eine Bethätigung derjenigen Nervenwirkungen, welche durch unsere „Nase“ zum Bewußtsein gelangen, ist also an sich ebenso wenig nachtheilig oder vortheilhaft, als eine Bethätigung der Nervenwirkungen des „Auges“ oder des „Gehörs“. Nur übertriebene Stärke, zu lange und zur Unzeit einwirkende Gerüche erweisen sich feindlich.

Möglichst vollständige Ausbildung aller Sinnesorgane unseres Körpers ist eigentlich eine Pflicht, welche Jeder gegen sich selbst zu erfüllen hat, denn nur der in allen Theilen und Organen geübte Mensch ist wirklich gesund und kräftig, ist wirklich Mensch. Allein unsere Nase wird schon in der Erziehung vernachlässigt. Man macht die Kinder aufmerksam auf das was schön klingt, was hübsch aussieht, aber kaum je auf dasjenige, was gut riecht, und noch weniger lehrt man sie die einzelnen Gerüche scharf von einander zu unterscheiden. Daher kommt es, daß die „Riechnerven“ fast immer ungebildet bleiben. Man erkundige sich nur bei einem intelligenten Parfümeur, wie wenig Menschen kleine Verschiedenheiten der Gerüche deutlich wahrzunehmen im Stande sind. Essig und Rosenöl unterscheidet freilich

---

*) Der „Schlaf“ besteht in Ruhe des Gehirnes, während im übrigen Körper die gewöhnlichen Functionen vor sich gehen.

Jeder von einander, aber die Unterschiede der einzelnen Arten der Orangeöle sind schon für Viele verschlossen.

Eine „gute Nase“ ist immer für das praktische Leben werthvoll. Nicht umsonst läßt unsere Sprache diejenigen, welche geachtet und wohlgelitten sind „in guten Geruch“ kommen. Auch das ist eines der Zeichen innerer Wohlanständigkeit und geselliger Bildung, wenn Jemand mit dem Parfüm richtig zu schalten weiß. Wer zu dick aufträgt und seinen eigenen Dunstkreis in die Gesellschaft bringt, verräth Rohheit und Geschmacklosigkeit; Parvenüs, Gecken, Abgelebte, Engländer und Neger pflegen diese Gewohnheit zu haben. Wer scharfe und durchdringende Gerüche wählt, ruft zugleich den Verdacht rege, daß er den Gegensatz des Wohlgeruches hat verdecken wollen. Aus dem Cantonnement zurückkehrende Soldaten und Personen zweideutiger Lebensstellung begehen meistens diesen Verstoß. Gegen jeden Wohlgeruch ziehen fanatisch zu Felde unter den Männern gewöhnlich die Philister und verknöcherte Junggesellen, unter den Frauen diejenigen, welche rechthaberisch sind, welche die Sonderlinge spielen und mit ihren „Nerven“ cocettiren. Bei Wem wahre Geistesbildung alles Thun und Lassen wie ein rother Faden durchzieht, der jagt dem Parfüm weder ängstlich nach, noch flieht er es peinlich, sondern der erfreut sich am wirklich schönen Wohlgeruche, ebenso wie er an Schönheit der Form, der Farbe, des Tones und der Wortfügung sich erfreut.

Freilich wird niemals das schönste Essenzenbouquet die gleiche geistige Erhebung und innere Befriedigung uns gewähren können, wie eine Sonate oder ein Kupferstich. Man hat in Folge dessen die Freuden des Geruchssinns und diesen selber gering geachtet. Es ist wohl der Mühe werth, sich darüber klar zu werden, weßhalb dies so allgemein der Fall ist.

Zunächst deßhalb, weil Wohlgeruch kein Bedürfniß ist. Der Mangel des Riechsinnes ist ein größeres Unglück, als man gemeiniglich glaubt; wie jede einzelne Thätigkeit unseres Körpers zu unserem Wohlbefinden unbedingt nothwendig ist, und wie vielfache Störungen und Unannehmlichkeiten daraus entspringen, wenn die eine oder andere verloren geht, davon hat der Arzt leider oft genug Gelegenheit, sich zu überzeugen. Mit dem Geruchsinn verschwindet nicht nur die Freude an den Wohlgerüchen, es fehlt auch ein Warner, dessen Bedeutung nicht zu unterschätzen ist, — es fehlt jede Geschmacksempfindung für aromatische Stoffe, (so daß z. B. mit dem Fehlen des Riechsinnes alle Fleischarten und fast alle Gemüsearten ein und denselben faden Geschmack haben, und nur die Geschmacksempfindung für süß, sauer und salzig übrig bleibt), — es fehlt eine wichtige Erkenntnißquelle der Umgebung und der eigenen Person. Wenn eine des Geruchsinnes entbehrende Dame in eleganter Gesellschaft erscheint und nach „Brönner'schem Fleckwasser" duftet wie eine wandelnde Gasanstalt, oder wenn sie in ihrer eigenen Wohnung starke Gerüche sich verbreiten läßt, ohne das früher zu bemerken, als bis sie Kopfweh und Nervenleiden verursacht haben, oder wenn sie, vor dem Geruche des Leuchtgases nicht gewarnt, vergiftende Luft einathmet und sich dadurch, ohne es zu wollen, tödtet, — ist diese Gefahr, den Spott- und Lästerzungen Arbeit zu geben, die Gefahr, Gesundheit und Leben zu verlieren, nicht groß genug, um den Verlust des Geruchorganes zu beklagen? Der Riechsinn ist ein sogenannter chemischer Sinn, und wir können deßhalb mit demselben nicht auf weite Fernen wirken, wie mit Auge und Ohr, sondern vermögen nur dasjenige wahrzunehmen, was die Oberfläche, auf welche sich seine kurzen Enden ausbreiten, unmittelbar berührt. Er verhält sich darin ebenso wie der Geschmacksinn und ermüdet auch gleich diesem ziemlich schnell. Wenn wir an einer Rose riechen und die Blume unausgesetzt in die Nähe der Nase halten, so nehmen wir anfangs den zarten Duft mit Deutlichkeit wahr; bald (nach dem fünften Athemzuge ungefähr) erscheint er uns nicht mehr lieblich; und nach kurzer Zeit ist er verschwunden. Wir riechen statt dessen noch die harzartigen, bitterlich würzig riechenden Blätter der Rose, den Saft des vielleicht zufällig gedrückten Stengels, und fahren wir fort, an der Blume zu riechen, so wird nach einiger Zeit auch diese Geruchsempfindung uns verschwinden, und wir nehmen dann den Geruch unserer Hände, des Handschuhes, unseres Kleides oder auch gar keinen Geruch mehr wahr. Der Rosenduft fehlt aber nicht mehr der Rose, weil wir ihn nicht fühlen; wir brauchen nur die Blume bei Seite zu legen, einige Minuten unserem Geruchsorgane Zeit zur Erholung zu gönnen, und wir werden dann den Duft der Blume in aller Feinheit und Frische wie früher wiederum empfinden können. Ganz ähnlich ergeht es der Geschmacksempfindung unserer Zunge; auch sie ermüdet schnell und manche Wette wurde schon von denen verloren, welche hofften, auch mit verbundenen Augen Rothwein und Weißwein unterscheiden zu können. Wenn man beide Weinsorten schnell hintereinander 8 mal kostet so vermag Niemand beim 9. und

10. Male die aromatischen Eigenthümlichkeiten des Weiß- oder Rothweines noch zu empfinden; er wird dann auf der Zunge wohl den Geschmack einer weinigen Flüssigkeit wahrnehmen, aber es werden ihm alle Unterscheidungsmerkmale fehlen, durch welche sich sonst die beiden Weinsorten unter einander ihm kenntlich machen.

Wenn nun so der Riechsinn uns nicht mit der Natur in weitem Kreise in Verbindung setzt, sondern nur eine Brücke für Wahrnehmungen in unserer nächsten Umgebung bildet, — wenn das Empfinden der Wohlgerüche sich nicht mit der Befriedigung eines unabweisbaren Bedürfnisses für uns verwendet, wie die Geschmacksempfindung beim Essen und Trinken, — sondern, wenn die Annehmlichkeiten, welche wir mit Hilfe des Riechnerven empfinden, als eine Art Luxus, ein Comfort für Wohlhabende erscheint, — darf es dann noch Wunder nehmen, daß dieser Sinn bei unserer Erziehung in der Regel unbeachtet bleibt, daß Erzieher und Erzieherinnen es versäumen, die Kinder auf scharfe Unterscheidungen der einzelnen Gerüche aufmerksam zu machen, da ihnen selber die Fähigkeit des scharfen Unterscheidens in der Regel abgeht? Während fast Jeder durch Anforderungen des täglichen Lebens oder durch seinen Beruf genöthigt wird, die einzelnen „Farben" mit einander zu vergleichen und feine Nuancen herauszufinden, richten die wenigsten Personen auf „Gerüche" und deren Unterschiede ihre Aufmerksamkeit.

Hierzu kommt, daß sich fast für Niemand ein geistiges Interesse, ein bestimmter Zweck, die Verfolgung eines Gedankens mit Wahrnehmung eines Wohlgeruches verbindet. Wir riechen im Allgemeinen gedankenlos und empfinden wie Kinder nur einen allgemeinen Eindruck des Behaglichen und Unbehaglichen. Dem Gebildeten und an geistige Thätigkeit Gewöhnten kann dergleichen nicht genügen, und so kommt der Geruchsinn in Mißcredit. Sei es gestattet, daß der Verfasser dieser Zeilen mittheile, wie er dazu kam, ein größeres Interesse an den Wohlgerüchen zu erhalten.

Vor einer Reihe von Jahren hielten äußere Zufälligkeiten ihn bei regnerischem Wetter einen Tag lang in Köln am Rhein fest. Die wenigen Sehenswürdigkeiten der Stadt waren bereits mehrfach durchgemustert, die näheren Bekannten auf ihren Landsitzen oder bei ihrer Arbeit unerreichbar, — kurz, es schien die beste Zeitbenutzung, das berühmte Fabrikat der Stadt, das „kölnische Wasser", genau kennen zu lernen. Gesagt, gethan. Nachdem das Adreßbuch zu Rathe gezogen, wurde aus jeder der vielen Fabriken kölnischen Wassers eine Flasche gekauft und nun mit dem so erworbenen Reichthum an Wohlgerüchen im wohlgelüfteten Zimmer eine Probe angestellt, um durch Vergleiche zu finden, welches der verschiedenen Fabrikate für den Wohlgeruch, und welches besonders als Mittel der Zahnreinigung, das vorzüglichste sei. Zu unserer großen Ueberraschung waren die einzelnen Fabrikate sehr weit davon entfernt, mit einander übereinzustimmen; ja, unmittelbar neben einander verglichen, schienen sie sich sogar nur wenig ähnlich zu sein. Beim einen schien man den Geruch des schlechten Spiritus durch Aether verdecken gewollt zu haben, — beim anderen trat Rosmarin hervor, — das dritte roch nach Lavendel, — das vierte, aus einer der berühmtesten und als „echteste" unter den echten genannten Fabrik, ließ die Empfindung des

Orange- und Neroli-Oels hervorherrschen, — wiederum andere rochen nach Citronenöl, — einige erschienen wie unverbunden in ihren Bestandtheilen, und man konnte die einzelnen ätherischen Oele nach einander riechen, aus denen sie bestanden, — und nur eines erschien vollständig „verbunden", ohne daß irgend ein einzelner Bestandtheil vorherrschte, in lieblicher Frische ein Bouquet an Wohlgeruch bietend. (Es war das von **F. Maria Farina, Nr. 4711.**) Die mit Vergleichen eines bestimmten Parfüms, welches angeblich von allen Fabrikanten auf gleiche Weise bereitet wird, hingebrachten Stunden regten die Frage nach der Ursache solcher Verschiedenheit an und führten zunächst zur genaueren Bekanntschaft mit der technischen Herstellung. Nun zeigte sich aber durch freundliche Belehrung eines tüchtigen Parfumeur's, daß man bei vielen Riechwässern, deren Zusammensetzung und die Art der Bereitung bei einiger Aufmerksamkeit wahrzunehmen vermöge, ja daß die Nase es zuweilen herausfinden kann, ob das betreffende Fabrikat aus den ursprünglichen, durch „Maceration" hergestellten Fetten, oder aus künstlichen „Mischungen", welche diese nachahmen, bereitet sei. Ist man so weit gekommen in der Beurtheilung der Parfümerie, so hat man zunächst wenigstens ein technisches Interesse erlangt, wie es auch bei der Beurtheilung der für andere Sinnesorgane bestimmten Arbeiten zum Theil mit in Frage kommt. Viele Musikstücke, z. B. eine Sonate, werden den Hörer nur dann interessiren, wenn er nicht die einfache Wirkung des Gesammteindruckes gedankenlos hinnimmt (wie es freilich die bei Weitem größte Mehrzahl der Dilettanten thut), sondern wenn er den Bau des Stückes, die Bearbeitung des

Thema's, die Stimmführung, die Benutzung der instrumentalen Eigenthümlichkeiten verfolgt. Auch hier ist es das technische Interesse oder die Frage, „mit welchen Mitteln wurde die Wirkung erreicht?“, welche die geistige Selbstthätigkeit des Hörers ausmacht, — und nur bei geistiger Selbstthätigkeit haben wir von einem Kunstwerke Genuß und können wir ihn haben*). Diese Selbstthätigkeit setzt voraus, daß wir mit den Mitteln der Technik nicht ganz unbekannt sein müssen, wenn wir sollen ein technisches Interesse haben, kurz es bedingt: Vorkenntnisse.

Die Kenntnisse fehlen freilich den meisten Personen ebenso in der Musik, wie in Beziehung auf künstliche Gerüche, und daher rühren die schiefen Urtheile, welche man über beide hört. — Selbst hoch Gebildete und Gelehrte sind im Parfümerieladen wie der einfache Landmann im Concert oder in der Bilderausstellung. Sie staunen das Ungewohnte an und erfreuen sich vielleicht an den wenigen Bekannten; sie erhalten einen allgemeinen wirren Eindruck, der ihnen kaum recht zum Bewußtsein gelangt, verstehen aber nicht zu unterscheiden. —

Einfache Gerüche sind uns nicht angenehm. Wenn man den Duft einer Rose bewundert, so empfindet man gleichzeitig dabei den Harzgeruch der Blätter und andere Nebengerüche. Eine einfache Lösung von Rosenöl in ächtem Weingeist riecht nicht schön und wohlthuend, son-

*) Wir haben an anderem Orte nachgewiesen, daß „der geistige Inhalt eines Kunstwerkes nur scheinbar im Kunstwerke selber liegt; er liegt vielmehr im Geiste des Beschauers, des Hörers.“ (Reclam, „Geist und Körper“, Leipzig 1859, Seite 157.)

dern macht den Eindruck einer „stechenden Süße“ (wenn man sich dieser Zusammenstellung der Worte bedienen darf); dagegen riecht der „Zwillings-Rosengeist“ (aus Rosenpomade, Weingeist und französischem Rosenöl) schon viel „weicher“, — und die „Moosrosenessenz“ (mit etwas Orangenblüthe, Ambra und Moschus) oder die „Theerosenessenz“ (mit Geranium, Sandelholz, Neroli und Veilchen) liefern in einem Bouquet der feinsten Wohlgerüche das Schönste der Parfümerie-Künste.

Es verhält sich also für ein gebildetes Riechorgan mit den Gerüchen wie mit den Klangfarben der „Töne“. Helmholtz hat im vergangenen Jahre die interessante Entdeckung veröffentlicht*), daß die „einfachen“ Töne uns glatt, unkräftig, unschön anmuthen. Diejenigen Töne aber, welche von „Neben-“ oder „Ober-Tönen“ begleitet sind, erhalten durch diese eine kräftigere, uns angenehmere „Klangfarbe“. So klingen die einfachen Töne einer Stimmgabel, einer gedeckten (oben geschlossenen) Orgelpfeife matt und trocken; man verwendet letztere beim Orgelspiel nur als Beimischung zu anderen Registern oder des Gegensatzes wegen für einzelne Phrasen, — ebenso wie man in der Malerei die reinen einfachen Farben (welche das Prisma zeigt) durch die Nebenfarben der „Lokaltöne“ mildert und weicher macht, — und wie man in der Parfümerie die einfachen Gerüche durch den Zusatz indifferenterer Nebengerüche gleichsam abrundet. Das „Bouquet“ ist die Klangfarbe der Gerüche.

*) Helmholtz, „Lehre von den Tonempfindungen“ (Braunschweig 1863.)

Aber während man in Bezug auf die Töne durch die geistreiche Untersuchungsmethode von Helmholtz mit mathematischer Bestimmtheit die Nebentöne heraushören kann und z. B. beim Anschlagen des C als Obertöne c, g', c', e'' und g'' „phisikalisch" nachweisen kann, so wird beim „chemischen" Geruchsinne kaum jemals eine ähnliche Schärfe der Untersuchung möglich werden. —

Von allen Vergnügungen und Sinnesgenüssen ist der Luxus einer guten Parfümerie der mindest grobsinnliche, der am meisten ätherische. Deßhalb vermuthlich ist er Liebling der Frauenwelt.

Heirath und Ehe.

Heirath und Ehe.

[Naturgesetz der Heirathen — nach dem Alter, — nach der Häufigkeit. — Die Ursache. — Die Ehe — und ihr Einfluß.]

Eine erkannte Wahrheit ist immer die Brücke zu weiterer Erkenntniß.

Je weiter die Naturwissenschaft ihren Blick über das Gebiet des Lebens ausdehnt, — je tiefer sie eindringt in die Verhältnisse, — je mehr es ihr gelingt, ihre Untersuchungen nicht nur dem einzelnen „Menschen", sondern auch dem „Gesammtvolke", als einem in sich geschlossenen Gegenstande der Naturbeobachtung zuzuwenden, — um so klarer und deutlicher offenbart sich dem menschlichen Auge das gesetzmäßige Walten einer höheren Weltordnung, eines fest gegliederten Weltorganismus.

Was uns vorher nur ein Spiel des Zufalls erschien, das erkennen wir nun als eine mit dem Ganzen in Zusammenhang stehende innere Nothwendigkeit. Was im einzelnen Falle durch Laune und durch freien Willen des einzelnen Menschen bewirkt wurde, das fügt sich mit den vielen anderen einzelnen Fällen zusammen zu einem wohlgegliederten Räderwerke — und das alljährliche Wiederkehren dieser Erscheinung beweist: daß auch sie kein „Zufall" war, sondern Ausdruck eines „Naturgesetzes".

Man vermag von einem Jahre auf das andere das Eintreten gewisser Vorkommnisse im Voraus zu bestimmen; doch kann man dies nur für die Gesammtmasse der Bevölkerung, nicht für den Einzelnen.

Die „Statistik", welche uns jene Gesetzmäßigkeit gelehrt hat, bringt die einzelnen Erscheinungen nach ihrer Gleichartigkeit in Gruppen, und die regelmäßige Wiederkehr dieser Gruppen nach ihrer Mächtigkeit und ihren Zahlenverhältnissen unter einander lehrt uns, daß wir mit einem Naturgesetz zu thun haben, und daß wir auch für künftige Zeiten im Rechte sind, wenn wir die Statistik als eine Anwendung der einzelnen Erscheinungen auf die große Menge der Staatsangehörigen betrachten; niemals vermuthlich wird man umgekehrt aus den Beobachtungen an der Gesammtheit vorhersagen können, was der Einzelne thun wird. Die Gesetzmäßigkeit der Natur würdigt den Menschen nicht zur Maschiene herab, sondern er bleibt im vollen Besitze seines freien Willens, seiner Ueberlegung, seines Entschlusses. Aber daß trotz des freiesten Willens des Einzelnen dennoch das Gesetz gewahrt bleibt, — darin beruht eben das anbetungswürdig Großartige und für den Menschen schwer Begreifliche, des Welt-Haushaltplanes!*)

Je größer die Zahl der Individuen ist, um so deutlicher tritt die Gesetzmäßigkeit zu Tage und so be-

*) Ihren größten Aufschwung verdankt die Statistik dem Belgier A. Quetelet in Brüssel, dem Gründer der internationalen statistischen Congresse. Er brach zuerst die Bahn mit seinem 1835 erschienenen Werke: „Sur l'homme et le développement de ses facultés ou essai de physique sociale" und fügte dann in verschiedenen anderen größeren und kleineren Arbeiten dem begonnenen Bau werthvolle Werkstücke zu.

deutend und regelmäßig wiederkehrend ist sie, daß man nicht umhin kann, sie für eine Bedingung der menschlichen Gesellschaft (beim gegenwärtigen Culturzustande) anzusehen.

Ein Beispiel dieser Gesetzmäßigkeit bietet uns die Ehe. — Keine Entschließung eines Menschen scheint freiwilliger, keine mehr von zufälligen, aller Berechnung spottenden Einflüssen regiert zu sein, als eine „Heirath", — wo bald persönliche Reize, bald Ueberredung der Verwandten, bald Geld und Geldeswerth, bald langjährige Gewöhnung, bald unerwartetes Zusammentreffen, bald die Ueberraschung eines unbedachten Augenblickes die Ursache bilden. Und dennoch finden wir bei der „Ehe" genau die nämliche Regelmäßigkeit, wie bei dem Gesetze der „Sterblichkeit", bei der Statistik der „Körpergröße" im Vergleiche zum Lebensalter, bei den Erhebungen über das „Körpergewicht" und über andere rein körperliche Eigenschaften der Menschen.

„Es ist (sagt Quetelet), als ob die 4½ Millionen Menschen, die über den Raum von 535 Quadratmeilen Belgiens zerstreut leben und wohl den allerverschiedensten Beschäftigungen obliegen, sich alljährlich verständigten, eine bestimmte Anzahl von Ehen zu schließen und dazu in jeder Provinz, ferner nach dem Lebensalter, — desgleichen nach Stadt und Land und endlich nach dem Civilstande (d. h. ob Erst- oder Wiederholt-Heirathende) ein bestimmtes Contingent zu stellen. Eine gesetzliche Anordnung des Staates könnte nicht pünktlicher befolgt werden, als diese gleichmäßige Ausfüllung der einzelnen Klassen von Heirathscanditaten. Selbst die abnormsten Erscheinungen, z. B. ein Mann unter 30 Jahren, der eine Frau von mehr als 60 Jahren zum Altar führt, finden sich so streng eingehalten, als ob ein Verhängniß darüber waltete, welches ihn (oder vielmehr die Gesammtheit seiner Altersgenossen) trotz voller Willensfreiheit zwingt, dem durch die Gebräuche und Bedürfnisse des Gesellschaftsorganismus geregelten Budget seinen seltsamen Tribut zu entrichten. Die Steuern an die Staatskasse werden in der Regel nicht so prompt bezahlt, wie diese freiwillige Steuer an das sociale Budget."

Betrachten wir also die gewonnenen Zahlen! Sie lassen sich am ersichtlichsten überblicken, wenn wir für die 15 Jahre von 1841—1855 die Heirathen nach dem Alter beider Gatten in Proportion neben einander stellen.

Es heiratheten von je 10,000 Menschen in Belgien:

Männer	eine Frau bis zu 30 J.	von 30—45 J.	von 45—60 J.	von 60 J. u. darüber
von 30 J. u. darunter	4360	853	37	2
" 30—45 Jahren	2009	1780	176	7
" 45—60 "	141	353	167	11
" 60 u. mehr J.	12	39	40	13

Ferner gruppirt sich die Altersepoche der Heirathen aus dem erwähnten 15jährigen Zeitraume und 15 mal berechnet, folgendermaßen:.

Es heiratheten

	Unter 30 J.	v. 30—45 J.	v. 45—60 J.	v. 60 J. u. mehr
Männer:	5252	3972	672	104
Frauen:	6522	3025	420	33

Daß ein Greis eine Greisin heirathet, ereignet sich also etwa 7 mal so oft, — und daß ein Greis eine jugendliche Frau nimmt, etwa 6 mal so oft, — als daß ein jugendlicher Mann eine Greisin zum Altar führt. Die

Männer unter 45 Jahren und die Frauen unter 40 Jahren machen durch die Zahl der Verehelichungen den beiweitem größten Theil sämmtlicher Heirathen aus, nämlich 90 pCt. Diese Ehen bilden also die Regel, alle übrigen sind gewissermaßen Ausnahmen. Von den Greisen heirathet die dreifache Zahl der Männer, während vor dem 21. Jahre 4 mal so viel Frauen als Männer sich verehelichen. Alle diese Verhältnisse kehren Jahr aus, Jahr ein mit der größten Regelmäßigkeit wieder.

Eine Ausnahme fand sich jedoch in den letzten 5 Jahren (1850—55), in welchen die Zahl der Ehen sich etwas verminderte, in Folge der allgemeinen Theuerung. Aber die Verminderung war nicht in allen Altersklassen gleichmäßig. Gerade in der Zeit der höchsten Noth und Theuerung, wo im Ganzen viel weniger Ehen geschlossen wurden, lieferten die Männer des jugendlichen Alters ihren gewohnten Theil, während das gereistere Alter sich häufiger abhalten ließ und den bestehenden Theuerungsverhältnissen in ausgedehnterer Weise Rechnung trug, als dem Wunsche nach Verehelichung. Die Gründe sind unschwer zu erkennen. In der Jugend ist mehr Hoffnung auf bessere Zukunft; Lebhaftigkeit und Willensstärke und Muth, geistiges und körperliches Bedürfniß nach der Ehe sprechen lauter.

Im Ganzen hat sich jedoch in Belgien in der Gegenwart eine geringere Aenderung im Alter der Heirathenden gegen die vor 20 Jahren gemachten Beobachtungen ergeben: die Männer heirathen etwas später, erst im männlichen Alter, die Frauen etwas früher. Doch sind diese Aenderungen sehr gering, ebenso wie die Schwankungen in den Verhältnißzahlen der einzelnen Zahlen für Belgien unerheblich genannt werden müssen.

Größeren Schwankungen begegnen wir in Deutschland, wo namentlich im nördlichen Deutschland seit dem Jahre 1822 die jährliche Anzahl der Ehen fast ununterbrochen abnimmt. Im Jahre 1822 kam eine Ehe durchschnittlich auf 5,61 Einwohner, — im Jahre 1835 auf 5,91, — im Jahre 1858 auf 6,03 Einwohner. Der Grund dieser Abnahme ist leicht einzusehen; er liegt in der von Jahr zu Jahr stattfindenden Steigerung der Preise für die ersten und nothwendigsten Lebensbedürfnisse. In wie hohem Grade hiervon die Zahl der geschlossenen Ehebündnisse abhängig ist, dafür giebt die Statistik den Beweis, indem sie zeigt, daß sogar die Zahl der jährlichen Heirathen vom Getreidepreise abhängt. Eine gute Ernte und niedrige Getreidepreise vermehren die Zahl der Heirathen, besonders in den Städten. Auf dem Lande bleibt sich der Geldgewinn des Ackerbauenden fast immer ziemlich gleich, da bei einer geringeren Menge des geernteten Getreides die geringeren Auslagen an Arbeitslöhnen und der erhöhte Preis den Verlust decken. Bei guten Ernten, aber mittleren, fast unveränderten Getreidepreisen bleibt auch die Häufigkeit der Heirathen unverändert; bei anhaltend schlechten Ernten jedoch und sehr gesteigertem Kornpreise vermindert sich die Anzahl der Heirathen in den Städten und zum Theil auch auf dem Lande.

Wie die Städte vor dem Lande die Menge der Ehebündnisse voraus haben, so besitzen sie auch das traurige Vorrecht der ehelosen Haushaltungen. Im Jahre 1849 zählte man in Preußen unter 3,181,508 Familien nur 2,690,721 Eheverhältnisse, so daß nicht weniger als 15,43 % der in der Steuerrolle eingetragenen Familien thatsächlich aus einsiedlerischen Haushaltungen bestanden.

In Deutschland haben sich im Verlauf des Zeitraumes von 1817—1860 die jugendlichen oder „rechtzeitigen" Ehen im Allgemeinen vermindert, — die im Alter von etwa 40 Jahren abgeschlossenen „verspäteten" Ehebündnisse haben sich vermehrt und die sogenannten „Altersehen" zu gegenseitiger Unterstützung haben sich wiederum vermindert. Ebenso hat die Zahl der Ehescheidungen sehr beträchtlich abgenommen. Im Jahre 1818 kam eine Ehescheidung auf 604 Ehen und im Jahre 1840 eine Ehescheidung erst auf 825 Ehen. — Wer erkennt nicht in diesen Zahlen den Einfluß unserer gegenwärtigen Culturepoche? Mit der Theuerung der Lebensbedürfnisse tritt eine Erschwerung der Ehen ein und dieselben werden nicht mehr in dem jugendlichen Alter, sondern erst in den Jahren der Volljährigkeit geschlossen. Daß aber gleichzeitig hierauf der größere Grad der allgemein verbreiteten Bildung und Aufklärung seinen Einfluß ausübe, daß minder leichtsinnig, sondern vorbedacht die Ehe geschlossen wird, das ergiebt sich an der Abnahme der Ehescheidungen.

Die geringste Zahl der Heirathen findet sich für Deutschland in Mecklenburg, wo neben dem anderweiten Drucke auch noch eine völlig veraltete Heimaths-, Niederlassungs- und Heiraths-Gesetzgebung die nicht dem Junkerthum entsprossene Bevölkerung bedrückt. Auch den Erfolg lehrt die Statistik. Er besteht neben der geringen Zahl der Trauungen in einer unverhältnißmäßig großen Menge unehelicher Geburten und in zahlreichen Auswanderungen. — Die Statistik zeigt mit ihren Zahlen den Erfolg, den unrichtige und unwürdige Gesetzgebungen zu haben vermögen; aber wie viel persönliches Elend, wie viel Herzensjammer dazu gehören, diesen Erfolg herbeizuführen, — das vermögen die trockenen Zahlen nicht auszusprechen!

Das regelmäßige von Jahr zu Jahr Wiederkehren bestimmter Zahlenverhältnisse überrascht uns kaum irgend wo in höherem Grade, als bei der Ehe. Es liegt die Frage nahe: Woher kommt es, daß der menschliche Wille, der doch unzweifelhaft besteht und der den Einzelnen nur zu oft zu Handlungen treibt, die dem Gesetze nicht entsprechen, wie kommt es, daß der Wille ohne merklichen Einfluß zu bleiben scheint, wenn man die Handlungen der Gesammtmasse der Staatsangehörigen summirt? Wodurch geschieht es, daß die willkührliche Handlung des Einzelnen dem Gesetze sich unterwirft, ohne daß doch das Bestehen desselben geahnt wird?

Diese scheinbar unerklärliche Thatsache läßt gerade bei der Ehe eine Erklärung zu. Wenn die jährliche Zahl der „Todesfälle" in gewissen Grenzen sich bewegt, so nimmt man dies viel eher als von einer außer uns wirkende Ursache an, weil Niemand es sich überlegen kann, ob er „sterben" will oder nicht. Aber Jeder überlegt und erwägt es bei sich sorgsam, ob er „heirathen" will; — deßhalb ist hier das regelmäßige Einhalten gewisser Gesetze überraschend, — und deßhalb gerade besitzt man hier für die statistischen Thatsachen eine Erklärung, welche Andeutung giebt, in welcher Weise jene Regelmäßigkeit zu Stande kommt und sich erhält. Versuchen wir diese Erklärung zu geben.

Der Mensch lebt nicht nur als Einzelwesen, sondern er ist gesellig. Das Bedürfniß der Geselligkeit ist ihm so groß, daß er um der Geselligkeit willen einen Theil seiner individuellen Freiheit opfert. Dies thun wir Alle bei den geringfügigsten, wie bei den wichtigsten Handlungen. Wollen wir uns dessen bewußt werden, so brauchen wir uns nur zu erinnern: bis zu welchem Grade unsere Kleidung, unsere Spaziergänge, unsere Vergnügungen, die Stunden unserer Erholung, unseres Schlafes, unserer Mahlzeiten — viel mehr durch den Einfluß Anderer bestimmt werden, als durch unsere eigene Willkühr.

Alle Männer und alle Frauen, welche nicht an ihrer Vernunft Bankbruch erlitten haben, sehen sehr wohl ein, daß der „Frack" und die „Krinoline" ein ebenso lächerliches, als unschönes, unanständiges, der Gesundheit nachtheiliges Kleidungsstück sind; allein wir unterwerfen uns der Mode dieser Narrenkleider, weil Alle sie tragen und weil es nicht der Mühe werth scheint, wegen der Kleidung gegen den allgemeinen Strom zu schwimmen, Aufsehen zu erregen, als Sonderling zu erscheinen. — Die Stunde der „Hauptmahlzeit" ist in Deutschland um Mittag (d. h. mitten in der besten Arbeitszeit), während fast in der gesammten übrigen civilisirten und halbcivilisirten Welt die Hauptmahlzeit gegen Abend (d. h. an der Grenze zwischen Arbeitszeit und Ruhe) eingenommen wird; wie viele Personen haben schon versucht, die in jeder Beziehung falsche Eßstunde des deutschen Volkes zu ändern und alle Bemühungen sind vergeblich gewesen, weil eben Alle zur verkehrten Zeit essen und die Hauptmahlzeit nun einmal „Mittagessen" heißt*). Wir beugen uns hier, wie in

*) Um das Widersinnige dieses Ausdruckes zu empfinden, braucht man nur die Umwandlung des französischen „diner" in „midi-repas", — oder des englischen „dinner" in „miday-repast" zu versuchen.

anderen Dingen, willig dem allgemeinen Zwange, weil wir dadurch mehr Annehmlichkeiten gewinnen, als indem wir ihm widerstreben und — weil die Macht der Gewöhnung uns zum Theil beherrscht.

Wenn aber bei fast jeder einzelnen Handlung die Rücksicht auf Andere (d. h. auf einen Theil unseres Volkes) uns leitet, wenn wir also trotz der Freiheit des Willens uns in freiwilliger Abhängigkeit befinden, ist es dann zu verwundern, daß auch Spuren dieser Abhängigkeit in dem Gesammtbilde aller Handlungen und Thatsachen sich zeigen, welches die Statistik in ihren Zahlen ansammelt?

Sehr treffend macht Quetelet darauf aufmerksam: „Wenn man sich verheirathet, so hat man allerlei Rücksichten zu nehmen, tadelndes Gerede zu vermeiden — und da diese Rücksichten allgemein sind, so sind es natürlich auch die aus ihnen entspringenden Thatsachen. Es ist also nicht mehr der Wille des Einzelnen allein, welcher hier maaßgebend wird, sondern des Volkes, dem er angehört. So erfolgt z. B. in Belgien die Verheirathung bei den „Flamändern“ um zwei Jahre später, als bei den „Wallonen“ — und bei jenen haben die Wittwer und Wittwen mehr Aussicht zur Wiederverheirathung, als bei diesen, — der Sitte und den Anschauungen beider Volksstämme entsprechend; bei beiden lassen sich aber diese Erscheinungen (eben deßhalb) alljährlich beobachten, ohne daß die einzelnen Individuen die geringste Kenntniß davon haben.“ Diese folgen vielmehr nur unbewußt der Einwirkung der geselligen Verhältnisse, den Anschauungen, den Gewohnheiten, der Sitte ihres Volkes. Unter übereinstimmenden Verhältnissen fassen Personen von übereinstimmender Erziehung auch übereinstimmende Entschlüsse. Auf diesem einfachen Wege wird die Art und Weise erkennbar, in welcher die Gesetzmäßigkeit zu Stande kommt. Die Einfachheit des Mittels läßt uns den großartigen Erfolg um so mehr bewundern! —

Die Heirathen sind übrigens keinesweges die einzigen gesellschaftlichen Thatsachen, welche einen so regelmäßigen und stetig wiederkehrenden Gang haben. Vielmehr verhält es sich auch ebenso mit anderen scheinbar dem freien Willen und der ausschließlichen Selbstbestimmung unterworfenen Handlungen, z. B. mit den Verbrechen, — ferner mit dem Selbstmorde, — den Selbst-Verstümmelungen, durch welche knabenhafte Thoren dem Militairdienste sich entziehen wollen, — ja sogar mit den Nachlässigkeiten, welche die Postverwaltung in Bezug auf nicht- oder mangelhaft verschlossene, unleserlich oder ungenau überschriebene Briefe alljährlich registriren muß, — und mit vielem Anderen. Ueberall sind diese scheinbaren Zufälle nicht zufällig, sondern „regelmäßig“ wiederkehrend. —

Der einzelne Mensch vermag sich weder körperlich, noch geistig dem Einflusse seines Landes, seines Volkes, seiner Zeit zu entziehen. —

Die Ehe hat ihre Benennung von dem altdeutschen Worte „Ewa“ oder „Ea“ erhalten, welches einen „Bund“, ein „Band“, bedeutete. Sie soll und will sein: die Vereinigung zweier Personen verschiedenen Geschlechtes aus Liebe und zum Zwecke, Nachkommenschaft zu erzielen und zu erziehen, sich gegenseitig zu unterstützen, Freud und Leid gemeinsam zu tragen. Sie ist dies selten.

Im günstigsten Falle wird der Zweck unbeachtet gelassen und die Liebe gebietet allein. Häufiger übernehmen statt dieser äußere Verhältnisse das Steuer des Lebensschiffes. „Courslifte und Preiscourant sind die Götter der Gegenwart geworden. Nicht die harmonische menschliche Entwickelung möglichst vieler Einzelnen, sondern Kirchthurmwettrennen nach Glücksgütern ist, wie das Ziel des Einzellebens, so auch das Ziel der Gesellschaft geworden! Als Rom zu dieser Entwickelungsstufe gelangt war, konnte Jugurtha von der Verkäuflichkeit der ganzen Stadt reden. Dazu kommt, daß mit dem Ueberwiegen des beweglichen Eigenthumes der Staatsverband von der augenblicklichen Constellation des Heute abhängig geworden. Der Zusammenhang mit der Vergangenheit, das Vorbereiten der Zukunft hört auf; der Augenblick gebietet allein. Jeder lebt für sich allein und fragt nicht nach den Kindern.“*)

Daß die Eheschließungen jetzt bei nicht so vielen jungen Personen stattfinden, als früher, möchten wir unserer Zeit als einen Vorzug anrechnen. Gatte und Gattin übernehmen durch die Gründung eines Hausstandes schwere Pflichten, für deren gewissenhafte Durchführung ein nicht geringer Grad der Umsicht, Lebenserfahrung, Entschlossenheit, Entsagung, geistiger und körperlicher Aufopferungen verlangt werden. Es ist besser, wenn diese Eigenschaften vor der Ehe erworben werden, als in ihr. Die meisten Männer sind höchstens mit 25 Jahren, die meisten Mädchen höchstens mit 20 Jahren so weit in der Entwickelung vorgeschritten, daß sie wirklich „Männer“ und „Frauen“ werden könnten.

*) Kisselbach, „social-politische Studien“, Stuttg. 1862.

Zu große Jugend bringt in der Ehe für beide Geschlechter Nachtheile und Lebensgefahr. Die weitere körperliche und geistige Ausbildung wird gehemmt, das Wachsthum unterbrochen, besonders die noch nöthige Fortentwickelung einzelner Körperorgane behindert.

Dieser Nachtheil macht sich in der Regel zuerst an den Lungen bemerkbar, welche erst im Verlaufe der zwanziger Jahre die Höhe ihrer Leistungsfähigkeit erreichen und welche bei zu früh eingetretenem Geschlechtsverkehre leicht Krankheitsheerde (für Schwindsucht, Blutspeien u. s. w.) werden. Nicht minder gefahrvoll ist die Unterbrechung in der Fortentwickelung des Hirnes, welche sich jedes Mal in Störungen des Nervensystems kundgiebt, die in günstigen Fällen sich nur durch Verstimmung oder übergroße Reizbarkeit, zuweilen auch durch Gefühlsschwärmerei oder Gemüthlosigkeit besteht, die aber auch das Leben (durch Schlagfluß) gefährden kann.

Nur in seltenen Fällen bleibt nach vorfrüher Ehe das vorfrühe Greisenalter aus. Die Natur läßt sich in ihren Gesetzen nicht ungestraft verhöhnen; wenn ein Birnbaum künstlich vom Gärtner „getrieben" wird und zu früh Früchte bringt, — wenn ein Pferd vor seiner vollständigen Entwickelung zum Lastfahren angespannt wird, — so kränkeln beide, erreichen weder volle Ausbildung, noch volles Lebensziel. Soll für den kunstvolleren und zarteren Menschen weniger Rücksicht nöthig sein, als für Baum und Thier?

„Eine zu frühe Ehe ist verwerflich, wie Alles, was vorzeitig zur Welt kommt: sie erschwert die Beweglichkeit und vermindert den Reichthum der Erfahrungen des Mannes; das Mädchen wird Mutter zu einer Zeit, wo es noch selber der Erziehung bedarf. Ehe die eigenen Naturen so ausgebildet waren, daß sich beurtheilen ließ, ob sie zu einander paßten, ward der Bund für's Leben geschlossen; Ueberdruß, Unfrieden und Leerheit folgen fast unabwendbar. Erst der durchbildete Mensch soll heirathen"*).

Ebenso stört das Mißverhältniß der Jahre jene Harmonie und jene Gegenseitigkeit, ohne welche wahres eheliches Glück nicht denkbar. Im Anfange hat der ältere Theil durch seine Lebensklugheit das Uebergewicht; er wird zum Lehrmeister und meistens überflügelt ihn dann der jüngere; das anfangs eingetretene Verhältniß muß sich dann ändern und diese Aenderung geht selten ohne Stürme, gegenseitiges Mißbehagen und mancherlei Mißverständnisse vor sich, weil sie ohne Bewußtsein zu Stande kommt. Nun entsteht ein Kampf, in welchem nicht der Stärkere, sondern der Zähere und Ausdauernde zum Sieger wird. Neue Verstimmung, welche nur zu häufig zu Entfremdung führt; oder der Besiegte muß seine Lebensinteressen dem Sieger zum Opfer bringen und beide finden kein Glück. Nur Gemeinsamkeit in jeglicher Beziehung bringt in der Ehe dauernden Segen.

Deßhalb ist Wahrheit, absolute Offenheit für Ehegatten eine unbedingte Nothwendigkeit. Wie der Mann seine kleinen oder großen Schwächen vor der Heirath derjenigen nicht verhehlen soll, die er zum zweiten Ich erkoren, so beichte das Mädchen vertrauensvoll Alles, was ihr Herz bewegt, dem Manne ihrer Wahl und ver-

*) Raumer, „Historisches Taschenbuch", 4. Jahrg. Leipzig 1833. Seite 343.

hehle ihm sogar nicht, wenn sie früher gefehlt, denn hier wird Verstocktheit zur Sünde, zum Verbrechen, zum Unglück beider. Möchte jedes Mädchen sich die Reinheit des Innern, den schönsten Schmuck des Weibes: die Jungfräulichkeit ängstlich wahren. Hat sie aber sich anzuklagen, so thue sie es nicht heimlich, sondern erbitte sich von dem, der mit ihr Eins sein soll und wird, die Vergebung. Wo das versäumt wird, lastet ein Pesthauch auf der Ehe.

Zwei Gatten, welche sich lieben, sind auf die Ausschließlichkeit dieser Empfindung eifersüchtig. Das ist so sicher und nothwendig der Fall, als das Feuer brennt, das Wasser näßt, zur Nachtzeit keine Sonne scheint. Weßhalb also sich gegenseitig diese Empfindung verübeln, welche nur im Uebermaaße lächerlich wird? Offenheit, Wahrheit, Ehrlichkeit — in Allem — ist das einzige Gegenmittel. Wie manche glückliche Ehe wurde zur unglücklichen nur durch das von Eifersucht erweckte Mißtrauen, welchem der Andere Störrigkeit entgegensetzte, statt Vertrauen. Die Liebe ist ein Rausch der Empfindungen; steigere man nicht die in Eifersucht sich kund gebende Seite dieses Rausches zu sehr, damit nicht Entnüchterung eintrete.

Man erzählt, daß die „Essäer“ im jüdischen Alterthume ihre Frauen drei Jahre zur Probe nahmen. Wenn dies wahr ist und wenn die Essäer nach den drei Jahren ihre Frauen behielten, so waren sie die vollkommensten und edelsten Menschen, welche die Geschichte kennt. Wenn heute ein ähnlicher Volksgebrauch aufkäme, so würden aller Wahrscheinlichkeit nach von 100 Ehen 98 nur drei Jahre lang dauern. Die „Entnüchterung“ ist meistens nach dieser Frist schon erfolgt, theils aus den angedeuteten Ursachen, theils weil durch Unmäßigkeit im Genießen die Flitterwochen bereits zur Uebersättigung geführt hatten. Wie wenige Menschen doch so viel verständigen Egoismus besitzen, um zu begreifen, daß allerwärts im verständigen Maaßhalten ihr eigentlicher Vortheil ruht.

Krankheiten, wie Epilepsie, Spuren der Geisteskrankheit, Schwindsucht, sollten von der Verheirathung Jeden zurückhalten; denn der Mann läuft Gefahr, die Frau unglücklich zu machen, und die Frau muß befürchten, nicht nur des Gatten Glück, sondern auch der künftigen Kinder Leben zu gefährden. Diese Regelmäßigkeit scheint „theoretisch" sehr einfach und wer sie lies't, wird dem Ausspruche beipflichten. Aber im „praktischen" Leben hat die Lösung dieser Frage ihre großen Schwierigkeiten. Der Arzt, welcher sich verpflichtet fühlt, auf Derartiges leise hinzudeuten, findet sehr bald, daß die Jugend ihm den Beweis liefert, wie Liebe „blind" macht, — und daß die Aeltern sich mit der Hoffnung trösten, es werde „wohl nicht so schlimm" kommen. Auch Kassandra weissagte vergeblich.

Der Nachtheil der Verwandten-Ehen ist statistisch erwiesen. Die Nichtbeachtung dieser Thatsache rächt sich an den Unschuldigen, an den Kindern, welche häufig taubstumm oder blödsinnig sind, oder sich durch Hände mit 6 Fingern, durch hypochondere Launen und Hang zu Unzufriedenheit kennzeichnen. Diese geistigen Nachtheile können bei gutem Willen durch Selbsterkenntniß, Selbstüberwindung und Selbsterziehung vollständig ausgeglichen werden; in Bezug auf die rein körperlichen Folgen bleibt der Wille des von ihnen Betroffenen machtlos. In Frankreich stammen 3/10 aller taubstumm Geborenen (Boudin) und in Deutschland 4/10 (Liebreich) aus Ehen zwischen blutsverwandten Eltern. Aber wenn der „Cousin“ die „Cousine“ liebt, so wird ärztliche Belehrung erfolglos verhallen und ärztliche Warnung die Ehe nicht verhindern. „Jeder lebt für sich und fragt nicht nach den Kindern.“

Manches müssen wir auch über uns ergehen lassen und können die waltenden Einflüsse nicht hemmen. So ist der Kindersegen im Norden Europa's viel geringer, als im Süden. In Schweden kommen auf jede Ehe 3—4 Kinder, in Mittel-Europa 4—5 und in Portugal 5—6. Zwischen dem 50. bis 67. Grade nördl. Br. zählt man auf 100 Ehen 430 Kinder und zwischen dem 40. bis 50. Grade auf 100 Ehen 457 Kinder. Wer aber könnte dem entfliehen, wer es ändern? —

Dagegen ist auch die Statistik ein „Eheprokurator“, denn sie beweist, daß Verheirathete im Durchschnitte länger leben. Hufeland fand bereits, daß kein einziger Mann ledigen Standes über 100 Jahre gelebt hatte. Ebenso sind von den Selbstmördern 2/3 „Unverheirathete“, von den schweren Verbrechern weit über die Hälfte, von den Geistes- und Gemüths-Kranken mehr als 4/5. — (Diese Einflüsse der Ehe machen sich mehr bei Männern geltend, als bei Mädchen.) Die Ehe erhält also gesund, — veredelt, — verlängert das Lebensziel. Aber auch nur die Ehe und eine treufeste Liebe bringt solchen Segen, nichts Anderes.

Das „Liebeln“ dagegen, das Spiel zur Unterhaltung, ist der schlimmste Feind der Männer- und der Frauenwelt. Das „Cour machen“ ertödtet die kernige

Leidenschaft, welche allein Großes schafft. Wo diese Art des Verkehrs zwischen jungen Leuten eingerissen ist, da wird der junge Mann zum herzlosen Gecken, zum seichten Modebengel, der zu seiner Unterhaltung jede Woche eines neuen Gegenstandes seiner Anbetung bedarf, — da wird das Mädchen zur traumseligen Närrin mit kaltem Herzen. Die Geselligkeit erhält heuchlerischen Anstrich, Fehltritte jeder Art werden angebahnt, die Begeisterung für das Hohe und Edle fehlt.

Nur die Ehe und das ehrliche Streben sich derselben würdig zu machen, haben günstigen Einfluß auf den jungen Mann, wie auf die Jungfrau, — nur, — nur sie verbessern, veredeln, und bringen Gewinn. Denn nur sie sind naturgemäß.

Krankheiten

der Mädchen und Frauen.

(Mit 3 Holzschnitten).

Krankheiten

der Mädchen und Frauen.

[Bleichsucht. — Magenleiden. — Husten. — Migraine. — Hysterie. — Untersuchung. — Vorzeitiges Altern. — Sitzen. — Bewegung. — Schwindsucht. — Liegen. — Menstruation. — Sitzbäder. — Schwangerschaft. — Niederkunft. —]

„Wo so ein Köpfchen keinen Ausweg sieht,
stellt es sich gleich das Ende vor."
(Goethe.)

Des Frauenlebens höchster Inhalt ist die Liebe. Alle Arbeit übernehmen Mädchen und Frauen gern und willig, wenn sie dieselbe aus Liebe verrichten. So führt das Schulkind seine Aufgaben viel fleißiger aus, wenn es den Lehrer liebt, als wenn es nur aus Gehorsam seinen Worten folgt. So arbeitet das Mädchen für ihre Aeltern, oder für geliebte Freunde oder Wohlthäter weit emsiger, als für sich selbst. So strengt sich die Braut, die Gattin oft in rührender Weise und selbst über ihre Kräfte an, um dem Erwählten des Herzens in der Arbeit einen Beweis der Zuneigung zu geben.

Es ist, als ob der Zweck gleichsam das Mittel heiligte, indem die Liebe zum Empfänger der Arbeit sich auch auf diese überträgt. Wenn nur durch diese geistige Heiligung der weiblichen Arbeit auch deren schädlicher und krankmachender Einfluß beseitigt werden könnte! Doch leider hat hierauf die Liebe keinen Einfluß, — sondern einzig und allein der Verstand, welcher die Gefahren würdigt, die Bedeutsamkeit der Gegenmittel erkennt und sie zum Schutze der Gesundheit anwendet.

Wir haben uns schon wiederholt über ungenügende Körperanstrengung und geistige Thätigkeit bei den meisten Frauen und Mädchen ausgesprochen. Die eigentliche „häusliche" Arbeit ist allein davon auszunehmen; eine Frau, welche die Küche selber besorgt und die gröberen Arbeiten des Hauswesens selber ausführt (wie die Frauen der kleinen Handwerker) hat überreiche Gelegenheit, ihre Kräfte anzuwenden und auszunutzen. Im Mittelalter griffen Ritterdamen, Edelfräulein und Herzoginnen hierbei mit zu und legten fleißig Hand an, wenn gewaschen wurde; heutzutage würde eine Kaufmannsfrau sich eigenthümlich bedenken, wenn ihr dergleichen „Zumuthungen" gestellt würden. Sie will lieber krank werden, als rauhe Hände bekommen. — In Indien nehmen die Frauen als Gehilfinnen an den Beschäftigungen der Männer Theil; die Wasserträger, die Verkäufer von Milch und Salz ziehen ebenso mit ihren Frauen auf den Markt, als die Büßer mit ihnen nach dem heiligen Ganges wandern; dem bei der Arbeit emsig thätigen Maurer mischen Frau und Tochter den Kalk in kleinen Gruben zum Mörtel; neben dem auf der Drehscheibe Geschirr formenden Töpfer versieht die Frau das schon getrocknete mit Glasur; dem Weber, dem Korbflechter, dem Stellmacher, dem Zimmermann, dem Steinarbeiter geht die Frau als Gehilfin an die Hand und begleitet selbst den Jäger auf seinem

Pürschgange durch den Wald. In Europa haben die Ueberlieferungen des kriegerischen Mittelalters, wo Waffenhandwerk die Männer ausschließlich beschäftigte, die frühere Gemeinsamkeit beider Geschlechter bei der Arbeit aufgehoben und erst die Neuzeit beginnt an dem Gesetze dieser strengen Trennung wirksam zu rütteln. Wie aber zur Zeit die Scheidung einmal besteht, nennt man „weibliche“ Arbeiten fast nur: Spinnen, Stricken, Nähen, Sticken, Filet-Arbeit, feine Flechtereien und Knüpfereien, Spitzenklöppeln, — also Hand-Arbeiten, welche in sitzender Stellung ausgeführt werden. Kochen, Waschen, Plätten, Auskehren sind die mechanischen Arbeiten bei stehendem Körper, welche weit weniger andauernd die Mädchen und Frauen in Anspruch nehmen. Und geistige „weibliche“ Arbeiten? — Diese Frage bleibt ohne Antwort.

Die Einseitigkeit der Arbeit und die Nachtheile der dabei eingenommenen Körperstellung sind die Hauptursachen der Erkrankungen des weiblichen Geschlechtes.

Bleichsucht, eine den Frauen und Mädchen fast ausschließlich zukommende Krankheit des Blutlebens, die sich durch Blässe, schnelle Ermüdung, Reizbarkeit und geistige Verstimmung kund giebt, ist vorzugsweise die Folge der weiblichen Arbeiten und sitzenden Lebensweise.

Die Näherinnen und Stickerinnen, unglückliche lebende Maschienen, zu vierzehn- bis sechszehn-stündiger Tagesarbeit im Sitzen verurtheilt, leiden in der Mehrzahl an Bleichsucht; bei ihnen gesellt sich zu den Nachtheilen der sitzenden Arbeit die „Stadtluft“ und die „Stubenluft“.

Wenn ein junges kräftiges Landmädchen in die Stadt kommt, um zu ihrer weiteren Ausbildung Kenntnisse noch einzusammeln, so büßt sie in den ersten 8 Monaten ihre rothe Gesichtsfarbe und vollen Wangen ein; nach den zweiten 8 Monaten hat sie gewöhnlich die „Bleichsucht“.

Bleichsucht und Blutarmuth können jedoch auch als „Entwickelungskrankheiten“ (zwischen dem 15. und 25. Lebensjahre) auftreten, wenn die körperliche Entwickelung durch schnelles Wachsthum oder durch vorzeitige geistige Aufregungen und Anstrengungen beschleunigt oder verzögert wurde.

Auch nach verschiedenen Krankheiten (Skropheln, englische Krankheit, langandauernde Hautkrankheit, Brustkrankheiten, Metallvergiftungen) können diese beiden Feinde sich einnisten und thuen dies häufiger bei Mädchen, als bei jungen Männern.

„Schlechte Stubenluft“ ist die gewöhnlichste Ursache; sie wirkt am nachtheiligsten in Verbindung mit sitzender Lebensweise und psychischen Erregungen, besonders wenn letztere einseitiger oder deprimirender Art sind: wie Schwärmerei, bald religiöser Art, bald durch Roman-Lesen bewirkt; oder Gram, Heimweh, hoffnungslose Liebe. Nur Zorn und Aerger sind als Ursachen der Bleichsucht nicht zu nennen; denn Frauen können ihre Liebe 30 Jahre verbergen, ihren Haß nicht 3 Stunden.

Auch durch ungenügende Ernährung und durch den andauernden Mangel einzelner Nährstoffe entsteht Bleichsucht; so ist sie wiederholt bei Solchen beobachtet worden, welche die üble Angewöhnung hatten, kein Brod bei der Mittagsmahlzeit zu essen, oder welche aus irgend einem Grunde gegen den Genuß des Fleisches oder der grünen Gemüse Widerwillen hatten; in Bamberg ist sie heimisch, weil das dortige Brunnenwasser zu wenig Kalk enthält. Immer aber treten auch diese Fehler der Ernährungsweise dann um so nachtheiliger in den Vordergrund, wenn sich zu ihnen entweder übermäßige oder zu lange andauernde Anstrengungen (also: ungenügende Schlafzeit) oder schlechte Luft (also: ungenügender Sauerstoff) oder sitzende Lebensweise (also: Störungen im Umlaufe des Blutes) gesellen. Sorgliches Vermeiden dieser Diätfehler giebt die richtige Lebensweise für Blutarme.

„Zur Erhöhung des Appetites“ wird Bleichsüchtigen von ärztlicher Seite der Genuß des Weines und Bieres zum Mittagessen empfohlen. Doch trinken in Mitteldeutschland die meisten Mädchen und Frauen den Wein nicht gern regelmäßig, weil er sie erhitzt und „müde“ macht, während sie zum Genusse des Bieres sich leichter bestimmen lassen. Sie mögen dann ein leichtes, gut ausgegohrenes Flaschenbier (gleichgültig, ob von schwarzer, brauner oder gelber Farbe) wählen und dasselbe in kleine Glasflaschen (halbe Weinflaschen) abziehen. Damit das Bier nicht verderbe und möglichst reich an Kohlensäure bleibe, verschließe man die Flaschen mit Korkstopfen, welche durch eine „Stopf-Maschiene“ eingetrieben werden.

Beim Gebrauche dieses kleinen, für jede Haushaltung brauchbaren und empfehlenswerthen, hölzernen Apparates hält man das unterste Stück auf den Hals der auf einem Tische oder der Diele fest aufstehenden Flasche, — thut einen der (mit kochendem Wasser vorher übergossenen und noch warmen und nassen) Korke in den mit Blech ausgefütterten trichterförmigen Hohlraum, — fügt dann das zweite Stück auf das erste, wie den Deckel auf eine Schachtel, — und schlägt nun mit einem Holzschlägel kräftig auf den Kopf des in diesem Deckel leicht verschiebbaren Stabes. Sofort treibt dieser den Kork durch den Blechtrichter hindurch, drückt ihn dabei klein zusammen und in den Flaschenhals hinein. Ist dies geschehen, so springt der Stab empor, weil unter dem Knopfe ein dicker Ring aus Gummi angebracht ist. Die stärksten Schläge werden hierdurch unschädlich; man kann eine dünne Glasflasche auf Steinplatten stellen und für sie viel zu große Korke eintreiben, ohne daß sie zerbricht. Die Leistungen des einfachen und billigen Apparates sind ausgezeichnet.

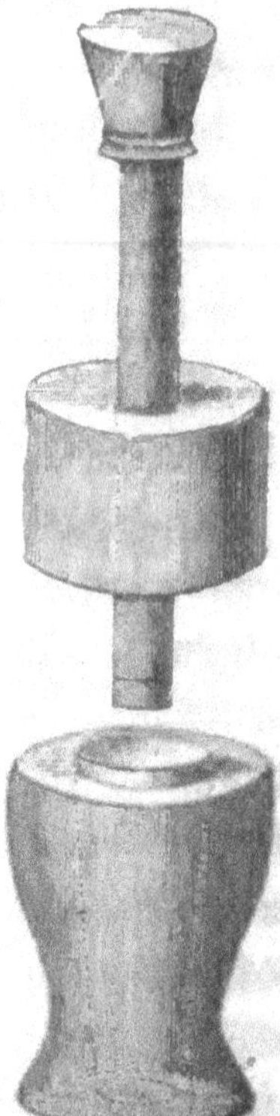

Stopf-Maschiene.

Die an Bleichsucht Erkrankende wird gewöhnlich durch schnell eintretende Müdigkeit, Herzklopfen, Athemnoth (besonders beim Treppensteigen) auf die beginnende Krankheit aufmerksam gemacht. Dann stellt sich bleiche Gesichtsfarbe ein, bleiche Schleimhaut der Lippen, Mundhöhlen und Augenlider, sowie gesteigerte Schleimabsonderung. Im weiteren Verlaufe der Krankheit treten Kopfschmerz, Schwindel, Augenflimmern und Ohrensausen hinzu; die Kranken deuten diese Zeichen der im Blutumlaufe des Kopfes vorhandenen Störungen gern auf „zu viel Blut“, weil durch die schlecht ernährte und deßhalb dünne Oberhaut der Wangen bei psychischer Aufregung das Erröthen, und durch die dünne Haut der Lippen beim Sprechen und Essen das Blut mit lebhafter Röthe durchschimmert. Dabei sind die Kranken mißgestimmt, trübsinnig, mit übertreibender Aengstlichkeit grübelnd, reizbar, launenhaft; sie zweifeln und verzweifeln leicht, können wegen Kleinigkeiten sich ärgern und bittere Thränen vergießen, erschrecken leicht, sind aber in heiterer Gesellschaft ausgelassen lustig, — kurz wie Klärchen im Egmont: „Himmelauf jauchzend — zum Tode betrübt.“ —

Neben der Bleichsucht sind **Magenleiden** beim weiblichen Geschlechte heimisch und auch hier ist die sitzende Lebensweise anzuklagen, wegen des Druckes, den die festanliegenden Kleider auf den oberen Leib ausüben, so daß die Verdauungsorgane nach oben nicht ausweichen können, wenn sie durch die beim Sitzen unumgängliche Pressung des Unterleibes zusammengedrückt werden. In Folge dessen verschieben sie sich nach hinten, drücken auf die großen Blutadern und behindern so den Abfluß des Blutes aus den Organen des Leibes. Diese durch das Sitzen bewirkte Blutanhäufung in den Verdauungsorganen und deren nächster Nachbarschaft macht sich gewöhnlich zuerst im Magen (Appetitlosigkeit, Aufstoßen) bemerkbar und erst später durch trägere Darmbewegungen (Hartleibigkeit, seltenere Entleerung).

Ebenso wie Kinder, sind Frauen wegen der zarteren Beschaffenheit ihrer inneren Organe zu Magen-Erkrankungen besonders geneigt. Aber ebenso wie Kinder wissen sich auch viele Frauen nicht zu beherrschen, sondern essen Zuckerwerk, Kuchen, Chokolade in ungebührlicher Menge, genießen zu häufig (und ungenügend abgekühlt) Gefrorenes, oder trinken trotz aller Abmahnung Kaffee und Thee, Bouillon oder Suppe fast kochend heiß. Sie wissen recht wohl aus eigener Erfahrung, daß dergleichen ihnen schädlich, aber sie vermögen nicht den Genuß sich zu versagen.

Diese Magenerkrankungen sind eigentlich nicht zu den Diätfehlern, sondern zu den „Erziehungsfehlern" zu rechnen.

Endlich werden bei Frauen Magenleiden hervorgerufen durch zu wenig Trinken. Die geringe Menge reizloser Kost, welche sie zu sich nehmen, und die ungenügende Muskelübung in freier Luft, rufen wenig Durst hervor; da aber Frauen niemals thuen, was ihnen „befohlen", — nur ungern, was ihnen „gerathen" wird, — in der Regel nur, was sie „wollen", — und da sie die Größe des Wasserbedürfnisses meistens nicht kennen, — so wollen sie kein Wasser trinken, und trinken keines oder nur ungenügende Menge, der Arzt mag reden was er will. Unsere Leserinnen wissen die Bedeutung des Wassers im menschlichen Körper (Seite 101) zu beurtheilen; mögen sie daher ihre Freundinnen bekehren, durch Belehrung und gutes Beispiel. Man kann einen Magen ebenso gut erziehen, wie ein Kind. Wenn er anfänglich nur wenige Schlucke Wasser verträgt, so gebe man ihm diese häufig, alle 10—15 Minuten, bis am Morgen, Mittag und Abend das nöthige Bierglas (so viel wie ein „Nösel" oder eine „halbe Kanne", ein „halbes Quart") voll Wasser getrunken ist. Nach einigen Tagen nimmt er schon williger eine größere Portion auf einmal und nach einigen Wochen fordert er sie. In der Regel sind dann auch die Magen- und Verdauungs-Leiden verringert.

„Magenkrampf" werden von Laien gewöhnlich die im Magen wahrgenommenen Schmerzen genannt, welche jedoch aus anderen Verhältnissen entstehen, als durch „Krampf". Sie treten theils bei nüchternem Magen und langem Hunger, theils unmittelbar nach dem Essen auf, sind oft von Erbrechen und Ekelgefühl begleitet. Die Kranken können weder Druck, noch fest anliegende Kleider in der Magengegend vertragen, welche aufgetrieben, wie geschwollen, erscheint (durch die im Magen enthaltene Luft). Häufiges Aufstoßen, Hitze im Munde mit Zusammenlaufen von Wasser, Gefühl der Fülle quälen die Kranken, welche meist auch an Stuhlverstopfung leiden. Genuß von sauren Getränken oder Speisen vermehrt diese Leiden, welche dagegen durch „kohlensaure Magnesia“ in Wasser, öfteres Essen kleiner Mengen leicht verdaulicher Speisen (besonders „Milch“ mit etwas Rum oder Wein gemischt und Weißbrod als Zukost, Austern, rohe Eier) und sorgliches Meiden aller eiskalten oder heißen Kost gelindert werden, oft sogar bei dieser Behandlung und körperlicher Ruhe von selber heilen. Gegen die gleichzeitige Stuhlverhaltung sind Klystiere zu gebrauchen, keine Abführmittel. —

„Husten“, bald durch Kitzel im Halse, bald durch auszuwerfenden Schleim verursacht, ist fast immer die Folge der auf Verzärtelung in warmen Stuben bei sitzender Lebensweise leicht folgenden Erkältung.

Nur der früh, bald nach dem Aufstehen sich einstellende Husten ist gefahrlos, wenn über Tages die Brust frei bleibt; dieser „Husten“ ist nichts Anderes, als das Bedürfniß, den über Nacht abgesonderten Schleim zu entfernen, ebenso wie man durch Schneuzen die Absonderung der Nasenschleimhaut entfernen muß. Bei allen anderen Hustenerscheinungen muß man unbedingt und so schleunig als möglich einen Arzt befragen, weil im Anfange alle Erkrankungen der Lunge (und jeder Husten deutet auf Lungenerkrankung) leicht und schnell zu beseitigen sind, während sie durch längeres Bestehen schwer heilbar werden. Denn einen kranken Fuß, eine kranke Hand kann man ruhen lassen zur Begünstigung der Cur; eine erkrankte Lunge nicht. Diese muß unausgesetzt arbeiten, d. h. Athem holen, und jede Anstrengung eines kranken Körpertheiles verzögert die Heilung.

Deßhalb müssen die an „Husten" Leidenden alle übermäßigen Anstrengungen der Athemorgane vermeiden: sie dürfen nicht schnell gehen, schnell die Treppen steigen, schwere Lasten heben, nicht laut schreien, anhaltend sprechen oder singen. Aber die Brust darf auch nicht zu unthätig gemacht werden (durch enge Kleider, unausgesetztes Liegen), weil dies dem übrigen Körper schaden würde. Die Luft in den Zimmern sei rein und mild; bei regnerischem Wetter heize man, während die oberen Fenster geöffnet sind; die Wärme des Zimmers übersteige nie + 16° R. und sinke nicht unter + 12° R.; ebenso gehe man nicht in's Freie oder auf die Straße, wenn die Luft unter + 10° R. ist; muß man dennoch ausgehen, so halte man sich ein Tuch vor den Mund und athme oder spreche auf der Straße nur durch dieses. Dabei sorge der Kranke für warme Füße, gehe bei regnerischem Wetter nie ohne Ueberschuhe aus, trage im Winter wollene Strümpfe. Bei einem durch Erkältung entstandenen Brustkatarrh trage man über Tages ein wollenes Hemd oder eine bis zu den Oberschenkeln reichende wollene Jacke auf bloßer Haut und ersetze des Abends dieselbe durch eine dickere Nachtjacke über dem Hemde. Das Schlafzimmer kann bei Frostwetter leicht erwärmt werden, doch mache man dies nicht zur Regel; auch die wollene Jacke ist in der Jugend nur als Heilmittel zu tragen, so lange der Zustand des Kranken es erfordert und ist abzulegen, wenn der Husten nachgelassen hat. Täglich ist der ganze Körper abzuwaschen (S. 36). Bei nicht zu ungünstigem Wetter gehe man jeden Tag aus und stelle auch zu Hause einige gymnastische Uebungen an. Junge Mädchen sind nicht zu sehr zu Schularbeiten und geistiger Anstrengung anzuhalten, von geistiger Erregung (Romanlesen) abzuhalten. Der reichliche Genuß von Milch (früh und Abends ein „Nösel") ist sehr zu empfehlen. — Wer häufig an Husten leidet, dem ist frühzeitiges Heirathen ernstlich zu widerrathen. —

„Migraine" (oder halbseitiger Kopfschmerz) kommt fast niemals im Kindesalter vor, wohl aber kann sie in jeder Altersperiode nach Eintritt der Geschlechtsreife auch bei denjenigen Individuen sich entwickeln, welche bis dahin von der Krankheit befreit waren. Männer wie Frauen werden von ihr befallen, jedoch ist sie häufiger beim weiblichen, als beim männlichen Geschlechte. Personen wohlhabenden Standes leiden im Allgemeinen mehr an der Migräne als die ärmere Bevölkerung, doch kommt dies Leiden auch bei Arbeiterinnen vor und ist für diese alsdann um so qualvoller, weil ihnen nicht die nöthigen Mittel zu Gebote stehen, um sich zu schonen und durch Ruhe den Anfall sich zu erleichtern.

Der Verlauf eines Migraineanfalls ist ungefähr folgender: Die Kranken erwachen mit dem Gefühl der Mattigkeit und der ungenügenden Erquickung trotz der Nachtruhe; sie sind theilnahmloser gegen ihre Umgebung, haben lebhaften Puls, frösteln, entbehren des Appetits und klagen über faden und widerlichen Geschmack im Munde. Kurze Zeit nach dem Aufstehen beginnen heftige Kopfschmerzen, die fast immer nur die eine Seite des

Kopfes einnehmen. Sie steigern sich nach und nach, doch allmählich, und sind minder quälend für die Kranken, wenn sie am vorderen Theile des Kopfes ihren Sitz haben, als wenn sie den hintern Kopf ergreifen. In der Regel sind die an einem Migraineanfalle leidenden Personen sehr empfindlich gegen grelles Licht, gegen Geräusch, gegen Einwirkung der Hitze oder Kälte, manche auch gegen starke Gerüche, während andere im Gegentheil vom Riechen an Eau de Cologne, Ammoniak, Riechsalz oder vom Gebrauch des Schnupftabaks Erleichterung erhalten. Die Kranken folgen meistens einem sehr richtigen Instinkt, indem sie sich ruhig ins Bett oder auf das Sopha legen, möglichst entfernt vom Geräusche des gewöhnlichen Tagesverkehr, und gegen alle Angehörigen den dringenden Wunsch äußernd, daß man sie ruhen lassen möge. Bei dieser ruhigen Körperlage wird der Puls wieder langsam, und die einzige äußerlich wahrnehmbare Veränderung an dem Kranken ist außer Blässe des Gesichts und sogenannter „Ringel um die Augen" eine leichte Anschwellung des Leibes in der Gegend des Magens und der Leber, welche auch beim Druck empfindlich sind. Manchen Kranken gewährt es Erleichterung, diese Körpergegend sich zu erwärmen durch heiße, trockene Umschläge oder Wärmsteine und den Kopf mit leinenen Tüchern fest zu umbinden.

Meistens begleitet das Gefühl von Unbehagen im Leibe, von Aufstoßen die halbseitigen Kopfschmerzen; häufig erfolgt Uebelkeit und Erbrechen, wenn die Schmerzen am stärksten sind. Es wird alsdann aus dem Magen oft eine ziemlich erhebliche Menge bitter schmeckender Flüssigkeit von grünlicher Farbe entleert, und dann lassen gewöhnlich nach dem Erbrechen die Schmerzen nach, der Kranke fühlt sich leichter, fällt in Schlaf und erwacht am nächsten Morgen gesund und kräftig, für längere Zeit, oft für Monate, von der Krankheit befreit.

Die Migraine gehört nicht zu den gefährlichen Krankheiten, im Gegentheil ist kein Fall bekannt, daß sie das Leben gefährdet hätte; dagegen ist es dem Kranken eine große Unbehaglichkeit, das Damoklesschwert eines solchen Anfalls immer über sich zu wissen, ohne im Stande zu sein, durch sichere Vorkehrungen vor dem Ungemach sich zu schützen. Dazu kommt noch, daß mit jener Schicksalstücke, welche die kleinen Leiden des menschlichen Lebens uns so unangenehm zu machen pflegt, der Migraineanfall gewöhnlich dann eintritt, wenn man ihn am wenigsten brauchen kann; etwa am Tage der Wiederkehr eines lieben Verwandten, am Tage einer Feierlichkeit, vor einer Abreise u. s. w., kurz meistens, wenn geistige Aufregungen irgend einer Art vorhergegangen sind.

Das einzige Mittel, was der Kranke in seiner Hand hat, um sich vor derartigem Ungemach einigermaaßen zu schützen, besteht in der Sorge für warme Füße und für reine Luft. Beide zusammen werden gewonnen durch Spaziergänge. Es ist daher den an Migraine leidenden Personen nicht dringend genug anzurathen, daß sie täglich einen Spaziergang von über einer Stunde Dauer machen mögen. Bei schwächlichen und nervösen Personen ist der Gebrauch von eisenhaltigem Mineralwasser, sind Sool- und See-Bäder nützlich. Ein vielfach mit gutem Erfolg angewandtes Hausmittel ist der kalt bereitete Thee aus grünen Kaffeebohnen, d. h. also ein viel „Coffein“ enthaltender Auszug, — denn in den gerösteten Kaffeebohnen ist durch die Hitze das Coffein zum größten Theile zerstört. —

„Hysterie" — das Gegenstück zur „Hypochondrie" der Männer — kommt wie diese nicht im kindlichen Alter, sondern erst nach erfolgter Entwickelung vor. Sie peinigt die beklagenswerthen Kranken besonders dadurch, daß die meisten Leute meinen, die Schmerzen, über welche sie sich beschweren, seien „eingebildete", — während die Kranken diese Schmerzen doch nur zu deutlich wahrnehmen. Unter den Nervenleiden, von denen die Frauen heimgesucht werden, ist die „Hysterie" eines der häufigsten und ist oft ganz außerordentlich hartnäckig. Sie wird immer durch Fehler im Verhalten und in der Lebensweise hervorgerufen, kann auch immer durch richtige Lebensordnung beseitigt werden, wenn die Gunst der äußeren Umstände und die Willenskraft des Kranken dies gestatten. Wenige Kranke verschonen ihre Umgebung mit Klagen und Unliebenswürdigkeiten; thuen sie es, so legt dies günstigen Beweis für ihre Erziehung und Selbstüberwindung ab. Glücklicherweise ist die Krankheit ohne alle Gefahr für das Leben und sogar in der Zeit zwischen den Anfällen für die Gesundheit; die Anfälle aber sind den Kranken sehr lästig.

Den einzelnen Anfällen geht ein Gefühl von Unruhe, Angst, Trauer, Unbehagen, Druck in Magen und Hals, Drängen zum Urinlassen voraus. Kranke, welche aus Erfahrung wissen, daß hierauf ein Anfall kommt, können demselben vorbeugen, wenn sie ein Glas Wasser trinken und bis zum Schweiß und zur Ermüdung „Turnbewegungen" machen (z. B. die im „Buch der vern. Lebensweise" aufgestellte Reihe).

Das Ausbrechen des Anfalles besteht bald in Muskelzittern, bald in krampfhaften Bewegungen, bald in Gähnen und Zähneklappern, bald in Wein- und Lach-Krämpfen, bald im Gefühle einer im Halse langsam aufrollenden Kugel, bald in Zusammenziehungen in Schlund und Hals mit Erstickungsnoth, bald in Herzklopfen und Angstgefühl. Dazu kommen Schmerzen an einzelnen umschriebenen Stellen; im Kopfe, auf dem Kopfe, im Gesicht, im Halse, in einzelnen Rückenwirbeln, in der Brust, im Unterleibe. Auch heftiges Aufstoßen, Darmgase sind oft lästig. Kurz das Leiden hat tausenderlei Gestalt. Das Bewußtsein schwindet nicht einen Augenblick während der Anfälle; die Kranken können Alles hören und sehen, was um sie herum geschieht, geben Antwort und Rechenschaft. Sie vermögen auch sehr viel durch eigene Willenskraft zur Unterdrückung des Anfalles zu thun. Nach dem Anfalle folgt Erschlaffung, meist Neigung zu Schlaf, und aus diesem sieht man Viele gestärkt und frisch erwachen; Andere leiden an Schlaflosigkeit.

Es scheint für dieses Leiden eine erbliche Anlage zu bestehen. Sonst haben schlaffe üppige Lebensweise, Romanlesen, vorzeitiges Erwecken der Leidenschaften und der Liebe, Sehnsucht, Eifersucht, gekränkte Eitelkeit großen Einfluß auf die Entstehung desselben; aber auch karges Leben, Kartoffelkost, Hunger, übermäßige Anstrengung kann bei Armen die Ursache sein. Zum Hervorrufen der Anfälle ist große Hitze, Gewitterluft, Schreck, Zorn, Angst geeignet; auch langweilige Handarbeiten, vereinzeltes Leben, Mangel gewohnter Zerstreuungen begünstigen den Ausbruch. — Die Krankheit kann bis in das Greisenalter währen, dauert auch zuweilen nur einige Jahre.

Bäder, sorgfältige Hautpflege, eisenhaltige Mineralwässer, Milch- und Molken-Kuren, Sool- und See-Bäder sind die gewöhnlichen Mittel. Wir sahen den meisten Erfolg vom Aufenthalt am Meere. Außerdem erwies sich bei Blutarmen und an Schlaflosigkeit Leidenden der Genuß eines Glases guten Rothweins unmittelbar vor Schlafengehen außerordentlich heilsam. Ferner sind Turnen, Schwimmen, Reiten immer anzurathen. Die übrigen Anordnungen sind für jeden einzelnen Fall von einem Arzte einzuholen. Denn so vielgestaltig die Krankheit ist, so zahlreich sind auch die wirksamen Hilfsmittel gegen sie. Die Umgebung muß die einzelnen „Anfälle“ so wenig wie möglich beachten, damit die Kranke die ihr nöthige und wünschenswerthe Ruhe erhalte.

Nur eines Umstandes ist noch zu erwähnen. Die Ursache des Leidens liegt zuweilen in einer Erkrankung der inneren Geschlechtsorgane; daher ist eine ärztliche Untersuchung derselben nöthig. Wenn man das einem hysterischen Frauenzimmer sagt, so macht sie gewöhnlich schon Miene, einen „Anfall“ zu bekommen. Es ist sehr begreiflich, daß keiner Frau und keinem Mädchen eine solche Untersuchung angenehm und gleichgültig ist; aber kein Arzt wird sie vorschlagen, ohne daß sie nothwendig wäre. Wenn man eine Frau fragt, ob und wie ein Hemde oder ein Strumpf auszubessern sei, so wird ihr Erstes sein: den betreffenden Gegenstand zur Hand zu nehmen, genau zu besichtigen und zu untersuchen, und dann wird sie ihr Urtheil aussprechen und begründen. Und wenn sie selber „ausgebessert“ werden soll vom Arzte, will sie sich nicht untersuchen lassen? Soll ein altes „Hemde“ oder ein alter „Strumpf“ mit mehr Sorgfalt behandelt werden, als eine „Dame“? Nach dem Werthe richtet sich die Sorgfalt.

Dem Arzte kostet das Verlangen auch Ueberwindung nach mehr als einer Richtung. Dennoch erschweren noch viele Frauen und Mädchen die ärztliche Mühe durch ihre ungehörige Weigerung. Es ist auch dies ein Zeichen mangelnder Selbstüberwindung. Wir sind aber Alle „nackend in den Kleidern“, und was dem Laien etwas Ungewöhnliches und Schreckliches dünkt, das wird dem Arzte so gewöhnlich und alltäglich, daß er oft Mühe hat, sich in der Widerstrebenden Gedankengang zu versetzen, um ihre Gründe zu widerlegen. Unsere Leserinnen aber werden Liebe genug zu sich selber haben, um der Nothwendigkeit mit achtungswerther Ueberwindung zu genügen und die Herbheit eines Mittels schnell zu überwinden, ohne welches Heilung oft völlig unmöglich ist. —

Neben geistiger Verstimmung, schneller Ermüdung, Verdauungsbeschwerden wird auch vorzeitiges Altern durch sitzende Lebensweise bewirkt. Nicht die Flucht der Jahre verschuldet diesen Zustand, sondern die Jugend fällt zum Opfer unserem gegenwärtigen Kulturleben, fällt zum Opfer dem vielen Sitzen!

Alle Mädchen und Frauen der gebildeten Stände, alle Gelehrte, alle Künstler und wer sonst noch Feder, Bleistift oder Grabstichel führt, alle Kaufleute und Comptoirarbeiter, alle Bureaux-Beamten, das große Heer der Manufactur-Arbeiter und -Arbeiterinnen, alle Putzmacherinnen, Näherinnen, alle Schuhmacher, Schneider, — kurz: der bei weitem größte Theil unserer europäischen Bevölkerung leidet an den Folgen der sitzenden Lebensweise. Wie viele, wie verschiedene Personen! Ungleich an Alter, ungleich an Beruf und Lebensstellung; aber gleichmäßig übereinstimmend in ihren Leiden! Die körperliche und geistige Verkrüppelung unserer öffentlichen und privaten Verhältnisse, der Mangel an Thatkraft und Muth in den niedrigsten und höchsten Regionen, die bedientenhafte Demuth der Einen und der insolente Stolz der Anderen, die Denkträgheit und die Lesegier — würden ohne „sitzende Lebensweise“ sich niemals in solchem Grade haben einnisten können.

Die gleichmäßige Stellung des Sitzens wirkt während der ganzen Tageszeit auf uns ein. Je nach Dringlichkeit der Geschäfte sitzen wir 8—14 Stunden in der Zeit vom Morgen bis Abend beim Arbeiten; rechnen wir dazu die Stunden der Erholung, welche beim Essen, Trinken, beim Lesen einer Zeitung, beim Pianoforte-Spiel oder Kartenspiel verbraucht werden, so ist es sicher nicht zu hoch gegriffen, wenn man behauptet, daß jeder „Gebildete“ zwei Dritttheile des Tages sitze. — Das genügt eigentlich schon, um geistig zu verstimmen. Jedes „Einerlei“, jede zu lange ununterbrochene „Gleichförmigkeit“ ist der menschlichen Natur zuwider. Als die Israeliten in der Wüste hungerten, erschien ihnen Manna köstlich; als aber Manna eine Zeit lang ihr Frühstück, Mittagsessen und Abendbrod geworden, sehnten sie sich ebenso, wie früher nach den Fleischtöpfen, jetzt nach ägyptischem Knoblauch und Zwiebeln. Ein ewiger Frühling wäre eben so langweilig, wie ein ewiger Winter. „Toujours perdrix!“

Wer von uns denkt noch daran, wie viel Stunden er täglich sitzend verbringt. Nimmt er doch diese Stellung so gewohnheitsmäßig ein, wie er am Morgen ein Kleid anlegt, — besteht doch die erste Erziehung unserer Kinder (leider Gottes!) darin, daß sie „sitzen“ lernen. Alle unsere Lebensverhältnisse, unsere engen Wohnungen, unsere Beschäftigungsweisen drängen auf das Einnehmen der sitzenden Stellung hin. In den Jahren der Jugend arbeitet wohl reichliche Körperbewegung beim Springen und Laufen der Kinderspiele den Nachtheilen entgegen; in den reiferen Jahren aber fesselt der Gegenstand unserer Arbeit die Aufmerksamkeit ausschließlich und wir denken nicht mehr an die Körperstellung. In Bezug auf diese heiligt aber der Zweck nicht die Mittel, sondern neben körperlichem Nachtheil bewirkt diese stete Wiederkehr des Sitzens das unangenehme Gefühl der Einförmigkeit und mißbehagliche Stimmung.

Wer hätte dies nicht schon an sich erfahren? Wer hätte nicht schon dawider Heilung in der Bewegung bei einem tüchtigen Spaziergange durch Feld und Wald gesucht und gefunden?

Wir erwähnten bereits, wie und weßhalb das Sitzen den Umlauf des Blutes hemmt. Regelmäßiger Blutumlauf ist aber unter sonst normalen Verhältnissen gleichbedeutend mit regelmäßiger Ernährung des ganzen Organismus, mit Kraft und Gesundheit, mit körperlicher und geistiger Frische. Deßhalb sind diejenigen sitzenden Beschäftigungen, welche mit gleichzeitiger Muskelanstrengung den Blutumlauf fördern, minder schädlich, als diejenigen, bei denen nur die geringfügigen Bewegungen zur Führung einer Feder oder Nadel nöthig sind. Schon Baco von Verulam beobachtete, daß „Galeerensclaven“ trotz Elend, kärglicher Kost und sitzender Arbeit gesünder sind, als andere Gefangene und selbst als sitzende Gewerbtreibende; sie strengen beim Rudern ihre Muskeln an und dies hält sie gesund. Aus gleichem Grunde sind „Weber" im Durchschnitte gesünder als „Schneider". In Paris wurde in einer Schneiderwerkstätte von über hundert Arbeitern folgende Beobachtung gemacht: die Bußpredigten des Pater Lacordaire waren den Schneidergesellen so in's Gemüth gedrungen, daß sie ihre Arbeit mit Seufzen und Kopfhängen verrichteten und bei jedem Nadelstiche „ein zerknirschtes Herz" fühlten; anfänglich war der Meister sehr erfreut, als die Schelmenlieder aufhörten und die „unregelmäßigen Feiertage" (die deutschen „blauen Montage") seltener wurden, aber bald nahm er mit Schrecken wahr, daß mit dem heiteren Gelächter auch die Gesundheit verschwand und mit der trübseligen Kopfhängerei die Krankheit einzog, und daß jetzt das Krankenbett mehr Zeit in Anspruch nahm, als vorher die Taverne; sein Arzt gab guten Rath: der Meister warb für sein „Atelier" zwei in der pariser Schneiderwelt als besonders lustige Käuze bekannte Brüder aus der Gascogne an. Kaum war eine Woche verflossen, so hörte die Nachbarschaft wieder lustige Lieder und fröhliches Lachen; ehe ein Vierteljahr verschwunden, waren in der Werkstätte weder Seufzer, noch zerknirschte Herzen, noch Krankheiten zu finden: die Zwergfell-Erschütterung des Lachens hatte die Trägheit des Blutkreislaufes überwunden. Man soll „seinem Gott mit Freuden dienen" sagte einst der unsterbliche Haydn.

Jene Neigung zum Grübeln, welche durch Anhäufung der Blutmasse in den inneren Organen bei sitzenden Gewerben begünstigt, durch die psychische Monotonie der Arbeit hervorgerufen wird, welche sich bald in

Mangel an Thatkraft, bald in religieuser Schwärmerei, bald in romanhafter Traumseligkeit, bald in hypochondrem ängstlichen Aufmerken auf das eigene „Ich“ kundgiebt, kann nur durch Muskelarbeit beseitigt oder ferngehalten werden. Wer sitzende Lebensweise führt, muß sich durch körperliche Uebung wenigstens ein Mal täglich so anstrengen, daß seine Haut von beginnendem Schweiße sich feuchtet; thut er das nicht, so bleibt er auch nicht gesund, wenn er auch noch so viele Medicin einnehmen wollte. Welcher Art die Anstrengung sei, ist nicht so wichtig, — „nur daß die Kunst gefällig sei.“ Griesgrämige Pflichterfüllung ist überall nur eine halbe.

Für die Sommerszeit ist den Sitzenden als beste Turnhalle Fluß und Meer zu empfehlen. Die alten Griechen lassen die Göttin der Schönheit aus dem Wasser emporsteigen; mit Recht deutet diese Mythe an, daß im kalten Bade und seiner Gelegenheit einer völlig zwangfreien Körperbewegung die Quelle ewiger Jugend für Körper und Geist zu finden. Schwimmen ist die beste aller gymnastischen Bewegungen. „Hier üben nicht allein die gleichmäßig vertheilten, harmonisch und ästhetisch wahren Bewegungen eine ausstreckende, wohlthuende Wirkung auf den von Wärme, von Stillsitzen oder von der Arbeit zusammengebogenen Körper, sondern dazu kommt noch die auffrischende und abkühlende Eigenschaft des Wassers und außerdem die Reibung der Wassermasse gegen die Haut.“ Daneben ist Schlittschuhlaufen, Rudern, Ballwerfen, Tanzen, und besonders eine solche Körperbewegung, welche die Brust erweitert, zu empfehlen.

Der „Brustweiter" oder „Armstrong", ein zuerst in England aufgekommenes, für Mädchen und Frauen recht empfehlenswerthes Werkzeug, besteht aus einem $1^1/_2$ Fuß langen und $^1/_4$ Zoll starken Stück Kautschouk mit Handgriffen (im Handel etwa für 1 Thaler zu haben). Die allmähliche Ausdehnung dieses Gummi-Riemens ist mit einer wohlthätigen Uebung der Brust- und Arm-Muskeln verbunden, welche den Vortheil hat, mit der Kraft der

Der „Brustweiter".

Uebenden in richtigem Verhältnisse zu bleiben; auch das Nachlassen muß recht langsam und allmählich geschehen, um so die wahrhaft gedeihliche, dem weiblichen Organismus besonders angemessene Muskelübung auszuführen. In der obenstehenden Abbildung*) sieht man den Gebrauch des kleinen Instrumentes. Die Arme sind fast gestreckt

*) Aus: Kloß, „Weibliche Hausgymnastik" (Siehe Seite 68).

gehalten, die Hände werden langsam in der Richtung der Pfeile b und c auseinander bewegt und langsam wieder genähert. In der äußersten Spannung hält man einige Zeit den Zug des Gummi aus, bevor man nachläßt. Allmählich muß diese Zeit der ruhigen Ausspannung länger werden, womöglich jeden Tag etwas. Wenn einige Uebung erlangt ist, mag man bei größter Ausspannung des Gummi die bei a angedeuteten Bewegungen erst mit dem einen, dann mit dem anderen Arme machen. Den Kindern (bis über das 20. Jahr hinaus!) darf man diese Uebungen nicht ohne Aufsicht und Kommando machen lassen, wenn sie nützen sollen; dabei ist darauf zu achten: daß niemals der Gummistrang schnell angezogen oder nachgelassen werde und daß immer die Schultern tief, der Kopf gerade, die Brust heraus Stellung genommen und beibehalten werde. — Nach der Uebung mit dem „Brustweiter" ist immer eine Spring- oder Hüpf-Uebung von gleicher Zeitdauer vorzunehmen, z. B. Laufbewegung auf einem Punkte*).

Der gräßlichsten Folge sitzender Lebensweise, der Lungenschwindsucht, kann hierdurch wirksam vorgebeugt werden. Den neueren Tabellen nach betragen die Sterbefälle durch Lungenschwindsucht in München $1/10$, in Wien $1/9$, in Neapel $1/8$, in Nizza $1/7$, in Genf $1/6$, in Paris $1/5$ und in London fast $1/4$ aller Todesfälle. Keine Stadt, kein Klima ist befreit von der schrecklichen

*) „Bei geradem Körper, die Arme auf die Hüften gestützt, nur auf den Fußspitzen stehend, springt der Turner bald auf dem rechten, bald auf dem linken Fuß — etwa 100 bis 200 Mal — ohne die Stelle, auf welcher er steht, zu verlassen." (Reclam, „Buch der vernünft. Lebensweise", Seite 254.)

Krankheit, welche jahraus, jahrein schlimmer haust, als Pest, Cholera, Pocken und jede andere Seuche. In den großen Städten ist diese Seuche am ärgsten. Weßhalb? Weil in den großen Städten viel mehr Menschen und viel länger an jedem Tage in sitzender Körperstellung arbeiten.

„In London haben statistische Untersuchungen erwiesen, daß von je 33 jährlich sterbenden „Putzmacherinnen" nicht weniger als 28 an Schwindsucht zu Grunde gehen." Und doch haben sie ein so reinliches, an und für sich gesund erscheinendes Gewerbe. Was ist die Ursache des vorfrühen Todes dieser Unglücklichen? Neben Stubenluft und ungenügender Ernährung (wegen ungenügenden Lohnes) vor Allem: die sitzende Lebensweise. — Tausende fallen jährlich unter Noth und Jammer als Opfer unserer Civilisation und Niemand erbarmt sich ihrer.

Zur ungenügenden Ernährung des Körpers trägt das Sitzen besonders dann bei, wenn unmittelbar nach der Mahlzeit die Arbeit wieder begonnen wird. Es ist eine wahre Barbarei und gewissenlos im höchsten Grade, wenn Eltern von ihren Kindern oder Principale von ihren Arbeitern, oder selbstständige Personen von sich selber verlangen, daß unmittelbar nach dem Essen, sobald der letzte Bissen verzehrt worden, die Arbeit wieder beginne. Dies ist widernatürlich. Nach dem Essen soll man liegen, bis die erste und bedeutendste Arbeit des Magens vorüber ist. Auch Thiere sind nach dem Essen nicht zu lebhafter Bewegung aufgelegt, sondern pflegen der Ruhe. Die alten Griechen lasen und schrieben in liegender Stellung, liegend hielten sie Schmausereien, liegend empfingen sie Besuche.

Die Ureinwohner von Tahiti, die Kanaks, leben außerordentlich kärglich und fast nur von den Früchten des Brotbaumes, welche (jährlich zweimal geerntet) als ein dicker Brei, „Papoi“ genannt, ihnen Brod, Gemüse und Fleisch ersetzen. Sie haben zwar auf ihrer Insel Schweine in reichlicher Zahl, allein deren Fleisch wird nur als großer Luxus an Festtagen verzehrt. Zur kärglichen Ernährung kommt noch Mangel an Muskelübung. Gewohnt, in ihren Hütten auf Matten ausgestreckt zu liegen, dient der Stamm des Baumes, um welchen die Hütte gebaut ist, der ganzen Familie als Kopfkissen und sternförmig lagert die gesammte Bewohnerschaft der Hütte, den Kopf an diesen Baum gelehnt, in bunter Reihe, um die schwere Tagesarbeit zu vollbringen, welche in Rauchen, Plaudern und Schlafen besteht. Fühlt Einer oder der Andere Appetit, so geht er nach dem unvermeidlichen Papoi-Breie und nimmt dann wieder seine alte Stelle ein. Trotzdem gehen Männer, wie Frauen mit leichtem, elastischen Schritte und dieselben Männer, welche mit ihren dicken Gliedern und bei ihrer übermäßigen Trägheit für Arbeit unfähig zu sein scheinen, können unter Umständen große Mühen mit Ausdauer ertragen, wie unsere fleißigen Arbeiter es nicht vermöchten.

Und die Ursache dieser Erscheinung? Die Kanaks sitzen niemals in Stubenluft! Nur liegend unter einem der freien Luft zugänglichen Dache ruhen sie aus. Ihnen würde es eine Entwürdigung dünken, wenn sie nach Art der Europäer zum Sitz ihr Knie krümmen müßten.

Wir wollen nicht etwa einen „Kultus der Faulheit“ predigen. Aber man soll „ausruhen“ nicht mit „faul sein“ verwechseln. Nur vollständige Ruhe kräftigt zu neuen Anstrengungen, keine halbe Ruhe, wie das „Sitzen", wobei Beine und Arme zwar ruhen, die Rückenmuskeln aber den Körper, die Halsmuskeln den Kopf balanciren müssen. Welche Anstrengung dies ist, sieht man an kleinen Kindern, die mit Mühe nur und langsam den Körper im Gleichgewichte halten lernen. Deßhalb ist das lange Sitzen in der Schule den Knaben und Mädchen so nachtheilig und deßhalb haben die Engländer Recht, wenn sie den Säugling nur liegend tragen lassen, nicht sitzend.

Jeder sollte es sich zum Gesetz machen, ein Buch, eine Zeitung nicht anders, als in liegender Stellung zu lesen, denn hierbei ist das Sitzen völlig unnöthig. In den Schulen läßt sich schon des Raumes wegen die sitzende Stellung nicht verdrängen; aber in der eigenen Wohnung im Kreise der Familie kann Jeder der Vernunft Gehör geben. Auch der kärglichste Ausgaben-Etat, die engste Wohnung brauchen nicht davon zurückzuhalten.

Wer eine zahlreiche Familie und ein nicht zu großes Wohnzimmer hat, wird freilich nicht jedem Familienmitgliede ein elegantes Sopha gewähren können. Aber ein Stück Teppich oder Matte kann man jedem Kinde geben, um sich nach Art der Kanaks auf die Diele zu legen. Ein Stück grobes Packtuch und zwei starke Stricke aus Hanf vermag sich Jeder, auch der Aermste, anzuschaffen, um mit ihrer Hilfe und mit zwei Stöcken eine „Hängematte" herzustellen, die dann im Augenblicke des Bedürfnisses an der Fensterwand und der gegenüberstehenden Wand aufgehangen wird und so ein vortreffliches portatives Sopha abgiebt. (Den Augen bringt Lesen in liegender Stellung dann keinen Nachtheil, wenn man sich mit dem Kopfe gegen Fenster oder leuchtende Lampe, mit den

Füßen von denselben weg legt, so daß das Licht über den Kopf hinweg auf's Papier fällt.)

Der Fortschritt zum Besseren ist heutzutage fast immer gleichbedeutend mit der richtigen Befriedigung der Anforderungen, welche dem einfachen Naturbedürfnisse entsprechen. Aber es kommt uns nicht in den Sinn, diese „Rückkehr zur Natur" in ähnlicher Weise zu verlangen, wie einst Rousseau, dessen schwärmerische Uebertreibungen nur beweisen, daß er selber vom nachtheiligen Einflusse des Sitzens nicht frei blieb. Gewiß ist es vernünftig, das gute Beispiel zu benutzen, wo man es findet, und daher auch von den einfachen Naturvölkern das anzunehmen, was sie Richtiges thuen (z. B. das Liegen in der Hängematte); aber ist es deßhalb auch vernünftig, sich der seit Jahrtausenden mühsam erworbenen Kultur zu entäußern? Bewahren wir uns dieses heilige Palladium! Aber reinigen wir es von den Schlacken, die ihm anhängen! Eine solche Schlacke ist das viele Sitzen, — ein wahres Geschenk der Pandora! —

Ein regelmäßig alle vier Wochen wiederkehrendes „Unwohlsein", keine Krankheit, sondern nur ein leichtes Ungemach, ist für den weiblichen Organismus einer der segensreichsten und folgewichtigsten Naturvorgänge.

Die 2—8 Tage andauernde Blutabsonderung beginnt mit dem 14. Lebensjahre, in heißen Klimaten ein Jahr früher, doch kommen einzelne Fälle vor, in denen sie schon im 8. oder erst im 23. Jahre eingetreten; verzärtelnde Erziehung, überwiegende geistige Ausbildung ohne genügende Muskelthätigkeit, geistige Erregungen durch Romane und Sensations-Novellen (der meisten

Modezeitungen!), vorfrüher Besuch der Konzerte, Kinderbälle und ähnlicher Nachäffereien der Vergnügungen Erwachsener, täglicher Genuß des Kaffee geben der geschlechtlichen Frühreife Vorschub, welche nie ohne Nachtheil für die spätere Ausbildung bleibt und immer zeitiges Altern bedingt. Brierre de Boismont fand, daß die „weibliche Periode“ früher eintrete in Städten, als auf dem Lande, — früher bei Reichen, als bei Armen (: bei Reichen 13 Jahr 8 Monate, bei bemittelten Handwerkern 14 Jahr 5 Monate, bei Armen 14 Jahr 10 Monate).

Gewöhnlich zwischen dem 40. bis 54. Jahre hören die „Regeln“ wieder auf und verlöschen damit jene eigenthümliche Lebensverrichtungen des Weibes, durch welche sie hervorgerufen werden: die Bildung befruchtungsfähiger Eier (noch nicht die Größe eines kleinen Stecknadelkopfes erreichend), deren eines gleichzeitig sich losstößt, — sowie die Zeugungsfähigkeit. Allein wie die Natur in vielen Einrichtungen einen großen Spielraum für die einzelnen Erscheinungen gewährt, so auch hier. Die „Reinigung“ nimmt in den häufigsten Fällen ganz allmählich ab (39 %), minder häufig mit schnell auf einander folgenden Blutflüssen (19 %), oder verschwindet ganz plötzlich (18 %); seltener noch wird sie durch eine einzelne besonders heftige Blutabsonderung beendet (14 %) und am seltensten durch abwechselnd heftige und geringere Blutungen (10 %). Bei einzelnen Personen erfolgen noch größere Unregelmäßigkeiten. So verlor eine Frau nach 12jähriger kinderloser Ehe ihre „Menstruation“ im 48. Jahre und gebar im folgenden Jahre. Eine andere hatte ihr erstes Kind im 47. Lebensjahre, das letzte (siebente) im 60. und verlor dann ihre „Veränderung“, welche im 75. wieder eintrat, bis zum 98. regelmäßig erfolgte, dann 5 Jahre aussetzte und im 104. Jahre wiederkehrte. Man kann also aus dem Aufhören weder auf die Fähigkeit Kinder zu bekommen, noch auf Störung der Gesundheit ohne weiteres einen Schluß machen. Dagegen werden mit dem Verschwinden des Unwohlseins die meisten Frauen voller, viele sogar gesünder, kräftiger, minder nervenreizbar und es tritt eine zweite Jugend ein.

Das erste Erscheinen ist oft mit Blutzudrang nach Kopf und Brust, fliegender Wangenröthe, Herzklopfen, Athemnoth, Appetitlosigkeit mit Brechneigung, Schmerzen in Kreuz und Unterleib, Drang zum Urinlassen und Diarrhöe verbunden. Zuweilen treten diese lästigen Erscheinungen fast jedes Mal ein. Sie bedingen dann große Ruhe, Liegen im Bett, Wärmflaschen an die Füße, warme Sitzbäder und warme Einspritzungen.

Während des Unwohlseins ist überhaupt große Ruhe nöthig (also: keine weiten Spaziergänge, keine Landparthie, kein Ball!); man hüte sich vor Erkältungen (z. B. Sitzen im Freien) und sorge besonders für warme Füße; abgehärtete, kräftige Frauen können ohne Nachtheil im kalten Wasser stehen, während verzärtelte, kränkliche schon von einem Gewitterregen sich erkälten (also: Abhärtung durch gute Hautpflege). Auch Schreck, Furcht, Gram, ja sogar heftige Freude (des Wiedersehens) können Unterdrückung der Blutabsonderung und nachfolgende vielfache Störungen im Blutumlaufe veranlassen. Dagegen ist es ein beklagenswerther Irrthum, daß so viele Frauen und Mädchen glauben, man dürfe sich während dieser Zeit an den betreffenden Körperstellen nicht waschen und reinigen. Dieser unverständige

Glaube hat schon vielfache Erkrankungen bewirkt. Wie für gewöhnlich wenigstens täglich 2 Mal Waschungen der Geschlechtsorgane für jeden Menschen nothwendig sind, so sollten während der Zeit des Unwohlseins Frauen und Mädchen diese Zahl der Reinigungen verdoppeln. Das scheint so einfach schon durch Vernunft und Reinlichkeit geboten, daß es eben so überraschend als bedauerlich ist, wie oft dem Arzte sogar bei gebildeten und eleganten Damen der höheren Stände der Aberglaube begegnet, daß derartige Waschungen schädlich seien.

Neben denselben, und mit ihnen vereinigt, sei ganz besonders nachdrücklich auf den Gebrauch der mit langem, gekrümmten Ansatzrohr versehenen (Mutter-) Spritzen und auf Sitzbäder aufmerksam gemacht! In Frankreich, England und Italien würde keine elegante Dame, keine gebildete Frau die Gegenstände ihrer „Toilette" vollständig zu besitzen glauben, wenn diese beiden Geräthe fehlen, die für weibliche Gesundheit und Reinlichkeit ganz unerläßlich sind. Keine Frau wird sich einbilden, sie könne ihre Zähne nur durch Abwaschen des Mundes, ohne Gebrauch einer Zahnbürste reinigen; dennoch sind die Zähne von dem äußeren Lippenrande kaum 1/2 Zoll entfernt, während die inneren Geburtstheile von dem Ausgange bis 5 Zoll entfernt im Körper liegen. Und auf diese weite Strecke soll äußeres Abwaschen helfen, soll sogar dieses gerade zur nothwendigsten Zeit unterlassen werden, soll der Gebrauch der „Spritze" und des „Sitzbades" nicht nöthig sein zur Reinlichkeit? Daß man solche Fragen aufzuwerfen gezwungen ist, liegt an der vielfach vorkommenden Prüderie, mit welcher von den Müttern ihren Töchtern gegenüber solche Belehrungen vermieden werden. So muß jede junge Frau erst durch eigene Noth und Nachtheile die Erfahrungen erkaufen, mit denen sie vom Aelternhause ausgestattet werden sollte.

Deutsche Frauen sind ihres Volkes Stolz. Kühn können sie mit dem Auslande verglichen werden und nicht zu ihrem Nachtheile wird der Vergleich ausfallen. Wo in der Hauswirthschaft und in der Kleidung der Vergleich in Bezug auf Sauberkeit und Reinlichkeit gemacht wird, immer wird er ihnen den Sieg bringen. Weßhalb wollen sie nur in Bezug auf den *eigenen* Körper sich von anderen Völkern in der *Reinlichkeit* übertreffen lassen? In Frankreich kann man in jeder Straße jeder größeren Stadt die erwähnten „Spritzen“ kaufen, so groß ist der Bedarf derselben, folglich auch der Gebrauch; in Deutschland etwa in jeder *zehnten* Straße, da nur Zinngießer, Bandagisten und Verfertiger chirurgischer Instrumente sie als Verkaufsartikel führen, so gering ist der Bedarf, so gering auch der Verbrauch!

Leider sind die Worte noch immer nur zu wahr, welche ein geistvoller Arzt vor 10 Jahren schrieb: „Unsere Volksklassen, nicht nur die unteren, sondern auch die mittleren, zum Theil auch die höheren stehen in der Reinlichkeit weit hinter den Nationen des Alterthums zurück, ja in gewisser Beziehung selbst hinter manchen der noch auf einer niederen Stufe der Civilisation stehenden Völkerschaften.“ *)

„Spritze“ und „Sitzbad“ sind gegen eine Menge kleiner Erkrankungen und Entzündungsleiden, welche besonders im Sommer häufig vorkommen, das wirksamste,

*) Dr. F. *Behrend*, „die öffentlichen Bade- und Wasch-Anstalten.“ (Berlin 1854. S. 3.)

oft das einzig nothwendige Heilmittel. Sie beugen den mit Recht gefürchteten „Vorfällen" und dem Uebermaaß weißer Absonderung vor. Ihr Gebrauch (mit lauem Wasser) darf auch bei beginnenden „interessanten Umständen" nicht unterbrochen werden.

Eine Frau, welche „in Hoffnung" ist, hat nicht nur wegen Sauberkeit und Abhärtung, sondern auch aus anderen Gründen für sorgfältige Hautpflege durch lauwarme Bäder und Waschungen zu sorgen; denn das Unterhalten der Hautabsonderungen sichert nicht nur ihre und ihres Kindes Gesundheit, sondern legt auch damit einen Grund zu leichterem Verlaufe des Wochenbettes, sowie zu regelmäßiger Milchabsonderung. Aus gleichen Gründen sollen die Kleider gleichmäßig warm halten, ohne durch zu große Enge Haut und Blutumlauf zu belästigen. Wer an das Korsett gewöhnt ist, möge dasselbe (der Wärme wegen) beibehalten, jedoch durch Einfügen einer elastischen Einlage auf beiden Seiten dafür sorgen, daß es gehörig der Form des Leibes nachgiebt. Ebenso müssen passende Ausschnitte für jede Brust die Vergrößerung der Milchdrüse gestatten. Zur Unterstützung des Leibes ist in der zweiten Hälfte der Schwangerschaft eine „Leibbinde" sehr nützlich, welche sich jede Frau nach der beigedruckten Abbildung selber anfertigen kann. Man mißt zuerst den Umfang des Körpers in der Taille mit einem Bande und zeichnet die Hälfte dieser Länge als Linie a b auf einen großen Bogen Papier; an diese Linie zeichnet man sich nun die übrigen 4 Seiten der Abbildung in natürlicher Größe und in entsprechender Form und schneidet dann die Zeichnung aus. Man hat hierdurch den „Schnitt" zu einer Hälfte der aus zwei gleichgroßen Theilen bestehenden Binde. Jede der beiden Hälften der Binde wird aus doppeltem Stoffe

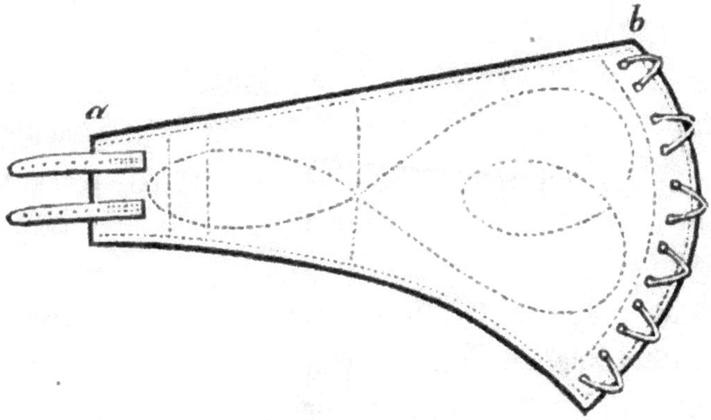

gemacht: für den Sommer aus doppelter, starker Leinwand, für den Winter aus Leinwand und Parchent. Wenn man zuschneidet, so hat man zu beachten: daß für jede Hälfte das eine Blatt (z. B. für den Winter das nach außen kommende aus Leinwand) so ausgeschnitten werde, daß der Längsfaden in der Linie a b liegt, während das andere Blatt auf dieser Linie mit schrägen Fäden aufliegt und dafür an dem unteren Rande der Binde ziemlich gerade verläuft. In Folge dieses Zuschneidens kann die Binde nach keiner Seite hin sich dehnen und ihre Form verlieren. Dann werden beide Blätter an den Rändern zusammengesteppt; der Rand wird umgewendet und nochmals gesteppt. An der vorderen, gerundeten Bauchseite wird jeder Theil der Binde mit Schnürlöchern (einen reichlichen Querfinger von einander entfernt) versehen, unter welchen man eine „Lasche“ anbringt, damit die Löcher nicht drücken. Hinten erhält die Binde zwei starke leinene „Gurtbänder“ (bei jedem

Posamentier vorräthig) und unter die dazu gehörigen flachen aber festen Schnallen kommt wieder eine mit Watte gepolsterte „Lasche", um den Druck zu verhüten. Nun durchsteppt man noch die Binde den Rändern entlang, sowie in der Mitte, nach Angabe der punktirten Linien, damit die beiden Blätter sich nicht aneinander verschieben können. Wenn man dann noch vorn einen Schnürsenkel eingefügt hat, so ist hiermit die Binde zum Gebrauche fertig.

Man legt dieselbe früh im Bett vor dem Ankleiden an, indem man nach Bedürfniß die Schnallen anzieht. Wenn man nun das Bett verläßt, so umschließt die Binde den Leib gleichmäßig, erhält dessen Form und unterstützt ihn soweit, daß kein „Hängebauch" entstehen kann. Nie darf die Binde zu fest angelegt werden, so daß sie den Leib einzwängt! Im Verlaufe der Schwangerschaft kann man durch Lockern des Schnürbandes der Vergrößerung des Leibes folgen. Die Binde hat außerdem den Vorzug, den Leib warm zu halten; doch würde sie zur Verhütung der Erkältungen allein nicht genügen, vielmehr sind hierzu weite Beinkleider nothwendig.

Blähende und schwer verdauliche Speisen hat die Schwangere zu vermeiden, dagegen durch Obst, Wasser, Schwarzbrod für Oeffnung des Leibes zu sorgen. Heiterkeit und Gemüthsruhe sind für Jeden nützlich, für eine Frau in solchen Verhältnissen ganz besonders; mit Selbstbeherrschung und Selbstüberwachung kann man auch für seine Stimmung viel thun. Das Vorbereiten der Brustwarzen für das Stillen durch sanftes Ausziehen derselben und Waschen mit kaltem Wasser muß in den letzten drei Monaten täglich geschehen.

Die „Gelüste“ der Schwangeren sind früher für so wichtig angesehen worden, daß man sie sogar vor Gericht als Entschuldigungsgrund gelten ließ. Jetzt sieht man dagegen ein, daß ebenso wie andere Leute, auch eine Schwangere nach etwas Außergewöhnlichem ein Mal Appetit haben kann und denselben auch befriedigen mag, wenn die Umstände es gestatten und vom diätetischen Standpunkte aus Nichts einzuwenden ist; dagegen kann sie wegen übler Folgen unbekümmert sein, wenn sie sich das „Gelüst“ vergehen lassen muß. — Auch das „Versehen“ ist nicht etwa als Grund von Mißbildungen zu befürchten, sondern um allen Kredit durch die strengeren Beobachtungen der Neuzeit gekommen. Sehr treffend macht ein berühmter Geburtshelfer (Osiander) darauf aufmerksam, daß die meisten Mißbildungen an den Geschlechtstheilen vorkommen, an denen sich zu „versehen“ die Schwangeren doch nicht Gelegenheit haben. —

Für die „Niederkunft“ ein Bett mit Unterlage und Riemen vorzubereiten, möge man sich von Hebamme und Arzt lehren lassen. Um die Schmerzen der „Wehen“ nicht zu fühlen, halten viele Frauen es für angemessen, daß der Arzt ihnen Chloroform bis zur Betäubung einathmen lasse. „Wir sind aber dieser Meinung nicht; denn uns genügt ein einziger Fall mit tödtlichem Ausgange, wo das Mittel weder in übertriebener Menge, noch sonst unvorsichtig angewendet wurde, um von dem Gebrauche desselben abzustehen, wenn es entbehrlich und in keiner Weise zur Erreichung eines bestimmten Zweckes nothwendig ist. — Wir haben uns des Chloroforms bei einigen ungezogenen Kreisenden bedient, die auf gute Worte durchaus nicht hörten, sich hin und her warfen oder sich ungebührlich benahmen; man bringt diese mit Chloroform am besten zur Ruhe.“ *)

Für das „Wochenbett“ ist gute Lagerung, Reinlichkeit, ein mäßig beleuchtetes Zimmer (wie an einem regnerischen Tage bei aufgezogenen Rollen), sorgfältige Lüftung der Zimmer (so daß man beim Eintritt in dasselbe Nichts riecht) ohne Zug, und vor Allem „Stille“ nöthig. Daher rede man wenig und leise im Zimmer und vor demselben, hemme die Klingel, lasse keine Thüre schlagen und weise Besuch zurück. Die „Wöchnerin“ muß immer feuchte Haut und warmen Leib haben; sobald sie sich unwohl fühlt oder Schmerzen hat, muß sie sich ruhig hinlegen und schwitzen. Das unausgesetzte Hervortreiben übermäßiger Hautabsonderung ist ohne Nutzen, aber als Heilmittel ist Schweiß im Wochenbette unersetzlich. Zum Trinken gebe man der Wöchnerin während der ersten Woche Brunnenwasser, durch eingegossene heiße Milch lauwarm gemacht; hiervon mag sie trinken so viel sie will. Mittags und Abends begnüge sie sich mit Wassersuppe und Weißbrot während der ersten 4 Tage. Dann mag eine Butterschnitte mit Fleisch und abgekochten getrockneten Aepfeln oder Pflaumen hinzukommen. Vom fünften Tage an kann eine gesunde Wöchnerin leichte Kost genießen: weiche Eier, Geflügel, Hammels-Kotelette, Hammelsbraten, Rinderbraten, Wildpret in mäßiger Menge essen. Mit Kalbsbraten und Kalbfleisch (als dem am schwersten verdaulichen und am wenigsten nährenden) verschone man die Wöchnerin. — Im Bett darf die Wöchnerin nie aufsitzen, ohne sich mit dem Rücken fest anzulehnen,

*) Prof. A. Hohl, „Lehrbuch der Geburtshülfe.“ Leipzig 1850. Seite 579.

wenn sie nicht später heftige Kreuzschmerzen haben will. Aufstehen kann die Wöchnerin erst dann ohne Nachtheil für ihre spätere Gesundheit, wenn zwei Tage lang der Wochenabgang ohne Blut und ohne rothe Färbung geblieben; dies kann am siebenten, zuweilen auch erst am zwanzigsten Tage sein, was wesentlich vom ruhigen Verhalten der Frau abhängt. Daß jede Frau selber stillt, wenn sie es vermag, versteht sich von selbst.

Ueber die beim „Stillen" und „Entwöhnen" zu befolgenden Regeln, sowie über die „Kindespflege" vom ersten Tage der Geburt bis in das Alter körperlicher Reife und geistiger Selbstständigkeit, haben wir Ausführliches im „Buch der vernünft. Lebensweise" mitgetheilt.

Wenn unsere Leserinnen bis hierher den Mittheilungen der vorhergehenden 10 Abschnitte freundlich gefolgt sind, so werden sie wahrgenommen haben, daß der Verfasser ausführlich und eingehend diejenigen Gegenstände der Betrachtung erörtert hat, deren Kenntniß als Grundlage der Gesundheitspflege nöthig ist, während sie doch nur als Ergebnisse von Einzelarbeiten auf den Gebieten der Naturwissenschaft, der Heilkunde, der Technik, gewonnen werden können. Dagegen genügte ein kurzer Ueberblick da, wo es galt, einen Standpunkt der Betrachtung festzustellen, der durch allgemeine Bildung sich klar und bestimmt erfassen läßt, der aber zugleich Anregung gewähren soll: zum eigenen selbstthätigen Ausbau, zum thatkräftigen Handeln, zum Weiterschreiten in der angebahnten Richtung.

Diese Blätter sollen nicht gleich einer Unterhaltungsschrift bei Seite gelegt werden, wenn sie durchlesen sind, —

sondern dann soll ihre wahre Einwirkung erst beginnen, zum Vortheile der Leserin, wie zum Segen Anderer.

Eine zweckmäßige Regelung der eigenen Lebensweise wird durch die Macht des Beispieles und durch mündliche Unterweisung sich in weiteren Kreisen verbreiten. Die mit den Anforderungen der Wissenschaft in Einklang gebrachte Wohnung wird ebenso durch ihre Annehmlichkeiten, als durch günstigen Erfolg auf die sie Bewohnenden, zur Nachahmung aneifern. Auf geistigem Gebiete wird bei Arbeit und Vergnügen die Geselligkeit ungesucht und unvermeidlich zur Uebertragung gewonnener Grundsätze an Andere mitwirken.

So werden unsere Leserinnen künftig nicht mehr unthätig dem Bestreben nach Besserung der allgemeinen Gesundheitsverhältnisse zusehen, sondern sie werden — sei es nun mit Absicht, oder ohne solche — einflußreiche Mitarbeiterinnen bei diesem Werke werden.

In dieser Hoffnung und mit dieser Absicht schrieb Verfasser das vorliegende Buch. —

Wir leben in keiner kleinlichen und gering zu schätzenden Epoche der menschlichen Entwickelung. Die Fortschritte auf allen Gebieten des Wissens sind so schnell sich gefolgt und sind so bedeutend, daß die Lebenseinrichtungen im Staate und in der Familie zurückgeblieben sind hinter der vorgeschrittenen Erkenntniß. Was aber helfen, was nützen uns Fortschritte der Wissenschaft, wenn sie nicht Anwendung finden? Erwacht nicht durch diese das Wissen erst zum Leben?

Diesem Mißverhältnisse zu steuern, bedarf es zahlreicher Kräfte. Wenn die Frauen mit ihrer stillgeschäftigen Macht das Bessere zunächst in den Familien einbürgern, dann wird auch der Staat nicht mehr zurückbleiben können und jene mit der heutigen Erkenntniß im grellen Widerspruche stehenden Einrichtungen der Schulen und Krankenhäuser, der Gefängnisse und Pflegeanstalten, jene gesundheitsräuberischen Speiseeinrichtungen der Erziehungsanstalten, jene mörderischen ungenügend oder gar nicht ventilirten Schlafsäle, jene Unzahl von Verkehrtheiten aus Gedankenlosigkeit und verschleppter Gewohnheit, welche der Menschenfreund mit Wehmuth wahrnimmt, — sie werden verschwinden vor der Macht der öffentlichen Meinung!

Wie warm und wahr ist die Theilnahme der Frauen an dem Schicksale der Unglücklichen, welche bei einer Feuersbrunst, einer Ueberschwemmung, einer Pulverexplosion das Leben verloren. Sollte diese Theilnahme minder warm und wahr sich der tausendfach größeren Zahl jener Unglücklichen zuwenden, welche alljährlich in allen größeren Städten durch zu enge und luftarme Straßen und Wohnungen zu Grunde gehen, welche in jedem Kriegsheere jedes civilisirten Staates in Friedenszeiten vorfrüh sterben? Sollte zur Abwendung des geistigen und moralischen Todes zahlreicher Opfer aus der dienenden Klasse die Beihilfe der Frauenwelt für die (Seite 260 erwähnten) geeigneten Gegenmittel fehlen? — Gewiß nicht! —

Möge denn die kleine Anregung, welche als geringes Scherflein zum Aufbau einer besseren Zukunft der Verfasser auf den vorstehenden Blättern gab, weiter geführt werden von unseren Leserinnen, und mögen sie als Bundesgenossinnen im Kampfe gegen veraltete Mißbräuche zunächst bei sich und in der eigenen Familie dem Besseren zum Sieg verhelfen. Dann wird auch in der großen Familie des Staates allmählich der zurückgebliebene öffentliche Fortschritt dem vorausgeeilten Wissen nachfolgen. —

Die gesellschaftliche Stellung des Weibes ist ein Maaßstab für die Gesittung der Zeit und des Volkes, in welchen sie lebt.

Ebenbürtig dem Manne zur Seite stellt in der Gegenwart die germanische Rasse das Weib: durch Anerkennung des geheiligten Rechtes, mit eigener Arbeit sich Selbstständigkeit zu wahren. Möge die Frauenwelt einen Theil ihrer Arbeitsthätigkeit der „Gesundheitspflege“, — der geistigen und körperlichen Selbsterziehung, — widmen; denn in diesem Sinne gesund sein, heißt schön sein.

CPSIA information can be obtained
at www.ICGtesting.com
Printed in the USA
LVHW100027190422
716387LV00030B/134

9 783752 596977